精神素描

——現當代文人閱讀筆記

朱航滿　著

序｜孫郁

　　我偶然在網路上讀到朱航滿的文章，是談孫犁、邵燕祥的，印象很深。讀他的文章，彷彿彼此早已是老朋友，內心有著深深的呼應。在學術與創作間有一個地帶，類似舊時的小品筆記，介乎於書話與詩話之間，朱航滿的文字屬於此類。他的作品都不長，談論的人物與圖書很多，興趣廣泛得很。有趣的是他喜歡的對象有時在情調上相反，觀點亦相差很大，但都能體貼地描述著，沒有隔膜的地方。讀了他這本書稿，第一感官是文字是很有才情的，把批評、隨感融為一體，不像一般學者的文字很麼八股調。接著就有凝重的思想的內省逼來，很有力量，有的讀後難忘。這是本純情的思想者的書，可在閒暇時作為消遣，但絕非讀後擲去的什物，像深夜裏突聽到笛聲飄來，在它沉寂的時候，你還會總惦記著它，希望在什麼時候再響起來。那個幽玄而清新的旋律，倒是可以驅走我們獨處時的寂寞的。

　　現代以來的學術分工，給文章帶來不小的戕害，都從職業的角度言說，把豐富的存在窄化了。朱航滿的作品是反抗職業化的自由之作，指點江山，笑對天下，就多了性靈的東西。而且他的思想活躍得很，記錄了近三十年間文學與學術的痕跡。比如對魯迅的理解，起點很高。他那篇談曹聚仁的文章，就很有特點，自己似乎也染有自由主義文人的氣息，精神是散淡和深遠的。議論時弊的時候，筆下有批評的勇氣，見識正合胡適的眼光。那篇關於黃裳的文章，考據與盤詰，多見功力，有絲

絲銳氣。討論葉兆言、錢理群、王小波時，是心與心的對話，乃內心要說的情思，真誠而熱烈。他行文帶有感情，遠離空靈，能切實地領會別人的世界。這是有暖意的文章，曹聚仁先生當年看重這些，而應者寥寥。此後遂難見類似的文字，我以為他是有這樣的精神的。

文章寫出來，有為己與為人之別，也有在己與人之間遊蕩的。這使我想起法國的蒙田說過的一句話，意思是不僅要表達自我，關鍵是在文字裏要充分地理解他人。理解他人，不那麼容易。魯迅就說我們中國人很少想到「他人的自我」。專制主義與民族主義，都是沒有「他人的自我」的概念的。所以，現代以來的好文學作品，在境界上給我們驚奇的，都是遠離主奴意識與大中華主義的。我有時想，大凡拒絕此二點者，都是可親近的吧。朱航滿就是個可親近的人，不僅有文章在，還有他的為人。記得在討論臺灣學者蔡登山的作品時，他有一個發言，厚道的語氣給我很深的印象，許多話說得讓人心熱。沒有俗氣，還能和不同的觀點交鋒與辯駁，在氣質上與五四的文人有些接近。雖然身處紅塵，卻無庸人的謬見，總是讓人感動的。

「文革」之後，文傷於慍怍，戾氣淹沒了常理。惟張中行、汪曾祺、邵燕祥等保持了智性之光。王小波之後，文風朗健者多了。一是覺得比我們這個年齡的人灑脫，沒有道學的痕跡，扭曲的心態少於前輩。二是他們主動回到魯迅、胡適那代人的基點，重新審視我們的世界，不再是一個思路和一種觀念的演繹，精神是包容的。回想我在朱航滿這個年紀，還像個奴隸，腦子在套路裏，只會學說別人的話，沒有自己的聲音。現在，在一個敞開的世界裏，心可以直面著什麼，不必害怕，相信個性的張揚才是讀書人的路。雖然大家知道這條路還是長長的。

在這一本書裏，作者談到葉兆言的《舊時人物》，推崇有加。這大概能透漏出內心的一隅，那就是對儒雅而純粹的書齋生活的體認。葉兆言的書香氣令作者傾倒，他似乎從中看到人物漫筆的描寫的價值。我們當下的寫作日益粗鄙，有趣的文章還太少了。於此同時他對董橋、聶華苓、王元化的關注，大概都與此類心態有關。遠遠地看著他們，並不成為對象世界的一員，也因為這個距離感，使他沒有定於一尊，思想是跳躍的，因為他知道，這個世界可駐足的地方，不在一個平臺上。

他說自己最喜歡的是魯迅，對路遙的書亦有感覺。都在證明作者的情感底色是什麼，也由此隱隱地猜測到他對苦難感的態度。不過他似乎不願意沉浸在苦澀的記憶裏，思想是飛翔狀的。他的好處是興趣廣泛，不被一個思路圈住自己，意識到擺脫人間苦楚有無數種路。相比較而言，他對性情的學人有種認可感，而對當代作家，似乎挑剔得很，原因也許是後者過於粗燥和乏味。讀書之樂其實就是思考之樂。逃之於嚷嚷，安之於靜靜。書讀多了，都會有這樣的體驗。

朱航滿讓我為他的書寫幾句，我很有些尷尬，因為他說的那些話，已使我看後無話可說，自己已不能講出什麼新的東西。為人作序，難免有做秀的一面，我其實不止一次這樣了，說起來真是慚愧。不過，相信不僅我這樣的年齡的人會喜歡他的書，許多更年輕的朋友也會注意到這本趣味橫生的隨筆。一代人有一代人的眼光。五四以來形成的文體，其空間還是那麼的大。那長長的路還沒有走完的時候。只是有時彎曲，有時筆直，有時隱祕。好的文章，在我們這個時代不是沒有，只是我們有時沒有看到而已。

二○○八年十一月九日

目次

第三輯　秋水讀人

第四輯　冬陽暖書

第壹輯 | 春夜隨筆

大師身後不寂寞

——寫在魯迅去世七十周年之際

　　一九五六年客居香港的曹聚仁以記者的身份回到大陸，這一年恰巧是他的朋友魯迅先生去世二十周年的紀念，曹聚仁在上海親眼目睹了熱鬧的紀念活動。就此他連續寫了兩篇文章來講述這樣一件事情，這兩篇文章後來都收到他出版的著作《北行小語》中，在十月十六日的〈在魯迅的墓前〉一文中他寫到：上海為了紀念魯迅將魯迅先生的墓遷到上海的虹口公園以便於人們參觀，遷墓之日場面十分隆重，於此同時曹聚仁還特意收集了數百篇紀念魯迅的文章，他專門拿出沈尹默的文章進行了一番議論，言其畢竟是「耳聞之徒所能寫的」，儘管言語中有諷刺的意味但還是相當客氣的。不過，到了十月二十九日他又寫了一篇文章〈紀念魯迅的日子〉，這一篇文章似乎有些對整個紀念活動進行全面論述的味道，但這一次他的態度是明顯的，「魯迅的神話化和庸俗化的笑話，那是隨處可見的。」他列舉了不少紀念活動的事情，其中一個就是上海魯迅紀念館的一位負責人申請將魯迅墓改為魯迅陵，而另一個讓他有些憤怒的是關於紀念魯迅的文字，「紀念魯迅的文字，實在使記者看得有些厭煩了。有的，簡直不知所云。」

　　也是在這一年曹聚仁在香港世界出版社出版了他的著作《魯迅評傳》，想來這也是他專門為了趕在紀念魯迅先生去世二十周年這樣一個日子裏，不過他想寫作一部關於魯迅傳記作

品的想法由來已久，他甚至曾告訴一位朋友他到香港去要做的第一件事情就是寫魯迅的傳記，因為在他看來當時關於魯迅的描述大多不值一提，他所謂的不值一提就是要麼過分的醜化要麼沒有事實的根據要麼將其神化的子虛烏有，在此之前為了寫好這部傳記，曹聚仁甚至做了大量的準備工作，他先後編撰出版了《魯迅年譜》和《魯迅手冊》兩部專著。經過多年的準備，曹聚仁終於趕在了魯迅去世二十周年的日子出版了這部精心寫成的著作，他是想要還原一個歷史真實的魯迅，因而在這著作的開篇他就寫到一九三三年他與魯迅的一次會面。那天夜晚，魯迅到曹聚仁家做客，吃完晚餐後兩人談性甚濃，魯迅看到書架上放了大量他自己的著作和相關資料便問曹聚仁收集他的資料是否要為其寫一部傳記，曹聚仁回答說，「我知道我並不是一個適當的人，但是，我也有我的寫法。我想與其把你寫成一個『神』，不如寫成一個『人』的好。」

　　《魯迅評傳》一九五六年在香港出版，隨後幾十年中連續再版，在香港甚至海外的研究界都產生了較大的影響，但這本著作直到一九九九年的四月才被引進到大陸出版。對於大陸魯迅作品及研究出版的持續熱潮這倒是一個奇怪的現象，為什麼相隔四十三年才出版這本具有價值的魯迅傳記呢？其實這並不奇怪，就是因為作者曹聚仁在他的寫作初衷就是要將魯迅寫成一個普通的人而不是一個脫離現實的神，對於一個與魯迅有過密切交往的研究者，曹聚仁的這個心願基本上得到了完成。他在這部傳記中以比較輕鬆的筆調記錄了魯迅的一生以及魯迅的生活習性、社會交往和價值觀念等，為我們更為真切的理解魯迅提供了一個新鮮的途徑。在曹聚仁的眼中魯迅是一個並不特別的人，他有獨特的人生經歷和許多有趣的生活習慣，但這

些東西並不奇怪也並不與平凡人有多麼大的相異之處，甚至他眼中的魯迅完全沒有我們想像中的高大和完美，在著作中他甚至這樣形容他所見過的晚年魯迅的形象，「他那副鴉片煙鬼樣子，那襲暗淡的長衫，十足的中國書生的外貌，誰知道他的頭腦，卻是最冷靜，受過現代思想的洗禮的。」這是一個有趣而大膽的描述，但如果我們要是稍微瞭解魯迅先生晚年的具體情況的人都會承認這樣一個刻畫，魯迅死的時候僅僅三十七公斤重，而根據曹聚仁在這本著作中的一章〈日常生活〉中寫到，魯迅先生喜歡抽煙往往是煙不離手，甚至一邊和客人談笑風生一邊煙霧彌漫，曹聚仁說魯迅大約每天吸煙多達五十多根，如果瞭解這樣的一個背景我們不得不承認這樣一個準確卻稍微有些刻薄的概括。但一經由他的手筆寫出我們對於這個魯迅感到親切甚至讓人感到很可愛，覺得魯迅就應該是這樣的一個人，諸如他在書中寫到魯迅一次和他的弟子孫伏園到陝西去講學，一個月得了三百元的酬金，於是魯迅就和孫伏園商量，「我們只要夠旅費，應該把陝西人的錢，在陝西用掉。」後來當魯迅知道陝西的易俗社經費很緊張，就決定將這錢捐出去。西北大學的工友照顧他們非常的周到，魯迅也決定多給他們點酬勞，但其中一位朋友不贊成這樣做，魯迅當著朋友的面什麼也不說，退而對孫伏園講：「我頂不贊成他說的『下一次不知道什麼時候才來』的話，他要少給，讓他少給好了，我們還是照原議多給。」就這樣一個小小的細節我們就可以看出魯迅在精神上的高潔，在胸懷上的寬廣以及在世故人情上的練達。但作者沒有任何的渲染和誇飾，就用這樣的一件小事情就寫得活靈活現。對於魯迅的評價，曹聚仁也是儘量的保持客觀和平和，他借用魯迅對於胡適、陳獨秀和劉半農等人評價的比喻來評價魯

迅，我認為也是頗為恰當形象和準確的，「我以為他是坐在坦克裏作戰的，他先要保護起自己來，再用猛烈地火力作戰，它爬得很慢，但是壓力很重。」

這樣看來我們就不難理解曹聚仁在《北行小語》一書中對於那些紀念魯迅的方式和文章的不滿來了，因為他所讀到的那些文字中的魯迅先生與他所接觸和認識的魯迅實在隔膜的很。這是在一九五六年，但不幸的是在隨後大陸的歲月裏，對於魯迅的闡釋和紀念越來越離譜，越來越朝向「神」的偶像發展，在文革中，魯迅甚至成了和毛澤東一起唯一可以供人們閱讀和膜拜的偉人。學者謝泳在一篇研究魯迅的文章中曾經發出這樣的疑問，就是為什麼繼承魯迅精神的人和違背魯迅精神的人都在使用魯迅作為他的精神資源，「文革時期魯迅的書是他同時代作家中唯一沒有被禁的，也就是說我們生在新社會長在紅旗下的人是讀著魯迅的書長大的，可為什麼在中國最黑暗的年代裏，那些讀過魯迅書的紅衛兵戰士連最起碼的人道主義都不懂，學生打死老師的事幾乎天天都在發生，這一切是從何而來呢？在那個年代裏魯迅的書是可以完整地讀到的，他有全集在，那麼多讀魯迅書的人怎麼就不學好呢？魯迅是反專制的，可專制偏偏又找著了魯迅，這是為什麼？」（〈魯迅研究之謎〉）如果我們換一個角度來看問題，就是同樣是對於魯迅的熱愛和尊敬，為什麼有的人的眼裏魯迅就是一尊神而為什麼有的人的眼裏魯迅卻是一個人？我想這是一個很關鍵的問題，魯迅被人們尊敬成為一尊神的時候，那麼他的精神資源變成為不可懷疑的真理，而一旦成為真理則又往往會成為了不可懷疑的思想束縛，一旦成為思想的束縛則會成為背叛魯迅精神的一種奇怪的產物，這也許就是為什麼魯迅精神資源會往往成為違背

其精神的人的利用品。魯迅先生一生提倡「立人」，他指出中國的社會是「一、想做奴隸而不得的時代；二，暫時做穩了奴隸的時代。」（〈燈下漫筆〉）魯迅思想核心也是最值得我們繼承發揚的就是反抗這種被奴隸的思想，而他反對人的被奴役關鍵是從人的精神世界出發，包括人的思想被奴役也包括被他自己的思想所奴役，這正是他的偉大之處也是他常常反對和批判權威和偶像的原因，他在自己的遺言中對於死後的自己就要這樣的交代，「不要做任何關於紀念的事情」（〈死〉），這儘管有些不近人情但我以為他是清楚的瞭解這樣一個危險的歷史傾向的。對於魯迅的神化和對於魯迅的扭曲其實是一樣嚴重和可怕的事情，成為魯迅思想的崇拜者在某種意義上則成為他的思想的奴隸，這在我們的魯迅研究界和我們的讀者中常常是屢見不鮮的，甚至在今天依然如此，這也就是為什麼在關於研究和探討魯迅的問題上常常還會鬧出許多令人尷尬的笑話甚至鬧劇出來。曹聚仁在魯迅傳記中說，「我總覺得把他誇張的太厲害，反而對他是一種侮辱呢！」這是多麼讓人敬佩清醒和發人深思的斷語啊！

　　一九三六年魯迅去世以後，我們對於魯迅的紀念就一直朝著這個方向發展的，而且這樣的潮流在新中國成立以後則是越來越極端，學者程光煒在他的研究著作《文化的轉規——「魯郭茅巴老曹」在中國》（光明日報出版社，二〇〇四年一月第一版）中對於魯迅在現當代文壇地位的確立的過程有過詳細的研究，其中他也花費了大量的篇幅對於建國後魯迅在人們認識上的變化，在〈魯迅：唐・吉訶德的困惑〉一章中他論述到大量讓我們觸目驚心的魯迅被神話的現象，諸如「與『毛選』齊名的《魯迅全集》」、「『故居』和『紀念館』在各地的

興建」、「規模浩大的『魯學』」等等，對此學者程光煒有這樣的一個解釋，「正像胡適在臺灣被視為『當代聖人』一樣，魯迅在愛大陸的文化地位是無人望其向背的。他們的存在，恰好彌補了中國晚清以後一百多年來聖人的空缺。」這種精神世界需要偶像來填補的奴隸思想正是魯迅先生所批判的封建思想，但恰恰卻將魯迅先生自己塑造成了完人和聖人。一九四〇年毛澤東對於魯迅有一個驚人的評價，「魯迅是中國文化革命的主將，他不但是偉大的文學家，而且是偉大的思想家和偉大的革命家。」（〈新民主主義論〉）這個評價最終決定了魯迅在中國地位發生了更大的躍進，使得魯迅在被人們神化的道路上再迅猛的前進找到了理論的依據，但一個值得我們注意的現象是一九七八年中國開始進行思想解放，批判「兩個凡是」的思想，但毛澤東關於魯迅的批評一直被人們繼承和認可，重要的是在政治領域人們進行了一場轟轟烈烈的反對權威和偶像崇拜的運動，但在思想文化領域人們並沒有太多的行動，知識份子更多的是進行撥亂反正和自我的重新定位上，遠遠沒有注意到自身的所要反思的問題，這也就是問題之根結，使得今天的魯迅也日益成為思想領域「兩個凡是」的神聖化身。

　　一九九三年上海學者王曉明寫了一部《無法直面的人生——魯迅傳》，這部帶有強烈個人情緒印記的傳記一經出版就獲得了社會大眾特別是青年讀者的喜愛，但人們發現在王曉明筆下的魯迅則又成為了另一番的模樣，這個魯迅儘管失去了以往魯迅傳記中的神聖的光環，他具有常人一樣的精神情緒，王曉明對於生活在特殊時代裏的清醒者魯迅的精神世界有了傳神而細膩地刻畫，不料他的這種寫法卻有了另一種的隱患，在二〇〇一年他的這部著作重新出版的時候，王曉明在書的前言中

不無憂慮地寫到，「……他們以各不相同的詞句，表示對這部書的欣賞，而理由卻大致相似：你『剝掉』了魯迅的『神』的外衣，讓我們看到了『人』的『真實』，尤其是『人』的『軟弱』、『渺小』和『卑劣』……我還清楚地記得，一位廣州的高中生用了『卑劣』這樣嚴重的斷語之後，特地在信中解釋說，他這是指人的『本質性』的『卑劣』，而非指魯迅個人的品質。」王曉明的魯迅傳記之所以受到青年的歡迎是因為他的筆下的魯迅為我們提供了一個人的輪廓，一個具有與人同樣精神世界的魯迅，但沒有讓作者想到的是他自己走的有些遠了，他的筆下的魯迅由於內心世界過於的陰鬱和孤獨，作為前後夾擊的「橫站」的戰士卻使得讀者感受到的魯迅讓人既不親切也不可愛，當然這也與作者當年所處的具體的社會歷史環境有著重大的關係，但在再版的時候王曉明還是堅持自己的這種理念而不做修改。其實王曉明對於魯迅的重新認識又是一個值得我們注意的研究傾向，在近些年文化學術界又出現了許多反對魯迅、拒絕魯迅和有意尋找揣測魯迅人性陰暗和隱私之處的研究文章，這些與把魯迅奉為神靈的行為一樣是緣木求魚的思考魯迅，並且是走到了另一個反對人性的極端，究其原因他們要麼是在過分神化魯迅的心理下以自己的一點片面的發現而自得要麼則是將研究的魯迅本身置於一個非人的審判臺來苛責。在魯迅先生去世的七十周年紀念的日子，我們又會集中讀到更多紀念魯迅的文字以及各種形式的紀念活動，也包括我的這一篇文字，我只是希望這些文章或活動能夠更將魯迅先生放在一個人的位置上來紀念，那將會真正有益於我們。

風雨中的八道灣

一

　　一九一九年八月十九日，魯迅用三千五百元錢購下北京西城區西直門內公用庫的八道灣十一號作為宅院，這一年的十一月二十一日他就匆忙先與二弟周作人一家移居到新居。同年的十二月二十九日，魯迅回到紹興終於攜帶著母親、夫人朱安及三弟周建人的全家搬進了這個院子，完成了他作為長子使全家歡聚一起的心願。從買到房子到全家住在一起速度在常人看來已算得上很快了，可以想見魯迅的孝心，也可以猜想面對這種全家團圓其樂融融的情景魯迅難耐的歡欣，不料，這一願望的實現卻為魯迅最終帶來了終身的遺憾，也留下了無盡的足以感懷的記憶，而更令魯迅先生所意想不到的是這個地方會成為中國現代文化歷史上一個見證半個世紀滄桑的歷史遺跡。

　　這個面積約為四畝地的大宅院在中國現當代的文化思想史上是可以留下濃墨重彩的一筆的，但歷經風雨的洗刷，這一歷史的遺留物也漸漸地只是歷史書籍中的一個地理概念而已。然而如若對中國現代歷史稍微有所瞭解的人都知道，在這個地方的院子裏曾經生活過兩位影響中國文化思想的名人，一位自然是魯迅，另一位則是他的弟弟周作人，這兩位現代文化思想史上的名人也都在這塊土地上留下了不朽的成就。魯迅在北京居住時間最長的就是這個地方而不是現在北京魯迅博物館所在地的魯迅故居，在這個地方他寫下了著名的《阿Q正傳》、《故

鄉》等小說，第一本小說集《吶喊》也是從這裏誕生的，在這裏魯迅還完成了大量的翻譯作品以及學術著作《中國小說史略》的上卷。

　　遺憾的是一九二三年七月十九日魯迅與周作人兄弟失和，隨後的八月二日魯迅就搬出了八道灣，先到了磚塔胡同六十一號，一九二四年五月二十五日又移居到現在受到良好保護的魯迅故居所在地──阜成門內西三條胡同二十一號，這個地方相比魯迅在八道灣的住宅要明顯的狹小和局促了，魯迅自己的書房也成了後來很有名氣的「老虎尾巴」，一個臨時搭建的小屋子。從一九二三年八月二日之後到一九六七年周作人的去世八道灣十一號一直是周作人的宅院，在這裏一度成為京城文人和名流聚集的地方，周作人曾於二十年代的中期命名書齋為「苦雨齋」，這個稱號漸漸在文人中流傳，成為一個具有名士風範的地方，形成後來被學者所稱道的「苦雨齋」京派文人圈，據考證當時時常出入這個宅院的有錢玄同、沈兼士、沈尹默、劉半農、馬幼漁、俞平伯、廢名等人，他們都是現代文學思想史上的非等閒之輩。周作人一生也是著述頗豐，也大都完成於此。

　　魯迅在八道灣十一號只有不到四年的居住時間，而周作人在這裏則居住了將近四十八年的時間，將近半個世紀的時光他與這一個地方息息相關，因而八道灣十一號幾乎成了周作人和他的苦雨齋的一種地理概念的代名詞。據說五四時期在北大當圖書館管理員的毛澤東曾到八道灣十一號拜訪魯迅，當時魯迅正是新文化運動的主將，不巧的是魯迅出門不在，否則這兩位歷史的偉人將有一個歷史性的會面，接見的毛澤東的是周作人，可惜雙方都沒有留下什麼見面的記錄，當時的毛澤東由於身份的低微可能根本就沒有引起周作人的注意，

毛澤東在後來也曾對美國記者斯諾抱怨沒有人會注意他這個圖書館管理員，這其中應該也包括周作人，因為當時的周作人還是北大中文系的教授。不過倒是當時拜訪過這裏的任訪秋、李霽野、鄧雲鄉、謝興堯等人，他們都曾對當時的八道灣十一號的「苦雨齋」有過精彩細膩地描寫，也為八道灣十一號最鼎盛的時期留下了歷史的班駁記憶。學者謝興堯大約在一九三三年或者一九三四年陪同《京報》記者傅芸子去採訪過周作人，在他後來的回憶文章《知堂先生》中對這裏有過專門的描述，也是最具有神韻的，「周的住宅，我很欣賞，沒有絲毫朱門大宅的氣息，頗富野趣，特別是夏天，地處偏僻，遠離市區，庭院寂靜，高樹蟬鳴，天氣雖熱，感覺清爽。進入室內，知堂總是遞一紙扇，乃日本式的由竹絲編排，糊以綿紙，輕而適用，再遞一苦茶，消暑解渴，確是隱士清淡之所，絕非庸俗擾攘之地。」（《知堂先生》第一百六十一頁，河南大學出版社二〇〇四年四月版，以下引文未有出版資訊者均引自此書）這樣一塊清幽的學術聚會之地對於現在日日生活在浮躁喧囂中的學者文人來說莫不是一個令人神往的精神之地。

二

作家梁實秋在清華大學讀書的時候，作為清華文學社的代表曾去邀請過周作人進行演講，時間應該在一九一三到一九二三年之間，那時他還碰見了魯迅先生，對於八道灣十一號留下了這樣的記憶：「轉彎抹角的找到了周先生的寓所，是一所坐北朝南的兩進的平方，正值雨後，前院積了一大汪水，我被引進去，沿著南房檐下的石階走進南屋。地上鋪著

涼席。」可見當時的八道灣排水的確不暢，這給梁實秋留下了特別深刻的印象。而對於苦雨齋的描述就更費筆墨了，「裏院正房三間，兩間是藏書用的，大概有十個八個書架，都擺滿了書，有豎立的西書，有平方的中文書，光線相當的暗。左手一間是書房，很爽亮，有一張大書桌，桌上文房四寶陳列整齊，竟不像是一個勤於寫作的所在。靠牆一幾兩椅，算是待客的地方。上面原來掛著一個小小的橫匾，『苦雨齋』三個字是沈尹默寫的。齋名苦雨，顯然和前院的積水有關，也許還有屋瓦漏水的情事，總之是十分惱人的事，可見年的一種無奈的心情。」（〈憶周作人先生〉，第三十八到三十九頁）以後的來訪者大多在回憶中都會寫到八道灣的書房風景以及那個小匾「苦雨齋」，大約都是對於「苦雨齋」這個名號神往已久，而對其主人的寫作環境也就格外的關心了。一九三五年，梁實秋成為周作人在北大的同事，因而有機會常常光顧八道灣，「那上房是一明一暗，明間像書庫，橫列著一人多高的幾隻書架，中西書籍雜陳，但很整潔。右面一個暗間房門虛掩，不知作什麼的。左面一間顯然是他的書房，有一塊小小的鏡框，題著『苦雨齋』三字，是沈尹默先生的手筆，一張龐大的抽木書桌，上面有筆筒硯臺之類，清清爽爽，一塵不染，此外便是簡簡單單的幾把椅子了。照例有一碗清茶獻客，茶具是日本式的，帶蓋的小小茶盅，小小的茶壺有一隻藤子編的提樑，小巧而淡雅。永遠是清茶，淡淡的青綠色，七分滿。房子是頂普通的北平式的小房子，可是四白落地，幾淨窗明。」（〈憶豈明先生〉，第三十五頁）溫源寧在〈周作人先生〉一文中也特意寫到了周作人的書房，「周先生的書房，是他工作和會客的所在，其風格，和主人公一模一樣，整整齊齊，清清爽爽，處處

無纖塵。牆壁和地板，有一種日本式的雅趣。陳設是考究的，而且桌椅或裝飾品，不多不少，恰倒好處。這裏一個坐墊，那裏一個靠枕，又添了舒適之感。再看那些書吧，成排的玻璃櫥裏，多麼井井有條，由性心理學以致希臘宗教！琳琅滿目，文字有中文，日文，英文，還有希臘文！洋溢在整個書房裏的，是寧靜的好學不倦的氣氛，令人想到埋頭勤讀之樂和評書論人、娓娓而談之樂。」（第二十二頁）

周作人有一個名叫康嗣群的弟子，曾與周作人過從甚密，一九三三年他給《現代》雜誌寫過一篇〈周作人先生〉，這篇文章中專門有一節談論八道灣的「苦雨齋」，「苦雨齋在古都的西北，是一個低窪所在，一進門便下臺階，其低窪已可想見，對著門便是一棵很大的白楊，隨時都嘩嘩在響，好像在調劑這古城的寂寞式的，院子裏老覺得是秋天，在被稱作側座的房裏，懸著平伯君所寫的『煆藥廬』，很娟秀的一筆字，正如其人。院子裏遍種各樣的樹木，便是僅留著的四條通道，也被樹蔭遮著，枝頭的花常拂著行人的頭。走進去，中間的正房便是苦雨齋。」（第十三頁）在康嗣群的筆下，我們可以知道當時的八道灣除去梁實秋所講的低窪易積水之外就是這裏樹木植被的繁盛，特別是門口的那株大白楊樹給很多來訪者都留下了印象，一個名叫朱杰西的人在一九三六年拜訪了八道灣，給他第一印象的就是這株白楊樹，「第一件大事可記的當然是那株『鬼拍手』（白楊樹），無風自響，的確很好聽。」（〈苦雨齋中〉，第三十頁）對於苦雨齋的書房，康嗣群的描述雖然與其他人相仿，但也有兩個細節，一是在「正中間的屋子裏還保存著一個北方特有的炕，炕上除了炕几外還有一個很美麗的燈籠，正中懸著若子的像，若子是先生的愛女。」另一個是「齋

中書架上放著一塊磚，那便是鳳凰磚，我曾寫信說再去時要看
看，而到那裏看見它好好的躺著，卻又覺得似乎不要去搬動它
好了。」（第十三頁）

三

　　抗日戰爭開始後，周作人終於沒有南下，這也成為最後
八道灣這樣一個住所最後消沒的一個轉捩點，歷史就是這樣
具有戲劇性，如果周作人當時隨大多數學人一起南下或者在
一九三七年的那場被刺中死去，那麼歷史也許會重新書寫，而
我們今天參觀的很可能有八道灣這樣一個富有歷史韻味的地
方。抗戰結束後，周作人曾在南京有過短暫的牢獄生涯，隨
後的政權更迭又被特赦，這位文化老人又回到了八道灣直到
一九六七年去世。也可以想像，這一漫長的歷史時期，周作人
在八道灣這個地方是多麼的寂寞，他曾經的那些同好的朋友弟
子們也已經風流雲散，有的亡故有的南下遺留海外有的則自身
難保小心度日，只有香港的曹聚仁和鮑耀明兩位曾與其有過密
切的聯繫，而曾經陪伴周作人前後被他鍾愛有加的兩萬套藏書
也已經被捐給了北京圖書館。這一時期的八道灣已悄悄地隱沒
在歷史的背面了，不過一位當時還很年輕的讀書人來到北京工
作特意拜訪了此時的周作人，這位後來延續了周作人文章遺風
餘韻的文章高手記下了此時的八道灣的情景。
　　谷林先生曾先後兩度到過八道灣，一次是一九五〇年，
一次是六十年代初期，在他的文章〈曾在我家〉中詳細記敘
了這兩次拜訪的經過，八道灣的情景也展露筆下。第一次是
一九五〇年的九月，谷林到八道灣見到門口有巡邏的軍人，幸

好這位軍人沒有難為這個仰慕前往的年輕人，因而才有了下面這樣的記憶：「進院便見丁香海棠蔥蔥郁郁，老人不住正屋，又轉入後院，有一間頗寬大的西房，是他的住出了。衣籠米櫃，書案條桌，環旁四壁。條桌上豎立著幾冊日文書。壁上一鏡框是老人五十畫像，沒有『苦雨齋』和『煆藥爐』的齋額，卻有些煙火薰染痕跡。老人從後邊出來，比畫像略顯清瘦，時年六十六，看去沒有那麼老，然而顏色枯黃，身穿同我一樣的灰衣褲。我是從市場買來的成衣，下衣便縮，袖不及腕，褲不掩踝，他也彷彿如此。落座後我講了已得他的著譯情況，說及《藥堂雜文》紙墨太差，他說初版本較好。回去一查，所得果係重印本，以後乃另買了初版本。他又說自存著作亦不全，少一冊《苦口甘口》。我又說想看些講北京鄉土風俗的舊書，他介紹《北平風俗類徵》。我說，讀《越縵堂日記》每於典制名物，多有不了，他說，如遇徐一士筆記，可買些翻翻。我問他新用筆名『十山』的含義，他說，舊曾署『藥堂』，藥為入聲第十韻。──這像在解釋『十堂』，對於『十山』似欠圓滿，但也不便再問。一會兒他忽然說道：『有一個人，死得早了，很可惜，劉復，劉半農。』言下若有黯然之色，頗為動情。不覺已過了一小時許，見他靠在椅上挪左挪右，不甚安生，想是精力憊苶，就起身告辭。」（《書邊雜寫》，第一百四十二頁，遼寧教育出版社，一九九五年三月版）關於周作人的那一塊有名的匾和他的藏書，文潔若在〈苦雨齋主人的晚年〉中曾提到，「光復後，這塊匾眾多的藏書一道被沒收了，書則給他留了一小部分。」光復指的是抗日戰爭的勝利，文潔若在這篇文章還講到解放後的苦雨齋藏書，「一九四九年以後，周作人沒什麼錢買書了，然而有些友人以及日本岩波書店還常有書

寄贈，日積月累，又有了數千冊。其中，他最喜稀罕的還是所餘無幾的舊書，有空就翻看，他開玩笑地說：『這是炒冷飯。』」（第一百七十八頁）

四

　　一九五〇年對於舊知識份子可謂是「天地玄黃」，典型的是作家沈從文一度出現了瘋癲失語，而對於周作人這樣身份特殊的人物，其內心更可能是惶惶不可終日，因而儘管此時的八道灣面貌依然如舊，雖不如過去的精緻優雅但也風貌尤存，那「郁郁蔥蔥」的丁香海棠還盛開著，不過周作人已經沒有了先前的閑適和雅趣了，明顯的是齋號已經不見了，與谷林談書論道顯然已經心不在焉沒有心情了，而從屋內的裝置陳設的傢俱以及其所穿的衣服來看，此時的周作人經濟狀況不佳，但其缺少知音般的朋友使得恍惚的精神愈發的孤獨，否則不會突然想到他那早死的朋友劉半農。一九五二年在人民文學出版社工作的王士菁在孫伏園的介紹下拜訪了八道灣，他對這時八道灣的記憶有一個細節引起了我的興趣，「這是一排坐北朝南的相當簡陋的平房，門前是一個狹長的天井，地勢是西面高而東面低，陰天落雨，雨水從西往東流，流到東頭兩間房子門前便停蓄在那裏，這曾經是魯迅描寫的〈鴨的喜劇〉的背景。」（《關於周作人》第五十六頁）由此可以知道很多人提及的八道灣的地勢低窪而積雨並非全是因低沉的影響還有一個傾斜的坡面所造成的原因。

　　第二次谷林登門拜訪八道灣已是十年之後了，此時的周作人因為開始給香港和大陸的報紙化名寫文章，加上政府的政策

照顧經濟狀況稍有改觀，香港的鮑耀明與他保持著較為密切的
聯繫，一切似乎還比較穩定，這個從公眾視野中消失了十年的
文學大師也已經習慣了這種隱居生活。谷林先生的這次拜訪則
是因為兩冊香港出版的《乙酉文編》，由於沒法購買因而寫信
給周作人，對方答應可以贈送，為避免遺失故請其來八道灣領
取，因此我們也就有了對於六十年代初期八道灣的記憶，「再
到八道灣，他已移住上房，是東邊的一間，光線較暗，窗下一
張方桌，靠裏壁一架書櫥，纖塵不沾。他仍從後面出來，初冬
季節，穿一身綢質玄色薄棉襖褲，有些傴僂，神采則比十年前
遠勝。他拿著兩冊書，一個圓墨盒，用毛筆站在桌前題了款，
又取出圖章蓋上。還示我一冊沒有封面卻已經裝訂起來的校
樣，說：『這是天津排好的，眼下缺紙，不能付印，書名《鱗
爪集》也欠妥，得改。』室內未安爐火，我沒有久坐，接過書
就道謝告辭。」（《書邊雜寫》，第一百四十二到一百四十三
頁，遼寧教育出版社一九九五年三月版）此時的八道灣相比十
年以前似乎又增添些情趣，主人精神也比以前好多了，穿著絲
綢的棉襖，給谷林的贈書上題款蓋章，唯一遺憾的一點是谷林
先生特意提到的「室內未安爐火」，這很可能與當時的環境有
關，一九六○年代正是資源緊缺的「三年自然災害」，缺乏煤
炭就像缺乏印書的紙張一樣。

　　一九五○年和一九六○年谷林先生的兩度拜訪為我們留
下了八道灣十一號的點滴印象，而這期間間隔的整整的十年時
間，這期間的八道灣又有過怎樣的風景。有一個細節引起了我
的注意，那就是在閱讀曹聚仁先生的《北行小語》一書，這
本書出版於一九五九年，恰恰是谷林先生第二次來訪的時間前
後，在這本書中兩次具體寫到生活在解放後的八道灣十一號的

周作人。一九五〇年曹聚仁移居香港，在香港他創辦出版社，出版雜誌和擔任報社主筆等社會職務，影響力頗大。一九五六年他以記者的身份回到大陸，這位在中國現代歷史上舉足輕重的報人無疑引起了大陸高層的重視，他所寫的第一篇稿件就是與新中國總理周恩來的會面，當然訪問那些曾經與他頗有交往的文人則是必不可少的，這其中就有周作人、沈從文、老舍、梅蘭芳等文化名人，而對於周作人他則給予了更多的關注。在《北行小語》中他兩次寫到生活在八道灣的周作人，其中寫作於一九五七年的《北京的老文人》則開篇就寫到了周作人，由於與周作人是老朋友又是記者的身份，他的觀察記錄則相比谷林先生更加的仔細和深入，而不是簡單地印象，對於八道灣他有這樣的一段描述，「有一時期，八道灣十一號是住著一些軍隊的，（而今還住著一批軍人的家屬。）知堂老人住在最後的一排兩間老屋中，和戶外世界，自然的隔絕著。晚上到了九點鐘，就由於電總門的關閉，在黑暗中過活；他也就那麼悠然自得地過了幾年呢！最近不獨他自己的身體成了問題，他的老伴也長期住在醫院中。」由此想見，解放後的八道灣十一號中的一部分房子已經充公為軍隊的房子，這很可能就是谷林先生第一次所見到的軍人，很可能就是這些負責監督的軍人的宿舍；後來部隊撤走，部隊的家屬則順其自然地住在了這裏。此時的周作人的精神狀態大約與谷林先生第二次來訪時相當，對於曹聚仁來說，這一篇文章似乎還有些意猶未盡，一九五八年他又專門寫了一篇文章〈八道灣十一號〉，這一篇文章對於八道灣十一號則又更加詳細的敘述，「目前，魯迅住過的南房和那院落的房中，都住了解放軍的家屬。後院的北房，周啟明先生仍住在那兒。啟明夫人是日本人，周先生也慣於日本式的生活。

推門而入，右邊是鋪著榻榻米的日本式臥室；左邊是書房，曲尺式擺著兩行書架；紙窗下，放一張北方的炕床。周先生盤腿坐著，讓客人坐在椅子上。後院的門上，貼著啟明先生的謝客條子，因為年衰老病，醫囑談話以十分鐘為度。不過，我幾回訪問苦雨齋，老人總讓我多坐一會，半小時、三刻都說不定的。」（《北行小語》，第二百二十五頁，二〇〇二年七月，北京三聯書店出版）此時的八道灣十一號也還算安靜，主人的心情卻比較矛盾，儘管不願意再在這裏招待客人，但老朋友的來訪卻還是很熱情，這個時候能夠常常去他那裏的人恐怕也並不會多。作為香港來的文化名人，曹聚仁多次來這裏拜訪一位複雜的人物，在客觀上也可能會給八道灣十一號帶來一些溫暖的顏色，畢竟當時的政府對於他還有更多的期待。一九五六年學者鄧雲鄉也曾來訪過八道灣，他對苦雨齋書房也有過細緻的描寫，其中有這樣的段落，「老人引我到右首轉過半段隔扇南窗前坐下，靠北牆全是高大的書架，插滿了書看來好像放了兩層，寬大的書架，書已插到邊沿了。靠東牆則是比較低的玻璃門書櫃，臨窗櫃中我注意到全是老人自己寫的譯的書，由最早《域外小說集》、《自己的園地》到《魯迅的故家》等大概都齊備。書架前放著六、七張軟椅子，是接待客人的。臨窗一張方桌，上鋪淺色漆布，只有一方小硯，極為乾淨。老式窗，上面冷布、東昌紙卷窗，下面玻璃，窗臺以下都是北京裱糊匠用大白紙裱的，一色雪白。竹簾、紙窗、瓦硯、綠茶⋯⋯牆上未掛苦雨齋或苦茶庵的匾，卻掛有雙鳳凰磚的拓片，或者說有晉人風度吧。」（《知堂老人舊事》，第二百一十五頁）除去周作人對於自己所出書籍的收集全整讓人頗感意外，再就是他的書齋一貫的簡潔清爽而無論是在什麼樣的環境之下，還有一

個值得我們注意的細節是一九三六年朱杰西來拜訪時很感興趣
的那一塊雙鳳凰磚已經變成了一個拓片了，至於原物就不可考
了。但鄧雲鄉在另一篇文章〈知堂老人座上〉也有關於苦雨齋
的描寫，令我感興趣的是他提到在書櫥的上半截掛著兩鏡框，
裏面就是「永和磚」拓片，並且講到這個「永和磚」是從阿Q
的原型阿桂手中買到的，磚三面有字，平列八魚。這個六面都
有文字圖像的磚送給了俞平伯的父親俞青階先生。俞以拓片題
字回贈老人。（第二百二十二頁）由此猜測，雙鳳凰磚也很可
能送人了，因為還有那麼一個拓片作為紀念，如果是沒收了可
能就沒有任何蹤影了。

五

　　周作人晚年有一名言，「壽則多辱」，不過他老人家還
是很幸運的，一九六七年去世文革才剛剛開始，對此谷林先
生曾在他的那篇文章中很憂傷的寫到，「幾年後，文化大革
命，他在劫難逃，帶著他的藝術品位，文化特色，消逝了。」
一九六六年文化大革命爆發，紅衛兵自然不能放過八道灣主人
這個有過歷史污點的名人，葉淑穗記下了八道灣主人的最後
歲月，「開始是院裏的紅衛兵，後來又串聯外面的紅衛兵，
一連抄了幾次家，家裏的東西差不多已被洗劫一空了，就連
他們的榻榻米也被砸成了許多的窟窿。」周作人的妻子羽子
是日本人，因而在八道灣自然有很多日式的物品，周作人本人
對於日本的生活方式也是頗為喜愛的，很多來訪過這裏的人都
曾注意到那個已經被打成許多窟窿的榻榻米，因為這個具有明
顯日式風格的傢俱很惹眼也很能代表周作人家居的特點，不過

這也是對於這種東西最後的記錄，類似這些物品將永遠從八道灣消失掉。更為殘酷的還是後面，「一九六六年八月他被抄家以後，就給攆到一個小棚裏住，只有一位老保姆照顧他。當我們得知這種情況以後，曾去看過他一次。這可能是出於對周氏兄弟的同情或對周作人過去對我們工作支持的感激；也可能是想從他那裏再搶救一點活材料……當我們走進他被關的小棚子裏面的時，眼前呈現的一切確實是殘不忍睹。昔日衣冒整齊的周作人，今日卻睡在搭在地上的木板上，臉色蒼白，身穿一件黑布衣，衣服上釘著一個白色的布條，上面寫著他的名字。此時，他似睡非睡，痛苦地呻吟著，看上去已無力站起來了，而幾個惡狠狠的紅衛兵卻拿著皮帶用力地抽打他，叫他起來。」（〈周作人二三事〉，第九十八頁）

　　一九六六年十二月孫旭升借著大串聯到了北京並於十一日來到了八道灣，「……，在我進去的時候，知堂已經從炕上起來，穿著黑色的短棉襖褲，帽子也不戴，附著頭默默地站立在炕的那邊的地上。我從他那樣子可以看得出，他一定以為又是有什麼人來找他的麻煩了，所以預先做出『挨鬥』的姿勢，默默地站立在那裏。暖炕的腳後邊有一扇玻璃窗，當然是關著的；窗下放著一張小半桌，上面擱著一顆大白菜，從小桌旁邊的煤爐推測起來，此時的知堂大概已經與其子女『劃清界限』，一個人獨自生活了。」（〈我所知道的知堂〉，第一百三十一頁）此時的八道灣已經完全沒有了曾經有過的寧靜優雅，除了居住的蕭條之外更是主人的一顆惶恐的心靈。其實，這個時候文化大革命才剛剛開始，周作人雖然受到紅衛兵如此殘忍的批鬥但相比後來的風暴還只是小兒科罷了，倒是這之後的八道灣從此以後就真正的消逝了，再沒有了先前曾有過的那一道獨特的風景

了。這之後的八道灣又經歷了怎樣的風雨，想必也沒有人關心了，因為主人已經離去而這個地方隨後又有怎樣的命運呢。

六

　　一九八四年日本作家高杉一郎偶然間來到了八道灣尋訪，遺憾之中寫下了他對此時八道灣的印象，「……出現在我們面前的完全是另一番的景象。故居後面的空地上增建了許多小房子，如果我沒記錯的話，應該有四十家人住在那裏。院子裏吊滿了繩子，到處晾曬著衣服，衣服從魯迅的書房，魯迅母親的房間，周作人家人的房間，周建人夫人的房間，直到深處的愛羅先柯和吳克剛住過的房間，最後決定在愛羅先柯的房間前留影紀念。誰知住在那個房間的主人硬是叫出家人，插進我們中一起合影。」（〈憶周作人先生〉第二百九十八頁）一九八四年照相對於中國人來說還是一件相當珍貴的機會，但他們卻沒有注意到一個外國友人的內心情緒，也沒有意識到他們正住在一個對中國文化深有影響的人物曾經住過的地方。一次我去魯迅故居參觀，向一位資深的館員詢問這樣的一件事情，她告訴我現在已經全部成為老百姓的居民住所了。

　　原本打算去探詢一番的心立刻被澆上了一盆冷水，想必是文革開始後居民開始入住就真正成為了老百姓的大雜院，而這樣的地方也許再過若干年可能就會消失在一片現代化的高樓大廈之中吧。這樣的心情，在我讀魯迅博物館的館長學者孫郁在其文章〈八道灣十一號〉所寫的一段踏訪經歷得到了共鳴，「在一個深冬裏，我和一位有人造訪了西城區的八道灣。那一天北京下著雪，四處是白白的。八道灣破破爛爛，已不復有當

年的情景。它像一處廢棄的舊宅，在雪中默默地睡著。那一刻我有了描述它的衝動。可是卻有著莫名的哀涼。這哀涼一直伴著我，似乎成了一道長影。我知道，在回溯歷史的時候，人都不會怎麼輕鬆。我們今天，也常常生活在前人的背影下。有什麼辦法呢？」（《周作人和他的苦雨齋》，第七頁，人民文學出版社二○○三年版）

日暮酒醒人已遠

——胡河清去世十五周年祭

　　一九八六年，胡河清開始經常失眠。在不久前的一個春日，他偶然讀到了一冊《皇帝內經》，忽然感覺到自己似乎被一隻靈異的手指打開了天眼，這短暫的感受讓他有機會看到了隱含在人類精神隧道中的某種祕景。那些失眠的夜晚裏，胡河清常常會在他居住的一所歷史久遠的公寓裏，面對無邊的黑暗，望著花園中老槐樹詭祕的黑影，憧憧而思。而閱讀完那冊《皇帝內經》，他感到自己彷彿回到了兒時神祕的夜晚，在他幼小的童年時代，胡河清就居住在這所古老的宅院裏，他常常在深夜裏被剝落的粉牆上的光斑所驚起，似乎在他的四周潛伏著難以計數的幽魂。

　　讀畢這冊偶得的《皇帝內經》，胡河清忽然發現自己沉浸在童年時代那充滿亡靈氣息的遐想之中了。這是一段令人感到奇妙的敘述，但也由此可以發現，在他的童年時代，一定是遭受到了某種心靈的驚嚇或者創傷。讀胡河清的文字，我便不時被他對自己過往經歷的片段記憶所震懾，儘管他從來沒有詳細敘述過這種少年精神創傷的記憶，但我還是捕捉到了諸多這樣的資訊，他在文集《靈地的緬想》的序言中就感慨自己在少年時代經歷的一段「艱難而有意味的時光」。大約在他十五、六歲的時候，胡河清從上海又回到了他出生的蘭州，「我常常在風雨交加的夜晚騎自行車路過咆哮的黃河，遠處黑黝黝的萬重

寸草不生的黃土高山，歸路則是我的已經感情分裂缺乏溫暖的家庭。所以我當時最好的歸宿大概還是徘徊在離我產院不遠的濱河路上，看看黃河的冬景。」

無論怎樣來說，胡河清是過早的體味了人生的孤獨與淒苦。他少年時代的生活經歷顯然給自己的心靈注入了一種難以抹去的人生底色。胡河清曾經給自己的一位朋友講述過自己在少年時代所遭遇的一件事情，在他家附近有一個和諧的三口之家，男女主人都是知識份子，他們性格開朗，關係和睦。然而，在一個冬日的早晨，少年的胡河清看見大人們神色異常，後來他才知道，那家的男主人自殺了。這使他感到十分的不可理解，因為他無法想像有什麼理由可以促使這人去自殺。「生命對於人來說本身就是一個謎，而一個人對生與死的選擇對旁人來說也是一個猜不透的謎。」（王雪瑛：〈混沌與透明〉，《胡河清文存》，第三百三十四頁，上海三聯出版社，一九九五年）由此可以感受到，胡河清有一顆非常敏感和柔軟的內心，可惜的是，在他的內心世界還沒有完全可以進行自我保護的時刻，他就接連不斷的遭遇到了諸多來自現實的痛擊。

後來胡河清在幾度的變化之後，終於選擇了文學作為自己的志業。在他所閱讀過的種種當代文學作品中，他對作家莫言的小說《透明的紅蘿蔔》喜愛有加，這是因為他很敏銳的發現，自己的童年時代的際遇與小說中的黑孩有著頗多的相似之處。在他的論文中就有這樣耐人尋味的描述：「《透明的紅蘿蔔》中的黑孩，幼年失母，心靈深處有著難以癒合的隱痛，而外在的生活考驗對於他這樣一個體質瘦弱的小男孩來說又是極其嚴酷的。他所承受的精神和體力的重壓，完全可以壓垮一個身強力壯的成年人。但黑孩卻支持下來了。他的生命力堅強得

簡直就像入水不濡、入火難焚的小精靈。這主要是因為黑孩的內心有一個美麗的夢幻世界，這使得他超脫於恐懼、憂慮、以及肉體的痛苦之上。」讀他對莫言小說的評論，可以很清晰地看到，他這分明是在講述自己的心靈遭遇，這是依靠自己的內心體驗來完成的一種極為艱難的文學評論。而讀這評論，也可以看出，在他的精神世界之中，來自少年和童年時代的「恐懼、憂慮、以及肉體的痛苦」是多麼的重要，也因此他是如此地渴望自己能夠像黑孩一樣在「內心有一個美麗的夢幻世界」，可以使他獲得超脫。

胡河清本打算做一名科學家的，但最終他還是選擇了文學。中學畢業前夕，胡河清應一位好友的邀請到朋友祖父在無錫的故居裏作客，那是一所坐落在大運河旁的古老房子，已經因為多年無人居住而荒廢不用。他們在落滿塵埃的會客室裏望月飲酒，也是在那時，他聽到了朋友祖父的故事，那是一個飽經風浪、很不平常的老人的傳奇生涯，而那時，這位老人還健在，「雖年愈九十，精神卻還矍鑠」。也是在那個夜晚，胡河清選擇了他的人生命運，「我們一起下樓，沿著水勢浩淼的大運河向前走……望著在水中緩緩而行的明月，我終於作出了生平最困難的決定：將來選擇文學作為自己的職業。」由此，他是這樣美好地表達自己對於文學的理解：「文學對於我來說，就像這座坐落在大運河側的古老房子，具有難以抵擋的誘惑力。我愛這座房子中散發出來的線裝舊書的淡淡幽香，也為其中青花瓷器在燭光下映出的奇幻光暈所沉醉，更愛那斷壁頹桓上開出的無名野花。我願意終生關閉在這樣一間屋子裏，聽潺潺遠去的江聲，遐想人生的神祕。然而，舊士大夫家族的遺傳密碼，也教我深知這所房子中潛藏的無常和陰影。但對這所房

子的無限神往使我戰勝了一切的疑懼。」（《靈地的緬想》，第五頁，上海學林出版社，一九九四年版）

之所以最終選擇了文學，正如胡河清自己所說，那是因為文學或許可以幫助他戰勝一切的疑懼，而中國的文學，在他的心目中，就彷彿如他的這位朋友所說的那座大運河旁的老房子，也如那座房子的主人——那位老人曾經在中國共產黨成立前夕潛入蘇聯參加過共產國際的勞工會議，見到過列寧，但回國後卻與組織失去了聯繫，後來長時間的作一位寂寞的大學教授。無論是這位傳奇的老人，還是那座古老的房子，他們都是那樣歷經風浪，卻巋然不倒。中國的文學顯然也是如此。選擇文學，對於胡河清來說，就是試圖尋找自己擺脫疑懼的夢幻的世界。但胡河清對於自己的選擇卻是如此得讓人感到敬畏，他以自己的生命體驗來感受文學的生命，正如他以自己早年的坎坷生涯來選擇文學一樣，這種選擇文學的研究方式必須首先是內心的極度敏感和豐富，否則是無法以自己的生命體驗來感悟文學的生命的，他就曾這樣談及自己對於文學研究的理解：「我認為最好的文藝，總是滲透著人生的感懷；如果談文藝的理論文章一概都寫得如同哲學家的著述，一點點汗臭或酒香的味兒都嗅不出來，那也未必就算頂高明的理論境界。」（〈錢鍾書論〉，《靈地的緬想》，第八十五頁）

但是這種對於文學的研究方式顯然是一把雙刃劍，一方面他能使得研究者更深入地進入文學生命極為隱祕而難以察覺的世界，同時也就不得不以自己所遭受的創痛來時刻面對，獨品傷痕。因此，從一九八六年開始，胡河清便被失眠困擾，或者是不斷地被夢魘糾纏。也是從那個時候起，他開始閱讀佛典和《周易》這樣中國最深邃的傳統典籍，其目的也無非是用來驅

除他內心深處那難以排除的疑懼。「釋迦牟尼智慧的聲音，使我一顆被殘酷人生揉碎的心得到無限的慰藉。我也嘗試用毛筆臨繪佛像。雖然筆跡還很稚拙，然而在莊嚴的神像進行精神交流之後，心靈得到了甘露一般的滋養，我又能入眠了。」而隨後閱讀的易學著作，更使他預感到自己的人生與這部古老的聖書存在著某種宿命的緣分。讀過易學的著作，胡河清彷彿看到了人生和宇宙的密碼 ：「讀完李鼎祚的《周易集解》，正值一個將近除夕的紛紛揚揚的大雪天氣。我稍飲了幾杯溫酒，登上我所住的老公寓的頂樓，好一副霽雪無垠的龍飛鳳舞景象。望著站在雪中旋轉的乾坤，我不覺神思大發，似乎徹悟了《周易》乾卦『天行健，君子自強不息』的偉大教諭。同時又感到，《周易》並不是一部已死的羊皮古書。《易》運行在我們生活的天地宇宙之間，無時無刻不在向我們閃爍著神光。」

可以看出，通過閱讀佛典和易學著作，胡河清的內心世界獲得了安妥，甚至體會到了「君子自強不息」的精神。而也正如他所說，閱讀這些著作，對於聰敏的他來說，也從而促使他後來對於文學研究開闢新的路徑，那就是他從中國的易學著作中發展出來的「中國全息現實主義」的研究方法，這也是他試圖參破宇宙與人生的密碼的希望之途。正因為如此，他堅定而樂觀地對自己的這種發現予以宣告：「產生文學大師的關鍵因素是具有文化傳統方面的後援。中國文化的底蘊之深在世界上也是少有的。以《周易》為標誌的中國本土文化隱藏著宇宙密碼系統，許多歐美第一流的漢學家可以說連邊都沒有摸到。中國文化的獨創力也是經過考驗的。印度佛教傳入中國之後，中國文化消化了幾百年，終於創立了禪宗這一具有民族文化本位特徵的新佛教。在佛藏中獨樹一幟，自成系統。由此出發，

我可以預言，二十世紀不過是中國文學對於西方文化帶來大衝擊的初步回應階段；而進入二十一世紀以後，中國文學將在弘通西方文化的精要的基礎上復歸本宗，開創真正具有獨創性的文學流派。甚至可能形成在世界文學之林中居於領導地位的文學流派，就像本世紀拉丁美洲出了魔幻現實主義流派一樣。」（〈中國全息現實主義的誕生〉，《靈地的緬想》，第二○一頁到二○二頁）

　　正如他當初選擇文學是為了消除自己的疑懼一樣，後來他對易學著作的迷戀，或許也沒有想到自己又深深地融化到了其中。在他的文學研究之中，可以明顯讀出他對於這種全息現實主義的建構與實踐，在他的諸多文學作家論中，就可以清晰地看到這種研究方式的神奇與絕妙，諸如他對賈平凹的研究，就引入了測字術這樣玄妙的文化；對於史鐵生的研究，就發揮了對於人物面相的文化；對於汪曾祺的研究，就應用了其出生地的鄉學文化；如此等等。在胡河清的眼中，這些天地宇宙間的所有東西都是「全息」的，互相聯繫且密不可分。但這種試圖參破宇宙密碼的研究又是何其困難，更重要的是這位悲觀而遭受人生創傷的孤獨者，卻是不自覺地將這種全息文化的研究應用到了他自己的身上。

　　因此，一切似乎在今天看來都是具有預兆的。在對於自己的名字和出生地的分析中，他這樣寫到：「我的『血地』是在中國西北部的黃河之濱。我母親是一位很有詩人氣質的哲學研究者，當時看到報紙上出現了『河清有日』的豪言壯語，以為從此黃河變清有望，於是就有了我現在的名字。後來我剛剛滿月，就被外祖母抱到上海來領養。在三十一歲的時候，我有幸碰到一位密宗佛教的高人，她見了我就大嚷：你怎麼倒

是活了下來了？你這個人要是一直待在『血地』是很難存活的呀。」以胡河清的理解，他的名字本身就有一種死亡的氣息，因為河清何曾有日啊？再如他所住居的古老的房子枕流公寓，在一位朋友的眼中，這所公寓彷彿如張愛玲筆下「陰暗的地方有古墓的陰涼」，而他自己在生前就不斷地訴說自己在失眠的夜晚彷彿在遭遇到眾多的幽魂孤鬼，這個地方他從童年時代就開始隱沒其中了。在他生前的這所居室裏，有好幾天的時間裏，他都用一大塊布蒙住了房間中唯一的一面鏡子。這種可怕的宿命感在牢牢地俘獲著胡河清的內心，似乎他已經在接受自己大限臨頭的暗示，他在生前就好幾次對他的好友說，他命中註定會死於非命。（李劼：〈紀念胡河清君〉，《胡河清文存》，第三百二十頁）而在他生前所編輯的個人選集中，他給自己的文集命名為「靈地的緬想」，靈地乃是墳地也，這樣充滿死亡氣息的名字也或許只有他才敢於嘗試；在這冊書中序言中，我還讀到這樣一段充滿意味的描述，在我看來這依然是他試圖擺脫疑懼的絕望夢幻：「一個風雪交加的夜晚，我收到了一位雲南畫家朋友寄贈的照片。這是他在西藏浪遊時攝下的。他具有希臘古典時代運動員一般健美的體格，所以能一直爬到珠穆郎瑪的雪線附近。看著他在高峻的冰川前粲然微笑的照片，我不由得心弛魂蕩。這天晚上，我夢到自己騎上了一頭漂亮的雪豹，在藏地的崇山峻嶺中飛馳。一個柔和而莊嚴的聲音在我耳邊悄悄響了起來：『看！且看！』我聽到召喚，將頭一抬，只見前面白雪皚皚的高山之顛，幻化出了一輪七彩蓮花形狀的寶座。可惜那光太強大、太絢美，使我終於沒有來得及看清楚寶座上還有什麼別的。聽說藏地常有異光出現。我不知道寶座周圍的光暈是否就是佛光。然而有一點

大概是不錯的，我即使有緣窺見一線神光，那也肯定是在夢的旅行之中。」

　　終於，在一九九四年四月的一個悶濕而潮熱的夜晚，似乎一切已經準備充分，也似乎他還在極力的抗爭。在邀請的友人清談離去之後，雷雨交加，他一個人躺在那間古老如墳墓一樣的寬大房子裏，沒有電，使用的蠟燭也用完了，花園中老槐的樹影搖曳而詭祕，在他的眼前充滿了飛舞的蝙蝠，整個世界一片漆黑。他移步到公寓的視窗，跳下，墜地身亡。在他離去的房子裏，還張貼著那張由好友為他書寫的晚唐詩人許暉的詩句：「勞歌一曲解舟行，青山紅葉水流急。日暮酒醒人已遠，滿天風雨下西樓。」

一個人的愛與孤獨

　　一九九七年，王小波一個人在他北京的臥室裏離開了人世，而他所愛的妻子李銀河此刻正在大洋彼岸深造學習，那是深夜的凌晨，王小波給遠方的友人發完了一封電子郵件，之後他忽然心臟病突發，一個人悄然而去。當每每讀到這一幕的時刻，我就深深的遺憾，遺憾他的妻子沒有在他的身邊，否則一切可能將挽回，但即使一切不能挽回，那麼這位我們這個時代最孤獨的思想者如果能夠死在他愛人的懷抱裏，那也將是至少讓人存有溫暖的。不過這一切也都是一種假想，我曾經有一位美麗的女友，她那時與我正在熱戀，當他聽到我講述這一幕的時刻，臉色變得很難看，當即向我表示她的觀點，李銀河太不值得原諒了，她怎麼能不守候在自己丈夫的身旁呢！我知道他同我一樣太喜歡王小波，不願意這樣一個傑出的頭腦就在這樣的環境中遺憾地停止思考，也可能他那時正在昏著頭地愛著我，這是對我這個也有點理想主義者的理解與偏愛。但我的可愛的女友啊，你怎知道，李銀河是我們這個時代最值得尊敬的女性，如果沒有她的存在，我們是否還有今天的王小波這樣的思想家，我都表示懷疑，至少他很可能要在現實之中更加的艱難與孤獨，也許他會在堅硬與冰冷之中變得既不可愛也不讓人喜歡！

　　「銀河，你好！做夢也想不到我會把信寫在五線譜上吧？五線譜是偶然來的，你也是偶然來的。不過我給你的信值得寫在五線譜裏呢。但願我和你，是一隻唱不完的歌。」這是在王小波與李銀河剛剛相識與相戀之後，王小波寫給李銀河的一封

情書，的確這樣的情書太驚豔也太浪漫了，多年以後，當李銀河回憶起他拆開信紙的那一刻還是依然那樣的充滿了幸福，正如她所說的，一個女人如果被人愛就已經是最幸福的事情了，何況還是與一位浪漫主義的騎士相戀呢。那時他們才剛剛開始相戀，我奇怪的是此時的李銀河已經從大學畢業後在北京的《光明日報》做編輯工作，王小波卻只是北京西城區的一名普通的街道臨時工，他剛剛從雲南的農村插隊回來，未來還很不確定。一次，李銀河與王小波偶遇，她看到了王小波剛剛寫好的一篇小說〈綠毛水怪〉，小說被密密麻麻地寫在一迭紙上，李銀河讀完這篇小說，立刻就被這個小說作者的才氣所吸引了，在那一刻他就知道站在自己面前這個高大但相貌普通甚至有些邋遢的年輕人可能會與自己發生點什麼。果然，他們最終相愛了。我驚嚇李銀河的慧眼以及他對於智慧和思想才華的熱愛，否則這兩位身份在當時相差如此巨大的人是不會走在一起去的，我要感謝李銀河，當王小波充滿自信的向對方介紹自己，「你看我怎樣？」，此時這個被完全震撼和驚訝的報社編輯沒有猶豫與拒絕，而是爽朗與痛快地答應了，她在一開始就讓一個充滿自信與智慧的頭腦感受到被欣賞與被愛的溫暖。如果不是李銀河，我相信王小波也很難這樣去追問，但我可以肯定在王小波的情感世界裏一定沒有如此地順利與愉快，一定在他日後的歲月裏不會有著在精神世界裏充滿激情與詩意的生活。

那是一九七七年，王小波已經開始決定將自己的人生定位在一個理想主義者的道路上，那時候他就決心以寫作來維持自己的一生，對於自己的文學才華，王小波似乎比任何人都給予自己以信心，他曾經閱讀了大量的文學書籍，加上他對文學的天賦使得他的這個夢想很可能著手可拾。不過也可以相信，

在中國的二十世紀七十年代末期到整個八十年代，有多少人以文學作為自己的人生夢想，王小波就是他們其中的一員，但這支龐大的文學軍隊很快在九十年代的社會轉型與變革中風流雲散，許多苦苦堅持夢想的人在此刻還沒有落得一個作家的名號，這對於他們來說很可能是最大的打擊，他們真正成為時代的唐吉訶德，沒有認可沒有成績只有在邊緣裏苦苦的守望與努力，王小波就是其中的一個。但王小波似乎又與這絕大多數的人是不相同的，許多人的才華是因為通過努力無法獲得彰顯而沉沒，他們有很多極有可能是時代的跟潮者，而王小波則是因為他獨特的思維方式和追求註定了他一生選擇了在文學上的沉默與孤獨。一九九七年王小波辭世，在中國竟然沒有多少人真正瞭解這個處立在邊緣世界的思考者，而許多在中心的學者和作家更是對這個作家聞所未聞，這不能對於一個堅持寫作的人來說是一種遺憾。儘管他的作品曾經連續兩度摘得臺灣《聯合時報》小說獎，改編的電影劇本《東宮西宮》曾獲得最佳改編劇本，但這種榮耀似乎對於王小波來說只限於他自己或者很少的一部分人。在他離去之前，廣州的花城出版社正在編輯他的作品集，而此前他在國內出版的作品只有寥寥可數的幾本，甚至印刷的數量也非常有限。按照世俗的標準，很難說王小波是一個成功的寫作者，他甚至沒有來得及看看他死後所獲得的極大的榮耀，對於一個作家來說，這是一個很荒唐的悖論，他的死亡成為一個分界線。

離世之前，王小波毅然選擇了做自由撰稿人，這在當時的中國還是很先鋒時髦的職業，而他所依靠的就是改編劇本或者為雜誌寫專欄文章或者寫那些很難在國內得到發表的小說作品。以我對於中國寫作報酬的瞭解和王小波可以數落的那些作

品，我知道他的這些文字是很難維持生活的，如果在中國想要依靠寫作來維持生存必須要拼命的寫作甚至要不斷地製造文字的垃圾來生存。但在我們閱讀視野中王小波保持了他寫作的品質，這種註定了生活在清貧與寂寞的生活方式對於一個思想者或者一個理想主義者也許並不是什麼英勇，但對於一個生活在具體的家庭之中的人來說，則意味著必須是互相的理解與支持，是兩個心靈同樣的偉大與高度，否則我們很難想像一個渴望世俗生活與一個理想主義者會在同一個屋簷下，會在這個日益變化得浮躁與物質的社會來艱難度日。而我們更難想像的是這個社會的評判標準與人心尺度的變化，因此在王小波的身後，她站立的是一個永遠的支持者，是一個始終將他認為大智慧作家的女性，這是需要充分的自信與內心極大的承受能力的，但李銀河做到了，也許她並沒有因此而感到有任何的不安與艱難。但我知道如果沒有李銀河或者王小波要面對的是另外的一位，他們將如何，我們無法設想，我只知道李銀河同樣是一位理想主義者，一位曾經為王小波解決了許多現實問題的理想主義者。他們為了各自的追求而決定過丁克家庭的生活，為了有更多的時間放在自己的事業上他們更多的選擇了簡便的生活，放棄繁複的家庭生活，甚至為了王小波的小說創作，李銀河最終放棄了在國外做研究的生活，因為小說的創作必須以母語也必須植根在自己的國家。這種偉大的放棄我以為對於一個理想主義者來說這是最大的安慰和理解，沒有比這種精神上的支持也沒有比這種默默地行動來得更讓人感動和內心溫暖，使得這個冰冷的社會裏讓一個思考者不至於變得精神虛無甚至黑暗與沉重。很難想像，當一個以追求內心生活的人每天面對的將是社會的擠壓、家庭的不幸、生活的拮据，那麼他會以怎樣

的態度來面對這個社會，面對他筆下的人物，他還會以充滿憐憫甚至是愛憐的心情去面對他所描述的一切嗎？李銀河對於王小波寫作的支持，我曾經在作家朱偉的文章讀到了一段令人記憶深刻的片段，「第一次見到王小波，記得是上世紀八十年代末，是個冬天。那時候他剛從美國回來不久，李銀河帶他來找我。大家都是無所事事的時候，看點閒書，有數不清的閒空。在我的印象中，王小波好像一直在感冒，流著鼻涕，一臉的疲憊，臉上身上都是很髒的樣子。他說他生在北京，但從美國回來後就不再能適應北京的空氣。那時候我在《人民文學》工作，他給我拿來的是一行行寫在橫格紙上的小說。第一篇給我看的是〈三十而立〉，後來又拿過來一篇，是〈似水流年〉。」

　　因為有了這樣的認識，也才有了後來王小波在朱偉主編的《三聯生活週刊》上開設的專欄，這些專欄文字是王小波大多的隨筆和雜文文字，而這之中我們不難看到有了李銀河作為中間的牽線。我個人以為這個細節至少說明兩個方面的問題，一是李銀河為了王小波文字的發表曾頗費心思，其二是王小波是一個靦腆和內向的人，在中國現今這樣文壇已經成為名利場的社會，這種性格是很難取得很大的收穫的。還有一個值得我在這裏訴說的是王小波剛剛從美國回來，他不適應北京的空氣，這是一個具有雙重隱喻的說法，污濁的自然空氣與敏感壓抑的生存環境已經讓這個在美國受到精神洗禮的作家很難適應。在朱偉的文章中曾經講到他所理解王小波的文章中的兩個重要的敘事資源，一是他早年在雲南的生活經歷，其二是他在美國的生活和精神經歷。這次美國的遊學經歷，對於王小波來說是他人生重要的一環，可以說來自美國的精神轉變對於他曾經的疑惑獲得了很難的變化。一九八六年，李銀河到美國去留學，作

為丈夫的王小波也到了美國去陪讀，因而也才有了他在美國大學的讀書經歷，在美國王小波認識了著名的華人學者許倬雲，這次遊學對於王小波思想的改變有重要的作用。這在王小波的隨筆作品中會有明顯的區別，也是在美國，王小波完成了他最著名的小說作品的代表作品《三十而立》、《黃金時代》等。兩個在美國求學的中國學子，李銀河是公費留學，王小波則是自費陪讀，許多到美國留學的學生大多選擇打工，但在他們生活很艱難的情況下，李銀河還是拒絕王小波去打工，按照她的解釋，則是「不願意讓這個智慧的頭腦到餐館裏受苦。」兩位中國學子在大洋彼岸的異國他鄉過著簡單但精神生活豐富的生活，他們有各自的精神追求和目標，晚上可以在有線電視上免費連續地看三部電影作為娛樂，到了暑假他們會開車到整個美國去旅行，來真正地進入到這個國家的真實生活中。這是他們人生最快樂的一段時光，也逐漸地改變和成熟了一個真實的王小波，使得他最終成為一個真正的當代中國的自由主義的思想者。

然而，王小波最終永遠的離開了，只留下了他所愛的和深深地愛著他的妻子李銀河。我從這位中國當今著名的女學者的回憶文字之中讀到了他們兩人相愛的故事，並為他們在當下這樣一個大款與美女引領時代潮流吸引大眾眼球的時代裏，兩位相愛的思想者默默地互相鼓勵，互相支持、互相扶持、互相攜手，他們是這個時代裏知識份子家庭最感動人心的一對。但我更要感謝李銀河這樣的女性，他以一個知識女性的大智慧、大執著、大奉獻使一個思想者完成了其精神的最豐盈的生命，使他度過了短暫但絕對是幸福的生命，使他的思想最終走在了這個時代的潮頭，而沒有陷入到孤獨與虛無的黑暗包圍之中，永遠在現實世界的溫暖背景與底色中來自由與快樂地思索。我也

終於理解了，對於一個內心世界豐富敏感甚至可能處於不被理解的思想者來說，他們是多麼需要一顆能夠及時給予他們精神世界以關愛的呵護，如此我也就理解了為什麼詩人海子、批評家胡河清這些我們當代同樣智慧的頭腦最終選擇了以悲情與絕望的形式來放棄生命。

　　一九九七年，王小波死了，但他是幸福的，因為他曾經思考，他寫下不朽，他有過真實的愛，他幸福的生活在塵世之間。如果沒有這真實的愛，生活在塵世之中的思想者是否變成一個思想的巨人？這個我無法回答，我只知道這個思想者一定會生活幸福，他的孤獨是美麗的，他的思想帶有孤獨者的清潔又有塵世中煙火氣息。

流放的詩人回到精神故鄉

作家徐曉在一篇評論北島的文章〈與久違的讀者重逢〉中這樣寫到北島在海外生活的精神狀況，「一個每天操著英語卻用中文寫作的人，他的意識中存在著的，即不是可能成為他對手的讀者，也不是可以與之傾訴之言的讀者，他和我們不是以同一個座標觀照生活……。我是想說，完全無法想像，如果是我或者你，將怎樣面對那樣一種生活——孤獨，落寞，絕望，拮据，隔絕的屈辱，榮譽的折磨……」（徐曉：《半生為人》，同心出版社，二○○五年一月版，第二百三十七頁）我完全可以想像徐曉對於他當年這個詩歌精神領袖朋友的理解，甚至我不得不佩服她對北島體察的如此的深刻。徐曉至今還銘記著第一次見到北島的那一幕，那是一九七八年底的一個週末的傍晚，天黑的比以往都要早，她騎著自行車前往在人民文學出版社旁邊的胡同裏居住的另一位在一九八○年代具有傳奇色彩的趙一凡家。那是北京最冷的日子，徐曉在人民文學出版社的大門口看見幾個年輕人正在張貼油印的宣傳品，她走近看到的正是那個在後來影響巨大的民辦刊物《今天》，儘管天色昏暗已經無法看到刊物的具體內容，但她還是難以掩飾內心的激動與興奮，而這幾個張貼的青年人之中有一個就是北島，那時他還名叫趙振開。徐曉隨後也加入到《今天》編輯隊伍中，多年以後他在回憶這個刊物的文章〈荒蕪青春路〉中這樣刻畫了北島的容貌，「他高而瘦而白，留那種最普通的學生頭，穿一件洗舊了的藍色棉布大衣，戴一頂淺

色毛皮帽子，性格抑鬱不善言談。在我的印象中，他好像不會高聲說話，也沒有激烈的言辭，他的執著深藏在不苟言笑的矜持中。」（同上，第一百四十五頁）我在剛剛出版的北島的詩歌隨筆集《時間的玫瑰》的扉頁上看到了一張他的照片，二十年後的北島依舊是那種清瘦和憂鬱，這張照片拍攝於二○○三年巴黎的郊區。

在整個一九八○年代，北島都是具有傳奇色彩的詩歌英雄，但他最終的漂泊海外遠走他鄉促使他重新開始另一段的生活。徐曉所講述很能切合這種生活的精神狀態，如果想要清楚的知道他這些年的具體蹤跡，我想他的散文作品集《失敗之書》則是一個很詳細的注解。這些年北島在海外的生活不非就像他所言是不斷的漂泊，在現實中就是不斷的搬家，有一年他不得不連續七次搬家，這種疲憊在折磨著一個詩人；同時他還在不斷的去參加各種詩歌節去朗誦自己的詩歌作品，還在繼續操持著一份發行和影響都可能不會很大但品質絕對一流的漢語文學刊物《今天》，更重要的是他還在繼續進行著寫作，在遠離母語的環境裏繼續堅決的從事自己的漢語文學的創作，這種文化和語言上的障礙與隔膜是最令一個漢語作家所痛苦的，更為難能可貴的是北島的文字還依然具有力量，還有頑強的生命力。我連續三年買到他所出版的三本書，一本詩歌集《北島詩歌集》，一本散文作品集《失敗之書》，一本詩歌隨筆集《時間的玫瑰》，這些文字的閱讀重新勾起了我們對於北島的記憶也重新讓我們領略到一個新的北島的精神狀況。想來這些年在他鄉的傑出知識份子為數眾多，但都漸漸的寂寞地消失在我們的視野之外。青年學者余世存曾在評論北島的文章〈先行者的大地和天空〉一文中感歎北島沒有成為赫爾岑這樣的人物，這

些流落者沒有在異鄉裏形成中國的精神團體。這一點也許苛求了北島但的確是很遺憾的事情。

二〇〇三年一個炎熱的夏天的午後，我在石家莊的一個書店裏看到了他的《北島詩歌集》，墨綠色的封面，安靜的躺在書架上，我興奮的將這書買了下來。詩集幾乎包含了他所有詩歌的精品，特別是那些他寫作於海外也發表在海外而我們無緣見到的詩歌。我得首先承認自己不是一個詩歌的愛好者，也許是北島這個本身就具有標籤性的名字還在激動著我，是我對那個激情理想和浪漫年代的嚮往。他的這些新的詩歌依然還是保持著那些乾淨、淩厲和樸素的風格，意象也依然豐富。這些新的詩歌中我最喜歡〈午夜歌手〉這一首，因為僅僅這個意像就在打動著我的內心，在午夜唱歌的歌手也恰恰代表了北島的生命狀態，孤獨、寂寞和憂傷，他在詩歌中這樣寫到，「一首歌／是一個歌手的死亡／他的死亡之夜／被壓成黑色唱片／反覆歌唱」這是詩歌的結尾，甚至有些殘酷，但它是描寫一種生命的狀態，歌手就是詩人。

二〇〇四年冬天北京下過第一場大雪，我在一家溫暖的小書店裏看到了北島的散文作品集《失敗之書》，這本書的名字令我感到奇怪，我不知為何他要將自己的這部散文集如此命名，是對自己的失望與否定嗎，還是對這本書中的文字的拒絕？這本書幾乎都是寫到他這些年在海外生活與遊歷的見聞和體驗，儘管樸素乾淨幾乎沒有任何的抒情與渲染，但讀後還是在字裏行間感覺到浸透其中的憂傷。北島說散文是中年心態的折射，他的這些散文是在疲憊與緊張之後的一個放鬆與調節，因而是自然而來的。其實如果我們要仔細閱讀這些文本的話是不難把握他的生命狀態的，他在散文集的自序中這樣寫到，

「我得感謝這些年的漂泊，使我遠離中心，脫離浮躁，讓生命真正沉潛下來。在北歐的漫漫長夜，我一次次陷入絕望，默默祈禱，為了此刻也為了來生，為了戰勝內心的軟弱。我在一次採訪中說過：『漂泊是穿越虛無沒有終點的旅行。』經歷無邊的虛無才知道存在有限的意義。」

　　也許恰恰是這種絕望與虛無，才有了他另外的一些文字。人戰勝虛無與絕望往往是需要交流與對話，是獲得有建設性的補償。從二〇〇四年開始到二〇〇五年的三月，他為上海的《收穫》雜誌撰寫一個名叫「世紀金鏈」的專欄，一共九期，我斷斷續續地閱讀了這些關於詩歌和詩人的隨筆文章，驚訝於作為詩人的北島對於這些世界著名詩人命運如此深入的命運體驗，還有他對於這些詩人詩歌的理解與分析，採用了細讀的批評手法，將這些詩歌精彩講述給我們，而他在文章中顯得最為不滿的是漢語翻譯的質量，這使得他花費了不少的筆墨來糾正和比較。二〇〇五年八月北京夏天最熱的一天午後，我從北海公園遊蕩到美術館附近的北京三聯韜奮圖書中心，在那裏我第一眼就發現了北島的這本隨筆集，灰色的封面，鮮紅的書名，整個書裝猶如一個私人的筆記本，讓人有一種被禁止的誘惑。也許這種包裝比較符合我們對於北島的期待或者是記憶。我仔細將其中的一些文章重新閱讀了一遍，對那些詩人的人生傳記式的敘述特別感興趣，例如關於我所熟悉的里爾克、曼德爾施塔姆和帕斯捷爾納克的文字，這些文字也最動人。在那一天的閱讀筆記中我隨手寫下這樣的一段話，詩人以自己的創作和生命體驗來感悟另一個詩人的生命，他們內心的歡欣與悲痛是相通的。北島在寫到曼德爾施塔姆的文章〈昨天的太陽被黑色的擔架抬走〉中，他寫到在那個禁忌與高壓的年代裏從趙一凡的手中讀到愛倫堡的

《人‧歲月‧生活》中關於曼德爾施塔姆的部分時激動的幾乎眩暈的心情。在寫這篇文章的時候北島由趙一凡寫到曼德爾施塔姆，也許他更想說說自己卻只說了這樣話，「我常想到個人與時代的關係。愛倫堡在《人‧歲月‧生活》序言中寫到：『我的許多同齡人都陷入時代的車輪下。我所以能倖免，並非由於我比較堅強，或者比較有遠見，而是因為常有這樣的時候；人的命運並不像按照棋路下的一盤棋，而是像抽彩。』依我看，愛倫堡說的是外在的命運，其實還有一種內在命運，即我們常說的使命。外在命運和使命之間往往相生相剋。一個有使命感的人要多少受些苦的，必然要與外在命運抗爭，並引導外在命運。」

　　我認為這一篇文章是〈時間的玫瑰〉中寫的最動情也最符合他本意的文章，在文章的結尾北島這樣對自己說，「在某種意義上，詩人生來註定是受苦的，但絕非為了自己。俄國詩人涅克拉索夫寫過這樣一句詩，讓我永生不忘：『我淚水潸潸，卻不是為了個人的不幸。』」看來北島終於戰勝他所經歷的一切孤獨、絕望、虛無與苦難的折磨。他本色依舊。

前輩學人有遺風

──由謝泳談一種學術風範

　　學者蔡登山先生贈我一冊謝泳在臺灣出版的著作《何故亂翻書》，此書係謝泳的著作《雜書過眼錄》的續作。這兩冊書均係謝泳的閱讀筆記，由此想到一年前自己曾給北京的一家報紙寫過一些學界和作家的人物印象，但唯獨作謝泳的這一篇未曾通過，此時翻出來還可以看看我當時的認識，今天覺得還是沒有太多地變化，文章不長，全文抄來：「山西學者謝泳先生讀書很雜，但雜中又極有脈絡。以研究現代歷史上的知識份子而影響甚大的謝泳，其讀書也不逃離這樣一個範圍，但他所論說之書多拋除了一些常見的東西，而以學界不大重視或者少見的資料展開，其觀察問題視角之新穎獨到，又使這些不引人關注的資料添色許多。謝泳的研究文字樸素平實，少作文人式的抒情與修飾，以資料和實據作支撐，頗有胡適之『有一份證據說一份話』和傅斯年『動手動腳找材料』的遺風；他的研究文字大多也以讀書札記為主，篇幅短小，論題精微，但延伸話題均有風雲氣象，即使是研究專題也少見宏篇巨作，多是短小篇章的組合，拆開便是獨立文章。謝泳多寫這類讀書札記的文字，此類文字並不易寫，除去作者收集舊書的耐心，最重要的是要在比較之中有去偽存真的眼力，能在冷僻的舊書中發現光芒，這是需要深厚的學養的，否則難免會有貽笑大方的。以近來他在博客上連載未曾發表的〈一九四九－一九七六年間中國

知識份子及其它〉為例，此文以一九四九到一九七六年知識界的自殺情況切入，試圖研究此一特殊年代知識份子的生存狀態，由於資料新穎，作者於史料中披沙揀金，化腐朽為神奇，又耙疏嚴密，科學冷靜，最終指引命題，讀後大有驚心動魄之感，頗可一觀。記得謝泳還有個人網上空間『謝泳居』，集有歷年來所寫就文章，其介紹引用清人孫星衍對聯『莫放春秋佳日過，最難風雨故人來』，讓來往讀文者心存溫暖，也許最能代表其讀書做學問的一番境界了。」

　　因是一年前的舊作，可知作文之時謝泳還在山西省作家協會任職，此文作完之後不久，謝泳就在朋友的引介之下南去廈門作教授了。以大專學歷出任名牌大學的教授，成了當年學界的一大話題。謝泳此去廈門，我印象中山西文人韓石山寫過一篇文章頗為動情，其中有一個細節讓我久久難忘，翻出這篇〈送謝泳之廈門〉，抄錄此段如下：「太原的舊書市在南宮，週六周日開業，我去過幾次再不去了（太耽擱時間），那還是多少年前。而謝泳，只要在太原，每週或六或日必去一次。常是週六或周日的早上，我散步回來，只見謝泳挎著他那個碩大的黃牛皮挎包，弓著身子邁著大步，急匆匆地朝電車站走去。見了連話也顧不上說，只用他那慣常的手勢，張開五指，在臉前晃晃，算是打過招呼了。有時也會停下來，說他在南宮見到本什麼好書，問我要嗎，我若說要，週一早上單位的傳達室裏，準有一本用廢舊大信封裝著的書在，上面是他那幾近孩童體的鋼筆字，寫著我的名字。更多的時候，是他知道我準喜歡，就逕自買了送我。我的那本極為罕見的，文革期間出版的《侯馬盟書》，就是這樣得來的。太珍貴了，這次他沒敢放在傳達室，親自送到我家。還是他一貫的政策，絕不收錢，價格

太高，說好說歹，總算是收下了，看他那神色，像做了件什麼不名譽的事似的。有的書，我借他的看過了，而他的書正好可以和我的配成了一套，不等你說，他就會慨然相贈。我的那套《北京大學史料》，就是這麼配齊的。買的時候嫌太貴，覺得可用的也就是第二卷的三大冊，待到寫那本關於魯迅與胡適的書的時候，要用第一冊了卻沒有，懊悔不已，謝泳說他正好只有第一卷，當時是借了用，這一借就成了劉備借荊州，為我所有了。」

　　石山先生是性情中人，難怪他文章作得如此動情，由此我才明白原來謝泳文章常有新見並非是拾人牙慧，其功底是他多年在舊書攤前搜集消磨而來的，而他惠贈書籍這樣的事情在我看來，其對於其他作研究的人實在是猶如雪中送炭一樣的及時和予人溫暖。此間的重要，他自己就曾在文章〈從《東語完璧》說起〉中有過這樣的論述：「關於晚清留學日本的教科書研究，現在也不鮮見。但如果從細微處觀察，這些研究中還有需要注意的問題。比如對於研究中涉及到的具體史料，一要設法看到實物，轉述和從二書文獻中引用材料，一般要非常謹慎。我們現在的學風，對於那些小的史料鉤沉和考證，一般不很重視，非專書和論文不算學術研究，其實這是不好的學風。前輩學者的許多學術研究，常常是由專著和小的學術考證共同構成的。在這些小的學術考證中，可以看出學者的學術興趣和學養，比如像《陳桓史源學雜文》那樣的書，現在很少有人能寫出來。史學訓練，我以為還是要先從這些小處做起，學術進步也是一個累積的過程，只要是新材料或者考證、論辯了材料的來源及準確與否，其學術貢獻是不言自明的。」

　　謝泳的這一番感慨，我想同作現代文人研究的韓石山自然也是心有同感的。而我在翻閱書中的這冊《何故亂翻書》

時，就發現謝泳正是極重視從這些細微處做起的，從文章中不難可以看到，他是舊書冷攤的常客，而他所搜集閱讀的一些書真是難得一見的雜書和冷僻之書。對此，謝泳是有自己的一番看法的：「今天的舊書對於一般的讀書人來說早已沒有了研究意義，如果是為研究到舊書市場找書已是一件很奢侈的事，舊書成了收藏家的天下。老輩學者在舊書市場上找書，不是比錢，而是比眼光和興趣，有的東西收藏有意義，但對研究意義實在有限。圖書館容易找到的東西，也沒有必要再到舊書市場上去看，除非有特殊的愛好。」（〈由《錢理甫先生家傳》說起〉）我看謝泳在《何故亂翻書》這冊書中所提到的書籍，大多也都是圖書館裏難得一見的東西，送我這冊書的蔡登山先生感慨謝泳所提及的這些書，他自己也大多未曾耳聞，由此可見珍貴。

作為一個學者，如此眼光實屬不易，也難怪在謝泳的這些閱讀筆記中總能得以鮮見，也相比一般的巨集頭大論的文字讀來讓人感到親切實在的多。不過，我發現在這冊《何故亂翻書》中，謝泳不但自己善於發掘這些第一手的難得材料，而且也常常成為一些學界朋友們發掘第一手材料的伯樂。淘書贈送給友人，也並非僅僅一個韓石山，在他可謂是經常的事情。在〈讀《江南實業參觀記》〉中，他談及自己淘書和分贈朋友的初衷，「我喜歡看舊書，但我不是什麼舊書都要，我要的東西肯定是我過去多少知道一點與他相關的知識或者其中能保留我想像中的記憶，有收藏價值的東西，我很少要，因為我的興趣是在研究和材料方面。有些東西我有用就留下，有些東西知道朋友有用，就找機會送給他們。老輩學者都有這樣的習慣，我也是從舊書中看到這是一個研究者的素質，所以想學一學。」

　　淘好書贈友人，猶如寶劍贈英雄，並非只是簡單的一送了事。在〈兩本關於雲南的書〉中有這樣的敘述，「《花籃瑤社組織》的初版本，我過去也有，因為一個老朋友收集費孝通所有著作的單行本，我就送了他，不過後來這位朋友這方面的工作進展不大，很讓我有一些失望。」他贈送這些珍稀資料是有寶劍贈英雄的想法的，送錯了人自然有些不爽，而在〈我看到了《西方東方學報論文舉要》〉中，他寫到：「我在舊書市場上很注意這些東西，收集到以後一般都送給了有用的朋友。」他的這本十分欣賞的《西方東方學報論文舉要》就送給了朋友，「這本書目對我的工作沒有用處，但我有一個廣州的朋友，雖然不在專門的研究機構裏，但他的學術趣味和功力我以為都是一流的，他能以一人之力，全部箋證了陳寅恪的詩，而且完全憑學術興趣，這非常不容易。我這本《西方東方學報論文舉要》，就是要送給他的，因為他的學術工作需要這個東西。」謝泳的這位廣州朋友也不難知道，在他的文章〈陳寅恪詩的標題問題〉中就有，「我的朋友胡文輝，去年把陳寅恪的全部詩都箋證出來，承他不棄，送我一部完整的列印稿。」後來謝泳在北京的布衣書局淘舊書，發現了一冊舊稿本，據老闆說是廣州中山大學羅孟韋教授家裏散出來的。謝泳看了這書，感慨「文輝兄看到原物，我想他一定不會猶豫。」可見此書的價值所在，他的這篇文章也是因此寫成的，但謝泳在文章中寫到「現在這個稿本到了我的手裏和到了他的手裏一樣。」

　　字裏行間可見，若是好書贈對了人，對他真可謂是一件大快事。不過，謝泳卻不是簡單地買來就送，把書贈給最需要的人也是頗用心思的，在〈《夏承楓教授公葬紀念冊》〉中，謝泳寫到他見到一九四三年印刷的一大冊線裝《國立中央大學

圖書目錄》，他的朋友徐雁先生是南京著名的藏書家，此書對他可能有用，於是就買下了。「我一向認為寶劍當贈英雄，所以就把這本目錄送了徐先生。」在〈關於伍連德的史料〉中，謝泳寫到，他在書攤上購得伍連德一九一〇年東北肺炎防治的三冊《東三省疫事報告書》，後在上海見曹樹基先生，聞他對此有興趣，遂送他留念。之後，謝泳又從舊書攤購得伍連德關於一九一七年山西晉北肺疫流行的報告《山西疫事報告書》，共三大冊，「其中兩冊，我也曾於舊書攤得之，後一併送曹兄。」曹樹基先生是研究歷史地理學的著名學者，這些資料於曹先生，可謂是真正的寶劍贈英雄了。在〈王日倫的一篇論文〉中還有這樣的記述，「我收集到這類東西，看過就送人，而且總能送到最需要的人那裏。我前年看到黃汲清的散文集《天山之麓》，最後送給了黃先生的小兒子。我還找到過中國有名的林學家傅煥光譯的《改進中國農業與農業教育意見書》，這個東西方很難見到，但我把它送到了傅煥光女兒的手裏，這種書只有到了自己家裏才顯得珍貴。還有楊仲健早年自己印的《記骨室文目》，現在恐怕是很不易見到的東西，但我也想把它送出去，只是還沒有找到機會。」到這裏已經不僅僅是寶劍贈英雄了，還有些完璧歸趙的意味，只是這完璧得來並非易事，歸趙也就猶顯珍貴了。

在〈讀《歐美漫遊日記》〉中，謝泳寫自己在北京訪學，於布衣書局處看到了一冊《歐美漫遊日記》，索價五百元，「我在書店裏幾乎看了一個下午，本來決定不要了，但想一想，書這個東西和其他還不一樣，再貴，它最後還是在自己手裏，就是送了朋友，也會知道它的落腳處，萬一需要用的時候，再找也方便，最後還是要下了。」這樣的代價，可見其情

懷。而他贈書最為令人感動的，是我讀他的〈《歐特曼教授哀思錄》〉，此文所提到的《歐特曼教授哀思錄》是謝泳的蘇州朋友黃惲所贈，一九三四年由南京國華印書館印刷，因為不是正式出版的書冊，所以不常見。對於這冊書，謝泳打算把他贈送給北京大學研究中德文化交流的葉雋先生，但由於自己曾在一篇小文章中曾提及這冊書，上海同濟大學德國研究所的李樂曾先生寫信給謝泳，談到他見謝泳提及此書，但在同濟大學和上海圖書館都沒有找到，希望能借他複印一冊使用。於是，謝泳給李先生回信一封，信不長，卻很見風度，我摘抄如下：「李先生：手教奉悉。感謝信任。此事這樣處理：因為我前一段在北京見過葉雋，本來打算把此書送他，他是專門研究中德文化交流的後起之秀，想你們可能認識。既然貴校圖書館還沒有此書，我想就把此書送給圖書館（如果貴所有資料室，我的要求是一定要讓研究者方便使用），算是我無償捐贈，然後先留您使用。同時複印一冊寄葉雋即可。此書線裝一冊，不是公開出版物，所以少見。我五月二十號左右在上海。我在同濟有個朋友，在哲學系，是新到的青年，非常有學問，我和他父親是好朋友。他住曲陽路一帶，我印象中離同濟很近，屆時我可以把此書送您。學術是天下公器，寶劍應當贈給英雄，這是我一向的看法。希望我們能在上海見面。謝泳　四月二十九日」

　　四月二十九日回信，五月二十日左右兩人見面贈書，該年的十月八日謝泳就收到了同濟大學頒發的捐贈證書。《何故亂翻書》中影印有此證書，我覺得跟一般的證書並不一樣，所以將證書上的文字抄了下來：「謝泳先生：前承相贈《歐特曼教授哀思錄》助我校百年校慶盛典，助我校教育事業發展，謹向您表示衷心的感謝。特頒發此證書，以作紀念。同濟大學，

二〇〇六年十月八日。」向圖書館贈書，前面提到的韓石山文章，也有一段詳細記述，可為對謝泳贈書的補充，「記得在某刊上發表的一篇研究《朝霞》的論文的末尾，他說，將把歷年搜集到的全套《朝霞》雜誌和《朝霞》叢書，捐贈給一家圖書館。我看了之後，不覺一驚。因為我知道，為搜集這兩套書刊，他費了多少苦心，舊書市上淘，舊書網上搜購，還有幾本係朋友輾轉相贈，才湊齊的。文章寫成了，說捐就捐了，也太大方了吧。隨即一想，也便釋然。這種事，他做過不止十次八次了。有的是給了圖書館，更多的是給了用得著的朋友。記得一次他說，在舊書市上購得多本科學史方面的書刊，很是珍貴且價格不菲。我說你怎麼有這個興趣？他笑笑說，是覺得這些書刊放在舊書市上無人問津怪可惜的，有個朋友做這方面的研究，自己翻翻，過後就送給他吧。」

韓石山把謝泳的這種看似「傻氣」的行為叫做「大氣」，對此，謝泳自己是有這樣的議論的：「中國老輩學人中，本來就有把重要史料送歸國家機構的傳統，只是後來這個傳統為人忘記了。當年胡適把孤本《紅樓夢》寄給不曾見過面的周汝昌使用，那是何等胸懷。他多次說過，這書將來是要給國家的。因為史料只有能讓學者方便使用才有意義，才稱得上是史料。」在另一篇文章中，他也有相似的議論，不妨一同抄來：「其實收藏是為了捐出，是為了給國家保護東西，如果發財，最後這個收藏是沒有意義的，藏品只有集中在有用的地方才能顯出它的意義。這也就是為什麼真正的收藏家不願意把自己畢生收集到的東西傳給後代，而願意給了國家或者給了有用的人。」

遠在山西的韓石山在那篇送別謝泳的文章中有這樣的一點企望，「再買下你只是看看而不願保存的書，要隨手送人

的時候，記著山西還有這麼個沒大出息的老朋友，其人雖賤且辱，向學之心可是老而彌堅啊。我喜歡什麼書，你是知道的。郵資嘛，就免了吧，這點小錢，在我是一回事，在你該不算什麼。」對於韓先生這位故友的請求，我想謝泳是定會滿足的，韓先生不愧是作文的高手，以這樣的結尾更襯托出謝泳的大氣與寬厚。而我合上這冊書，那些文章中的光彩論題卻有些模糊了，倒是他贈書予人的風尚讓我記憶深刻，在當代以收藏珍異書籍和獨佔學術資源而自傲的學術文化界，這真是頗有前輩學人的流風遺韻。

異見者的精神譜系

一

在《退步集續編》中，陳丹青有三篇連續談論魯迅的文章，分別是〈笑談大先生〉、〈魯迅與死亡〉和〈魯迅是誰？〉。研究魯迅是當下的顯學，趨之若鶩者何止一二，而炮製的研究文字又何止千萬，但陳氏的這三篇文字放在其中來看，一點也不失水準，而且是光彩奪目。依我看，陳丹青只是一個魯迅作品的愛好者，為何對魯迅有如此精彩和體貼的理解，這其中或許大有玄機？先說〈笑談大先生〉，陳丹青談論魯迅鮮活生活的一面，讓人感到有趣、可愛和溫暖；而談論〈魯迅與死亡〉，又是講魯迅深邃、孤獨乃至絕望的一面；接著談〈魯迅是誰？〉，則是敘述被歷史的意識形態所遮蔽的魯迅，所有這些，都是試圖來闡述和還原一個私人視角的魯迅形象。三篇文章一一讀過，一個立體的魯迅頓時組合，向你衝過來，如此這般的文字功力，只有佩服。

在〈魯迅是誰？〉中，陳丹青有一段話值得細讀：「所以周令飛動問『魯迅是誰』，魯迅怕也弄不清『令飛是誰』——令飛與我同歲同屆，我一見他，除了頭十秒鐘驚喜，旋即發現他是我的那位中學同學。我在他臉上搜尋魯迅，結果讀到所有老知青的心理與生理密碼：十六歲我下鄉落戶，在贛南零上四十度的酷暑中割水稻；他十六歲當兵，在東北零下四十度的嚴寒中站崗；八十年代我去了紐約，他去了東京；在臺灣，

我有一位爺爺，他有一位太太，當初他倆在東京向中國大使館與臺灣辦事處申報婚姻，兩邊的官員均不敢作主成全這對政治鴛鴦，而他祖父周豫才和祖母許廣平當年私奔結合，不必聽候任何官家的批准……」令飛是魯迅的孫子，他對於魯迅的理解或許更多有血緣上的理解和體貼，而陳丹青將自己與周令飛的一一比較，一方面證明了作為魯迅的後代與魯迅生活時代的巨大差異，但無論是魯迅、周令飛還是陳丹青，他們與自己的時代之間，均存在著一種格格不入的荒謬感和距離感，而另一方面又隱隱地在佐證著他自己擁有著和魯迅的孫子一樣的解讀魯迅和進入魯迅的通道，通過周令飛，陳丹青似乎找到了接近魯迅的密碼。但我細細讀陳丹青關於魯迅的文章，感受到他受到魯迅的浸染並不很深，其中掩藏著一種精神的認同，但同時也暴露出一種巨大的豁口，這個豁口不是天然之間的某種聯繫，而是一種平等的交流或者對接。

由此，想到魯迅的一句話，記憶很深刻：「那好意，我是很感激的。而且也並非不知道創作之可貴。然而要做這樣的東西的時候，恐怕也還要做這樣的東西，我以為如果藝術之宮裏有這麼麻煩的禁令，倒不如不進去；還是站在沙漠上，看看飛沙走石，樂則大笑，悲則大叫，憤則大罵，即使被沙礫打得遍身粗糙，頭破血流，而時時撫摩自己的凝血，覺得若有花紋，也未必不及跟著中國的文士們去陪莎士比亞吃黃油麵包之有趣。」（《華蓋集・題記》）這是魏晉人物的風骨，但用來理解魯迅和陳丹青之間的關聯，我覺得很是有意思。魯迅作為一個民國時代的知識份子，正如陳丹青在文章中所闡述的，有趣、幽默、好玩，但骨子裏則有一種懷疑和批判的精神，因此陳丹青會寫作〈魯迅與死亡〉，因為魯迅看得很透徹，洞開，

清晰。在那個時代，魯迅是一個格格不入的精神流亡者，無論是在政治上，還是在文化上，他皆不合作，永遠保持批判地態度，他批判國民黨，批判北洋政府，批判清朝統治，批判封建勢力，也同樣他批判那些自詡為進步的文人，與胡適、林語堂、陳西瀅等等這些各種類型的知識份子論戰，但也同時與田漢、郭沫若、周揚等等這些左翼文人打筆仗；魯迅沒有與任何一個政治勢力保持一種親密的合作姿態，他永遠有懷疑的精神，他的骨子裏有一種游離的距離感。因此，在現實中，魯迅也必須是一個流亡者，他從紹興到南京，到仙臺到京都，然後從南京到北京、廈門、廣州、上海，不斷地疏離和流亡。讀魯迅的文字，會發現他對周遭的生活有著談論不完的意見，完全不用像現在的雜文家或時評家每天要尋找素材來說話，他有太多的不滿和異見。從西方的現代意義上來說，魯迅是中國現代社會以來屈指可數的知識份子。而陳丹青則恰恰對接了他的這種精神的內涵，陳丹青的這種精神形成，不單純的是受到魯迅的薰染，我以為他們是在精神相遇，然後再深入地融合到自己的思想譜系之中。

　　陳丹青一九八二年到美國紐約，二〇〇〇年回到中國，用將近二十年時間研習繪畫，但實際上，他是用這二十年的時間把自己塑造成為一個真正意義上的知識份子。一九八二年，陳丹青到美國之前，是中央美院的高才生，再之前，是受到共和國教育的知識青年，在上山下鄉的勞動改造中塑造思想。但一九八二年到美國則很可能是一個轉捩點，從此成為一個體制外的流浪者，但也從此成為一個完整的個體，在歐風美雨中薰陶，成長，吐出狼奶，脫胎換骨，成為一個新鮮的個人；而與魯迅的再次相遇，卻與一九八二年之前的閱讀是完全相反的，

在精神的緯度中魯迅作為中國人完全與他作為一個新鮮的個體相重合了，這種相遇至關重要的。因此說魯迅浸染了陳丹青，或許是不準確的，這種精神上的相逢與相遇，然後慢慢地彌合。但畢竟魯迅是廣闊的，博大的，因此我們讀來，他受到了精神的洗禮，但實際上魯迅只是他藉以進行批判和懷疑的一種良好的暗器。在他的著作《退步集》和《退步集續編》中，不但見識了一個對於教育體制進行猛烈批判的陳丹青，而且在建築、繪畫、攝影、社會等等諸多方面的批判，而他批判所參照的對象，往往並不是魯迅的精神資源，而是他在美國生活的經驗，諸如在對於教育體制的批判上，陳丹青完全以言說美國的大學教育為例，而在對於文化的保護上，也同樣是以歐美國家的方式用來作為自己的參照的。因此，陳丹青遇見魯迅，我以為彷彿是知心朋友的精神相遇，然後汲取、昇華、融合、生長，把自己原有的精神內力再拔高到一個新的境界。

二

由陳丹青，我想到另一位特立獨行者——王小波。如果陳丹青將自己與周令飛比較，那麼我覺得拿王小波與陳丹青比較，會更有意思：陳丹青生在上海的弄堂裏，王小波則在北京的胡同裏長大；陳丹青在江西農村插隊的時候，王小波則在偏遠的雲南和老鄉一起種田；陳丹青到中央美術學院讀書，王小波則到人民大學學習數學；陳丹青出國到紐約學習繪畫，王小波則到美國陪夫人讀書；陳丹青回國後到清華大學任職，然後憤而辭職，王小波回國後在中國人民大學短暫任教後選擇自由寫作；最後，陳丹青成為體制外的自由畫家，王小波則成為體

制外的自由作家。作為這一代的知識份子，王小波與陳丹青最為相似，他們的共同點還有，同樣接受美國的精神薰陶，在陳丹青的精神視野裏，許許多多的西方知識份子轉化成為了中國的魯迅形象，而在王小波的精神視野裏，則直接是對羅素等人為代表的西方思想的認同。相比之下，陳丹青更加聰明，而王小波則低調很多，王小波也寫雜文，對社會多有不滿的批判，但嬉笑、詼諧，掩藏在調皮的外表下，而陳丹青寫雜文，但明顯很直接，劍拔弩張，不過陳丹青很好地把握著話語的尺度，往往到達限度的邊緣，在觸犯禁忌的時候停步。因此，無論是王小波還是陳丹青，永遠不可能成為一個被主流話語接受的符號，但在知識份子中間，大家都會心知肚明地理解這種行為和姿態的。作為異見者，王小波根本不可能進入主流的文學史甚至是研究體系，陳丹青也同樣。

王小波的精神視野主要在西方，這對於陳丹青應該並不陌生，我至今尚未讀到過陳丹青有關王小波的評價，但我以為陳丹青作為一個生活在美國的職業油畫家，他或許對於中國傳統的文化更為陌生，而關注的則可能是傳統文化與西方思想的如何融合。對此，木心可能是當代中國人中走得最遠的一個。陳丹青說他受到木心的影響很大，並作有文章〈我的師尊木心先生〉。一九八二年陳丹青出國，遭遇到第一個備受佩服的就是木心，一個旅居海外的中國人。以陳丹青的抱負，甘願拜木心為師，可見其魅力。木心何許人也？國內在數年前對木心的認識幾乎為零，但由於陳丹青的大力鼓吹，也逐漸被國內瞭解。這裏我抄錄一段關於木心的人生簡介：「一九二七年生於浙江烏鎮的富商之家，青年時期在上海美專和杭州藝專習畫，新中國成立後任上海市工藝美術中心總設計師。他的寫作生涯始於

青年時代，『文革』伊始，他暗自寫下的二十部書稿毀於『薩蓬那羅拉之火』，他亦因言獲罪，兩次入獄達十二年之久。一九八二年，五十五歲的他以『繪畫留學生』身份赴美，自此，長居紐約。一九八三年到一九九三年間，他在中國臺灣和美國華語報刊內陸續發表作品。此後筆耕不輟，但作品很少在大陸面世。」（李靜：〈你是含苞欲放的花朵〉，見《南方文壇》二〇〇七年三期）如果瞭解一下木心的簡歷，無疑可以發現，這同樣是一個格格不入的異見者。至於他的言論獲罪，我們至今不得而知。但木心對於陳丹青的影響，則是從另外一個層面上，那就是對於傳統的既有寫作文體的徹底背叛。為此陳丹青有這樣的一番言論：「二十多年前當我初讀木心先生的文字，我的錯覺就是將他與五四那代人並置，但隨即我就發現，即便周氏兄弟所建構的文學領域和寫作境界，也被木心先生大幅度超越──即矛盾又真實的是，木心先生可能是我們時代唯一一位完全銜接古典漢語傳統與五四傳統的文學作者，同時，在五四一代以及四十年代作者群中，我們無法找到與木心先生相近似的書寫者──此所以我稱木心先生是一個大異數，是一位五四文化的『遺腹子』，他與後來的傳統的關係，是彼此遺棄的關係。阿城為此說過一句意味深長的話，他說：木心先生其實是在為五四文學那代人『背過』。」（〈我的師尊木心先生〉，《退步集續編》，廣西師範大學出版社，二〇〇七年六月第一版）

　　在陳丹青的眼中，木心首先是在既有的文體意識上的異見者，而木心的文字擺脫了社會與倫理上的束縛，以純粹的面目出現，他完全擺脫了當代以來中國作家所既有的文化資源，直接與五四相連接，而五四的一個重要的方面，就是能夠將東方

文化與西方文化進行各種可能的融合。作為油畫家的木心和陳丹青，自然明白這其中的奧妙與關鍵所在。對於木心的文章，按照一些評論家的話語，那就是精微、成熟、華貴、自由和優雅。陳丹青的文筆之妙，可以說多少吸收的木心的文體創見，讀陳丹青的雜文作品，同樣給人以精緻、簡潔、漂亮、乾淨、高貴的感覺，但區別於木心的是，陳丹青沒有完全抹去世俗世界的價值趨向，如果說木心的修煉已經走到超越俗世層面，那麼陳丹青在此火候上還沒有達到這樣的境界，他的文章中有性情的東西，有情緒的色彩，也有一些野性的和江湖習氣的色彩，夾雜其間，這也是他的作品在當下的中國更受到接受和歡迎的原因之一。

關於陳丹青與木心，我以為陳丹青是承繼了木心的文字神韻，但他能夠出色地進行轉化，完成了適合大眾口味的調和，這也是他將自己的劣勢轉化成為自己的強勢，從而成就了如此獨特的陳氏文體，而木心的文章固然高貴、清潔、成熟、華貴和雍容，但總覺得距離我十分的遙遠，這大約是因為木心的世界與我們生活的這塊土地始終是隔絕的，他決絕地脫離了孕育自己的大地，無疑是擺脫了這塊土地上暫有的弊病，在獲取自由與超脫的同時，但也同時放棄了這塊土地上生活的溫度，缺乏了來自地氣的野性力量的激盪。因此，我讀他的文字，始終感覺他的文字是一座精神的文化孤島，修建這個遠離塵世的孤島，並且將他建造的精美絕倫，但他對於我們來說，畢竟只是一個華貴而精美的標本，是遙遠而無法複製的。因此，相比木心，我更喜歡作為他的弟子陳丹青的文字。因為陳丹青也作為一個文化的旁觀者和精神流浪者，雖然他不像木心作為文化的遺民曾有過五四精神的薰染和根基，但他能夠將已有的『狼

奶』吐出來，然後重新注入新的生命能量，這種二度重新建設的生命則更加具備免疫能力，使他的文字更加有一種關懷和平等的精神氣質，又有源於民間體驗的野性之美。這則區別於木心，木心的高貴是對人間的俯視，缺乏溫熱的精神氣度，他可以感受自我的情感世界，但對芸芸眾生的世界則沒有應有溫情，以木心被大加稱讚的〈上海賦〉為例，此文固然精彩，描摹刻畫細膩傳神，但讀他這文章，似乎感覺到是一種臨空觀望的姿態，而不是穿越其間的眼光，清晰自然是清晰，但所有的萬象風雲似乎與我何干，而這上海的一切也只不過是他筆下精雕細琢的盆景罷了。因此，我相信如果是從上海弄堂裏出來的陳丹青來作文的話，固然是沒有木心的大氣傳神，但在精神面目上，則也許會更加的飽滿和豐富，因為這種溫熱的體貼是我所獨愛的。

三

木心之外，陳丹青還坦言自己佩服另一個頗有爭議的人物的文字，此人就是民國文人胡蘭成。在他最初寫成的著作《多餘的素材》中，僅寫到胡蘭成的短文多達數篇，並特意寫有〈胡蘭成〉一文，其中有他對胡蘭成的介紹，不妨抄一段：「胡蘭成，浙江人，曾任職汪偽政府高層，日本戰敗後隱匿浙西南一帶，五十年代初流亡東瀛，著長篇散文體回憶錄《今生今世》。一九八一年末客死日本，不知可有人通知與他曾經相戀的張愛玲，其時，距他們分手已經過去將近四十年。」看來，陳丹青佩服的這位文字高手，卻是在當下看來有失大節的人物，而從另外一個角度看，這位少為人知者在其精神領域中

同樣是一個格格不入的異見者，儘管這異見以背叛大多數人的心理底線為內容。

　　對於胡蘭成的評價，陳丹青認為其書寫、性情、器識，猶有勝過沈從文和張愛玲的地方，後兩位是八十年代中國現代文學史上的「出土文物」。我讀過胡蘭成的《今生今世》、《山河歲月》、《中國文學史話》等著作，被其間充斥的文化自信與樂觀所震撼，但胡蘭成完全區別於正統的社會觀念，他試圖建立一套自己的認知系統，然後來解釋社會、歷史、文化、倫理、秩序等等，儘管這其間難免有荒唐與可愛的地方，但他反映出一個游離於既有文化堡壘外的江湖氣息。就像看了張愛玲的文章，胡蘭成也要寫出來，與其比一比。而胡蘭成野心雖大，但卻是鄉野中長大，不守拘束，野性和江湖氣息自然是沾染不少了。也因此，他寫文章就能夠舉重若輕，瀟瀟灑灑，文章搖曳多姿，且有化百練鋼到繞指柔的魅力，這些氣質陳丹青顯然偷學到了不少。

　　我覺得陳丹青從胡蘭成處獲得不少的資源，則源自於偶然讀他的書，感覺很像胡蘭成的手筆，諸如這一段：「中國古典音樂另有一種大好，我不知以什麼詞語形容。聽過今人演奏不知哪裏的古民樂，蓬勃陽剛，不摻半點傷感與矯情，聲音裏姿態變化多極了。那年在紐約看連續劇《唐明皇》，有一段玄宗出巡，單是成排的大鼓敲了又敲，一路臣民跪倒，我聽得神旺，它卻是毫不煽情，鎮靜而猛烈，又極喜慶寬大，真是朝廷的恩威。後來我錄下來連在一起聽，聽過了，好久不曉得該去做什麼事情。這種內心的振動，好像聽西樂沒有過。西樂也是意氣風發，但好像聽過了要你非得去怎樣：愛，革命，奮鬥，或者死掉算了。那段唐的鼓樂的意氣風發，就只是意氣風

發。」（《陳丹青音樂筆記》，上海音樂出版社，二〇〇六年八月第一版）這一段文字就很像胡蘭成在《山河歲月》中的手筆。胡蘭成的文章是他晚年在流落日本所寫的，而陳丹青的這番感想則是在美國定居時所得到的。一個非常有趣的現象，那就是對於中國文化的批判者，到了異鄉，往往是看到傳統文化的好處。胡蘭成讚美中國的文化精神，處處是好，且有他自成系統的評價體系，胡蘭成的讚語，發自內心，即使有所謬誤，但也是真誠的。這一點，陳丹青看得明白，因此我讀陳丹青的文章，發覺他對於中國傳統文化喜愛有加，諸如他讚美中國的民樂，甚至是鄉間流行的小調，於其間看到文化的精神魅力。這一點他不同於魯迅，魯迅是徹底地與傳統斷絕，認為那文化的其中還是殘存著奴役人的東西，而陳丹青則顯然不必如此，他讚美傳統的文化，卻極力批判對於傳統文化進行束縛的體制。在陳丹青的視野裏，魯迅也是一種傳統的精神。

　　由魯迅到木心再到胡蘭成，陳丹青的精神譜系之中，無論是在精神姿態上還是在文化的認同或者文體的創造上，都是一個個不折不扣的精神叛逆者，這種叛逆行為又造成一種格格不入的疏離，而這種距離感正是陳丹青所吸呐到的精髓。陳丹青在國內頻頻地以個人姿態進行反抗、掙扎、發言，正是因為其巨大的不適應感，這種不適應的和沒有被同化的不爛金身，恰恰是極為珍貴的。因此，無論在心靈上還是文體上，作為一個異見者，陳丹青的文章帶來不同於我們現有種種文字的陌生感和認同感，這才是他的魅力之所在。

先生畢竟是書生

——記我的老師陸文虎先生

陸文虎先生是我的研究生導師，但我們卻從來沒有一起吃過一次飯，我和另一位同門師友曾經數次試圖約請他，都被婉言拒絕了。以文會友，他總是這樣回答我們，比我低一年級的師弟們不知道他的這個脾氣，教師節當天往他辦公室送了一束鮮花，適值他不在，後來我才知道他看見鮮花後，給這位送鮮花的師弟發短信說，以後不必如此，否則大家都會難堪。這樣一位看似很不懂得情理的老師，我們這些弟子還都沒想到他會反應如此激烈，因此都暗暗詫異這是一位與眾不同的老師。但就是這樣一位老師，對我們這些學生卻是極負責的，要求也是十分嚴格的，我的研究生論文是在他的細心指導下完成的，當時論文修改了數稿，為了按時趕上學校安排的交稿日期，他一邊參加部隊總政的重要會議，一邊給我們看論文，提意見，交流全部用手機短信，修改的稿子由他的司機取送，有時晚上我已經睡了，他給我發來短信，告訴某處有問題，讓第二天上班後去辦公室拿論文，我才知道那麼晚了，他還在給我看論文。

我每次去拿他讀過的論文稿子，總會看到上面修改的密密麻麻，常常讓我內心羞愧，也為自己遇到這樣的負責任的老師感到內心高興。我的論文在最後的答辯中儘管也有若干瑕疵，但還是獲得了很高的評價，被授予優秀論文。答辯的那天，我才知道陸老師大病過一場，他給我們修改論文的時候正值剛剛

出院。在論文答辯的那一天，我看到陸老師的臉蠟黃，幾乎瘦了一圈，學校為了照顧他，安排他指導的兩個學生先進行答辯，但等我們兩個同門師友答辯結束並且都獲得了成功後，他並未離開，而是堅持聆聽完了整場的論文答辯。就是那一天，我在獲得成功的時刻，才真正感受到了一位老師的魅力和本色。

晚上，我因高興喝了酒，幾乎醉了，給陸老師發短信表示感謝，但他的回信卻很簡單，只是認為這一切都是一個老師應盡的職責。我頓時就有些酒意全消，在這之前，我曾經在論文完稿的後記中表達了自己對老師的尊敬與感恩，他在批語中嚴厲地要求我重新寫後記，並指出這文字似乎太煽情了。我後來才知道我的那位同門師友也遭遇了同樣的待遇，但她堅持住了自己的意見，沒有修改，我則按照他的要求重新寫了一遍後記。我現在都認為，我和我的同門師友在面對後記的修改問題上所做出的不同舉動，都有自己的道理和理由。我自認為是一個極不懂得世故的人，因此在京城求學期間每每為很多自己看不慣的事情而憤怒，那些文人學者之間所發生的有關名利的趣聞常常讓我吃驚又感到極度失望，但我在陸文虎老師這裏看到了一個為人師者和一個學者的真正風骨與品質。

我是在畢業一年前才與陸文虎老師見面的，因為我所就讀學校的培養機制，嚴格說來陸文虎老師只是我的碩士論文指導老師。在此之前，我已經久聞他在為學上的成就和品質。他是國內很有名的研究錢鍾書的學者，同時也是一名重要的文藝批評家。我因為在兩年前開始承擔一個國家基金課題的寫作任務，其中就要寫到關於對於陸文虎老師的評價與研究，我那時年輕，熱血，看了他寫的文學評論集《荷戈顧曲集》，在研究了一番之後並不忘記寫上關於自己的一番議論，我對書中文

字缺乏文采，且有公文性質的寫作傾向等進行了直截了當的批評。兩年後，這本書出版，恰恰就在我論文答辯的前夕，我想陸老師是應該看見這一段文字的，但他並未因此而輕慢他的這位鹵莽的學生。後來我才逐漸瞭解到那些文章寫作的背景，他的關於軍旅文學非常具有指導意義的批評文章，大都是在總政治部文藝局任職時所寫就的，有一定的公文體例也大都是因工作的需要，或是形勢任務的要求。而如今想想，也就是那些文章，曾經撥雲見霧，擲地有聲，對指導整個中國的軍事文藝事業產生了很大影響，這應是何等瀟灑宏闊和嚴謹的胸懷與氣魄呢！

我當時幼稚，現在想，陸老師研究錢鍾書多年，對「錢學」有很高的造詣，又豈能不懂文章之道？我的論文寫到最後氣力已盡，改來改去總不得法，他給我寫評語說，要懂得用健康的漢語，寫明白自己心中所想，一句句地推敲。按照他的方法，我果然一次順利交稿。但這一不成功的寫作經歷對於我幾乎是一個很重大的打擊，讓幾乎自負的我很快回到了地面，更重要的是他讓我懂得很多學文學人的道理，諸如關於作文，諸如什麼才是真正健康的漢語。這對於我的寫作幾乎是一次重新的質疑，我開始重新梳理自己的閱讀與寫作，也是在這個時候，我在去陸老師家中拜訪的時候，得到了他贈送的另一本著作，也是他的代表作《圍城內外》，這本書在國內研究錢學領域影響較大，臺灣曾經以《錢鍾書的文學世界》為名而出版。而這本書的閱讀，讓我看到了另外一個陸文虎老師，一個學識淵博、思想前衛、語言典雅、扎實勤勉的學者，完全區別於我心中曾經固執的印象中的那種官僚學者或文人形象。諸如學識淵博，他對於中國古典文史與西方文論的研究超出我的想像；

諸如思想前衛，他對西方一些很先鋒的理論的閱讀認識與應用，更讓我驚訝的是，他是國內最早的電腦用戶和互聯網用戶，是最早寫過關於網上錢鍾書的學者，像〈國際互聯網上的錢鍾書〉、〈我與網上錢鍾書〉這樣的文章；再如語言典雅，他的這些文章均典雅大方，完全區別與他的那些因為工作需要而寫過的文藝批評文字，深得漢語語言的魅力，這也就是他不滿意我的語言文風，要求我用健康漢語寫作的緣故；還有他的扎實勤勉，他曾自言，僅就關於錢鍾書的種種文字都是他在工作之余寫成的，總計約二百萬字，他還曾經主編《錢鍾書研究》、《錢鍾書研究采輯》等學術叢刊，校訂國內三聯出版社的所有錢鍾書文集，還是國內著名的錢學研究者也是最早向大眾普及錢鍾書的學者，曾寫過不少關於錢鍾書的文字，並深得大眾讀者的喜愛。

有很多人非常奇怪，像錢鍾書這樣特立獨行的學術大師為何與身為軍人的陸文虎能夠成為忘年交？我很早就知道錢鍾書先生與陸文虎老師私交極好，在來讀研究生不久就聽說一個傳聞，錢先生在彌留之際，陸老師是陪床的僅有幾位親友之一。錢鍾書先生生前不收弟子，因此很多人認為陸文虎則是其入室弟子。對於這些傳聞我沒有無聊地當面向陸老師求證，但我想假使這些都是真實的，在我寫下上面的那些記憶之後，我便能理解為什麼他們能夠成為很好的朋友的。年初去陸文虎老師家中拜訪，與他在家中海闊天空式的聊天，自然免不了談到錢鍾書，其中就提到他與錢鍾書先生的交往，他遺憾的告訴我，那些年經常到錢府上拜訪，卻沒有想到留下什麼資料。他與錢鍾書先生只有唯一的一張照片，而我在他的書中所讀到的那些文字，也從未見他炫耀與錢先生的私交，這簡直就是難得了。陸

文虎老師研究錢鍾書緣起是他三十年前在廈門大學師從著名學者、錢鍾書的同窗鄭朝宗先生，其時錢鍾書的《管錐編》剛剛出版，鄭先生當機立斷，將他們幾個學友的研究方向改為「錢學」，他至今還記得那樣的難忘情景：「記得開課那天，天光隱晦，而鄭教授的《管錐編》選講卻使我們如坐春風、如沐春雨，多年的積旱頓時緩解，我們初嚐有知之樂，感到前路一片光明。」

但我常常感到疑惑，對於錢鍾書先生，他的《管錐編》對我來說，閱讀已經十分費勁，何談研究？但要知道三十年前，陸文虎也僅僅是一個未曾讀過大學，只是在部隊裏操槍弄炮、書寫公文的一個士兵而已，在士兵與學者之間，我感到差距實在太大？對此，我曾當面求教，他坦誠，起初也頗為艱難，只有憑藉著自己的興趣與毅力。我曾經對於做學問非常恐懼和失望，先天學養不足，後天補給不夠，中西不能打通，何談做學問？但陸文虎老師憑藉著自己的毅力在不斷地提升，攀爬。而這些年對於學問的追求，與其他學者所不同的是，他大都不是在學院或者科研院所裏度過，而是在機關繁忙的公務和案牘勞形之後，憑藉自己對於學問的熱情與堅韌，一步步地走向廣闊的學術天地。

明白了陸老師的學問人生，我也彷彿「感到前路一片光明」。這之前，我曾極度迷茫，希望在研究生畢業後能夠進一家文化單位專職寫作或者進行研究，但談何容易？我也拿著自己的簡歷請求陸文虎老師給予幫助，他也曾為我聯繫推薦，但都未有結果。我在學校主編一份系刊，他從上面知道我寫了不少文章，因此鼓勵我參報國家的一個比較權威獎項的評選，因為名額的問題在他的努力下最後能以總政文藝局的名義得以推

薦，而他也當面向我說，如果這次推薦成功了，你的工作也就
好落實了。我當時黯然，自己的水平，評獎的艱難，人際關係
的微妙，這些我都是知道的，但老師的一番苦心我是感動不已
的。儘管先生也是身居將軍之位，但本質上還是一名書生，他
是希望我能夠真正通過自己的實力來證明自己的。但我因此也
終於知道，只要憑藉自己對於學問的愛好和努力，無論在哪裏
都是無法阻擋自己向更高的精神領域攀爬的。在研究生畢業前
夕的那段日子，儘管工作與前途沒有任何頭緒，我忽然感到異
常的輕鬆。

一切誠念終將相遇

——我所知道的司敬雪及其他

　　我與司敬雪相識在六年前，那時我是一個徹底的文學青年，對於一切從事文學事業的人幾乎全是盲目的崇敬有加，而司敬雪則是河北《長城》文學期刊的編輯，之前還曾在批評界頗有影響的《文論報》做過編輯。當時，我在省會遠郊的部隊當宣傳幹事，通過朋友介紹請到他給部隊的文學愛好者講演文學，但那次的授課並非成功，因為這些所謂的文學愛好者們其實想聽的大多是如何寫出一篇成功的新聞報導稿件，而並不是曲高和寡的談論撈什子文學。那之後，我考到了北京讀研究生，記得離開前還收到過他的一封回信，隨後便逐漸與他失去了聯繫，但三年後我又百般不情願地回到了這座城市，之後的日子，儘管有時會很寂寞，但我常常會想到在這個城市裏，至少還有一個名叫司敬雪的老師或者朋友。

　　一切誠念終將相遇，也許是因為文學讓我與司敬雪更增添了一種人生的機緣。去年我到北京的魯迅文學院學習，報到後，在自己房間對面的標識上看到一個熟悉的名字，此人正是司敬雪。那段日子足以讓我銘刻，其中最讓我難忘的就是與司敬雪的交往，記得我們曾一起去美術館旁的三聯書店購書，去王府井的人藝劇院觀看話劇，去宋莊的畫家村欣賞先鋒藝術雙年展，去首都博物館領略難得一見的國寶文物，去芳草地的朝陽文化館探訪一位我們共同的朋友，而我更難忘的是那些在一

起互相懇談文學的日子，我記得自己總是侃侃而談，他總是耐心傾聽，最後又總是在恰當的時機給我以回應，且有雲開霧散之感。那段日子，我常常在他那裏感受到一種兄長般的溫暖，感覺很踏實。現在看來，我可能是一個比較盲目自大且狂妄的人，也幸虧有他的理解、包容與愛護。在魯院讀書時，我曾經用尖刻的語言深深地刺痛了一些我所不喜愛的所謂文學名流，這自然引起了某些人的不快。一天深夜，很少喝酒的司敬雪在微醉中與我對坐床頭，用愛憐的語氣告誡我，一定要懂得保護自己的才氣啊。

我尊敬司敬雪的善良與正直，儘管我與他年齡相差較大，在稱呼上常常老師和兄長混用，但我深深地感受到之所以如此，或許是因為我們都曾有過親近的內心經歷。我最近讀他對於一位作家小說的評論，其中談到這位作家讓牛去拉掉到坑裏的拖拉機，將繩子栓在牛的脖子上，司敬雪說，他曾經在農村也拉過牛種過地，沒有這樣栓牛的，否則牛必死無疑了。我讀後忽然莫名的大為感動，僅僅短短百十個字的評論文章，但卻談到了我們寫作和時代的軟肋上了。由此想到一次我和他在北京的街道上散步，談起了往事，他說當年大學畢業後在縣城裏做老師，十分寂寞，便鼓起了勇氣，報考了華東師範大學的現當代文學的研究生。那年即將開學的時候，他卻沒有收到通知書，直到有一天，他收到王曉明先生的來信，詢問為何沒有音信，由此才知道自己已經考取了，而王先生來信竟然是以「敬雪兄」這樣稱呼開端的。我很能想像在小縣城裏作語文老師的司敬雪彼時的心情，後來才知道他的通知書被扣留在縣裏的教育局了。這之後，他如願到了中國當代文學研究的重鎮華東師範大學，在麗娃河畔跟隨王曉明和陳子善兩

位先生研習中國現當代文學,一九九八年他以碩士論文《魯迅與酒、藥、女、佛》畢業,又回到了故鄉。從大都市上海回到這個文化荒蕪的城市,我不知道他那時的心境是否也曾和我有幾份相似?

　　然而,直到最近,我才認真地集中讀了他的大多數文學評論和研究文章,自己被強烈的驚詫了暫不談,也更覺得我對於他的認識和理解其實並不深入,諸如我一直認為他或多或少有些兄長式的保守、刻板和教條,但讀了這些文章後,我才覺得自己的認識是多麼的表像,在那平靜的外表下竟然掩藏著一個幽默、坦蕩、清醒和深邃的心靈。在他的那些文章中,我尤其喜歡他寫的一組文章《閒話浩然》,這些文章大多寫於浩然去世之後,與我所讀到的很多關於浩然的文字很不相同,諸如他寫浩然與前列腺,浩然與西門慶,浩然與太監,這樣的角度,立意妙極,其內在反映的則是他的深入思索,但他卻能極形象地表達出來,諸如一位網友不同意以浩然和太監並列為題,我讀他關於太監文化的回應文字,就覺得難得的清醒與深刻:「魯迅說過,中國人只有兩個時代,一個是想做太監而不得的時代,一個是做穩了太監的時代。什麼是太監,太監即奴隸也叫奴才。太監就是沒有自己的思想,人云亦云慣了,而且特別怕有自己的思想,不但如此,別人想自己思考一下,說一說自己的想法,他就難受得不行:這怎麼得了這怎麼得了,天下不要因此大亂了嗎?這就是太監心理。其實皇帝不急太監急,太監也許心裏不一定真的急,但他一定要表現出急來,一急就什麼都有了:你們大家都看見了,我可是真的急了,我是忠心耿耿的。急是表忠心的一種表現。他的小九九就是,將來真要出點什麼事,他就會對主子說,你看看你看看,我說

怎麼著，被他們弄壞了吧。真可惡，真該死，好好整整他們。這是太監的另一層心理。」再如，他關於姜戎的小說《狼圖騰》的評論，談到《狼圖騰》有一種對文明的反思，但遺憾的是，姜戎並沒有將這種文明的反思整理清爽，因此，他有這樣十分鮮活而幽默的比喻，形象至及：「打一個不恰當的比喻，姜戎像極一個陽萎患者，他非常想疼愛自己的女人，卻把她搞得上不來下不去，難受得要命。他不但不會得到自己女人的喜愛，反而有可能被她抓搔得遍體鱗傷。這也就不難理解前不久一個德國人說《狼圖騰》的作者姜戎是個法西斯。這是什麼意思？還不是要咬死他、喝他血的意思。作者其實也沒必要叫屈。他確實叫那個德國人很不舒服，儘管他本意是要讓他舒服死。一個人想什麼是一回事，整成什麼是另一回事。那個狼，想自由自在，可以，想吃肉，也無可厚非。但是，因此來嘲笑羊就過了，羊也是世界本初的一種。把羊與狼對立起來，吃草就是文明，吃肉就是自由，這也太幼稚了。如何來看待狼，如何來書寫狼的生活，姜戎還遠遠沒有摸到門栓。他是在院子裏亂跑圈。」

　　我逐一讀過了他關於一些作品的短評文字，都是誠懇、幽默與坦蕩的，也有自己深入的思考在其中，儘管有很多文章都是因為職業的原因，而不得不予以評價，但他沒有就事論事，而是能夠談論自己的心得，許多見解讀來清醒而深刻，諸如在文章〈硬度的書寫〉中就有這樣借他人酒杯澆自己胸中塊壘的感覺，因為我覺得他對於我們這個時代的病症的把脈準確而勁道，有一個端正的心靈對於我們時代精神問題的憂思情懷。由此，我似乎能看到他那顆溫熱與跳動的心靈，其間充斥的憤懣、清醒、關愛與擔當，激盪人心：「現在，由傳統社會向現

代社會的轉型已經到了一個十分關鍵的時刻，如何在積極提高國民經濟綜合實力的同時，有效解決人們的精神饑渴與荒蕪，重建人們的骨骼硬度，重燃人們的希望之火，使中華民族肌體真正具有充沛的永不枯竭的精神活力，使中華民族的偉大復興早日實現，是一個十分嚴峻、十分迫切的問題。靠著一些江湖騙子的手法製造一堆紙糊的精神玩偶，即使塗滿厚厚的一層金色油彩，晃得人們一時眩暈欲倒，也絲毫無補於艱難的時局。相比較之下，我更敬重那些不避時代風雲，不懼電閃雷鳴，既具有明確信念，又不抱殘守缺，既腳踏實地，又天馬行空的文學創造者。只有他們才會沖決歷史因襲的壁障，才能和人民大眾一道踏出一條民族的生路。」

除去對於當代文學作品的一些最新的評論之外，我以為他的《小說論理研究》和《一九三〇年代河北文學》兩部個人專著最具有價值。先說後者，他的關於一九三〇年代河北文學的研究非常具有史料價值，這一點很讓我想到上海的陳子善先生，鉤沉史料，發現塵埃中的光芒，還原歷史的真相，其功勞實在不可淹沒的，我知道為了寫作這部史話，他窮圖一些稀見的資料，對於一九三〇年代的河北作家許君遠、張寒暉等人進行了系統的梳理，我前面提到我們曾經在北京一起訪見一位藏書家朋友，其原因就是他為了搜尋寫作史料，在網上發現一位山東的網友提及一部少見的資料，而這部資料又是由北京的這位朋友編輯成的，他輾轉數次，才找到了這部書，也由此和此書的編撰者成為了朋友，真有些「上窮碧落下黃泉，動手動腳找材料」的精神，這些最原始的資料整理寫成之後，其意義不可低估。再談論他的系列研究文章《小說倫理研究》，他截取了二十世紀晚期中國大陸文壇最具有影響力幾位作家來進行小

說的倫理研究，諸如鐵凝、劉震雲、嚴歌苓、王朔、蘇童、余華、北村、邱華棟等作家，通過對於他們作品的文本分析，試圖尋找出特定時代小說寫作的內部風景，我讀這些文章，感受最深刻的是他的這些文章大多並非是針對小說和某個具體的作家的，甚至也不是針對一個簡單文學思潮或者概念，其中有他對於我們這個民族和國家的個體生存狀態的反思在其中的，諸如鐵凝小說中的現代性夢想，劉震雲小說中的「單位」體制，蘇童小說中的娼妓文化，余華小說中暴力渲染，衛慧小說中對於性與女權的反叛，等等，可以說，這些文章的背後，幾乎都可以讀到他對於中國現代問題的一些內在思考，而文學與小說只不過是他寫作和研究的外衣而已。在此書的開端，他就對「文學性」來解決二十世紀末的文學提出了質疑，進而提出了小說的倫理研究，在這其中他揭示出相對於二十世紀八十年代之前的公共性倫理、鄉村倫理、男性中心倫理以及英雄倫理的式微，代之以個體倫理、城市倫理、身體倫理為特徵的寫作，但一個令人感到尷尬問題的是，儘管在替代和超越前者顯示出文學絢爛的面目之外，這種朝向另外一個方向的倫理敘事同樣是一個寫作的陷阱，這種超越沒有給文學帶來本質的改變，反而是顯示出現代人在生存上另外一種精神空洞。因此，我頗為佩服司敬雪在這一組文章中的努力，他給我打開了一個視窗，讓我去反思自己所生存的這個時代，由文學開始來燭照我們靈魂的深處。

　　如果說那些新作短評的文學評論很見他的才情，那麼關於一九三〇年代河北文學的研究則很見他考據和收集資料的功力，而《小說倫理研究》則是他在學術研究上的一次集中的爆發，顯示出良好的學術功力，這些文章遠遠超越了純粹文學的

範疇，我讀這些文章，佩服他的淵博，讀書範圍之龐雜，視野之開闊，思考之深邃，都是那些熱衷於虛名薄利者所遠遠不及的，而他的寫作與研究對於我也形成了一種暗暗的刺激與磨礪。我想，這些年，他在這座城市裏，寂寞地讀書與寫作，堅持著自己對於內心世界的守望，卻並不張揚賣弄，踏踏實實地講真問題，談真感受，說真道理，即使偶有繆見，那也是另一種思維的啟發。

由司敬雪先生，我很久以來都想為自己所蟄居的這座文化荒陋的城市寫點東西，因為想逃離卻似乎宿命般的和它不斷發生聯繫，而直到三年前，我偶然讀到一些生活在這座城市裏的文人的部分作品，逐漸改變了我的一些膚淺的念頭，因為在我認為，一個沒有文化積澱的城市固然讓人沮喪，但沒有真正文化生長的城市則更為可怕，而我也是通過自己逐漸深入的閱讀，也才漸漸地發現我所生活的這個城市表層下面的文化面貌，諸如我剛剛讀過的雜文作家刀爾登的新書，還有繆哲先生的譯作，以及他的雜文作品，只可惜他惜墨如金，寫得真是太少了；也還有一直堅持不斷嘗試先鋒小說寫作的青年作家李浩，寫作極出色詩歌評論的陳超先生，還有我們都很尊敬的文化老人徐光耀先生和韓羽先生，如此等等；當然，還有更多默默無聞的文化人，記得我初到本城，聽一位朋友談到晚報社有一位極有追求的文化編輯，每週都會在他編輯的那張庸俗不堪的市民報紙上擠出一點文化的蔭涼，我記得那上面就曾有繆哲先生的專欄文字。正因為有他們的存在，常常讓我在夜深人靜的時刻感到其實我們並不寂寞，因為有很多人此刻正與我同在，而我也想像著他們的寂寞與堅執，如沙漠上的綠樹，孤傲地生存著，永遠為心靈的深處保持著一塊文化的綠洲。

　　因為對於司敬雪的閱讀和寫作，我長久地念想著今天的自己，正因我與他走過的路有過太多的相似，乃不得不讓我從內心裏由衷地慨歎，而我之所以還能在今天依然堅持著自己可憐的文學夢想，那是因為我從一開始就結識到了諸如司敬雪這樣的善者，這或許是我起初莽撞的好運，因為正是有他們不斷的提攜、關愛和包容，才使我得我不能沉淪和隱沒，繼續以文字證明著自己的存在。因此，我僅將這篇文章獻給所有真正對文學抱有善念的人，願他們有更多精神上的知音和朋友。

我在少年時代所聽到的聲音

——三個聲音文本的閱讀札記

聲音之一：我聽到黑夜裏一個女人哭泣般的呼喚

　　「一九六五年的時候，一個孩子開始了對黑夜不可名狀的恐懼。我回想起那個細雨飄揚的夜晚，當時我已經睡了，我是那麼的小巧，就像玩具似的被放在床上。屋簷滴水所顯示的，是寂靜的存在，我逐漸入睡，是對雨中水滴的遺忘。應該是在這個時候，在我安全而又平靜地進入睡眠的時，彷彿呈現了一條幽靜的道路，樹木和草叢依次閃開。一個女人哭泣般的呼喊聲從遠處傳來，嘶啞的聲音在當初寂靜無比的黑夜裏突然想起，使我此刻迴響中的童年顫抖不已。」富有才情的余華在他剛滿而立之年寫下了他的第一部長篇小說《在細雨中呼喊》（南海出版社公司二〇〇三年二月第二版），他的筆觸伸向了一個人的青少年時代，並以回憶的口吻開始了他那細膩而幽遠的敘述。在小說的開篇中作家就把我們拉向了一個無助的黑夜裏，那由一個淒厲的呼喊聲所展示給我們的是那麼地令人憂傷，他在描述所有生活在那個年代的人在青少年時代所共有的一種來自心靈中的情緒，聲音代表著他們的精神狀態，這是一個孩子內心世界的象徵，「我看到自己，一個受驚的孩子掙大恐懼的眼睛，他的臉型在黑暗裏模糊不清。那個女人的呼喊聲持續了很久，我是那麼急切和害怕地期待著另一個聲音的到

來，一個出來回答女人的呼喊，能夠平息她哭泣的聲音。可是沒有出現。現在我能夠意識到當初自己驚恐的原因，那就是我一直沒有聽到一個出來回答的聲音。再也沒有比孤獨的無依無靠的呼喊更讓人戰慄了，在雨中空曠的黑夜裏。」

這是怎樣的一種聲音啊！為何是如此地淒厲與悲傷，它發自一個女人的身體裏，在茫茫的黑夜裏獨自的呼喊著，這種聲音帶著一種絕望，一種面對未來生活的巨大空虛。在小說中我們可以讀到這是一個沒有原因也沒有結果的敘述，因而我們無法知道這個可憐的女人究竟在呼喊著的是什麼，也沒有任何人試圖去關心這個婦女的聲音。在小說中，我們可能得到的答案是那個死去穿著黑衣的陌生男人，「我」試圖去尋找這個聲音所指向的目標。儘管我們無從得知這個黑衣男人的死因，但我們從故事發生在一九五六年也許可以知道一點點故事的原委並且去盡力的猜測。這一年，距離那場浩大的文化革命只有一年的時間，各種政治鬥爭已經轟轟烈烈地展開。儘管這種猜測是沒有任何道理的，但我們可以知道的是這個陌生男人他不會沒有任何原因的死在潮濕的泥土地上。當然，面對那黑夜裏的呼喊，他不可能去有任何的回應，只能任這聲音回蕩在那個空曠寂寥的夜晚裏。我們可以試想，在那個下著細雨的夜晚裏，一個聲音就回蕩在它所要尋找的對象的身旁，可是卻沒有也無法去回應它，這是一個多麼令人悲絕和淒婉地情景啊！

可是，「我」躺在那張床上，聆聽到了這種聲音，「我」多麼希望這聲音能夠擁有一個回答，平息這個女人的哭泣聲。可是沒有，這個聲音只能這樣無助的飄蕩在夜空裏，也飄蕩在「我」的整個的青少年時代。我所體驗與見證的，彷彿都像這

聲音一樣，是那麼的無助與孤獨，是那麼的悲傷與絕望，是那麼的淒厲與痛苦！

這是一個帶著密集的附著物的聲音，它所營造的時空充滿了令人想像的境地：黑夜、細雨、女人、哭泣、呼喊，這些詞語所暗含的定義是表達著令我們內心糾結的元素。無論怎樣，當你面對這樣緻密的詞語像你撲面而來的時候，你所想像的是那個南方土地上所充盈的潮濕、柔弱和極度的悲傷。

聲音之二：我聽到午夜裏一個女人哀怨的叫喚聲

「一切肇始於午夜的叫喚聲。一九三○年秋季。中國擁有五千年的悠久歷史，而我，出生於一九二五年初，到這個世上還不到六個年頭。我剛隨父母初次來到鄉下，離開仍然在秋老虎肆虐之下的南昌和接土喧鬧的斬首場面。抵達的頭一天晚上，父母忙著和接待我們姑媽敘舊，完全忘記了時間。我和妹妹在隔壁房裏玩弄放在一張粗木大床的一些擺設，突然，黑夜裏傳來了一聲長長的呼喊。起初聲音很遠，哀怨淒涼，然後愈來愈近，愈來愈刺耳，最後變成一些短語，刻板單調地反覆著，聽的人昏然欲睡。這是個女人的聲音，像是發自她的肺腑，或是來自地心深處，震響了遠古的回聲。我漸漸地聽清楚她在念些什麼了：『遊魂啊，在那裏，在按理？……遊魂啊，回來吧，回來吧……遊魂……』我完全被這個聲音和咒語般的詞句給迷惑住了，多半也是為了安慰已嚇呆的妹妹，我幾乎是愉悅的聲音回答道：『我來了，我來了……』」

在作家程抱一的長篇小說《天一言》（山東友誼出版社二○○四年二月第一版）的開篇中，我們就伴隨著作家的筆端

聆聽了這樣讓人驚懼絕望的呼喊聲，它同樣發自一個女人的身體，也同樣是在為她失去的丈夫呼喊。不過，不同的是，她是在已經知道丈夫死去之後的呼喊聲，是為一個死去的男人尋找游魂的聲音。這是一種本身就是悲劇和無望的行為，不同於余華筆下的那個聲音，那是在尋找現實中人，是在悲傷中帶著期望的聲音。但其實，他們所最終的目標可能都是為一個死去的亡靈尋找到它寄託的軀體。在小說《天一言》中，主人公「我」，一個名叫張天一的少年，忽然間被這樣的一種奇怪的聲音所緊緊地纏繞，這是在一九三○年秋季的一個深夜裏。這時的中國正是軍閥混戰，民不聊生的時刻，人如草芥，死亡就像家常便飯一樣出現在生活之中，無論是出於什麼樣的原因。但這個聲音開始像一個神祕的東西在糾纏著主人公張天一的一生，命運開始與這個聲音接連在一起。這是一個迷途的，已經被寄託了某種來自外在東西的肉體。

　　作家程抱一寄寓在異國他鄉，他的小說以這樣的一個令人恐懼而頗為神祕的聲音開始，這無疑是他站立在對中國民間傳統文化的一種深層的認知與理解的基礎之上的，是他內心裏的一種無法揮灑的鄉愁。主人公天一同樣在回憶中敘述他的一生經歷的時候，時刻被這樣一個寄託在他身體中的肉體所擺佈。一切均是源自於他當初的一聲謎語般的呼應。也許是因為他幼小的心靈的好奇，還是因為對已經受到驚嚇的妹妹的安慰，但我更認為這種似乎沒有太多理由帶著一種快感的衝動中或多或少的夾雜著一種少年對於呼喊聲的同情與憐憫，是希望它能夠儘快在那樣的一個黑夜裏尋找到它所想要尋找到的目標！

　　這同樣處於南方夜晚的女聲是淒涼和幽怨的，它帶著一種南方風俗的神祕與南方女性所特有聲音的節奏感。那一聲聲的

呼喊是無望的，但卻沒有因為這種無望而改變她呼喊的力度。我想，這聲音中所帶有的情感是如此的富有和複雜，既有對自己的哀怨，又有對死去者的懷念，也有一種巨大的抱怨，或許是對死去者不負責任的離開的怒喊，或許是對他過早的離去將人世間所有的苦難留給她一個柔弱的女性來承擔的發洩。當這哀怨而痛苦的呼喊聲音通過她的喉嚨散發在南方鄉村的黑夜裏，我們伴隨著主人公張天一的記憶開始了他人生坎坷而多難的傳奇歷程。

聲音之三：我聽到從我的喉嚨中發出的一聲尖銳的喊叫聲

「我聽到一聲尖銳的喊叫，從這極度美麗的死亡中迸發出來。掠過孤寂的屍體和逃散的人群。它來自我的喉嚨，來自一個為這滿含著沉默的罪行所驚駭的小孩。法國梧桐、藏匿在葉蔭下的蟬、房屋的巨大陰影和籠罩的熾熱陽光中的柏油街道，所有這些影像崩潰了，只留給我那個最溫存柔弱的形象，彷彿是投射到這世界裏的最後一道光線。」這是一個受到驚嚇的孩子的尖叫聲，在他面對著淒慘的死亡之後。這是「我」，批評家朱大可在多年前的一個夏日的中午，看到一群孩子在一棟大樓的陰影之下毆打他們的老師，站在馬路對面的「我」看到了這個青年的女老師的臉龐上所掛滿的淚水與絕望，最後無聲的躺倒在大地上，永遠地離開與解脫了。

批評家朱大可在他的這篇散文〈懷念聲音〉（《逃亡者檔案‧自序，學林出版社，一九九九年四月第一版》中寫到了在他童年時代所見證的一場殘忍的悲劇，以及因此而發出的一聲來自體內沒有任何思想準備的尖叫聲。這一受到驚嚇的聲音就

像利刃割在了一個少年的內心裏，它留下的是一道難以癒合的傷口。這一聲音應該發生在二十世紀文化革命中的中國上海，一切正常的秩序被顛覆，一切日常的生活變得混亂和血腥。此刻，那死亡的瞬間將一個少年內心裏僅存的一點美好變成了黑暗，這是一個少年在正午面對的黑暗，是他在少年時代所接觸到的黑暗。他說，「聲音起源於我的傾聽，也就起源於我在黑暗中的渴望。」在黑暗中一個人會變得脆弱與渺小，變得對于光明的渴望充滿急切的焦慮。我不知道究竟這樣的一個聲音究竟在作者留下多麼巨大的傷口，但我絕對知道少年時代的傷痕是影響一個人的一生的。我在朱大可的文字之中，始終可以找到一種語言的凌力與緊張的風格，我不知道究竟與這樣的一個事件究竟有多少的關聯。但我還知道，這樣的一個聲音，讓他從此學會了去傾聽，不僅僅是傾聽那些「聲音的鬧劇」，而是在無形中的「在黑暗中的渴望。」由此，他真切地懂得了對於聲音的理解，就像他自己所講到的，「我總喜歡在夜晚走向街道，也總是期待聲音的奇蹟。也許會有某些遭禁錮的東西被黑暗解放出來，哪怕是一個女人的低低的啜泣，使我能傾聽到真正屬於靈魂的聲音。」

　　為什麼他們都將自己的筆端伸向自己少年時代所聆聽到的一個聲音？「對聲音的高度敏感，意味著高度恐懼。而對聲音的恐懼，從其更深層次的寓意來看，則是對於『自我意識』的高度恐懼。」正如批評家張閎所言，那一定是因為幼小的心靈受到了傷害，他們過於的恐懼，對外部強大的世界在內心裏感到了一種無法抗拒的孤獨與無望。這千百年來，這大千世界之中，各種的聲音是如此的繁複與龐雜，它們儘管已經在這個世界上以種種的方式上演或者消逝，但當我們剝離出來，聽到這

樣來自少年時代裏所傾聽的聲音，他們全部與死亡有關，帶著一種天然般的恐懼和絕望。我在短時間內接觸到這樣的三個文本。儘管他們的主題不太相同，但言語間的那種感傷與悲絕是與他們所敘述的少年時代的精神狀況是如此地相似。特別是朱大可的文鋒，直接刺穿的是歷史與現實，關注的是人類柔弱的心靈世界；再沒有被這種對比更令人觸目驚心和心靈震顫的了。

　　還有余華和程抱一兩位作家，他們幾乎以相同的情節與筆調寫到了主人公在童年時代所聽到的一種聲音。我們無論如何都無法相信這種巧合是如此的奇妙，但我們只能將這種巧合歸功於作家在心靈中對於一個相同感受在心靈深處長久不散的煙雲，只有這樣才最終化解到他們的文字之中。三個少年，是三個聲音的傾聽者，他們都以旁觀者的姿態面對了這些讓我們心靈疼痛的聲音，一個聲音是帶著對於死亡者的期望與擔憂，一個聲音是對死亡者的幽怨與懷念，一個是死亡的慢鏡頭的顯現促發了旁觀的少年從內心絕望和恐懼之中爆發出陣痛的聲音。這種類比也許根本沒有多大的意義，但我每每閱讀這些文字的時候，都會被一種如同傾聽的少年一樣的尖銳的傷痛的情愫所纏繞甚至是擊倒，他們緊緊地撕咬著我的心靈，逼迫我開始學會去傾聽聲音。

第二輯 ｜ 熱風雜議

為什麼靈魂卑微又平庸

——由畢飛宇的小說《推拿》談起

　　畢飛宇的長篇小說《推拿》別出心裁，寫了一個「黑暗世界」裏的生活，小說中的那些有關盲人的故事對於我們這些常人來說，陌生而新鮮。《推拿》是長篇小說，但似乎又是很多中短篇小說的裁剪與縫合，也由此，這是一篇沒有人物主角的小說，所有出場的人物都將是主人公，而這小說也就成為了一場多聲部的合唱，交織在一起，但此起彼伏，卻並不混亂，這無疑顯示出寫作者良好的敘述技巧和把握能力。《推拿》的故事其實很簡單，一群為了謀生的盲人在一個推拿中心的生活碎片，幾乎沒有高潮，所有的人物衝突和矛盾都是現實的、細碎的、具體的和日常的，我讀完這部小說，很被作家畢飛宇一貫的體貼細膩和溫暖的筆觸所感動，也為生活在這個社會邊緣和底層的盲人們的故事許久不能釋懷。以平常的視角來看，這顯然是一部比較成功的佳作。

　　《推拿》裏的所有主人公幾乎都是受傷者，他們作為盲人這個群體，卻都遭受到了來自外界的傷害，這種傷害在盲人的身份上顯得平常又可怕。小說中第一個出場的人物沙復明是南京一家推拿中心的老闆，但他在成為老闆之前的打工歲月，曾遭到盲人同行因嫉妒而產生的排擠，使得他原本得意的境況發生了逆轉的變化；而他的老同學王大夫，則似乎更為悲慘，他對生活有抱負，但在深圳所掙到的所有血汗錢幾乎都被股市所

套牢，更可怕的是他生活在一個缺少溫暖的家庭裏；而小馬，這個抑鬱的少年，他的童年幾乎都是在繼母的威脅和恐嚇中度過的；再有張一光，這個本是健全的人卻在一場不幸的礦難中徹底失去了光明，⋯⋯。無論那一個人物的出場，我幾乎都可以讀到他們既往歷史的悲傷與憂鬱，生活給予他們的本身的不幸之外，又加給他們另外一層的傷痕。

而小說更讓我驚訝的是，這些小說中的人物在面對生活的種種不幸和疼痛的時刻，他們所能選擇的卻都是無奈地忍受與煎熬，並以犧牲和損傷自我作為代價。推拿師傅王大夫和小孔「私奔」到南京後，他們開店的目標無法實現，而現實的迫壓又逼促他們不得不繼續選擇去打工，王大夫選擇到老同學開設的推拿中心去工作本身就是一種妥協，但在面對弟弟的步步逼迫的時刻，王大夫又是不斷地以傷害自我作為解決的方式，小說中我印象深刻的是王大夫的弟弟因為賭博被債主追上家門，王大夫本打算用自己的血汗錢為弟弟還債，但最後一刻，他後悔了，然後用菜刀將自己的身體劃破，他以生命的損毀來證明自己的強大；還有就是他與未婚妻小孔在同一個推拿中心打工，但卻沒有任何機會進行親昵，因此小說細膩地寫到了人物心理上的壓抑，有一個細節，我印象難忘，他們為了有一次親熱的機會，但卻因為環境與現實的擠壓，將愛的享受變成了一場履行任務的儀式，既粗糙、短促又狼狽不堪。還有沙復明，即使已經是一家推拿中心的老闆，但他讓自己的身體繼續在損傷，讓自己的理想不斷地給世俗讓位和進行妥協；而張一光，對於生活則是進行沒有意義的享受和報復；⋯⋯，這些生活在黑暗世界的人們，他們生活的卑微而又平庸。

　　相比，小說中的幾位女性刻畫地稍有詩意，諸如小孔，她為了愛情，選擇了背叛父母親，與工友王大夫一起私奔；再有都紅，這位被光明世界中的人驚歎為美麗的姑娘，自尊而高貴，她追求自己理想的愛情生活，對於那些充滿物質與慾望的交易帶有一種偏執的拒絕；但可惜的是，她們的這種面對生活的抗爭卻是極有限度的，小孔在自我欺騙中生活，都紅在自我幻想中度日，甚至在面對突如其來的災難，幾乎都是選擇了逃避來面對。相比這兩個人物，小說中的另一位女性金嫣則充滿了詩意與浪漫，金嫣的存在，才使得這部小說稍稍地擁有了一些溫暖和理想的色彩，金嫣大大咧咧，心胸開闊，從光明的世界陷入到黑暗之中，她沒有放逐自己，而是選擇了與生活抗爭和較量，為了追求自己心目中理想的愛情，她從故鄉到上海，又從上海到南京，一路顛簸，卻雄心勃勃，最終一步一步地實現了自己人生的願望。有了她的存在，這部小說才不那麼地完全讓人感到窒息。

　　然而，即使有她們的存在，在整個的小說中，所有的一切還是顯得那麼地平庸，因為她們無力改變自己生活的世界，無論是小孔，還是都紅，或者是金嫣，他們依然是世俗生活的一部分，他們的理想是那樣的世俗與平庸，為了找到一種具有安全感的愛情或者婚姻生活，諸如小孔對於現實的麻木與妥協，都紅對於人生的幻覺與偏執，金嫣對於愛情的天真與誤讀，都讓我感到一種無可奈何的悲哀。在黑暗的世界裏，她們沒有對人生和世界有清晰的認識，她們依然是世俗社會的一部分，她們的靈魂依然卑微又平庸。因此，當我讀完這部小說，在為他們人生感慨的同時，也為這部小說感到一種難過的失望，它始終沒有一種超越生活表像的詩意與溫暖，缺乏一種帶有理想和

穿透現實的人物出現，所有的人物都在為了自己人生的那些瑣碎、細微和個體的利益在較量與掙扎，在自我傷害與傷害他人，因此他們永遠只能成為現實生活的奴僕。

這或許就是我們這個時代的悲哀，因為這本身註定就是一個平庸的時代，所有的靈魂因此也就顯得那樣的卑微與狹小。我祈願這只是一己的決斷。可我看到，在黑暗與邊緣的世界裏，正如作家所要表達的，他們最高的目標就是渴求與正常人一樣的生活，這本是最基本的需求，但卻是最悲哀的要求。就像生活最貧困的人一樣，他所掙扎與渴求的只是能夠吃飽自己的肚子。我們所有的精神世界都被局限而又合理地限定在這樣的一個思維的世界裏，因此當大多數人在面對這些盲人的世界時，會很理解他們所追求的人生目標，那些一個個的細小又卑微的願望。實際上，沒有什麼比靈魂的平庸與卑微更可怕，這恰恰是我們這個時代和我們這個時代的作家所要敘述給我們的。因此，我們可以在諸多的當下小說中讀到更為真實的腐敗、墮落與平庸，但我們讀不到更為詩意的理想、精神與超越，我們在小說中讀到那麼多比靈魂更頹廢，比現實更黑暗，比肉體更放縱，比心靈更麻木，但我們找不到符合情理的詩意與高貴，找不到超越我們所面對平庸世界的光輝與偉大。

因此，當我讀完《推拿》後，在感動之餘卻又陷入到一種深深的失望之中。儘管它精緻，漂亮，閱讀起來十分舒暢，但遺憾的是它並沒有讓我在這個平庸的世界洞悉一種掙扎的可能，它只是讓我感受到了一個我所陌生的封閉世界的卑微與平庸，以及由此而產生的溫情與理解；而同樣是關於盲人的世界，我曾讀過的小說《失明症漫記》，一部由葡萄牙作家薩拉馬戈所寫的長篇小說，它講述了一個城市的人突然一個個地喪

失了他們的視力，被乳白色的黑暗所逐個傳染，整個城市在崩潰，這是多麼地荒誕。小說的主人公和他的妻子被當局遣送到了集中營隔離，接著開始了一場來自人性中極度黑暗的掙扎，而這位醫生的妻子，卻並不是一個失明症患者，她身臨其中，以巨大的代價試圖拯救這些面臨毀滅的人們，這又是多麼偉大的事情。最終，人們逐個的看到了光明，在一場絕望的戰爭中，醫生和他的妻子看到了這個城市的陽光。在人性的災難中，畢竟還有一種光輝，它超越了自身，儘管這可能是一種理想化的小說技藝，但它背後卻是合於情理又讓人覺得是那樣不可思議的偉大與震撼。這也讓我想起了卡繆的小說《鼠疫》，那位讓人尊敬的里厄醫生，為了一個遭受鼠疫的城市默默地努力著，絕不放棄也絕不妥協；他們共同的特點就是身處在黑暗之中，但卻用自己微弱的光芒照亮了世界。還有偉大的托爾斯泰，在他的小說《復活》中，那位曾經人性泯滅的貴族青年聶赫留多夫，卻終於「復活」，著力去拯救一位因為自己而淪落的妓女；或者還有陀思妥耶夫斯基《白癡》中的白什金公爵，因為聽到異鄉菜市場上的一聲驢叫，而彷彿感到了俄羅斯召喚一樣的心靈，這些都是多麼地廣博而又寬闊的世界啊！這樣不朽的小說太多了，我曾經那麼多次地為那些不俗與高貴的靈魂所震撼，他們或者本身就在社會的邊緣，或者本身就在黑暗之中，但不要緊，因為他們擁有一顆不平庸的靈魂，讓他們的世界變得發光。

　　我覺得這正是我們這個時代所缺乏的。

總有光芒引你到清澈的地方

——讀韓寒小說《他的國》及其他

　　韓寒的小說《他的國》中有一個細節，是全書讀完最令我難忘的：主人公左小龍和他的情人泥巴從一家雜貨店前經過，聽到從店裏傳來一陣陣激情的迪斯可音樂，內容十分不雅；左小龍立刻向店老闆提出制止，但遭到拒絕，無奈之下，他報了警，但員警發現並無反動內容後不但沒有制止，還對左小龍進行了侮辱；而左小龍卻並沒有就此罷手，他將自己的摩托車發動到最大的聲音，用來抵擋這激情音樂的聲音，可惜並沒有維持多久，他的摩托車就爆缸了，破碎的零件撒落的滿地都是。這對將自己的摩托車視為心愛之物的左小龍來說，無疑是一個很大的打擊，卻贏得了追求純真愛情的少女泥巴的芳心。整個小說中，也只有這樣一個細節讀來充滿著一種現實傷感又精神理想的氣息，它讓我想到賽凡提斯筆下的堂吉訶德，為一種理想的追求固執地進行自己的一切努力，而不考慮代價。韓寒說，這冊小說《他的國》起因於自己閱讀一篇關於切・格瓦拉的文章，儘管他以為自己的這冊小說與格瓦拉沒有任何的聯繫，但在精神的追求中我卻看到了其中所擁有的一致性意義，也就是他們都是在進行一種無望而卓絕的精神抗爭。

　　如果從敘述的角度來看，小說內容支離破碎，甚至有些粗糙，講述生活在小鎮上的摩托車愛好者左小龍被鎮黨委書記的女兒泥巴所追求，但他卻愛慕小鎮上風流和成熟的女性黃瑩。

對於左小龍來說，兩個女性代表了兩種不同的風格，儘管泥巴對他充滿了愛意，但更多的是一種精神氣質上的純真幻想，而左小龍對待黃瑩，則有一種充滿青春荷爾蒙氣息的渴求。在這兩個女性之間，左小龍面臨著精神與肉體上的迷茫和激盪。故事情節很簡單，但小說讀來卻充滿了快感，這緣於韓寒在語言上所具有的詼諧與反諷，因此在整個小說中始終彌漫著一種荒誕誇張的效果，它們十分密集地出現在小說中，但讀後卻感覺每個荒誕而誇張的細節都與真實的世界保持著緊密的聯繫，諸如在小說中寫到一連串發生的荒誕情節，其中有因為暢銷書作家的出現，促使出版商出資在小鎮上興建印刷廠，但印刷廠污水大量的排放，導致了河流污染，接著是河裏的動物發生變異，然後是旅遊業迅速興隆，巨型動物餐飲消費火爆，全城市民紛紛瘋狂抓捕，從未走近過科學的《走進科學》電視攝製組借機進行採訪，由此引起了領導們的注意，書記帶領全鎮領導幹部游泳「走進新時代」，不幸因市民在河水中採用電擊捕撈而全部「英勇就義」。荒誕者目不暇接，惟有在左小龍身上難得有一種清醒的理想主義氣息，他憤世嫉俗，但面對整個世界的荒誕，卻只能以他自己的方式來保持著內心世界的純淨，在「他的國」裏，左小龍是一個孤獨的精神個體。

讀完小說《他的國》，我發現無法用正常的小說敘事來進行分析，否則這是一部內容極其簡單和破碎的小說，缺乏完整的敘述耐心和情節，但據韓寒的自述，這已經是他第一次講述這麼完整的故事了。但我反覆翻閱了幾遍，著實覺得這小說有一種非凡的魅力，因為在我看來這部小說在精神氣質上完全有一種不同於過去的東西，儘管在韓寒幾乎所有的小說作品中，都能夠讀到他對於這個荒誕世界的批判和諷刺，大膽而尖銳。

但這一部小說之所以有所不同，我發現在這一部小說中，主人公左小龍對於世界有一種憤怒和熱情的力量，他不滿於現實，但卻積極地進行著掙扎，就像他寧願將自己的摩托車毀壞，也要去制止那不健康的激情音樂；還有他寧願去打工掙錢修理摩托車，也不願意使用自己的情人泥巴的慷慨付出。而小說之所以有一種獨特的氣息還在於，作家在不經意間還賦予了人物精神世界的豐富性，也就是他從青澀不斷走向成熟的心理過程，包括他在情感上的矛盾，在精神上面對整個荒誕世界的無奈、妥協、拒絕與抗爭，最後才真正的發現自己所要追求的所在。

　　這種精神氣質在我以為著實有一種堂吉訶德式的氣息。在韓寒以往的小說作品中，我所讀過的諸如《像少年啦飛馳》、《一座城池》、《光榮日》等在他成名後寫成的小說中，儘管主人公所生存的世界幾乎如此相似的充滿著喜劇色彩的荒誕與滑稽，但他們在精神氣質上卻有著至關重要的區別，在這些小說中，主人公大多是對於現有的社會體制充滿著批判和不滿的青少年，他們讀書不用功，流浪、抽煙、酗酒，甚至搞女人，滿口粗話，張口就「他媽的」，對於現有的體制充滿了清醒的叛逆和不滿，因此消極對抗成為他們成長和生存的主要方式。在這些小說中，所有的主人公都具有一種麥田守望者的精神氣質，猶如塞格林之所言：「有那麼一群小孩子在一大塊麥田裏做遊戲。幾千幾萬個小孩子，附近沒有一個人──沒有一個大人，我是說──除了我。我呢，就在那混帳的懸崖邊。我的職務是在那兒守望，要是有哪個孩子往懸崖邊奔來，我就把他捉住──我是說孩子們都在狂奔，也不知道自己是在往哪兒跑。我得從什麼地方出來，把他們捉住。我整天就幹這樣的事。我只想當個麥田裏的守望者。」他們與左小龍最大的區別就在

於，面對既有荒誕與滑稽的社會存在，不是在內心世界中產生迷茫與掙扎甚至是抗爭，而是冷眼觀望這種荒誕與滑稽的存在，甚至是享受和參與了這種集體荒誕的製造；而《他的國》中的左小龍則不然，他面對這種社會機制的荒誕與不堪，有過拒絕、有過迷茫、有過妥協、有過消極，但最終他發現了自己所要追求的世界，從而不再只是守望那幾千幾萬個小孩子的孩子，因為他已經成熟了。

因此，在我看來，這冊《他的國》在韓寒的小說創作中，具有著一種特殊的轉折意義，他標誌著這個以青春小說寫作出道的作家已經走出了漫長的青春期，開始了新的精神敘事。在《他的國》中，左小龍乾脆則不再是以往小說裏的校園學生，而是對於那些青春偶像作家充滿譏諷的社會青年，這很容易讓我想到如今的作家韓寒，他已經早不是那個參加新概念作文大賽並獲得一等獎的中學生，也不再是處於水深火熱的傳統教育體制中的青少年，而是一個可以憑藉自己的本領進行謀生並獲得成功的暢銷書作家和賽車手，可以通過博客隨時對於他所身處的世界進行批判和嘲諷的意見領袖，這一轉變使他區別那些曾經一起出道的八十後作家們，而通過他對於社會的發言，我常能想到作家王朔與王小波們，他們共有一種面對這個極度荒誕的社會而義不容辭言說的勇氣，只是他們所使用的方式和擁有的功力有所不同罷了。我在韓寒的著作《雜的文》中，讀到了這樣一段他談論王朔與八十後作家的文字，那其中有他對於寫作的思考與認識，也暗含著他對於自己的期待與定位：「王朔在跟人爭論的時候，幾乎不提自己的作品，用觀點說事不用作品壓人。但好多傻逼卻把自己混口飯騙個果的頭銜都奠出來了。事實是，王朔是一直很謙虛地發表自己看法，而很多人卻

狂妄地說三道四。王朔說自己沒文化，其實已經是在罵人了，藏得深點而已，就像劉祥說自己跑不快一樣，那是在愛罵你們烏龜呢。王朔是有經典作品的人，而且很多。在中國，有牛的作品但沒人叫他大師的人，一定好，無論他以後的作品如何，他留下的就已經足夠了。但甚至有所謂『80後作家』覺得王朔應該『樹立文學表率，不應該率性而為』。這他媽是一個二十歲的寫的東西的人應該說的話嗎，不知道還以為開政府工作會議呢。作為一個真正的作家，率性是特別重要的一點。你們小小年紀，本應該有血性，這個社會暫時沒有動盪和苦難逼迫你們，你們卻只學會跪著寫些膩膩歪歪的文章。風再起時，你們就站不直，風繼續吹，你們還不都成了炮灰。看了你們的言論，我假裝不認識還來不及，為什麼要幫你們說話，就因為我跟你們差不多年歲生的所以就要抱個團？我只聽說志趣相投要結個黨的，從沒聽說過年紀相仿還要成個幫的。我要是只有這點認識，早墮落到上大學去了。」

從文學的角度來欣賞，我喜歡寫作雜文的韓寒，率性、大膽、有穿透力和擔當意識，而他的小說往往因為缺乏敘事的耐心與熱情而淪落為一個龐雜的怪東西，但我也忽然發覺，或許他根本無意於文體上的區分，所有的表達都是他對於這個世界的一種自由反抗，就像他在小說《他的國》的題記中所表達的那樣理性與自信：「我幾欲把主人公變得很悲慘，有無數個地方都可以結尾，可以讓他一無所有，失去生命，但是到最後，我沒有那樣做。如同這書的情節，就算你在大霧裏開著摩托飛馳找死，總有光芒將你引導到清澈的地方。」

諾貝爾的文學陰影

——從莫言小說《生死疲勞》看一種寫作傾向

　　每年的諾貝爾文學獎在歐洲的隆重頒佈，都會在遙遠的東方國度裏產生一陣關注和討論的熱潮。儘管許多中國作家均以不同的姿態屢屢表達自己對這個獎項的意見，但都不能掩飾他們內心複雜的心情，而諾貝爾文學獎的評委馬悅然先生曾經高調宣告中國有三位作家具有獲得這個獎項的可能，即莫言、李銳和曹乃謙。而已經獲得諾貝爾文學獎的日本作家大江健三郎也多次向世人宣佈，在東方，中國的莫言是最具備獲得這一舉世矚目獎項的作家。諾貝爾文學獎對於中國作家，就像一個旋渦，更何況是這三位被看好的中國作家，那麼他們的寫作很難免就會帶有某種價值體系靠近的觀念寫作傾向。為此，我想談談莫言最新的長篇小說《生死疲勞》。

　　《生死疲勞》是一部奇怪而混雜的小說，也是一個浮躁的失敗文本。這部小說的大致內容是「靠勞動致富，用智慧發家」和自信平生沒做過虧心事的地主西門鬧上世紀中頁在那場土地改革運動中被槍斃，他那不屈的靈魂滿懷冤屈與仇恨大鬧閻王殿，卻在閻王的欺瞞下轉生為驢、牛、豬、狗、猴，最後以藍大頭——藍家第四代的身份降生人世。完成了農民與土地，時間與記憶的寫作命題。看著這立意，似乎不錯，但之所以是失敗的，也正因為這種諾貝爾文學情結在作祟，讓作家莫言沒有根據地想像出一部中國的史詩出來，以滿足西方讀者或

者專家的口味。由此，我們不妨先來簡單回顧一下莫言的寫作歷史，在莫言的早期小說中，他是以先鋒小說作家的姿態出現的，其洋溢的才華很快獲得了公認，而他以西方現代小說形式的寫作讓西方的讀者很快找到了一種熟悉的認同，這也是莫言的小說很快在同類中國作家走出國門的原因。但另一個問題是獲得成功的作家莫言在寫下一系列的小說作品之後，其發現自己完全是在進行沒有超越的複製性寫作。如果按照諾貝爾文學獎對於東方作家的欣賞，從幾個已經獲得此獎項的東方作家來看，大致可以有兩個共同的特點，一是具有東方文化的底蘊，二是有西方的現代人文精神，滿足這兩點，才能夠符合西方文學觀念的認同。為此，我以為莫言在寫作長篇小說《檀香刑》的時候，才似乎逐漸明白這樣一個寫作的觀念。

然而小說《檀香刑》儘管才華橫溢，作家一改原有的寫作模式，試圖「大退步」回歸到中國傳統之中，但這部小說卻又完全違反了現代小說所具備的人文精神，作家在不可控制的才華噴發中製造了感官的狂歡，而漠視了人性的存在，因此遭到了諸多批評家的批判。《檀香刑》的失敗，促使莫言寫作了《生死疲勞》，這篇小說我以為是莫言小說的復仇之作，因此寫得匆促，激烈，但可惜浪費了才華，成為了失敗的典型文本。為了達到具有東方神韻，莫言在小說中試圖書寫半個世紀中國人命運的歷史，他採取中國章回小說的形式，採取了動物「六道輪迴」的視角，從而用這種荒誕、誇張和神祕的方式來圖解半個世紀中國人生存的命運，但可惜莫言的這篇長篇小說並不具備中國傳統章回小說的精神，只是簡單的在小說的內文標題上作了一些文章，成為吸引外國讀者的小花招而已，而所謂宣揚的「向中國古典小說和民間敘事的偉大傳統致敬」則顯

示了作家學識上的淺薄；再說中國傳統文化中的「六道輪迴」的應用，這本身應是一個極為傳統而又有現代精神的視角，但莫言在寫到一個地主半個世紀的輪迴中，忘記了自己筆下人物角色與命運的轉化，很快又進入到了自己語言狂歡的狀態之中，而忘記了自己所塑造的驢、牛、豬、狗、猴等動物所具備的獨特性，所有變化的角色也不過只是人披上一張動物的毛皮在繼續演戲而已，這樣小說的這種回歸傳統的神祕文化就顯得矯揉造作與淺薄潦草了，也只能成為吸引外國讀者和學者的小花招而已。再說「六道輪迴」，本應該是一個佛教的用語，佛說：一切眾生，沉淪三界之內，由其所造作之罪業不同，因而輪迴六道當中。六道其實應稱為「六凡」，它與「四聖」相對，佛家統稱「十法界」──四聖六凡。四聖是指佛、菩薩、緣覺、聲聞四種聖者的果位，乃聖者之悟界；六凡則指天、人、阿修羅、畜生、餓鬼及地獄等六界，為凡夫之迷界，亦即六道輪迴的世界。 為什麼會有六道輪迴？那是因為有情眾生，起心動念。所謂一念心生，則入三界；一念心滅，則出三界是也。然而構成「六道輪迴」的基礎卻不是荒誕的魔幻主義，它具有極縝密的邏輯關係，那就是因果業報。所謂善念生三善道，惡念生三惡道。顯然，莫言並沒有認真研究過宗教，而是想當然的認為「六道輪迴」就是簡單的畜生道，造成了人物六次輪迴，而這六次輪迴顯然是作家疲憊地為了湊夠數目而費心寫作的結果，實在降低了小說寫作應有的文化意韻。

當然，僅僅把「六道輪迴」的概念作為小說評判的尺度是不正確的，因為莫言的小說寫作並不是為了寫作一部宗教小說，「六道輪迴」只是小說的一個外衣而已，因此失敗外包裝並不能否定整部小說。那麼，我們再來讀讀這部小說的精神尺

度。《生死疲勞》吸取了小說《檀香刑》失敗的教訓，在這部
小說中，莫言在積極扮演一個現代啟蒙知識份子的形象，試圖
通過自己對中國歷史以及人物命運的解讀，來關懷現代中國人
生存的狀況與個性。但我讀來，依然有某種隔閡，作為農民出
身的小說作家莫言，他所具備的這種西方人文精神不是從自我
的內在精神中生長出來的，而是通過對於西方文化的簡單認
知，甚至是對諾貝爾文學獎的評獎標準的簡單判斷得出的結
論，這就造成了這部看似有啟蒙與批判意識的小說背後，依然
是作家的一顆冷漠與隔閡的心靈，因為它缺乏一種來自生命體
驗中的熱力，促使作家的心靈沸騰之後完成寫作。也因此，
《生死疲勞》中莫言對於小說人物命運的變化採取的這種變形
與誇張的處理，則帶有某種獵奇的心理，完全忽視了人物性格
在不同角色變化和時代環境中的人性關懷，諸如在寫到變化成
豬之後，作家又開始了自己狂歡化的敘述，造成了語言是視角
上的奇觀，那種人文精神的內在的東西被完全消解掉了。同
時，在莫言所塑造的另外一個虛幻的世界中，作為統治秩序的
法則同人間一樣殘酷與可怕，而所有的反抗則因為動物性的變
化而顯得無力，因此幾次輪迴只能成為生命的反覆變化，而沒
有實際的現代意義，成為一種無味且沒有意義的重複寫作。

　　但莫言畢竟是有一定自覺意識的作家，他善於吸收和調整
自己的寫作，可惜這種吸收和調整總是在倉促之中匆匆完成，
而來不及咀嚼和消化，因此造成了他對很多現代精神的誤解和
處理失當。在小說《生死疲勞》的最後，莫言試圖通過一副具
有絕對現代化和超未來的結局來達到某種超越性，但可惜這種
超越性限制在作家虛無和飄渺的精神範疇之中，而沒有建立在
作家對於中國社會和文化以及其歷史發展真實和完善的分析與

研究之中。莫言的寫作經驗來自於他的童年經驗，因此他在童年農村的生活經驗成為他小說中的重要和主要資源，但可惜他寫作的內在經驗是停滯的，因此在小說《生死疲勞》中，可以觀察到莫言對於中國鄉村的認識是沒有深入變化的，而是一貫的停留在一個認識層面之上的，因此他的小說敘述就造成了他的小說建立在有限的經驗基礎之上，任由想像進行虛無飄渺的進行虛構和創作，由此導致他的絕對超現實和後現代性的結尾在我讀來就顯得做作和極度的不自然。

也因此，可以看出莫言的長篇小說是一部主題先行的觀念寫作小說，在這部小說還沒有開始創作之前，作家已經完成了自己對於小說所要表達的精神訴求進行了準備和定位，那麼作家所要完成地就是進行組合與寫作，而由此造成的觀念寫作必然是失敗的文本組合；造成這種文本組合的另外一個原因，對於作家莫言來說，則主要是諾貝爾情結所造成的後果，那種對於東方文化與西方人文精神和現代小說手法的簡單運用，就試圖來完成一部傑作的想法是可笑的，也是作家莫言所根本無法駕馭和完成的。因此，可以看出莫言的寫作已經進入了一種觀念寫作的圈套，這種觀念寫作的圈套成為其寫作失敗的原因，擺脫自己內心的這種渴望超越和獲得肯定的魔障，以大關懷和大追求的精神慢慢積澱和打磨，也許以莫言的悟性和才氣，或許會有大作的誕生。但願如《生死疲勞》這樣奇怪而笨拙的小說不要成為作家繼續複製的文本，而應該成為自己對於觀念寫作的一個紀念碑。

木心之所以為木心

　　一個重要的文學現象，必須引起我們的重視，近幾年來，一些流落在海外的作家和學者，他們的新著在國內接連出版，其在語言文字和精神見識上的功力，相比他們在國內的時候，更加地充滿了漢語的生機和韻味，諸如高爾泰、北島、余英時、劉再復、張宗子，等等。他們流落在沒有漢語環境的土地上，卻更加接近了漢語更為本真的魅力。

　　另一個重要的文學現象，也必須引起我們的重視，即一些並非文學領域的專家或學者，偶然操筆為文，就以不同凡響的文字氣象，使得從事文學寫作的人為之驚訝，諸如作為畫家的吳冠中、黃苗子、黃永玉、范曾、陳丹青等人；再有從事非文學領域研究的一些學者和作家，他們的文字也常令我輩為之傾倒，諸如從事法律研究的賀衛方先生，從事神學研究的劉小楓先生，從事歷史研究的朱學勤先生，從事哲學研究的周國平先生，等等，其實最令人感到意外的是王小波，他在寫作之前曾經是數學和邏輯學的研究愛好者。

　　還有一個重要的文學現象，也必須或者已經引起了我們的重視，那就是上個世紀的八十年代，一些重出江湖的作家和學者，在歷史塵埃的遮蔽下重新煥發出新的光芒。他們曾經在五四文化的影響下開始寫作，而經歷了三十年動盪歷史的精神磨難，到近二十年後，依然寫出一大批具有大氣象作品，諸如我所知道的巴金、錢鍾書、楊絳、汪曾祺、張中行、孫犁、王瑤，等等。

　　毋庸置疑的是，我上面所列舉的這些進行文學創作的人，大多都是現有文學主流體系的「多餘人」，他們也大多沒有在自己寫作的旺盛期得到應該有評價和尊重，有些甚至是被有意的埋沒或者回避，更重要的是他們也從來都是無心於現有文學體系的評價。對於第一種作家，我稱之為中國文學的精神流浪者；對於第二者，我稱呼他們為中國文學的旁觀者；而對於第三者，我則稱呼為他們是中國文學的文化遺民。而這三者的存在，使得中國當下的文學精神重新上升到一個豐厚的高度。

　　由此，我想來談談木心先生。這是因為我近來閱讀了由孫郁和李靜這兩位文學評論家所編選的《讀木心》所引發的，而我以為這冊書中所議論的，更多的關注於木心的文本自身的研究與鑒賞，而忽視了他能夠創作出這種奇特文體的內在因緣。《讀木心》這冊書已經基本完成了對於木心文學創作的價值認定，但對於如何成就木心，以及為何只有這樣一個被稱呼為「文學的天外來客」的木心則探討不多？而恰恰這正是我這篇文章所想要關注的，我覺得孫郁先生在〈木心之旅〉中對於木心的評論更為值得關注，因為這篇文章將木心放在中國百年文學的歷史長河中去參照和判斷，試圖為木心尋找一個獨特的座標，他在文章中這樣感慨：「我讀五十餘年的國人文章，印象是文氣越來越衰。上難接先秦氣象，旁不及域外流韻，下難啟新生之路。雖中間不乏苦苦探路者，但在語體的拓展和境界的灑脫上，還難有人抵得上木心。他對我們的好玩處是，把表達的空間拓展了。」那麼一個重要的問題是，為什麼我們的文體會在近五十年來越來越衰，最後竟然到了常常不忍卒讀的地步？

　　我們不妨來看看木心。李靜在她的文章〈論木心〉中有這樣一點關於木心的介紹，不妨抄來：「一九二七年生於浙江

烏鎮的富商之家，青年時期在上海美專和杭州藝專習畫，新中
國成立後任上海工藝美術設計中心的總設計師。他的寫作生涯
始於青年時代，『文革』伊始，他暗自寫下了的二十部書稿毀
於『薩蓬那羅拉之火』，他亦因言獲罪，兩次入獄達十二年之
久。一九八二年，五十五歲的他以『繪畫留學生』身份赴美，
自此長居紐約。一九八三年到一九九三年間，他在中國臺灣和
美國華語報刊陸續發表作品。此後筆耕不輟，但作品很少在大
陸面世。直至二〇〇六年初，他的弟子陳丹青在內地將其高調
推出，『木心』的名字始被這片孕育他的大陸所知曉。」瞭解
了木心的前世今生，不難發現這個與魯迅、周作人和茅盾是
同鄉的文學家，起初在三、四十年代寫作的時刻，作為一個畫
家，他是當時文學界的一個旁觀者；而在一九八二年經受了幾
番精神的煉獄之後，他在美國紐約開始自己的二度寫作，此刻
他又是一個純粹的精神流浪者；再對比他的這兩個階段的寫
作，我們似乎也不難發現，從文化的承傳上來說，木心在他的
文化命脈中，一直是與中國和世界最偉大的文學世界相交集
的，而在他的知識精神視野之中完全摒棄了近五十年來的語言
文化干擾，成為一個不折不扣的文化遺民。陳丹青先生稱呼
「木心」為五四文化的「遺腹子」，孫郁先生稱呼木心為「民
國的遺民」，其實是一致的，而我以為木心之所以是木心，能
夠在近五十年的漢語文化遭受到嚴重污染和毀壞的時代裏成就
自己，正是因為他兼顧了文學的精神流浪者、旁觀者和文化遺
民的多重身份，讓他不可能有任何機會遭受到被侵害和污染的
機會，從而以精神自由和完整的異端者形象進行修煉並取得成
功。這也就是為什麼孫郁先生在〈木心之旅〉中區別木心與錢
鍾書、張中行等這些文化遺民的緣故，同樣也更加超越了作為

其弟子的陳丹青等諸人作為文化旁觀者，又相區別於那些海外的文化流浪者強烈的價值訴求的重要所在。

陳丹青先生說，我們的文化有五種傳統，一是由清代上追溯先秦的文化大統，二是五四傳統，三是延安傳統，四是「文化大革命」傳統。「假如我們承認『閱讀習慣』也意味著『傳統』的話，那麼，我還要加上一個傳統，即近二十多年以來的種種話語、文本所形成的閱讀習慣——這五項傳統的順序並非平行並置、任由我們選擇，而是在近百年來以一項傳統逐漸顛覆、吃掉一項傳統的過程。」而如今，古典大統、五四傳統，在整整兩三代人的知識狀況和閱讀習慣中，已經失傳，很難奏效了；第三項，尤其是第四、第五項傳統，則全方位地構成了我們的話語、書寫、閱讀、思維與批評的習慣。那麼，作為木心，對於第四項傳統，他是以旁觀者的身份遠離這種文化的侵擾，對於第五種文化，則完全以精神流浪者的身份與其發生了根本性的斷絕。因此，在木心的精神世界裏，只有古典大統和五四傳統這兩個作用在發揮合力。

如此，我覺得對於理解木心才是完整的，而我另外一個感受則是，我讀木心的文字，其實也並非是完全的認同的。《讀木心》這冊書中評論家個個文思縝密，筆下吐豔，將他們對木心的喜愛與推崇分析地淋漓盡致，但似乎有多篇文字用力過猛，使我讀後反而有一些不同的想法。木心的文章固然高貴、清潔、成熟、華貴和雍容，但我總覺得距離我十分的遙遠，這大約是因為木心的世界與我們生活的這塊土地始終是隔絕的，他決絕地脫離了孕育自己的大地，無疑是擺脫了這塊土地上暫有的弊病，在獲取自由與超脫的同時，但也同時放棄了這塊土地上生活的溫度，缺乏了來自地氣的野性力量的激

盡。因此，我讀他的文字，始終感覺他的文字是一座精神的文化孤島，修建這個遠離塵世的孤島，並且將他建造的精美絕倫，但他對於我們來說，畢竟只是一個華貴而精美的標本，是遙遠而無法複製的。

因此，相比木心，我更喜歡作為他的弟子陳丹青的文字。因為陳丹青也作為一個文化的旁觀者和精神流浪者，雖然他不像木心作為文化的遺民曾有過五四精神的薰染和根基，但他能夠將已有的「狼奶」吐出來，然後重新注入新的生命能量，這種二度重新建設的生命則更加具備免疫能力，使他的文字更有一種關懷和平等的精神氣質，又有源於民間體驗的野性之美。這則區別於木心，木心的高貴是對人間的俯視，缺乏溫熱的精神氣度，他可以感受自我的情感世界，但對芸芸眾生的世界則沒有應有溫情，以木心被大加稱讚的〈上海賦〉為例，此文固然精彩，描摹刻畫細膩傳神，但讀他這文章，似乎感覺到是一種臨空觀望的姿態，而不是穿越其間的眼光，清晰自然是清晰，但所有的萬象風雲似乎與我何干，而這上海的一切也只不過是他筆下精雕細琢的盆景罷了。因此，我相信如果是從上海弄堂裏出來的陳丹青來作文的話，固然是沒有木心的大氣傳神，但在精神面目上，則也許會更加的飽滿和豐富，因為這種溫熱的體貼是我所獨愛的。

火光在前

──有感於《文學中國》叢書

　　關於編選方面的文字，近來偶然地斷續讀到幾篇相關文章，印象十分深刻，一篇是美國漢學家魏菲德（Srederic EWakman）在《講述中國歷史》（Telling Chinese History）中描述清朝乾隆皇帝統治的後期，中國地域寬闊，社會繁榮富裕，彌漫著一種心滿意足與充足富裕的氣勢，而這個時代的文化在魏菲德的眼中卻是這樣的一番模樣：「正因為十八世紀的政治潮流乃皇權專制統治，因此文化上的造詣就要與皇帝自身的形象相匹配。通常我們認為清代是一個善於總結而非冒險探究的時代。它在文化上呈現的特點就是編撰大型類書和詞典，而不是創作具有開創性的散文或者文風嚴謹的哲學著作。在康熙皇帝領導下，一七一一年，編成《佩文韻府》，此部類書乃清代官修大型。……一七一六年具有權威性的《康熙字典》成書。……一七八二年第一套共三萬六千卷的《四庫全書》抄完並呈進乾隆帝，此乃一座適宜的文化豐碑。但很多人都注意到這樣一個事實，即大規模地從中國私家藏書中遴選圖書，乃為清朝當局審查圖書內容提供了一個契機。事實上，乾隆帝自己就曾投入相當精力以清除有明一代忠臣與個人著述中的反滿情緒。與之相比，也許更為重要的是，當時的文人學士的才能都籠罩在這種編撰目錄、書籍題解的金字塔下。康熙帝有意識地通過編撰工程，誘使歸隱的學者從對政治的隱退中抽身出來，

由此獲得他們對於新朝代的支持。」另一篇則是元好問在歷經二十個寒暑之後，將金朝的詩詞文集《中州集》編撰成功，而對於消亡的金代所遺留下來的殘山剩水，元好問沒有單純地進行文學的編撰，而是完成了詳實的資料收集和考訂，後世認為此書「借詩以存史」，可見其良苦用心，但對於此書能否傳之於後，元好問在為這十卷本《中州集》的題詩中流露了其悲憤卓絕之心境：「平世何曾有稗官，亂來史筆亦燒殘。百年遺稿天留在，抱向空山掩淚看。」還有一篇則是民國周作人在他的文集《雨天的書》中，談到自己最為佩服思想家藹理斯和他的著作《性心理研究》，他引用藹理斯的一句話來表達對那些在道學家的迫害下努力傳播思想的知識份子的精神禮贊：「我們手裏持炬，沿著道路奔向前去。不久就要有人從後面來，追上我們。我們所有的技巧，便在怎樣的將那光明固定的炬火遞在他的手內，我們自己就隱沒到黑暗裏去。」

雖然都是偶然讀到的，但將這三句話如果連接起來，似乎可以發現其中隱含著世代中國人乃至整個人類在面對現有的文化機制的統治下所進行地掙扎和反抗，以及在遴選、保留和傳遞火種中所具有的精神大義。也由此，我忽然想到了正在翻閱的這套還在不斷編選完成的《文學中國》叢書，從二〇〇三年一直持續到現在，以每年一冊的速度為我們這個國度遴選文學作品的精華，在如下形形色色的各類文學選本或叢書中，由南方的林賢治先生和北方的章德寧先生一起編選的這套選本叢書在我以為絕對的與眾不同，而這種不同首先就體現在文學的體例與標準的選擇上，正如在〈選本的尺度、界限及其他〉一文中所強調的：「作為一個文學選本，惟有重視作品，重視作品的品質。文學性、思想文化內涵、道德傾向，都是編者所關

注的。」而所有編選的作品，在編選者以為：「沒有哪一個作家、哪一種文類、哪一種風格是先天優越的。」可以由此看出，在編選者的視野中，這些被選入的作品都是我們這個時代的精神火種，而不單純的只是供人消遣的文字符號。因此，它們彼此平等。

　　閱讀和進入這些選本中的文學作品，就會發現另外一個更為巨大的區別：在這個選本中，編選者更為注重我們這個時代個體心靈的掙扎、煎熬和反抗，更為關注每一個被遮蔽靈魂的暗自獨語，而並非惹人關注的喧譁，也絕對反對那些出現在形形色色的選本或叢書中但卻顯示出一種充滿盛世豪情與舒暢自戀氣味的文字。與此恰恰相反的是，這種選擇正是對於那些被廣泛遺漏但卻真正顯示出精神光澤的聲音給予關注，同時也正是對於那些面目光鮮但永遠保持正確的文字的反抗，如編選者在〈序言，或一種文學的告白〉中所宣告和警惕的那樣：「事實上，一些被稱為『主旋律』的作品，在很大程度上仍然重複從前的意識形態的調子；在大眾文化流行之際，大批繁殖娛樂消遣之作；還有一些小雅人，沉湎在個人夢幻裏，專事製作抽象的、紙紮的形式主義玩意兒。一面是騙人的奢侈品，供小圈子內少數幾個人賞用；另一面，則以粗製濫造的東西腐蝕大多數人。幾乎到處都堆放著這些垃圾，到處飛舞著五光十色的紙屑；裝模作樣，沾沾自喜，趾高氣揚，酷相十足，最終，文學切斷了同現實的聯繫，而生成在別處。沒有血脈的湧動，沒有掙扎搏擊的熱情，沒有疼痛和悲憫，沒有愛，甚至也沒有諷刺。文學大獎照例舉行，文學廣告漫天散播而唯獨不見了文學。」

　　《文學中國》年選叢書的存在，正是對於這種製造繁榮和奴役思想的精神產品給以反抗和拒絕，從而保持一份獨立與清

醒的文學面目，因此這種文學編選就具有了更為重要的精神價值。尤其是在魚龍混雜，以劣充優的時代，本就是文化的殘山剩水，如何將這些正在生成的文化精神財富保護起來，就顯得意義不凡，正如編選者所言：「遺落一顆飽滿的種子，無論如何是一種罪過。」這樣的精神承擔，也註定這樣的選本所具有精神重量。而另一個值得關注的問題是，如何在本就貧乏的時代財富中採選精神的礦產，除去這些文學作品自身所要富含的價值與意義，在另外一個層面上就是既要不斷地保持文學作品的高度藝術魅力，又必須不斷去發掘和尋找新鮮的面孔，來給既有的文學體制帶來新鮮的活力和力量。對於這種不斷遴選的工作，無疑是一種極為艱難和繁雜的勞動，其實，很多編選者最輕鬆的方式就是在自己偏愛的作家和名流的光環下去挑選文字，這樣既能吸引讀者，也滿足了編選者的虛榮，且節省了大量的精力。但《文學中國》恰恰不，在他們的選本中我經常會讀到一些陌生面孔的優秀文字，它們以不同於名流的重複製造來表達出我們時代常被掩蓋的獨異，諸如我在《文學中國》上讀到過夏榆對於礦工生活的敘述（〈黑暗之歌〉），徐則臣對於京漂人物生活的描繪（〈跑步穿過中關村〉），鄭小瓊對於打工世界的營造（〈鐵〉），朝陽對於中國農民麻木與苦難生活的刻畫（〈喪亂〉），世賓對於賣花女孩憐惜的歌吟（〈賣花的小姑娘〉），如此等等，這些從《文學中國》開始的閱讀讓我認識了這些作家和他們筆下的文學世界。

我注意到《文學中國》有一個基本穩定的編輯委員會，在此有必要抄錄這樣一個名單：牛漢、王得后、王富仁、王培元、孫郁、李靜、邵燕祥、林斤瀾、林賢治、錢理群、章德寧、摩羅。如果仔細研究這份名單，不難發現一個祕密，那就

是所有這些編輯委員都與另外一個文學巨匠的名字緊密相連，
那就是民國時代的魯迅先生。由此，也就不難理解這冊選本叢
書所具有的精神取向和價值內涵，魯迅生前編選各種各樣的文
選，不也恰恰正是對於他所生存的時代的一種抗議和掙扎，同
時也是輸送和呈現精神的火種。而我僅知道這冊選本主要編選
者林賢治先生除去對魯迅思想與精神的研究與寫作，他的另外
一個重要的貢獻就是持之以恆的進行文學書刊的編選工作，如
運送火種的普羅米修士，為我們這個時代留存希望的火種，從
遙遠的南方蔓延到國土的四面八方，溫暖和磨礪著一個個同樣
渴求自由與尊嚴生活的中國人。就我所能看到的那些不同形式
的編選文叢就有如下這樣許多，諸如他與邵燕祥先生編選的
《散文與人》系列叢書，他與筱敏編選的《人文隨筆》系列叢
書，他與陳璧生編選的《人文中國》系列叢書，以及由他一個
人獨立編選的《讀書之旅》和《記憶》等系列叢書，當然還有
由他獨立主編的諸多影響極大的叢書，如「流亡者文叢」、
「曼佗羅譯叢」、「紫地丁文叢」、「忍冬花詩叢」等等面目
繁雜的書籍，但他們幾乎都統一擁有一個豐厚而大氣的精神向
度。在這個時代裏，這無疑是一種十分難得的精神勞作，它付
出的不僅僅是一份勞動，更重要的是一個富有抗爭和宣告意義
的希望，也還證明在我們這個時代，至少還有一種獨立的精神
力量在源源不斷地生長，它讓我們在思考與寫作時並不感到精
神的孤單。因此，我想到藹理斯的那句話，這些所有的辛勞，
都是將火炬的光明傳遞給後面追上來的人，他們卻逐個地隱沒
在黑暗之中；而我就曾受到這光明的召喚，並獲得了向前奔跑
的力量。

貧乏時代的精神財富

——對一個文學選本的微觀分析

一

在批評家李靜的博客上，我注意到這樣一次細小但令人深思的交流，一位署名「艾曼」的網友給博客的主人留言，發問剛剛編選出版的《2007中國隨筆年選》，留言的內容似乎有些挑釁的味道，「中國隨筆年選，李靜女士，你知道這題目的份量！這比中國作協研聯部編的《中國隨筆精選》更正宗。全國一年發表多少隨筆？你在報社工作，你一年拿出多少時間閱讀中國這一年發表的隨筆呢？你閱讀面占多大比例？這是個不得不說的話題。我想，你就算脫產，一個人的閱讀量畢竟有限得很。你有沒有一個工作班子在為你初選呢？我絲毫不懷疑花城出版社和蕭建國先生對你的信任、委託，你的一系列文章表明了你的水平和能力，可個人來承擔這個任務，我是不敢想的。全國紙質媒體給你推薦作品嗎？你個人在選定作品時，標準怎麼掌握？文字是SOFT POWER，是軟力量，無法量化，這只好依賴更多人的感覺，而這更多人在哪裏呢？我不知道。你現在編選的程序、機制可以透明嗎？讀者有這知情權嗎？你希望有更多人來支持這項工作，從而縮小註定的遺憾嗎？」

這位批評者顯然是帶有情緒，但她的連珠炮式的留言其實最歸根的就是一個內容：每年如此眾多的隨筆發表數量，以什

麼標準和方式來遴選出值得進入年選的好作品？對此，李靜是這樣回答的：「文學說到底是個人的事，文學選本也是如此，不具有『團隊工作』性質。古今中外再大名頭的選本，也多是個人之選。單位推薦這種程序，可以用來搞選舉，但不是做選本的好辦法。每個人的精神和藝術標準尚且不同，何況單位。至於我採用何種選稿標準，您從選本裏大概能夠看到。」

　　一個不為人關注的細小交流到此停息，但我卻注意起這樣一個問題，如此眾多的年選出版，究竟是在為我們提供怎樣的精神食糧。在如今十多種面目各異的年選圖書中，花城出版社所編選的這套文學年選相比那些打著「最佳」、「最好」、「最有閱讀價值」、「讀者最喜愛的」等名目的年選，顯得低調和個性十足，尤其是編選者，在我看來，正是看重了編選者在各自領域的成就和個性，諸如寫作隨筆和文學評論的李靜。我個人很喜歡李靜的那些評論文字，是緣於這些批評文字往往能夠揭開文學浮表的現象，很銳利地談到一種真實的質感，而且文字優美、犀利、智慧，帶有一種形而上的論辯色彩，她文章的另外一個特點是不八股、不學術，可以說隨筆是評論，也可以說評論就是隨筆，總之是這種文章寫得既藝術又有見地，很難得。唯一遺憾的是她的文章出手很緩慢，看得出來是對文字十分苛刻的，而在文壇上的低調，則令人感到她內心世界裏對文學的真正虔敬。

二

　　二〇〇七年的夏天，我因個人前途的緣故而有一段閒暇的時光，心想與其憂煩不如安心去讀書，恰好在圖書館裏發現了

李靜編選的隨筆年選，於是在開架閱覽室裏一本本的搜尋，找全了從二〇〇二年到二〇〇六年五年的隨筆集。集中大約一個多星期的時間，將這二百多萬的隨筆文字通讀了一遍。讓我感到驚訝的是，這麼多的文字在如此短的時間裏讀完，竟然絲毫不感覺厭倦，相反卻有一種思想和精神上的愉悅和享受。這次借書和閱讀讓我感到很有成就感，記憶頗深。不久前將《2007中國隨筆年選》讀完後，又恰好看到艾曼和李靜的這些交流，作為一個關注隨筆寫作的閱讀者，很想談談我「大概能夠看到」的這本年選。

在李靜編選的隨筆年選中，我發現這樣一個現象：在每年的年選中，有一些作者的名字是幾乎年年都會出現的，有一些作者的名字則出現頻率極高，我對二〇〇二年到二〇〇七年這六年的作者稍作整理，不妨抄列如下：崔衛平（六次）、孫郁（六次）、李長聲（六次）、林賢治（五次）、陳丹青（五次）、高爾泰（五次）、李敬澤（五次）、傅國湧（四次）、謝有順（四次）、邵建（四次）、李大衛（四次）、程巍（四次）、止庵（四次）、徐曉（四次）、秦暉（三次）、何懷宏（三次）、傅謹（三次）、張新穎（三次）、聶華苓（三次）、北島（三次）、邵燕祥（三次）、周澤雄（三次）、摩羅（三次）、雷頤（三次），等等。這些在隨筆年選中出現頻率較高的名字，我不以為這是編選者一種狹隘的個人趣味或者小圈子化的精神按摩，恰恰相反，它從一個側面應徵了這些作為隨筆寫作者藝術和精神上的成熟穩定，代表了當下中國隨筆寫作的真實水準。

如果對於中國人文知識界稍有瞭解的話，不難發現上面這些被列舉的寫作者的某些共同特點，作為中國隨筆寫作的主力，我們發現這種文學體裁很少有名氣甚大的作家被列入，而

那些專職的隨筆寫作者更少見露面，而他們的身份本身則面目繁雜，諸如學者、文學批評家、歷史學者、社會學家、自由學者、雜文家、電影研究者、戲曲研究者、美學家、畫家、詩人、建築學家、編輯，等等，他們一個共同的特點就是通過對知識與經驗的佔有來進行寫作，並非僅僅依靠感性的虛構或者體驗來進行寫作；另外一個因素是，儘管是作為學者或者作家，他們的隨筆寫作很好地兼顧了學術與思想之間的平衡，讓這些文字既擁有深度和嚴謹，又不喪失隨筆這種文體的魅力，也就是所謂的「有學術的思想和有思想的學術」（王元化語），所以這些隨筆的寫作很講究隨筆寫作的藝術水準。

　　從對於李長聲和李大衛兩位大眾所不熟悉作者的隨筆的偏愛可以看出編選者的標準，在這些隨筆年選中，對於這兩位的隨筆往往是以連續數篇的形式出現的，我以為李長之的隨筆寫作在藝術上很有知堂老人的味道，是知識小品但情趣盎然，屬於內力深厚又不顯山露水的一路；而李大衛的隨筆讓我想到王小波，智慧、風趣、尖刻、戲謔，從李靜對於王小波的極度推崇（她有多篇精彩文章專論王小波）可以看出他們內在一致性來；再如李靜對於陳丹青和木心這兩位從海外歸來的師徒文字的偏愛，體現出他們對於中國文字的創新和把握，我一度對於木心的文字從感官上比較厭惡，覺得做作和刁鑽，缺乏地氣，因此和李靜在電話中有過一段現在看來很偏執的爭論，到看了她的評論文章〈「你是一朵含苞欲放的哲學家」──木心散論〉（《南方文壇》2006年五期），才清晰認識到木心在漢語語言上所進行的創新。孫郁先生在〈木心之旅〉（《2007中國隨筆年選》）的文末這樣寫到：「我讀五十餘年的國人文章，印象是文氣越來越衰，上難接先秦氣象，旁不及

域外流韻，下難啟新生之路。」由此，我更加對於李靜的這種編選充滿了敬意，因為這些文字的寫作在「表達空間的拓展上」更為值得尊敬。

三

我們無法乞求精神不獨立自由的作家能夠寫作精神自由的文字出來，什麼樣的腦袋寫出什麼樣的文字，在這些年選中，我真切的感受到了這些寫作者對於現實社會的精神擔當，是極有力量社會人文記錄和關照，因此在這些文字之中，我們會以各種形式看到在中國這篇土地上所發生的各種文化事件和社會事件的影子，而這些對此所發出的種種獨立的聲音因此顯得更加高貴。在我印象中很深刻的是這樣一些文字，龍應台先生的〈我看《色，戒》〉（《2007中國隨筆年選》），陳丹青的〈魯迅是誰？——寫在魯迅逝世七十周年〉（同上）；謝有順的〈「他在，就還不完全是黑暗」〉（《2006中國隨筆年選》）；艾曉明的〈保衛靈魂自由的姿態〉（《2005中國隨筆年選》）；程青松的〈送君萬水千山去，獨自聽猿到五更〉（《2003中國隨筆年選》）；秦暉的〈恐怖主義是人類的公敵——紀念「9‧11一周年」〉（《2002年中國隨筆年選》），徐曉的〈監獄中的日常生活〉（同上），等等。為此，李靜寫到：「我力圖使這部年選成為一本參差多態的書，參差多態得使「隨筆」這一文體包含文學，但溢出了「文學」，而彌散到一切事關「人文」的文字領域中大拿果然，要以一般讀者能夠無障礙的閱讀為限。」（〈在真誠、智慧與自由之間〉）這些文章幾乎反映了人文學者對於近年來所出現的人文現象的一次

集中思考和發言，諸如紀念魯迅、巴金去世、大眾學術、精神速食、恐怖主義、三峽移民、農村生活、文革記憶、大學教育、公共空間、城市建設、文化交流，等等，這些對整個中國乃至世界都關注的文化事件進行獨立的發言，反映了一個真正知識份子的職責，如果沒有這些獨立聲音的出現，我們很難想像中國話語空間的建設，正如費希特在〈論學者的使命〉中所說的：「你們都是最優秀的知識份子。如果最優秀的分子喪失了自己的力量，那又用什麼去感召呢？如果出類拔萃的人都腐化了，那還到哪裏去尋找道德善良呢？」幸虧我們還能聽見這樣稀薄的聲音，讓我們在這個躁動的世界中感到一種內心的安寧與希望，這也正是李靜所言及的「鈣」的精神成分。

「隨筆的條件和賭注乃是精神的自由」，這是瑞士文論家斯塔羅賓斯基的一句關於隨筆妙論，李靜對此極為欽佩，因為我們讀這些知識份子的言論，感受它們對於當下社會所出現的種種弊病的解讀與呼籲，但等到這些社會事物如煙雲消散，遺留給我們的並非是一塊空白的聒噪，它們所歸結的都是對於人心的撫慰與完善，就是使我們「精神成熟」的文字；這些本身就是並非輕鬆成文的「有難度」的隨筆寫作，它們的一個共通的目標就是試圖去構建一種人類所需要的精神家園，這自然包含諸如「正義、文明、優美、自由」這樣的詞語，因為無論是巴金先生的去世、對魯迅先生的紀念、對農民問題的關照、對恐怖主義的抗拒、對文革記憶的闡述，等等，其根本的背後都是一條精神的通道，這條精神的通道是通往人類所共同需要的和諧與優美，這種我們可能永遠都需要的精神安慰著我們的心靈，正如她在序言中所講到的：「我希望這個選本能在詩與真之間保持微妙的平衡。雖然他們的表達也姿態萬千，涉及的論

域也彼此相異，但寫作的基點卻近乎相同，那就是對文明、正義與自由的關切。我想，在當下的時空裏，或許正是它構成了文學的靈魂與血色。」（《2003年隨筆年選‧序》）

　　編選這樣一套文選，對於一個有作為的批評家，需要持續不斷的關注、超量的閱讀、敏銳的眼光、深厚的修養以及繁難的遴選，其背後更是在試圖為我們這個「貧乏的大時代」保留更多讓人心靈安寧的精神財富，這往往要比自己所進行的寫作會更有價值。讀完這些編選的文字，一個默默編選者的良苦用心就自然清晰了。

文學界的度量與胸懷

——由一場文學爭議談起

　　二〇〇六年，湖北作家胡發雲出版長篇小說《如焉@sars. come》，引發了中國思想界和文學界的一場激烈爭論，到如今，論戰雙方都已經偃旗息鼓，所議論題也在沒有結果中塵埃落定了。爭論的起因是由於思想界的幾位學者在研討時對當下的文學創作現狀提出了激烈的批評，這批評經過媒體的渲染和報導，立即引起了文學界的一些作家和評論家的反駁，言語中也多少存在著對這種圈外人批評的不屑，而其實更多的文學界中人士是並未對這樣一場小圈子內的爭論予以更多關注的，作家依然如故，文壇一切照舊。如今再舊事重提，並非只是想給當下文壇的這一潭死水攪上一攪，只是近來的一些閱讀讓我想起了這舊事，才感覺這所謂的文學界是有些過分的自負了，在面對批評時的氣度也實在是讓人遺憾的，至於幾位思想界人士，讓我姑且使用媒體所冊封的這些文學圈外人的名號，他們批評的矛頭是否銳利，是否指點到了文學界弊病的痛處，我以為並非是首要重要的內容了。

　　近來所讀的這幾本書都是自己所喜愛的著作，但當我將這幾本著作讀後歸整了一下，卻發現這些著作都並非是文學界中人的作品，諸如吳冠中的《吳帶當風》、陳丹青的《退步集》、黃永玉的《比我老的老頭》、黃苗子的《畫壇師友錄》、許宏泉的《鄉事十記》和《燕山白話》等。這些作品的

作者都並非職業的作家，甚至與文學創作和研究都不相關。也不難發現，所提幾位作者的身份恰好都是職業畫家，但他們的每一部文字作品都堪稱當下文學著作中的傑作，許多也都是當今文壇專業作家很難以望其項背的。這就令人奇怪了，專職的文學家們在這些業餘作家面前，卻有些面目不清了。我讀了這些畫家的作品，發現他們的文字均十分洗練，語言中充滿了一種漢語的優雅與乾淨，藝術味道十足，在文體的創新，角度的選取以及佈局章法上也都是新穎別致的。更難得的是他們所關注的話題也大都並非個人的一片小天空，如吳冠中對中西繪畫的理解與體悟，陳丹青對中國人文現狀的批判與反思，黃永玉和黃苗子對於前輩文人的追憶，許巨集泉對於底層的悲憫與沉思，其中都包含了濃濃的人文氣息。這種藝術與人文融合深厚恰切的文字，是值得閱讀者反覆的咀嚼與體味的。

這些畫家之外，屬於美術界的文字大家，我所知道的還有天津的范曾先生，他的散文作品氣勢恢弘，融會古今，自成一體；還有在海外的高爾泰先生，這位以繪畫和美學研究而聞名的學者型藝術家，他的散文作品簡直到了爐火純青的地步，他新近的散文作品集《尋找家園》是近年來難得的優秀作品，說實話，文壇上的散文作品可以與之媲美的，實在寥寥。還有定居法國的美學研究大家程抱一先生的《天一言》，小說寫一個中國人半個世紀的精神流浪史，個人遭遇與國家民族歷史緊密結合，無論在結構、語言和思想深度上來說都是我所見到的難得的好作品。我所讀到的這冊小說是臺灣一位學者翻譯過來的，但即使如此，還是被他小說中神采通透的語言所震驚。程先生移民法國後，以法語進行創作和研究，所關注的領域還是東方這片母土，程先生現已經是法國唯一的一名法蘭西學院的

華裔院士，地位之高，相信連法國的專業作家們也要報之以慚愧的。而我最近所認識的一位美術研究學者段煉先生，移民加拿大，但他在脫離母語的環境中所書寫的文字實在是讓我喜歡，我自偶然讀到他的散文作品之後，就立刻喜歡上了，曾在網上一篇篇的搜集整理，研習閱讀。

　　談到美術家的文學作品，其實兩年前木心的著作剛剛引起過來的時候，文壇上就有過一番激烈的爭論。木心乃一畫家，客居海外，但他的文字完全在游離母語的環境中脫胎換骨，成就了一種可稱之為「木心」體的文章。不過實在遺憾的是，木心的文字在國內大噪，文學界似乎卻置之不理，反應冷淡。我的朋友年輕的批評家李靜與魯迅博物館的學者孫郁先生一起合編了一部《讀木心》（廣西師範大學出版，二〇〇八年十月第一版），她向我感慨，對木心關注和進行評論的學者卻大多並非文學界中人。令人感到費解的是，即使木心的文字並非文學界人士所愛，但如此影響與成就，進行參考與研究也是應該的啊。與木心在國內的遭遇一樣的當屬王小波，這個被稱為中國自由主義作家的奇才離世已有十年之多，讓人十分尷尬的是，儘管王小波在年輕人中擁有大量的愛好者，其號稱「王小波門下走狗」的王迷何止千萬，如此影響力但卻受到文學界的冷漠。我手邊有一冊《浪漫騎士──記憶王小波》（光明日報出版社一九九八年版），可以發現對王感興趣的學者大多並非文學界中人，學者崔衛平就曾遺憾地發出質疑，王小波為什麼得不到中國文學界肯定？

　　因此，當起初看到關於小說《如焉》的爭論時，我覺得文學界一部分人的激烈反駁，與另一多部分人的冷漠旁觀，正是喪失了他們所應該擁有的氣度和胸懷，在沒有正視到自身問題的時候，卻恰恰給予批評者以鄙夷的眼神，這讓批評者也會感

到懊喪的。我們不得不承認，文學正在遠離著我們，社會轉型的變化之外，文學的內部危機是需要認真對待的。正是在這次爭論中，恰恰相反，代表思想界出場的學者崔衛平、傅國湧、丁東等人的文字卻是我每見必讀的，這是很多文學界中人所無法做到的，因為他們對於文體的關注、思考的深度以及關注的領域常是文學界人所難以接近的。這樣的學者作品，我喜歡的作者還有朱學勤、葛劍雄、周國平、謝泳、邵建、徐友漁、賀衛方、錢理群、陳平原、葛兆光、章詒和等等，這些並非文學界的學者跨越不同的研究領域，但他們在文字中所散發出來的那種博大、自由、優雅的精神和充滿魅力的思想深度，卻是很多文學界中人難以望其項背的。我注意到批評家李靜每年所編選的《中國隨筆年選》，幾乎作者大都是各個領域的研究者，唯獨文學界的諸多熱鬧作家卻寥寥無幾，這是一個讓人深思的現象。

我曾經研究過一段時間中國的當代文學，卻發現一個奇怪的現象，當主流的文學界在裹步不前時，倒是那些文壇外的非文學界人士常常會創造一些文學奇蹟。記得幾年前，正當文學界一片蕭瑟之時，忽然殺出一位與文學不沾邊的漢子都梁，捧出了小說《亮劍》，這位身在商界的公司老總一出手就讓文壇震驚，而他塑造的小說人物讓文壇為之一亮，幾乎成為近年來軍旅小說創作的人物原型；再如近兩年來受到諾貝爾文學獎評委馬悅然先生高度稱讚的山西大同員警曹乃謙的作品，就以其獨特的地域風格讓讀者眼前為之一亮，他的作品據說原本只是因為朋友間一次打賭的結果，沒想到隨即就受到了遠在北京的汪曾祺的熱情回應，可我恰恰就這位員警作家的創作看到不少文學界中人對此所反應出的冷漠甚至不屑來。近年來，文學蕭條，備受冷落，但與文學界相應成趣的是，一方面是作家們的

作品印數減少，大量文學作品積壓，一方面卻是一些文學圈外人作品的熱銷，諸如作為酒店經理的作家海岩，他的小說作品幾乎是每出版一部就熱銷一部，印數可觀。但令人尷尬的是，海岩總是被歸納到通俗文學的陣營，記得海岩曾用重獎徵集書評，可見他所受到文學界的冷落。再如不少在網路上自由寫作的作家，他們的作品更是讓人驚訝，我所知道的一些網路作家如王怡、連岳、和菜頭、黎戈、十年砍材、安妮寶貝、寧財神等人，都是讓人刮目相看的。這些網路作家儘管已經開始從網路走向出版和紙媒，但傳統文學界人士所報之的冷漠與不屑，很是讓人心寒的。從網路上出名的青年女作家安妮寶貝寫作風格獨特，影響甚大，但在文學界中還是未被認可，以至於她的小說《蓮花》出版之後，上海著名學者郜元寶會以〈向堅持「嚴肅文學」的朋友介紹安妮寶貝〉作為論題，從而來表達他對這位青年作家的認可，這也反映出我們的文學界對安妮寶貝這樣的網路作家所固有的偏見與冷漠。

記得文學界中人在關於小說《如焉》的這次論辯中所講到的，文學自有其法則，言外之意是那些批評文學的圈外人士們對文學只是門外漢而已。還有論者強調，文壇上有不少扎實寫作靜心求進的作家，而批評者們卻偏偏視而不見，這似乎在暗示著這些批評者們的閉目塞聽與一孔之見。對此，我以為更顯其小氣，引發這次批評的恰是作家胡發雲的小說，而去年天津作家楊顯惠的小說《定西孤兒院紀事》不也是受到了文學界內外的一致好評嗎？我所需要強調和指出的是，文學並非是文學界中人的一己私器，積極接受批評和進行反思，不斷參照和吸收來自外界的營養，正是文學界中人所應有氣魄、胸懷和度量。

農村不是文人詩意的棲居地

——對一種文學寫作現象的批評

　　這些年裏，我斷斷續續地知道一些有所成就的文人雅士們，其中包括一些我平素所尊敬的作家或學者，他們從繁華與喧鬧的都市裏逃離出來，在城市的郊區或者偏遠的鄉村選一塊山清水秀的地方，購地建房，會友寫作，而往往不多長的時間之後，也就可以讀到他們的那些生活在鄉間的文字了。如此，他們彷彿尋找到了心靈的寧靜，美國作家梭羅或者中國古代的淘淵明便成了他們不斷標榜的偶像，也彷彿因此便自然地具備了某種高潔與獨特的精神氣象。

　　然而等我讀了他們的文字，才知道自己的估計是偏頗的，相比於梭羅在瓦爾登湖伐木造屋，種植收穫，讀書寫作，他們則少了梭羅的那份完全的簡樸與安寧，只是將農村變成了完全滿足自己心靈幸福的棲居地，變成了在都市里無法獲取的另一種完美的奢侈享受。他們的鄉村安居在我看來，似乎更多的像一個文人在優美的山水中找到一處寧靜的別墅，這樣的山居並不拒絕一切都市與現代化的生活方式。看看他們在自己的文字中所流露出來的那種完全區別於鄉村實際的現代生活：樓房、汽車、報紙、網路、衛星電視、冰箱、馬桶、地毯……，這儼然是建立在鄉村中的別墅，又以昂貴的代價享受著都市里的現代消費，無形中也與他們周圍的農人們形成了一種不同的生活模式，這樣的優越生活與他們所厭惡城市又有什麼本質的區別。

　　並不是厭惡我們的作家在山村擁有這樣的生活，我只是首先得提出一個問題，就是這樣的生活方式和姿態對於每一個中國作家甚至中國人來說都是一種享受，因而首先在思想上不需要有深刻與神聖的道德標高，因為畢竟不是去那裏改變農村或者像梭羅與淘淵明那樣以平民身份回歸田園，在簡樸的生活中尋找精神的自由。況且更進一步說，並非人人都可以像他們這樣在如此優美的環境中擁有這樣的一套別墅式的作家公寓，這其中多少也是一種特權的享受吧。因此，每每讀他們所寫下的文字，我似乎感覺到這些文人們在某種意義上似乎在扮演中國傳中賢達文人的角色，蓋房子，會友人，讀詩書，樂賢好施，修路架橋，撰刻碑文，維護一方水土的安寧——他們生活滋潤而悠閒，優越而歡快。

　　這些作為成功人士的文人雅士們，當城市生活的喧囂讓他感到煩躁的時候，回到安靜的田園生活自然又成為一種美麗的享受。我不是在對他們進行什麼批判，其實這樣的選擇恰恰代表了現代社會的某種局限，你渴望鄉村但無法離開城市，你嚮往意氣風發的快節奏卻對心靈的寧靜也充滿憧憬。因而對於作家來說，他們筆下的鄉村始終只能成為一個他者，他的眼光中是鄉間山水的美麗、神奇、自然，是中國民間生存的自己自足，是鄉村人所天然具有的淳樸、憨厚、幽默甚至一些不傷大雅的聰明與世故，我特別注意到許多作家花費了特別多的筆墨來描述鄉村人生活的達觀與自在，中國農民所特有的民間智慧，對於這些作家都帶有一種讚美的語氣。我恍然在閱讀中感到作家的筆下似乎是一副中國現代式的鄉村田園牧歌，是一副當代中國的〈桃花源記〉。我在閱讀中感到一種詫異，難道我們真的需要到了在這種生活中去尋找新的文明或文化的時候了嗎？

　　讀這樣的文字，我常常恍然進入到一種美妙的鄉村世界，然而現實卻告訴我這只能是一種人為造就的幻覺；記得我在閱讀一本類似這樣的書時，恰好父親從家鄉給我打來電話，他告訴我種下的蔬菜價格低廉，那種在大飯店裏昂貴的西蘭花在農村才一毛錢一斤，父親無奈地歎息，那是中國農民特有的歎息。半年的收成啊，那一天我的父親用了一天時間賣了一千斤的蔬菜，但拿到手的只有一百元錢。我是農民的兒子，曾經在農村生活過將近二十年的時間，我知道這是一種什麼樣的心情。我的手邊放著另一本書，由學者林賢治編選的《我是農民的兒子》（花城出版社，二〇〇五年十月），這些寫作者大多也是大大小小的作家、記者或者學者，他們現在都已經在城市裏生活了，但由他們返觀中國的農村與農民，那卻是另外的一種風景，說實話這種風景與我的現實體驗是相同的，那是一種對於生命體驗化成文字的東西，他們筆下的農村卻是一種讓人讀之震撼與疼痛的景象。我最深刻的是一個叫朝陽的作家所寫的關於農村喪葬描述的文章〈喪亂〉，那種鋪張浪費的場景，以及虛假、喜慶甚至麻木的農民情感，由此引出作者對於一個普通農民一生的哀歎，這位在中國北方的關中農村長大的作家在文章中說到：「我鄙視一切把農村視作田園的人們，他們不能理解勞動給予身體的痛苦和重壓。在整個關中平原，在整個中國的土地上，我不知道有多少像我母親和祖母那樣的農民，他們把生活叫受苦，把農民叫做下苦人。你仔細看看那些下苦人吧，他們腰幾乎都一律向下彎，他們的腿幾乎都變成了羅圈腿。他們告訴你，勞動能使人變成殘疾，他們告訴你，勞動是一種受難，他們告訴你，工作著不是美麗的。勞動，是怎樣使我的祖父祖母們變得醜陋！」其實整個農民的生活境遇是深陷

入到一種環境中，在這樣的環境之中你能感受到一種怎樣的氛圍呢？如果沒有真正的走向他們，我想你可能會把他們的苦笑當成幽默與達觀吧。就在不久前，母親在電話中告訴我，幾年前村裏面修建的一條水渠被埋添了，在我的記憶裏這條耗費巨大人力和物力水渠自從修建以後就沒有發揮過多大的作用，因為設計與規劃的失敗使得它一直荒蕪，甚至他曾將我童年的一個夥伴在這個深渠中被一車磚塊壓死。如今它終於又恢復成為平地了。母親在電話中隱藏著一種興奮。而我只能說這也是農村，也是農民生活的一種方式和一個側面。

　　對比之下，那些作家、學者們由生活在鄉間所寫下的文字，似乎呈現著一種遠離煙火的優美，但我感到一種遙遠的距離，諸如對於鄉村人來說很平常的勞作，對於他們，完全是象徵性或帶有遊戲性質的勞作，卻似乎成了莫大的功勞或足以炫耀的資本。在他們所鄭重寫下的文字中，總會感到閱讀似乎變成了在聆聽一個人向你訴說他在鄉村中的成就，他的種植，他的養殖，他的平易近人，他的心懷鄉土，他的吃苦耐勞。在此，其實我最想說的是，假如一個從來沒有到了鄉村，一個從來沒有真正體驗過農村生活的人，他如若看到這樣的文字，那一定該是怎樣的一種羨慕，我就不止一次聽到有城市人對我說：現在的農民生活可不錯了，他們想什麼時候幹活就什麼時候幹活，而且永遠不擔心下崗，農村的空氣還好。我那時就想，你若是生來是個農民，你就不會這麼說了。對於我越來越多讀到這樣關於鄉村的筆記散文小說，我最想說的是，關於鄉村你只有真正的融入其中，才能看出那其中的色彩，我相信對於鄉村作品中的農村，一定是斑斕而複雜的色彩，否則你無權訴說。我多次讀到作品中強調都市中的現代化對於人的異化，

那麼鄉間田園就成為他們逃避與修養的所在嗎？我需要指出的是中國的鄉村現在還沒有進入到基本的現代化，在某種程度上還沒有擺脫基本需求的滿足，那麼對於這樣的狀態我們難道也是以一種欣賞的眼光與筆調嗎？

讀到這些將農村變成詩意棲居地的文字時，我感到悲哀，同時也想到二〇〇六年獲得諾貝爾和平獎的孟加拉經濟學家穆罕默德‧尤努斯，這位完全可以同樣在繁華城市裏生活的經濟學家，或者像中國文人一樣在厭倦疲憊時在鄉村建造別墅的經濟學家，他在孟加拉的鄉村建立鄉村銀行，開展小信額貸款，為消除鄉村貧困造福農民而奔波工作多年；在中國，茅於軾先生也是一位同樣的實踐者，他們給予鄉村不是索取和享受，而是建設與回報；他們沒有小文人的自我關注的情調，而是嚴謹與踏實的為鄉村做事情；他們不是將農村作為詩意的棲居地，而是將農村作為改變現實的一種努力方向；他們不是胡鬧般地在貧窮的鄉村尋根，而是堅定地為鄉村文明做現代化方向的努力；他們更沒有為自己書寫那些帶有炫耀自賞性質的酸腐文字，而是將筆觸獻給更多需要關注的現實問題。慚愧的是，我們卻只有一個孤獨的茅於軾，有的是太多在鄉村中詩意棲居享受的文人們！

也談「高手」

——讀黃裳兼談一種文風

　　近讀人民文學出版社二〇〇八年一月出版的《黃裳自選集》，其中有兩篇文章可互為補充，本是十分有趣的文選篇目，但讀來卻讓我對自己所敬重的黃裳先生產生了一些不快的感受。這兩篇文章分別是〈宿諾〉和〈答董橋〉。〈宿諾〉寫於一九八三年，黃裳先生因念及一段頗為傳奇的因緣而作此文。大約是在一九四七年左右，黃裳熱衷於收集文人名流的字畫墨蹟，於是去信向在北京的沈從文先生索字。沈先生是個極為認真的人，接到黃先生的來信後，先後三次寄來了自己的書法作品，其中最後一次寄來的書法十分珍貴，係沈先生、張充和和楊振聲三人合寫的。黃先生看到後，以為張充和的書法可為三者中最佳。於是向他的朋友靳以詢問，並請其幫助代求張先生的墨寶。

　　令人意想不到的是，三十年後，卞之琳忽然從北京寄來一封書信，隨信附有張充和的來信和墨寶〈歸去來辭〉，同時也還附有三十年前應黃先生之求，靳以寫給張充和的一封代求墨蹟的書信。這應算作遠在異國他鄉的張先生對朋友承諾的信守，而這三十年的人世滄桑，家國變遷，難怪張先生的這一紙〈歸去來辭〉會讓黃裳先生「真是說不出什麼滋味，癡坐了許久」。這裏需要強調的是，卞之琳一生癡戀張充和，一九八一年他到美國訪問，自然前往拜會了幾十年未曾謀面的張充和，

而張先生也才會有這樣的一件託付，使得其飄洋過海遠到故土。更讓人感到敬佩的是，據與張先生有密切交往的張昌華在〈一曲微茫度此生〉中所記，張先生託贈黃裳〈歸去來辭〉後，於一九八三年回國探親，在滬上與黃裳晤敘，齒及名人墨寶時，黃裳哀歎他本有一幅胡適題款的條幅，在「文革」中怕惹是非，將其毀了。言者無意，聽者有心。張充和返美後，竟割愛將胡適題贈他們夫婦的一幅「清江引」寄贈，以慰友人。由此看來，這一切皆因文人間的互相敬重而大有機緣，所以黃裳在文末會有這樣的一番感慨：「有一條奇妙的線在牽動著它們，這條線雖然細弱、飄忽，往來無跡，但它牽動的卻可能是非常的重量。」

此文讀完，我和黃裳先生一樣，心中滿是唏噓感慨。但隨之讀此文後的一篇〈答董橋〉，卻是大跌眼鏡。這篇黃裳寫給董橋的書信，也是因為一段傳奇但卻令人有些難堪的因緣，倒是黃裳寫來不急不緩，娓娓道來：「數年前散去之故人書件，至今悔之。潘某商人，陸續將所得付之拍賣，我耳目不靈，不知道消息，亦無人可託，充和書件，竟歸尊藏，且將以之見還，感與慚並。此件與拙作〈宿諾〉不可分割，此文為我著意之作，書件一時脫手而去，愧對故人。如輾轉得歸，實為大願。」原來，張充和寫給黃裳的這件書作被一潘姓商人購藏，後又經香港的董橋在拍賣會上購回此件，將之原物返回給黃裳，董橋因此而有文章〈張充和的傷往小令〉記之。想來董橋先生也是頗有性情之人，看到這件書作上張充和先生的題字後，割愛將之完璧歸趙。

黃裳在〈答董橋〉中所談到的潘某商人就是上海收藏家潘亦孚，董橋的另一篇文章〈我和杜麗娘有個約會〉中寫到他曾

為潘亦孚所出版的《百年文人墨蹟》寫序，可見其早與潘有私交，後來董橋拍買俞平伯的手札〈牡丹亭雜詠〉，潘告之董，早知如此，不如私下裏均給董即可。由此可見，潘亦孚並非如黃裳先生所說的純粹商人。然讀黃裳先生的文章，似乎對潘先生語有不屑，潘先生乃一藏家，聚散本是自然，而黃裳是此作的主人，此作又有如此傳奇身世，加之「與拙作〈宿諾〉不可分割，此文為我著意之作」，但他仍將之散出，實在是有些不該。

黃裳文中還提到自己散出的其他珍重的藏品，就不能不讓人對他這種「辛苦求字」又轉手作價散出的做法產生一些懷疑了。儘管黃裳在致董橋的短札中既言「悔之」，又「感與慚並」和「愧對故人」，但令我感到並非舒服的是，黃先生在回敍因緣之時，一句「潘某商人，陸續將所得付之拍賣」，顯然是對潘亦孚多有不屑和指責，讀來很有些商人奸猾，以此牟利，而文人無辜被矇騙的遭遇，因此這「一時脫手」和「愧對故人」也就顯出幾分文人的無奈與清高來。張昌華在文章〈一曲微茫度此生〉中，稱讚黃裳與張充和兩人的這段交往為「書翰佳話」，但他若對讀這兩文，想來會慨歎這佳話也不佳的了。

由這一段文壇往事，卻讓我想到了上海復旦大學的葛劍雄先生在《隨筆》二〇〇七年一期發表的文章〈憶舊之難──並談一件往事〉，此文表面為討論歷史追憶的難度，實則是有些重翻舊帳和向文壇老人黃裳發難的意味；隨後，黃裳先生即刻在該刊二期發表〈憶舊不難〉一文進行回擊，並要求文章發表時「一字不改」。此爭論的起因是葛劍雄曾在一九九六年的《讀書》雜誌上發表〈亂世的兩難選擇──馮道其人其事〉，對身處五代亂世的「長樂老」馮道有所同情，這文章引起了張中行先生的作文〈關於史識的閒話〉支持回應，大意是生逢亂

世，作為小人物，除了為國赴難，是否還有別的出路，比如貴生？不料，隨後上海的《文匯報》發表了黃裳對此文的批駁文字〈第三條道路〉，然黃先生立場高調、義正嚴詞，駁斥張論與汪精衛的「高論何其相似乃爾」，並引有魯迅「衛國與經商不同，值得與否，並不是第一著也」這樣凜然大義之句。批駁張中行，黃先生帶及了葛劍雄，只是黃先生的這駁文，當時在文界影響頗大。十年過後，張中行先生離世，葛劍雄先生懷念故人，以此為由，作文〈憶舊之難〉，並引用了柯靈先生提及的一段往事作論據，對十年前的舊事重提。也就是在黃裳先生在報紙上作文批評之時，柯靈曾給葛劍雄特意來電並談到一件讓人驚訝的往事，在上海的孤島時期，黃裳曾為由漢奸所創辦的《古今》雜誌寫過大量的稿件。

這畢竟是一件涉及個人名節的大事，黃裳先生很快就有了回應文章〈憶舊不難〉。在談到自己當年給《古今》雜誌寫稿，黃裳指出是因為生活在孤島其間，為準備到大後方去抗日的路費而作，加之自己所認識的《古今》編輯進行約稿，全屬不明真相之舉。對此，今天看來，也是可以理解，在國家零落之際，作為小人物的黃裳寫點不關家國存亡的文字，其實也是並非有失大節的。至多也就是魯迅先生所說的「幫閒文人」，也還淪落不到「漢奸文人」的地步，但柯靈提到《古今》因為是漢奸所辦，當時的進步文人相約不給其寫文字，而黃裳卻是第一個喪失約定的。對於葛劍雄在文章中提到的這個細節，黃裳並無作答。根據《萬象》雜誌上的〈周黎庵・古今・黃裳〉一文揭示，黃裳一九四二年離開上海並非投身抗日，而是到四川的重慶交大繼續學業；另外從當時《古今》雜誌的周黎庵後來在回憶文章〈一年來的編輯雜記〉中透露，當時黃裳賣文給

《古今》，也並非是不明真相，否則也不會「行蹤詭祕」，到四川後就立刻轉向把稿件投給《萬象》的主編柯靈了。

其實如此看來，黃裳在民族危亡之際，賣些文稿作為路費，求得日後的生存不恰恰是張中行先生所論及的「貴生」。要麼冒死困守上海作英雄，要麼高價賣文求生存，黃先生顯然選擇了後者。不過，黃裳後來作文〈第三條道路〉反駁，看來實在有些自己打自己嘴巴的意味。更讓我感到有些詫異的是，對於柯靈先生所揭發的歷史真相，在〈憶舊不難〉中則被黃裳描述成為早有預謀的暗算。根據黃裳的批駁，柯靈曾多次對黃的這段往事進行糾纏，其緣起則是因為「文革」結束後，黃拒絕了柯靈勸其將歸還藏書捐獻或作價賣給圖書館的建議，以後自己憑藉這些藏書寫作，出版了「幾本不像樣的書」，於是引起了柯靈的不快。對於這樣的解釋，我實在覺得很顯牽強，即使真是如此，黃裳在此避而不談往事，卻將個人的名節問題很巧妙地轉化成為一場個人恩怨的歷史過節，並在這篇文章中頗費些筆墨描述，就讓人有些黃先生頗受委屈的理解了。

令我奇怪的是，黃裳先生對於爆料自己這段歷史的葛劍雄不談歷史糾葛，作以澄清，而是閃爍其辭，拿數年前的一篇舊文作交代，但那篇〈我的集外文〉的舊文中，他寫自己賣稿的經過乃是「走投無路」，於是有從敵人手中拿來逃亡的經費，想來「該是多麼驚險而好玩的事情」。看來這賣稿一是為了逃亡，二則是因為「驚險而好玩」，這與他批駁張中行先生的義正嚴詞相比，老年黃裳遲來的答覆真是頗堪玩味啊。讓我感到極不舒服的是，黃先生在對葛劍雄的辯駁文章中，對發難者則語多不屑，引得葛先生再作文〈憶舊還是難〉（《社會科學論壇》，二〇〇七年七期）回應，對黃裳所嗤之以鼻的個人舊事

再作論述，顯然黃先生的回應之文是很令葛劍雄氣惱的；不過這還算是好的，在對於之前就有幾個「藏報家」挖掘出黃裳這段歷史的行為，於黃先生看來，只不過是「嘰喳不已」罷了。而就我所知道的藏報家，就有北京的謝其章先生，他曾在《藏書家》第二輯上發表〈靜向窗前閱《古今》〉，談收藏和研究《古今》雜誌的經過，也談到了他所發現的化名撰稿的黃裳，但卻絕非是黃先生所說的「嘰喳不已」。這些針鋒相對的文字，實在讓在下感到有失作為大家的風範。

無獨有偶，黃裳先生在去年被非議，還有在《山西文學》上所刊登的由黃裳的朋友沈鵬年所寫文章〈黃裳：愛書不能這麼愛〉。此文提到黃裳曾借沈鵬年一筆錢款，當時提出是為了搶救鄭振鐸先生散出的《紉秋山館行篋藏書》，然而黃裳最後卻又未將此款用於收購此書，只買了一些宋版書，過後黃既不給沈作交代，又遲遲延宕不還款物。在沈的一再催促之下，最終分次以舊書抵之。不料，隨後多年，黃裳在不少文章中誣稱沈鵬年有借書不還的習慣，語多不屑。也是因為這些印刷流傳的文字，促使這位老友才不念友情，作文辯駁。對於這一爭論，雖然各方觀點也還算激烈，但由於當事人沈鵬年的出面，又有具體文字作為材料證明，所以大都是承認黃裳曾有過借錢款用舊書低債這一事實前提的。從《山西文學》這個影響不大的刊物上發端的這場爭論，最後以黃裳先生的不作應答而草草收場，儘管當時《山西文學》的主事韓石山曾為此推波助瀾，但也是難起更大波浪。

巧合的是，偶然在網上讀到安迪的文章〈高手〉（《深圳商報》，二○○七年八月七日），此文一開篇就顯示出作者與黃先生不同尋常的關係：「不久前，收到黃裳先生的信，讓我

有空去坐坐，想跟我談談最近『四面樹敵』的情況。」這裏的
「四面樹敵」就是指葛劍雄在廣州的《隨筆》寫文章發難，同
時交往多年的沈鵬年也在太原的《山西文學》作文發難。一南
一北，同時出現，雖是巧合，也讓在文化讀書界頗有身份威望
的黃裳先生夠為難堪的了，而對於黃裳先生的反應，這文章中
有這樣的文字：「那天交流了種種『戰況』後，黃先生說，對
葛劍雄他還願意交手過招，但另兩位，黃先生稱之為『文壇牛
二』，不屑於出手還擊。」安迪還在文章中稱讚黃裳先生在應
戰中的功力，文末不忘記有這樣一段話作為結尾：「十五、六
年前，黃先生與柯靈先生有過一場筆仗，兩個都是文章高手，
過招數個回合，不分勝負。今天沒有了柯靈先生這樣的高手，
黃先生雖手癢卻不願出招，肯定覺得很寂寞。」

　　安迪所說的不屑於出手還擊，在這裏實在顯得有些自欺欺
人，一是黃先生主動來信，要談談最近「四面樹敵」的情況；
二是主動「交流了種種『戰況』」。可見，黃裳先生對於這兩
件事情還是極為看重的，也並非全是不屑的。在安迪的這篇帶
有吹捧嫌疑的文章中，這兩場與黃先生有關的爭論，對於黃裳
先生來說，似乎又奇妙地轉化成為了一場文章高低的比武，成
為了有沒有資格進行論辯的討論。而個人的品德與歷史的真
相等在文人們看來至關重要的大事，在黃裳先生這裏又完全
成為了文章技巧與學識等級的比較了，因此看安迪在文章中慶
倖，「難得八十八歲高齡的老人思路清晰，文筆老辣。」如此
一來，我倒得佩服安迪先生的這一句「思路清晰，文筆老辣」
了。順便一說，安迪先生乃是滬上有名的才子和出版人陸灝先
生，現為《文匯報》學林版編輯，與黃裳先生素有交往。

歌唱者，醒來

　　一天晚飯後，我和一位朋友在北京的一家影碟店裏發現一張南非的電影記錄片《曼德拉》，我以為這是一部關於南非種族解放領袖曼德拉的記錄片，對於曼德拉的事蹟我已經通過各種傳媒瞭解的比較熟悉了，但這部影片的一個特點引起了我的興趣，就是影片試圖反映音樂在非洲解放的過程中所取得的巨大作用，影片的介紹中有這樣的一句話，「歌聲聯合那些受壓迫的人們並給他們找到一條抒發情感之路。音樂又安慰了那些被關在獄中的人們，幫助他們在獄中創造了一條『地下』通道。」

　　正如這部影片的介紹，片中並沒有太多關於曼德拉的介紹，它更多的講述了音樂在整個南非解放中的巨大力量，就像影片中的一位南非音樂家所講到的，在南非一個鼓動性很強的演講可能沒有一段音樂或者一首歌曲的作用更大，因為音樂更便於南非人民接受也更便於傳播。因而我們通過影片可以看到在整個南非的解放的過程中，音樂給了南非人民以真正的力量，這些音樂讓他們充滿鬥志，讓他們充滿希望，讓他們團結在一起，讓他們歡樂也同時安慰他們那些破碎的心靈。影片中最動人的一幕是講述到南非的一位鬥士在他走向絞刑架的時是帶著微笑哼唱著南非人自己的歌曲。他們唱著這些歌曲走向屬於自己的真正的國家，這些歌曲都是反映南非人民追求自由與解放的渴望，是對於統治的殘暴和極權的控訴，是吹醒南非人民充滿激情的力量源泉。這些音樂或者激昂豪邁或者感傷悲

痛，但它們的旋律都很動人，往往能夠打動心弦，我在觀看這部影片時常常被這些音樂所傳遞出來的那種憂傷與悲痛所打動。許多音樂的歌詞都很契合南非人民真實的心聲，這些歌詞以真實和藝術的形式表達了南非人民對於現實的不滿和控訴。影片有許多讓人難忘的情景，在一位反抗者的葬禮中，所有參加葬禮的人都唱起了憂傷的挽歌，他們用歌聲來表達自己的憤怒，來表達這種現狀將不會在南非持續很久；在南非的一所監獄中，那些被囚禁在獄中的南非人用歌聲來表達他們內心反抗的聲音，用歌聲團結在一起；在南非的精神領袖曼德拉出獄的那一刻，整個南非沸騰了，前來迎接他的南非人民歡騰地跳起了舞蹈，唱起了南非人民自己的歌曲，曼德拉也很快與他的人民融會在一起。是的，南非人民用音樂來表達他們的心聲，他們在遊行的隊伍中歌唱，在祕密的集會上歌唱，在前往死亡的道路上依然歌唱，在武裝鬥爭的隊伍中歌唱，在監獄中歌唱，在家庭中歌唱，在葬禮上歌唱，……，歌聲在整個南非傳唱不息。這些歌聲的旋律是那麼地優美與打動人心，即使我這樣根本不懂得音樂也不知道他們所唱的具體歌詞的情況下，僅僅依靠那旋律我就感受到一種由音樂所傳遞出來的力量和魅力！

這是一部獨特的電影記錄片，因而我們有機會可以通過電影看到那些製作這些音樂與歌曲的音樂家們的身影，他們激動地回憶了這些音樂創作的歷程，回憶了這些音樂創作和傳唱中那許許多多令人難忘的歡欣與痛苦。他們創作的音樂和歌曲在整個南非傳唱，這種藝術的魅力在打動著任何一個南非人的心靈，即使像曼德拉這樣長年在監獄中的囚犯也可以在出獄之後立刻和南非人民一起歌唱，可見這些音樂是多麼強的感染力和滲透力。在這樣的情況下，具有藝術性的音樂超越了文字和演

講詞的魅力。這是一部震撼人心的關於音樂關於種族解放的政治記錄片，它曾獲得二○○二年度桑丹斯電影節最受歡迎的記錄片獎，自由之聲獎，聖路易斯電影節最佳記錄片獎，聖地牙哥電影節最佳記錄片獎，悉尼電影節最佳記錄片獎，南非國際電影節最佳南非電影記錄片獎，艾美獎最佳搜索獎等眾多的榮譽，這些眾多的榮譽給予一部電影記錄片，但我同時也認為他更屬於那些曾經為整個南非的民族解放所做出巨大貢獻的音樂家，他們的努力更值得我們尊敬。

　　通過這樣的一部電影記錄片我們可以真切的感受到音樂在現實中巨大的能量，但我遺憾甚至是痛心的發現我所生活的周圍竟然完全缺乏這樣優秀的音樂家，缺乏能夠真正反映人民心聲和現實社會的歌聲，我們這個社會那麼多的下崗工人，有那麼多的農民，有那麼多的打工者，有那麼多的被侮辱與被損害的人，可是我卻很少見到我們的音樂家去為我們寫出一首真正動聽的音樂來。我至今能夠聽到的一首關於下崗職工的音樂就是由著名歌星劉歡所唱的《從頭再來》，劉歡是我所喜歡和尊重的歌手，這首歌曲的旋律也能夠打動人心，但我的確不喜歡這首歌曲，它在向我們傳遞著一種忍辱負重的思想，它不去質問我們的工廠為什麼會破產，為什麼我們的那些領導還過著錦衣豪食的奢侈腐敗生活，為什麼我們只能過這樣忍受無望的生活，難道我們重新來過就能過的更美好，我們還有多少個重新再來？更可怕的是我們的音樂家再沒有為我們創作出令人感動的音樂的同時，還在不斷地為我們創作著那些令我們可怕的音樂，那些歌頌封建專制暴君諸如《好想再活五千年》這樣粗糙的歌曲？再看看我們的歌手們，他們熱衷於製造自己的花邊新聞，熱衷於到處走穴賺錢，熱衷於逃稅漏稅極力逃避自己所應

擔當的社會義務，他們每天都在熱衷於唱那些永遠都在失戀熱戀暗戀的歌曲，他們也只能不斷為我們奉獻出諸如像《兩隻蝴蝶》、《老鼠愛大米》這樣庸俗的精神垃圾，以一種新、奇、怪、酷的風格在迷惑和麻醉著大眾特別是青年人。我們對於這樣的音樂家還有什麼可以值得信賴呢？

幸好，我們的社會還是有一些有良知的音樂人。二〇〇四年瀋陽的一位賣菜的婦女被一輛寶馬車撞死後，迅速有人在網上寫下了一首悲情而憤怒的詩歌《天堂裏沒有寶馬車》，這是近年來我唯一讀到可以讓我內心真正感動的詩。它迅速在網路上流傳起來，有不知名的音樂愛好者將詩歌譜成音樂在網上流傳。還有值得我們關注的打工歌手，他們為在城市裏打工的人們歌唱，用歌聲為他們帶來歡樂，用歌聲來反映他們內心真正的生活。可惜的是這些都還只是我們這個社會難得的特例，可惜的是他們很多人的歌聲還不夠優美他們的旋律還不夠動人他們的歌詞還很粗糙，可惜的是這些都還是那些非專業的音樂愛好者在默默地進行，可惜的是這些歌曲只能在很小的範圍裏流傳，他們不可能在萬人的體育館裏開演唱會，他們不可能製作精美的唱片，他們甚至很難維持繼續再創作下去的生活來源！

為此，我為中國的音樂家感到悲哀，他們良知的心靈不知在何時才能夠蘇醒，用他們的心靈為我們的社會的弱者們寫出優美的旋律與歌曲，用他們動聽的嗓音將歌聲和音樂傳達在人民的心中。那時，人們也同樣會感謝為了他們所歌唱的音樂家。

讀《早春三年日記》

　　據賈植芳的弟子孫正荃的記述，賈先生從一九三六年開始寫日記，到一九五五年被宣佈為反革命分子之前，一直堅持不息；八十年代初，先生被平反後，又恢復了這一寫作的習慣，一直持續到二〇〇八年他離開人世的前夕。這些文字加起來，大概有幾千萬字，它是一個本色書生的真實寫照，也是一個知識份子的精神生活史，更是留給我們這個時代最珍貴的私人史料。賈植芳的另一位弟子李輝在先生九十歲生日來臨之際，編輯並出版了他從一九八二年到一九八四年的日記，取名為《早春三年日記》（大象出版社二〇〇五年四月第一版）。之所以為「早春三年」，大約是因為距離那場黑暗的十年文革才為時不久，而賈植芳也剛剛恢復了工作和自由，他所被宣判的「胡風反革命集團」此時也還沒有被徹底改正和平反，而讀這冊日記，更可以明顯地發現，社會上那些從文革所遺留下來的種種批判風氣還若隱若現的存在著，因此稱之為「早春」，也許是最準確的詞語。

　　對於賈植芳來說，一九八二年真可以算作是他人生遲來的春天，這位被稱呼為把中國的牢底坐穿的知識份子，從他風華正茂的青年時代開始，就不斷地遭遇著牢獄的災難。一九三六年，他因為參加一二・九學生運動，被請進了國民黨的牢房；一九四五年前後，他因為在徐州策反，被日本的憲兵隊抓進了監獄，一直到抗日戰爭的勝利；而隨後的一九四七年，他又因為給進步的學生刊物寫作稿件，被再次請進了國民黨的監獄；

到了一九五五年，因為胡風反革命集團的案件，他無辜被牽連，由此又開始了漫長的牢獄之災，一直到七十年代後期，他才真正的恢復自由。他的半個世紀生命都是在中國的監獄中度過，因此直到他已知天命的年齡，才真正獲得了自己的春天。但在這個乍暖還寒的春天裏，許多經受過煉獄折磨的知識份子，要麼變得小心謹慎、噤若寒蟬，要麼完全改變了以前的精神方向，而賈植芳卻並沒有改變自己的硬骨頭的脾氣，依然堅持自己獨立的思考與批判，在這冊《早春三年日記》中，我就讀到了很多在今天讀來依然是十分大膽而個性的異見。

諸如在一九八三年二月十二日的日記中，賈植芳這樣大膽地表達他極為憤怒的個人情緒：「看了各地的友人追述他們戰鬥的一生和悲劇的結局的材料，我只有憤怒。我憎恨那些披著馬列主義革命外衣的政治惡棍，他們無所不用其極地迫害和污衊同志和人民的滔天大罪，已徹底地揭發了自己的醜惡而卑賤的靈魂，歷史和人民不會饒恕他們，他們已經背叛了革命和人民。」在一九八三年九月二十四日的日記中又有這樣憤怒的記述：「下午震旦大學一九五一年畢業生陳國鈞來訪。一別二十餘年，見面幾乎不能相識了。他現在在江西師院改教中國哲學史（原教政治課），在此晚飯。他多年來也備嘗艱辛，雖未戴帽坐牢，卻也四處為家，他的妻子因此由發瘋到雙目失明以至癱瘓不起，這些遭遇在我國那個時期極屬平常，成為時代風氣，但反映在一個人的身上，卻又形形色色，各有千秋，使人不僅浩歎，而且是憤怒！——怒髮衝冠，不能自己。」在一九八四年七月二十日的日記中，他這樣寫到自己對社會現狀的憤怒：「……下午看了寫山西運城地區的報告文學《希望在燃燒》，真是怒火中燒，這個地方的各等幹部騎在人民頭上胡

作非為，無法無天，和舊社會的官吏比起來，簡直青出於藍勝於藍，一代不如一代！胡為乎此？」

在這冊日記中，諸如類似這「憤怒」、「怒髮衝冠」、「怒火中燒」等情緒化的表達幾乎滿篇皆是，對於社會、官場、學界的批評也都是毫不顧惜，往往是一針見血，非常直接地寫出自己對於這些腐敗與黑暗的社會現象的不滿。但如果仔細地閱讀這些日記，就不難發現，對於此時的賈植芳來說，過往曾經遭受了這樣多的牢獄之災，現在社會上又接連不斷地發生有如此眾多的不公平現象，卻正是因為存在有許多敗壞道德的人在胡作非為所導致的。在這冊日記中，他就不斷地直接指名點姓地批評那些引發民族災難的當事人，許多人甚至都是當時的社會名流，諸如在一九八四年十一月二十七日，他就寫到自己對於學校現狀的不滿：「現在學校規定，在外講學費要上繳，這樣教師就不能多勞多得了，也是一項土政策。我們的幹部，多年來，學而有術，會挖空心思創造許多土政策，限制人的積極性，似乎社會一前進，天就要塌了，停滯、倒退，倒似乎合乎原則，這不是什麼主義。」一九八三年十一月九日，也有類似的批評：「蘇州住處對面為南國賓館，據介紹，那裏面有幢房子原是林彪別墅，現在營業，日費千金，可見設備之豪華，這個『無產階級革命左派』原與南京『東王府』、『天王府』的主任為一丘之貉，都是些政治騙子，以愚弄百姓起家，終於身敗名裂，被歷史揭穿了其反動面目的傢伙。」再如寫到文藝界，就有這樣令人驚訝的批評，在一九八二年十二月二十四日的日記中，有這樣的記述：「上午在家看李輝譯的論何其芳文章，其中引何其芳的小品〈老人〉中的一句話，深有所感：『人生太苦了，讓我們在茶裏加一些糖吧！』說明三十

年代的何其芳還是很懂文學和人生的作者，對人生和生活有思考能力的作者，他後期成為棍子一條，則是環境和個人品質造成的個人命運。他只能算是一個滑稽劇中的角色，一個丑角的文士。」

　　類似這樣對於不平之事的批評，在這冊日記中還有很多，可以明顯的感覺到，在賈植芳的心中，中國之所以產生如此眾多極其黑暗與腐敗的社會現象，均是那些道德敗壞的「政治騙子」、「幹部」和「丑角的文士」所造成的。儘管他自己所遭受了這樣多的人生磨難，但此時的賈植芳還是很信任既有的社會機制與意識形態的，有兩個明顯的例子可以作為證明，在一九八二年十月三十一日的日記中，就有這樣的一段在今天看來很有些不可思議的記述：「夢熊在席間談了近來在杭州舉行的魯迅會的見聞，魯迅之孫投靠臺灣一事，香港報紙記之甚詳，還登了結婚照片。這小子真是個不屑的子孫，丟人敗興，莫為此甚！」再如他在一九八三年六月二十六日的日記中，有對美國華裔學者夏志清的論述：「夏的這本書政治觀點反動，『對著幹』，不過也有它的一得之見，又不同於我們的『大批判』的信口胡扯，造謠污蔑，血口噴人這種流氓戰術，是其可取之處，因尚顧及自己的體面也。」這兩段日記所敘，在今天大概是沒有人再責怪為了追求愛情的魯迅之孫或者夏志清的學術「政治觀點反動」了，而賈植芳的批判，卻正是從他們品行上著手，認為其行為給我們這個民族和國家抹了黑，而「政治觀點反動」則明顯可以看出賈植芳至少在內心中認為他自己是一個真誠的「馬克思主義者」，因此他也同樣憎恨那些「披著馬列主義革命外衣的政治惡棍」。他們才是中國罪惡的源泉，對於自己的信念，賈植芳是毫不動搖的堅守著。

不難發現，作為一個真誠的理想主義者，賈植芳認為之所以會出現如此眾多的災難和社會問題，關鍵是因為那些品行敗壞、道德低下的人沒有堅守其本應有的底線。由此，也就可以理解在三十年代就開始追求光明的賈植芳，半生之中不斷地遭受各種各樣的牢獄和懲罰，但他始終堅持住自己作為一個人的尊嚴與立場，這與其說是他對自己人格的堅持，我以為更關鍵的是他對於自己的理想使命的苦苦堅守。因此，無論是對於自己的信念，讀書，為學，授業，寫作，還是對於友誼，處世，交際，以及愛情與家庭這樣的私人生活，賈植芳都堪稱是當代知識份子的精神楷模，這個在這冊日記中或者諸多師友的回憶文章中，可以都到許多令人感慨不已的人生細節，王元化先生甚至說，在胡風反革命集團中，賈植芳的人品是最好的。我想，這是因為作為一個真誠的理想主義者，賈植芳曾是真正天真地以為，只有靠自己的實踐行動去實踐自己的信念，光明才可以追求得到。

但事情又並非如此簡單。在一九八三年三月十四日的日記中，賈植芳這樣表達自己對於王瑤等學者的不滿：「曾幾何時，這些人翻臉不認人，又攻擊起他們過去佩服敬仰得五體投地的東西，儼然又是個正確者，敢於為天下先的角色，但從此也可見當前時代精神之一斑了。歷史真是無情啊！依靠權勢甚至暴力，推行一種文藝觀點，也只能逞快一時，很難逃出『人亡政息』的悲哀下場，這是始作俑者意料不到的。」但在一九八九年王瑤離世後，他所寫的文章〈我的老鄉王瑤先生〉卻是出乎意料的給予積極的評價，在文章的末尾還有如此高調的結論：「在這個複雜的世界上，有的人雖生猶死，有的人雖死猶生。王瑤先生將以他的道德文章長留在人們的記憶裏。他

在中國現代文學研究和文化建設上的光輝業績，將會永遠受到人們的感激、尊敬和紀念！」這樣反差甚大的評價，在這冊日記和他後來的文章中，還有諸多。而另外一個相反的例證則是對於胡風的評價，賈植芳因為胡風而入獄，但他對胡風一直心存敬佩，在這冊日記中，他始終以「胡公」來尊稱，沒有絲毫的個人異議，但在他一九九五年所寫的文章〈「歷史的經驗值得注意」〉中，就有這樣值得注意的一段文字：「本來他（胡風）想直接上疏最高當局來傾訴內心的委屈和不滿，依靠當局的力量來剷除自己的論敵，改變自己的處境。可萬萬沒有想到，這份『三十萬言書』竟逆了龍鱗，一下子被打成『反革命』，不但自己身陷囹圄，而且株連了家人和一大批知識份子，成了五十年代我國許多文化災難中的第一個血淋淋的大冤案……」而在二〇〇一年他所寫的關於范泉的文章中，提到這樣一段學界公案，胡風在《三十萬言書》中毫無確鑿根據的稱范泉為「南京政府的密探」，使范泉遭受了很多的苦頭，先後被長期審查和打成右派以致流放改造。幾十年後，賈植芳在瞭解了真實的情況後，懷著異常沉痛的心情對范泉說：「胡風被迫害近三十年，已經去世了，我代表胡風向你道歉。」

　　由此，我們可以清楚的看出，無論是對學者王瑤還是自己的精神導師胡風，賈植芳在觀點上的反差和前後評價上的差距，為何會如此之巨大？難道是前者因為在私人日記中，後者則是在公開發表的文章中？但我從他對於胡風的認識中明顯感覺到這已經不是一個簡單的個人情緒了，而是有很清晰的思考在內的，他已經深刻的認識到一個個體本身可能存在的巨大歷史局限性，僅僅毫不客氣的批判一個人的道德立場，實際上是沒有太大用處的，真實的理解個人在具體歷史環境中的處境則

是非常關鍵的。賈植芳代替胡風的道歉，依然是他精神的寬
闊與偉岸，但我以為他已經逐漸地改變了自己對於現實以及
歷史認識，因為在動盪的歷史時代之中，不僅僅是某些個人
或者知識份子就所能決定或改變的。由此，我更渴望能夠看
到賈植芳後來的日記，那裏面一定有他更深邃的思考和見識
在其中。

遙遠的精神絕響

　　被魯迅稱之為「中國最為傑出的抒情詩人」馮至，在他的文章〈昆明往事〉中有這樣一段令人深思的感慨：「如果有人問我，『你一生中最懷念的是什麼地方？我會毫不遲疑地回答，是昆明。』如果他繼續問下去，『在什麼地方你的生活最苦，回想起來又最甜？在什麼地方你常常生病，病後反而覺得更健康？什麼地方書很缺乏，反而促使你讀書更認真？在什麼地方你又教書，又寫作，又忙於油鹽柴米，而不感到矛盾？』我可以一連串地回答：『都是在抗日戰爭時期的昆明。』」馮至一九三九年暑假應西南聯大外語系主任葉公超的邀請，辭去同濟大學的工作，到昆明的西南聯大擔任外文系教授。〈昆明往事〉是馮至後來所寫的一篇回憶文章，被認為是最能反映聯大人心聲的文字之一。

　　從上海到昆明，馮至的選擇代表了當時中國知識份子的一種精神取向。抗日戰爭開始之後，中國知識份子基本上處於兩種狀態之中，一是繼續留守在淪陷區中，這包括在上海租界裏的孤島文人，也包括北平和南京偽政府統治下的文人群落；另一則是絕大多數文人的選擇，他們集體遷移到大後方，而這種遷移又主要分成了兩個方向，一部分是到西南的昆明或重慶，一部分則是到西北解放區的延安。而西南聯大所在的昆明則集中了當時中國最傑出文化精英的半壁江山。從一九三七年開始到一九四六年結束，在民族危亡、家國破碎的危難時期，由北京大學、清華大學和南開大學所組建的聯合大學開始了一場為

中國學術文化延續血脈與保留火種的艱苦戰爭。相比上海租界裏的孤島文化、解放區裏的革命文化、日偽統治下淪陷區文化，以及國統區裏的黨國文化，遠在西南邊陲的昆明則代表了一種比較純粹的學術文化。因此，它能夠在民族危亡、偏居一隅和物質極度匱乏的情況下，依然生機勃勃，不能說不是一種奇蹟，也因此更值得今人的一番追究。

抗日戰爭勝利之後，北大、清華和南開三所大學北上復校，西南聯大由此解散，隨後則是國共內戰，再隨後是新政府的成立，而這些歷經磨難的中國文人等來的卻是近三十年的精神煎熬。之前諸多文化形態的共存，最終以延安為代表的革命文化成為歷史主流，曾為聯大外文教授的馮至，則伴隨著時代潮流的幾度起伏，卻無法超越他在民族危亡之際旺盛噴湧的創作態勢。兩相比較，作為馮至，竟也有撫今追昔之感，這或許也是其懷念那段歲月的重要原因。而讓後人為之感慨的，也正是以馮至等人為代表的諸多文化學術精英們，他們曾在如此困厄的環境之中，顛沛流離，殫精竭慮，卻集體性地書寫了我們這個民族的驕傲。讀劉宜慶的著作《絕代風流》（北京航空航太大學出版社 二〇〇九年一月版），就頗有如上之感，此書採用文學筆記的手法，以西南聯大這一獨特的文人群落為切口，生動風趣地描述了聯大師生日常生活的種種情形，來試圖重新勾勒與描繪他們極為豐富的精神面貌，追念那逝去已久的精神絕響。

劉君的這冊《絕代風流》分為兩個部分，上編是對西南聯大部分教授和三位校長的記述，下編則是對西南聯大生活狀態的描述，前者是談論個案的精神狀態，後者則是群體性的日常生活實錄，前者展現了中國文人精神中不黨不官、人格獨立和

敢於批判的風骨，後者則是代表了中國文人處於危難而雍容瀟灑的風流氣派。讀完劉君的這冊著作，乃有西南聯大之後已成絕響的歎息，諸大中國，再無這風骨，也再無這風流了，而這閱讀也便成了溫習這種遙遠精神絕響的功課。隨後的歷史歲月之中，儘管也有梁淑溟、馬寅初、陳寅恪等為數頗少的文人還保持了中國知識份子的尊嚴，但大多數人則在歷史的濁浪中隨波逐流，或者永遠保持了思想的緘默。因而我讀他們在那個時代的精神風貌，就頗為感慨，相形差距之大不由讓人感到一種歷史的荒謬，諸如作者所提及的聯大歷史系教授吳晗，在當時寫成了一部關於朱元璋的著作《由僧缽到皇權》，因為朱元璋的軍隊起義時紮了紅頭巾，所以就叫紅巾軍，簡稱紅軍。國民黨政府審查的時候，認為吳晗的這冊書寫得很好，但需要改一個字，就是不能叫紅軍，叫農民軍。當時的吳晗家境貧困，妻子臥床害病，吃飯只能買農民晚上賣剩下的蔬菜，如果他的這冊書能夠出版，就可以拿到很高的稿費，但吳晗卻表示，寧可不出，也堅決不改。而就是這個吳晗，在後來他所出版的另一冊著作《朱元璋傳》中，卻根據時代與政治的需要進行不斷地修改，直到最後整本著作幾乎面目全非。同樣是一個人，在西南聯大時期，他保持了文人的精神風骨，但在後來擔任重要職務的時期，卻違心地進行多次修訂。那麼，究竟這種風骨是有歷史局限的伸縮性，還只是政治的力量太過於強大？

　　與吳晗這種前後巨大反差的文人，其實並非僅為一二。在中國文化遭受到巨大重創的時刻，另一個不能讓人感到明晰的問題是，在西南聯大所處的抗日危亡時期，這些中國的文化巨人不惜以種種代價作出極大的犧牲，但到了後來當文化在不斷遭遇到內在精神戕害的時刻，為什麼那麼多文人又選擇了沉默

和啞然失聲，甚至有的竟然成為歷史的跳樑小丑，這不能不讓人沉思？諸如同樣是作者在書中所提及的西南聯合大學教授馮友蘭，時任哲學系的主任，為人師表，一代碩儒，頗有風度。一九四二年六月，陳立夫以教育部長的身份三度訓令聯大務必遵守教育部核定的應設課程，統一全國教材，統一考試等新規定。聯大教務會議以致函聯大常委會的方式，駁斥教育部的三度訓令。此函系馮友蘭執筆，上呈後，西南聯合大學沒有遵照教育部的要求統一教材，仍是秉承了學術自由相容並包的原則治校。這樣參與公共事物的事件在馮友蘭也還有不少，在這冊書中就有「馮友蘭的風度」等短章予以稱讚，而讓我感到十分疑惑的是，就是這個很有學人風度，能夠秉承自由獨立精神風範的學者，為何在後來面對比這還要更為嚴重的情況時，卻沒有挺身而出，而是選擇了緘默與回避，甚至是令人非常難堪地參與了歷史醜劇的演出？這又究竟是文人天性上的局限，還是中國的文人太懂得識時務者俊傑呢？

因此，等我讀完劉君的這冊《絕代風流》，在不斷溫習那些已經成為絕響的文人風骨與風流的時候，頗為疑惑這些美麗如童話一樣故事為何竟然只會成為歷史的一聲絕響呢？我想，這一方面在提示我們需要重新去深入認識中國的歷史和文人；而另外一個重要的方面則是時下歷史著作的寫作問題，這或許也是造成我們理解問題出現諸多疑問和偏差的另一個重要環節。在這冊著作中，劉君對於西南聯大的學人常以一種溢美和欣賞的方式來表達，這些文字在我讀來，作者在進入之前已經基本形成了寫作的基調，這或許正是其研究的一個陷阱。還是以馮友蘭為例，此書中的「馮友蘭的風度」一節中，劉君也注意到何兆武在《上學記》中對於馮的批評，也注意到當時的聯

大學生在民主牆上張貼漫畫諷刺馮，但在作者認為這些或者是「有偏頗之處」，或者則代表了「一些學者的看法」，然後筆觸一轉，變成了對馮氏的另一番描述，最後很快以這樣的論調結束：「在抗日戰爭這段艱難的時期，有論者認為，馮友蘭在西南聯大論道德有古賢風，著文章乃大手筆，立功求其實，立德求其善，立言求其優，這就叫至真至誠。這正是馮友蘭作為中國學者的中國氣派。」讀完這樣的評價，我總感覺這評價來得太容易，短短千餘字就有如此結論，似乎難以讓人信服，而對那些異見的言論也缺乏應有的辨析和深入的探討，如此造成的就是歷史人物形象的單一與單薄，而其實，歷史與人物遠非我們想像的如此簡單，其複雜性、矛盾性和深刻性都是需要進一步探察的，這或許是當下歷史寫作者所必須重視的。

重返八十年代：懷念或者反思

——由查建英《八十年代訪談錄》談起

題記

　　當一個時代缺少什麼，人們自然就會懷念一個曾經擁有卻已逝去的時代。在今天這個充滿商業市場氣息和慾望不斷膨脹的時代裏，人們特別是人文知識份子自然會懷念那個在他們記憶中充斥以理想和激情的上世紀八十年代，畢竟這個時代在中國人的心中留下的印痕是一種帶有傳奇色彩甚至有些悲壯歷史情調的記憶碎片。因此，懷念和反思這個時代對於今天的我們應該是一種歷史與時代的需要。

一

　　八十年代距離我們似乎已經是那種很遙遠的感覺了，這種遙遠不僅僅是只時間上的距離更重要的是今天我們所生活的這個時代與那個時代在精神風貌上的差距。作家查建英的一本《八十年代訪談錄》在二〇〇六年五月的出版，使得我們又一次通過記憶回到那個讓人懷念的時代，也使得八十年代這個話題成為知識份子所關注的一個熱點，但在重返這個時代的文化現場的同時也在提醒我們對於這個時代我們還需要更多帶有反

思性的總結，畢竟我們不光是要沉醉在那種英雄追憶往事的陶醉與輝煌之中。

八十年代對於人文知識份子來說是一個常常念及的話題，那是一個在知識份子心靈產生巨大興奮和快感的時代，多少知識份子在那個時代獲得了「翻身解放」的感受，甚至他們一度成為這個時代的寵兒或者英雄，那種處於聚光燈下的焦點或者一呼百應萬眾皆聽的情狀成為知識份子最美好的記憶。回到歷史的現場，我們重新梳理和反思這個時代，在五彩繽紛的歷史天空下找到一些重要的發光源點的時候，才會發現歷史原比我們想像的要複雜許多。經歷過八十年代文化洗禮的作家查建英採訪了曾經在八十年代作為文化界弄潮兒的阿城、北島、陳丹青、陳平原、崔健、甘陽、李陀、栗憲庭、林旭東、劉索拉、田壯壯、劉奮鬥等十二位知識份子，他們涉及文學、學術、批評、出版、音樂、美術、電影、電視等多個文化領域，一起來回憶和反思那個越來越成為一種傳奇色彩的時代，閱讀這些新鮮活潑又具有史料性的文字，彷彿也在跟隨他們一起進入到歷史的現場之中，去體味那份已經屬於歷史的多彩與滄桑。

一九七六年，中國文化大革命結束，人們在喜悅的期待之中的新時代還得到一九七八年年底的十一屆三中全會的思想解放運動，從而成為開啟八十年代的一個重要的標誌，接踵而來的彷彿猶如一股春風撲面而來，這種迅雷不及掩耳的思想解放迅速在神州大地彌漫開來。知識份子登上了這個時代的舞臺，留在歷史記憶中的那些事件也如幻燈片一樣在這個時代裏的大幕上激情放映：西單民主牆，《今天》雜誌，朦朧詩歌，星星畫展，西學翻譯，傷痕文學，先鋒文學，探索電影，搖滾歌曲，薩特的存在主義與尼采「上帝已死」的宣告引介，美學

熱，沙龍聚會，老三界大學生、廣場風波等等，這些曾經在社會上引起巨大反響的歷史事件已經成為了一種屬於這個時代的標誌甚至符號象徵，他們如「亂花漸欲迷人眼」的狀態出現在中國知識份子的面前，使得知識份子在這個時代始終處於一種迷狂的狀態，猶如尼采所言的酒神精神，知識份子少有的時代狂歡，也正如那個具有標誌性的文化人物劉曉波以熱烈的文化預言家和挑戰批判者的「黑馬」姿態殺出來成為青年人的文化偶像一樣。

查建英在她的著作開篇序言中寫下了她對這個時代最直接的感受：「我一直認為二十世紀八十年代是當代中國歷史上一個短暫、脆弱卻頗具特質、令人心動的浪漫年代。」但所有這一切似乎也無法概括完整個八十年代的歷史概貌，我們只有不斷地回到歷史的現場之中才能體會到這個時代的燦爛與複雜，以及這些特徵的背後所留給整整一代人甚至整個中國社會文化發展所帶來的歷史疑問。

二

作為八十年代文化英雄的北島在訪談的結尾中不無憂傷的講到，「無論如何，八十年代的確讓我懷念，儘管有種種危機。每個國家都有值得驕傲的文化高潮，比如俄國二十世紀初的白銀時代。八十年代就是中國二十世紀的文化高潮，此後可能要等很多年才會再出現這樣的高潮，我們這代人恐怕趕不上了。八十年代的高潮始於『文化革命』。『地震開闢了新的源泉』，沒有『文化革命』，就不可能有八十年代。而更重要的是，八十年代是在如此悲壯輝煌之中落幕的，讓人看到一個古

老民族的生命力，就其未來的潛能，就其美學的意義，都是值得我們驕傲的。」北島的言說中有一個極容易被忽視的問題，那就是這場文化的高潮起始於「文化革命」。如果沒有文化革命的十年文化的空白和壓抑，也許就無法產生八十年代的高蹈與浪漫，詩意與宏闊，這就像一個受到長期壓抑的人在獲得解放之後的亢奮甚至瘋狂。當長期的空白留給八十年代弄潮兒的是一個近乎低級的起點，所有的努力都可能變成一種新鮮的奇蹟，都可以讓人們張開陌生的眼睛直到這種新鮮逐漸變得麻木和不耐煩起來，那樣一個新的時代又將開啟了。

　　曾經作為引起西學的主力的甘陽在八十年代主編了「文化：世界與中國」叢書，引起了社會的轟動並成為知識界的一個標誌性的文化事件，而這之前的西學在翻譯和出版之中都被視為一種禁忌，人們處於長期壓抑和無知的歷史時間之中，因而這種引起只要一旦出現就會引起人們熱烈的回應，沒有什麼比在空白上描繪圖畫更自由也沒有比在廢墟上建立一座大廈更能顯示出優勢和成績來，而「傷痕文學」「反思文學」「改革文學」「先鋒文學」很難說已經達到了很高的文學水平，但得意於十年來對於文學的壓抑，加上知識份子以文學作為武器來對他們不滿的歷史進行控訴的武器，因而文學成為人們解讀歷史和進行隱約地會意的一種途徑來說，已經完全超越了文學本身的屬性，它自身的審美功能更多處於第二位，社會歷史的批判才是最關鍵的，以曾經在八十年代輝煌遺失的朦朧詩歌來說，就是這樣的一個隱晦而銳利的功能獲得了人們的喜愛，當我們朗誦「卑鄙是卑鄙者的通行證，高尚是高尚者的墓誌銘。」「告訴你吧，世界 ／ 我—不—相—信！」（北島）、「黑夜給了我黑色的眼睛，我卻用它來尋找光明。」

（顧城）、「中國，我的鑰匙丟了」（徐小斌）等等這樣的朦朧詩句的時候，在一代經歷過文化革命的人的心中激盪起的那種心靈會意的認同是難以想像的，但值得注意的是這種詩歌形式同樣是在借鑒了文革中的語錄式的文化影響和痕跡。

如果八十年代的前面不是一場讓人精神受到嚴重壓抑的十年文革，我們很難想像會產生這樣一個讓整個知識份子狂歡化的解放感的興奮與快感，更重要的是文革中的許多印記在八十年代依然存在，只不過它是以另一個方面來行走的。學者王德威在《被壓抑的現代性》一文中論述五四文學時對於晚清的文學狀態進行了體貼的關照，他甚至在文章的結尾中反問，「沒有晚清，何來五四？」同樣我們思考八十年代的話需要找到它的精神指歸，那麼如果沒有文革，是否會產生八十年代？答案無庸質疑，文革給八十年代提供了登上舞臺的歷史基礎，這是一個讓人備感荒謬的歷史弔詭。

三

在幾乎所有的反思文字中，八十年代常常被賦予與五四相同的歷史意義，這兩個在中國一個世紀的歷史上具有類似特徵的時代成為所有知識份子常常並行懷念的特殊時間段落，不過一個重要的命題是八十年代的精神資源來源於五四時期。在整個二十世紀的歷史中，五四與八十年代具有很相似的歷史特徵，如果我們認真來做以比較的話會發現許多有趣的類同，他們同樣是風雷激盪，同樣是知識份子作為英雄的時代，同樣是開啟了一個啟蒙的新時代，將立人作為根本的主旨……但另外一個需要我們指出的是八十年代畢竟出現在五四發生之後，那

麼作為給整個中國的歷史進程帶來巨大影響的五四自然是作為
人們加以自然利用的精神資源，那些曾經在五四時期受到薰染
的知識份子同樣成為這個時代的焦點和英雄，他們的威望和影
響力內在的改變著這個時代的精神方向，學者陳平原在訪談中
就強調這種「隔代遺傳」的精神思想傳承，「理解八十年代學
術，應該把它與三十年代的大學教育掛鉤。這跟一批老先生的
言傳身教有關。……我所說的這批老先生，大都沒有真正融入
五六十年代的學術思潮。這才可能在『撥亂反正』後，很自然
地，一下子就回到了三十年代，接續民國年間已經形成的學術
傳統。」在這個時代裏，一邊是成長在文革歷史之中青年弄潮
兒，他們激情洋溢以英銳豪邁的姿態走在時代的前端；而另一
邊則是曾經在五四文化浸染中文化老人成為這個時代掌舵人，
他們以其深厚資深的文化威望為這個時代的走向把握住了歷史
的文化命脈。

　　八十年代所追尋和延續的精神使命與追求也都還是五四期
間所尋找的精神理念，無論是反對極左的思潮，反對異化，倡
導思想解放，人道主義思想還是民主科學與自由的理念，其歸
根結底還是五四精神的主要內容，陳平原對此有這樣透徹的解
釋，「伴隨著整個風雲激盪的八十年代的是，對於『五四』新
文化的思考、追隨、反省和超越。關鍵是，一面追隨，一面反
省。」也因此在許多學者的回顧與反思之中，我們都可以發現
那些在八十年代絢爛輝煌的歷史事件都可以找到五四的痕跡，
甚至還沒有五四時期更加切近中國的現實，因此批評家李陀在
訪談中會很苛刻地針對八十年代的文化思想熱潮做出這樣的判
斷，「一個思想大活躍的時代，不一定是思想大豐收的時代
——八十年代就不是一個思想豐收的年代。」

　　除去對於五四時代精神主旨的延續以外，在八十年代的文化思潮中還有這樣的特徵，過分的追求激情與宏大的敘事，知識份子過多的承擔了歷史救世主的角色，缺乏踏實嚴格的實際操練，思想的內核顯得貧乏而難以成為未來社會與文化發展的奠基石。也許這恰恰是作為啟蒙時代的特徵，啟蒙之後怎樣卻不是知識份子所考慮的。大多知識份子都去作神聖的救世的啟蒙者，那麼這個社會的實際操作者就會變得空虛與貧乏。似乎是一個矛盾的追求，一方面是我們所懷念的理想、追求、拯救、承擔、激情、淳樸、使命、信仰，一方面可能就是空泛、貧乏、無能、天真、宏大、浪漫、膨脹等種種缺憾，我們常常懷念前者因而備感失落的憂傷，但卻很少想到後者給我們帶來的遺憾與弊病。所以等我們在回首檢索八十年代的時候，會發現所留下的精神遺產遠沒有想像中的豐厚。而所有八十年代的種種特徵最終在一場虛妄的歷史追求中悲壯的落下了帷幕，所有懷抱理想的人們被毫不留情的趕入到了二十世紀的九十年代，一個完全區別於八十年代的新時代，陌生而充滿慾望的刺激。

　　「一九八九年，一個歷史性的界標。」學者汪暉在他名重一時的文章〈當代中國的思想狀況與現代性問題〉中一開篇就作出了這樣一個宣言式的判斷，但他無疑同時在向我們宣告了作為一個傳奇色彩的時代在一九八九年結束了它的這種傳奇，開始了新的歷史進程。一九八九年對於中國的歷史來說是一個斷裂的原點，因為這一切太突然也太猛烈了，戛然而止的一個句號。至於這個時代對於今後的時代又留下了什麼樣的印記還得等待歷史的沖刷之後再回頭去審視。但一個需要我們關注的是在遠離了八十年代的文化熱潮，社會進入到經濟熱潮與慾望

控制的時代之後，一些我們曾經所呼喚的精神在逐漸地遠離，社會的進步與開放伴隨著的是一些基本精神內涵的瓦解，單向度的前進背後帶來的是人文知識份子的焦慮與懷舊，他們發現最根本的元素並沒有隨著時間與物質的大跨越邁進而獲得本質的變化，諸如啟蒙，我們今天依然所要堅持的一個歷史使命，還是陳平原先生的呼籲更值得我們的人文知識份子思考，「對於八十年代的學人來說，一步步溯源，首先回到『五四』，然後，在短短的幾年間，將『五四』這一套思想方法和政治行為迅速地重演一遍。」不過需要如此行為的又何止僅僅是八十年代的學人！

看似美麗背面的另類色彩

　　方槍槍心裏很孤獨！這個還不到四歲的孩子在幼稚園裏感到了一種被壓抑與被約束的痛苦，更重要的是，他常常一個人感到內心孤獨，他過早的感受到了人生的味道，他敏感，他內心頑強，他渴望自由，他是這個即定秩序的旁觀者，懷疑者，他甚至是一個反抗者，一個鼓動家，一個實踐者，一個「革命家」，他是一個頑皮和充滿喜劇性的遊戲者，一個破壞秩序的失敗者……，而這一切都源自於他內心的恐慌與孤獨，源自於他對於這個新鮮世界敏銳的內心感悟；他總是不理解，為什麼世界上會有這樣沒有自由和沒有趣味的集體生活，並且還發生在本應是他人生最美好的純真歲月裏！

　　這是我在觀看完張元的電影《看上去很美》後最直接的感受，我為這個透露著聰穎和帥氣的小男孩方槍槍的內心世界所感動，在他的眼睛中，這個陌生的世界的確看上去很美，的確，他只是看上去很美。電影很有意味的將故事所發生的幼稚園佈景在一個幽深而古老的宮廷宅院裏，那種來自歷史既成的宏大、壯觀、幽深和封閉與這些天真無邪、爛漫純真的孩子形成了明顯的反差。當即將四歲的方槍槍在結束了他自由自在的生活之後，被父親送往到這樣一個看上去很美的地方，由此他成為一個突然加入的外來者，一個帶有著陌生氣息眼光的旁觀者。因而他的到來必然是這個陌生環境格格不入的懷疑者，他疑惑的發現，甚至是有些恐慌和不解的發現，這個世界具有它

獨特的自成秩序，而他所有同齡的小朋友都已經接受了這種秩序，而且是那種完全自覺與快樂的選擇與適應。

在幼稚園裏，每天都是按照同樣一種生活模式在反覆，每一個程序都是按照既定的秩序來完成。甚至在吃飯前上廁所，在早晨起床後上廁所這樣作為人生理最基本的需求都已經被規定成一種規則，這種流水線式的生活模式已經到了事無巨細的程度，諸如吃飯時加飯用左手加湯用右手，所有的一切都被規定成為一種按部就班的模式。孩子們在一個個權威的領導下逐漸地適應並且開始一種新的生活，他們都接受了。而這種接受最大的動力則來自於一種精神上的折磨與比較，在這個環境之中，精神的管理被賦予了一種無限巨大的能量，任何的一個兒童將在互相對比中生活，這種對比則來自於一種評比和獎勵，誰能夠按照這種模式生活的很成功誰就可以得到一個小紅花，這個小紅花象徵著一種精神的優越，它可以證明在這種秩序中獲得的一種成功的標誌，例如不尿床，吃飯前洗手等等這樣的生活習慣。但方槍槍無法理解，他在早晨上廁所時無法排泄，在晚上睡覺的時候他會違犯規定的尿床，況且他還不會自己穿衣服。而在幼稚園裏的另一個精神的控制則是對於人的心理的利用，即利用人在集體生活中在心理互相比較的特徵，採取對於弱者和違反規定者的孤立，使用禁閉等形式使得這種行為成為一種被大家所不屑於接受的行為，這樣的一個即使是反抗和挑戰者的形象也是可笑甚至是可恥的行為，讓方槍槍感到了一種來自於內心深處，他從來沒有過的孤獨。

他終於反抗了，而這樣的反抗和挑戰對於他來說也是一個逐步的與漫長的過程。當他剛剛來到這樣一個陌生的環境之中的時候，他是極大的不情願，但他很快試圖融入甚至是渴望

獲得那樣一個代表榮譽的小紅花。但他發現，對於他真是太難了。他開始懷疑這樣的一種生活的模式，甚至對於小紅花也並不是很在意了，當他將一張老師丟失的小紅花珍藏起來送給一個被處罰而沒收小紅花的女同學的時候，小紅花對於他來說只是他獲得朋友和代表同情心與愛心的一個禮物而已。他甚至在夢中發現自己一個人在大雪紛飛的夜晚，獨自赤身裸體的走出這個古老的建築，在雪地上對著大地瀟灑而幸福的撒尿，只是這是一場不斷出現的夢，現實中他則尿在了自己的床上，得來的則是無法得到的優秀獎勵。在這裏，這種肆意的撒尿代表了他在內心世界潛在的一種嘲弄一種發洩和一種反抗，但這還僅僅在他的夢境之中。隨後則是他不斷的在現實生活中的失敗與苦惱，他終於需要過自由自在的生活了。他用自己的實際行動來嘲弄這個現實的環境，他變成了一個喜劇的反抗者。他在老師上教同學們唱歌的時候放了一個臭屁，他忽然發現那個威嚴的老師原本是一個妖怪，這個幻化為人形的妖怪以不可思議的冷漠來管理著這個世界。他開始鼓動所有的孩子，告訴他們這個可怕的發現，於是在一個夜晚裏，他們決定集體將這個他們認為是妖怪的管理權威綁起來。當所有的孩子一起行動，將他們的鞋帶繫在一起，然後悄悄地爬向那個可怕的妖怪的老師的時候，老師醒來了，他們的行動自然是失敗了。方槍槍為這種失敗感到內心孤獨，他決定開始獨自的反抗，於是他破壞這裏的一切秩序，包括一切認為是美好的形式，他破壞遊戲，他推倒他們遊戲的玩具，他搶來那個試圖將所有人全部消滅的孩子的玩具手槍；他與所有的人進行挑戰，甚至征服了兩個可以向他進行反擊的孩子，最後他把矛頭對準了這個體制的最高管理者，他用自己最粗暴的語言去反抗，影片中方槍槍用了一句最

為惡毒的國罵，一句典型的嘲笑式的辱罵。他則得到了最大的懲罰，他被孤立了。當最終重新獲得自由的時候，他走出那個空無一人的宿舍，擁擠在孩子們的隊伍中，他發現沒有人理睬他，他故意跑出隊伍，甚至告訴所有的孩子他已經違反了規則，但沒有人理睬他，包括那個曾經被她視為最好朋友的女孩子。他徹底地成為一個孤獨的人，他的反抗也最終失敗了，沒有人能夠理解他所渴望與嚮往的那種自由自在的生活，他們似乎已經徹底將那曾經擁有的快樂遺忘。

當他悄悄地逃離這個集體，一個人在這個古老的建築中遊蕩，內心裏充斥著孤獨，因為他最終無法一個人真正地離開，在夜晚即將來臨的時刻，他獨自地躺在一個石頭上，聽到從遠方傳來了呼喚他的名字的聲音。他似乎無動於衷，他不願意再回到那樣的環境之中了，但他感到迷茫。這個結尾的畫面讓我在觀看的時候有一種特別的淒涼，竟然是為這樣的一個孩子。我忽然有一種徹誤，感到了一種來自於生命中的體驗，我發現也許我就是那個試圖衝破一切束縛的方槍槍，或者更準確的說我常常就是那些與方槍槍格格不入的小朋友們。因為對於我們這些生活在權威視角中的孩童們，方槍槍應該是一個自覺的覺醒者，是一個英雄，是那種與我們所厭惡的那種醜所截然相反的美麗。而這美與醜，不同的視角之中自然又是完全的截然相反。只是在方槍槍眼中的醜者並無法獲得自我的醒悟，依然是一個混沌的個體。影片幾乎完全採用一種封閉式的拍攝，一個古老的宅院，幾個象徵著權威管理者的老師，一群天真可愛的孩子，一些看著平凡而毫無戲劇效果衝突的生活場景。在這些看似簡單的敘述之中有幾個特別意味的場景穿插其中，一個是一個小朋友汪若海的父親來到了這個集體看望他的孩子，

這個身為後勤部副部長的領導受到他們的老師的熱情歡迎，權
威上面還有更大的權威，權威與權威之間依然是管理與等級的
差別，是特權的一種互相默認與應用；另一個是這些孩子們在
排隊經過的時候，許多士兵在進行嚴格的訓練，他們好奇的
模仿，這些單調乏味的訓練與他們的生活方式則是一種明顯
的相似；第三則是方槍槍一個人孤獨的奔跑出這個嚴厲管束
的集體之中，他發現人們正敲鑼打鼓、披紅帶花地慶祝著什
麼，也許他是面對著一個新的生活的出現，但我發現這些人的
面孔在方槍槍的眼睛中竟然是麻木與冷漠的，他們毫無興奮可
言，對於這個孤獨的孩子來說，未來，也許是明天依然是另一
種不快樂的生活罷了。所以他只能依然孤獨，在這個本來是快
樂幸福的歲月裏，他作為一個先覺者的形象在傍晚裏迷茫地沉
思，落落寡歡。

三十年中國人的心靈史

——電影《向日葵》的一種解讀

　　當青年導演張揚在他的電影《向日葵》的片尾影片打出了「以此片獻給我們的父親」這樣似乎很普通的字幕時，我忽然感到自己的內心裏彌曼著一種驚醒般地徹悟，終於有人在嘗試用電影藝術的方式去展現我們當代歷史之中的一個需要認識的社會精神現狀。在隨後的日子裏我不斷地向朋友們推薦這部電影，因為我以為在觀看完這部電影之後，我們是能夠依靠這些影像隱約地得出這是一部充滿對中國社會與歷史進行深層隱喻的電影，甚至無論是影片的故事情節還是場景道具的佈置都時刻地體現出導演的匠心，通過這些細節電影不斷地向觀看者傳遞著一種別有意味而又密集的暗示。

　　影片以主人公也就是故事的講述者的出生作為開端，而他的名字是因為院子裏開滿了面向著太陽的向日葵而被起名為張向陽，向日葵在隨後的影片中以一個獨特的細節在反覆傳遞給觀眾資訊，諸如影片中主人公的名字，還有這部影片的名字；在影片中向日葵出現了四次，但每次都有著關鍵的意味，第一次是張向陽作為新的生命的出世，那時滿院子皆是向日葵，第二次是父親張庚年從五七幹校回到家中後重新在院子裏開闢出一塊土地用來種植向日葵，這一次父親的生命獲得了重新意義的解放，張向陽也諸如這向日葵一樣圍繞著太陽般的父親；第三次是張向陽的兒子出世後他們回到作為畫室的倉庫前，看到

了一盆盛開的向日葵，這盆向日葵被認為是父親送來的禮物；最後一次向日葵的出現則是在影片即將結束的時刻整個畫面中出現了田野中的向日葵，這時從畫面中傳來了父親的畫外音，他將重新開始自己的人生，為自己理想的生命做最後的奮鬥，這種戲劇化的處理讓人想到了晚年托爾斯泰的出走，他們都代表了與過去自我的決裂，意味著一次悲壯的自我精神的蛻變。

由此可以看出在影片中向日葵代表了一種吸引與被吸引的關係，一種新與舊的掙扎與撕裂，在電影中父親與兒子的矛盾衝突以各種形式反覆的出現，而這時影片往往會出現一幕關於向日葵的油畫特寫，這副油畫就懸掛在他們家中的牆壁上。向日葵可以說是一種別具象徵的暗喻，它反覆地出現在整部電影之中，同時它也會讓我們自然的聯想到著名畫家梵谷的油畫作品《向日葵》，梵谷畫筆下的向日葵熱烈，蓬勃，色彩鮮豔濃烈，具有強烈的生命力和視覺衝擊，但同時這些向日葵又給觀看者一種尖銳的感受，由於他們大多已經被砍下且遭受迅疾地風雨，因而給人有一種受傷的感覺甚至是一種刺痛心靈的痛苦，這些都與電影的整個風格基調非常的相似，更為巧妙的是電影中的人物無論是父親張庚年還是兒子張向陽都是畫家，父親作為傳統的意識形態下的主流畫家，他的一隻手在文革中的五七幹校被殘忍的打成殘疾，而兒子在成為畫家之後所作的畫作也都是非常先鋒和獨特的畫作，具有一種超越意識形態的反叛的尖銳與獨特。

《向日葵》在表層上作為一部尋找父親的電影，它很容易讓我想起俄羅斯電影《小偷》，兩部電影在一定層次上都代表了對於父親這個人類永恆的象徵形象在精神上的尋找與認同，而且這兩部影片在尋找中又帶有很強的相似性，唯一不同

的則是影片最後的結尾，但這也恰恰證明了它的確是一部帶有中國歷史印記的電影，它是中國人對於自己社會與歷史最切近靈魂的反思。在俄羅斯的電影中，主人公也就是影片的講述者「我」在出生後對於父親是缺失的，父親因為戰爭死在了戰場上，母親將「我」生在了大雪泥濘的荒野之中，而在中國電影中兒子張向陽的出生時父親是在場的，但他的父親在其童年的生長中同樣是缺失的，父親張庚年在文革之中被打成了右派在「五七」幹校勞動改造，在兩部影片中主人公作為兒子的「我」都是在自己剛剛懂事重新獲得父愛的；但我們不難發現這種獲取父愛的方式都在經歷著由拒絕、疏離、接受到反抗的這一過程，唯一不同的是在俄羅斯電影中父親被徹底的拒絕，「我」用槍將父親打死，而在中國的電影《向日葵》中影片最後父親自我獲得了解放和反思，兒子在內心之中也獲得了對於父親的認同。

那麼我們來簡單地比較一下這兩部影片在對於父親情感接受上的相似性，在俄羅斯電影中主人公剛開始不願意承認這個新出現的父親，具有喜劇色彩的是父親與母親在做愛的時候他認為這是對於母親的傷害，而在中國的電影《向日葵》中「我」對於父親的出現採取了冷漠和拒絕，巧合的是當兒童的張向陽發現父親和母親晚上做愛時他也認為這是對於母親的一種傷害，導演張揚在這裏處理了一個將小貓甩向父親和母親的床上的鏡頭；這都可以表現為作為尋父者對於父親這個陌生面孔的出現的拒絕；但隨之而來的則是長時間的疏離，在俄羅斯電影中父親原來只是一個小偷，他並不願意真誠的對這個兒子擔負真正的父愛，唯一的一次是兒子受到同伴的侮辱的時候父親以武力進行解決使得兒子感到內心溫暖和自豪，在主人公

「我」認為父親就是史達林的兒子的時刻兒子對於這個父親的崇拜和期待才達到了頂點，但作為父親的精神認同還要等到拖揚被抓住之後，「我」和母親前往探望的時候在寒冷的俄羅斯原野上喊出了整個影片唯一的一次「爸爸」，這令觀影者無限的感傷；在中國電影《向日葵》中，「我」與父親則是一個長期的疏離與拉鋸，這種心理上的距離表現在父親與兒子在控制與被控制上，父親強迫兒子學習畫畫，兒子則是拒絕，在影片中我們感到作為兒子父愛同樣是缺失的，父親的形象是專斷、冷酷、固執甚至蠻橫，影片中唯一讓人感到父愛的是，當地震來臨的時刻，逃跑到房頂的兒子在危急的時刻跳入到父親的懷抱之中，之後兒子與父親到河裏一起洗澡，然後躺在河邊溫暖的陽光下睡覺，影片在此有一段細膩而溫馨的鏡頭，父親看到晾曬的衣服被風吹跑之後去追尋，兒子醒來後發現父親消失了，慌亂之中兒子喊出了讓我們等待已久的「父親」這兩個字。儘管張向陽與他的父親矛盾和衝突不斷，但在電影的結尾之中，他給我們了一個不同於俄羅斯電影的答案和結局，在《小偷》中我由於受到欺騙，感到絕望然後親自殺死了父親，完成了作為成人的儀式，而在中國電影之中主人公張向陽最終理解了父親，他以作為父親的職責來完成了作為一種成人的儀式，在俄羅斯電影中我們看到的是精神絕望後的重新開始，在中國電影中我們看到的是思想在繼承與批判的基礎上的延續與更新，這就是兩部影片的不同也是這個影片非常關鍵的一個核心。

如果僅僅將《向日葵》理解為對於「尋父」這個主題的延續，那麼對於整個影片的解讀將只僅僅完成了很少的一個部分。在《向日葵》中我們其實不難看到一種權威與反抗之間的

較量，作為權威的象徵的父親儘管也是一個受害者，但他在這個家庭中的權威形象在不斷的鞏固，特別是對待他的兒子，影片中有一個場景是父親為了強迫兒子畫畫，兒子要拉屎被拒絕之後，兒子將屎拉在了褲子上，然後又遭到父親對於兒子的毆打；在整個影片中父親對於兒子的專制與權威無處不在，從學習畫畫，考大學，交女友，女友墮胎到妻子的生孩子，兒子的一切都在父親的權威的威壓之下，而且這些往往最後也都以父親的權威獲得勝利作為結束；而兒子對於父親的反抗則是對於自由的一種強烈追求，這是對於人生的自由支配的渴望，它也同時表現在整部影片之中，從剛開始父親從五七幹校回來遭到兒子彈弓的射擊開始，到他沒有參加補習偷偷在公園做生意交女友，從他決定離開父親的控制到廣州去做生意到他最後即使成為畫家也是與父親的傳統風格相抗衡的先鋒與異端，但兒子的整個追求與反抗是艱難的，也是漫長的和內心痛苦的。影片中有講到兒子為了看電影，但父親強制他畫畫，兒子在父親酣睡後偷偷來到電影場，但等他剛剛坐下電影就結束了，此刻對於一個兒童的內心來說是無比的憤怒與感傷的，也勢必埋下了一顆反抗的種子；為了擺脫學習畫畫更多是為了反抗父親的這種權威的專制，影片中有兩個鏡頭非常殘忍和恐怖，一次是兒子試圖將自己的手放在縫紉機下傷殘，一次是兒子拿著一顆即將爆炸的爆竹試圖將自己的手致殘；還有一個鏡頭是父親為了尋找兒子來到北海公園，在冬天的公園的冰面上追逐中，父親不小心掉入了一個消融的冰窟窿，兒子流著眼淚望著執拗的父親並將這個試圖以自己的方式來塑造兒子一生的父親拉了上來；這是一個讓人感動也讓人無奈和辛酸的畫面；可以明顯的看出，導演試圖在告訴我們儘管父親是專制的、權威的、落伍

的、固執的，但他有一顆善良、正義和充滿愛的心靈，特別是對於他的兒子。這就是一種無法調和的矛盾，影片最終以父親的反思和兒子的寬容作為結局也是試圖告訴我們這種專制以及對於自由的壓制恰恰是因為愛，因為想讓他所控制的兒子過上自己夢想的幸福生活。這種善良的初衷與《小偷》中的父親自私虛偽殘酷的本性是格格不入的，也是代表著中國人在面對自我心靈中權威之神的最終態度，不是拋棄而選擇寬容。

《向日葵》這部影片其實在反映整個中國社會三十年之中作為一個最普通的公民的心靈的變化，它真實而富有情感的向我們通過一對父與子的矛盾衝突與和解來表現這個過程，從影片開始富有寓意的文化革命開端的一九六七年兒子出生，到四人幫結束的一九七六年，兒子開始了自己的反抗，到一九八七年思想解放兒子開始做生意，到一九九七年世紀末兒子舉行畫展開始對父親以理解；同時，在整個影片中我們可以看到這三十年中作為一個中國人所完全經歷過的所有的歷史事件，文革，五七幹校，「四人幫」倒臺，大地震，偉人去世，思想解放運動，離婚分房子，前衛藝術等等，從宏觀的革命敘事到微觀的現實利益全部包容到這樣的一部電影之中，影片試圖在講述這個國家的人民在經歷如此豐富多變的災難但他們依然是在按照自己的心靈去生活，無論是麻木還是覺醒，無論是反抗還是最後的寬容與理解。回到我所說的那種溫暖，這種溫暖不是因為感動，其實影片還完全沒有完美的可能，但我以為他準確地通過一個六十年代人的成長歷史訴說了這個國度上的人們內心世界的掙扎與變遷，還有他們在今天所保持的精神狀態。

第三輯 | 秋水讀人

彼岸未達，斯人已去

——獻給王元化先生

　　今年春天，我為邵燕祥先生的一本著作作文〈握有舊船票的文化老人〉，其中有這樣一段議論：「之所以我個人很看重這些原生態的資料，是因為諸如邵燕祥先生這樣的人物，還有著很強烈的時代代表性和典型意義，他們大都在解放前因為嚮往光明追求自由而參加革命，又因為熱愛文藝渴求新知，並受過一定的教育，在建國後曾被予以重任，但由於書生氣太重而在幾十年的歷史災難中受到過漫長的批判和非人的折磨，等到回歸自由和獲得新生後，他們沒有重新回到歌頌者的行列，而是對過去的歷史和人生進行了深刻的檢討、批判與反思，並且以其開放、自由和富有勇氣的精神力量進行歷史文化甚至社會價值的重建工作。他們的人生夢想，就像手中握有舊船票的乘客，幾十年過往，彼岸依舊在遠方。擁有這樣的人生歷程和精神風骨的老人，就我所知道的，還有李慎之先生、于光遠先生、李銳先生、何滿子先生、嚴秀先生、牧惠先生、王元化先生，等等。如今李慎之、牧惠兩位先生已經撒手西去，王元化先生據說如今在上海病臥床塌，讓人牽掛。」這文章作後，北京的一家刊物打算刊發，據編輯說已經排好版面，只等著印刷了，然而我在這文章中的牽掛還是落空了。二〇〇八年五月十日凌晨，王元化先生在上海的瑞金醫院去世。讓我只能苦笑的是，若等這文章面世，卻只能在千里之外為先生遙寄哀思了。

作為晚輩，我與王元化先生從未有過接觸。先生於我，只能是思想的啟蒙者而已。我最早接觸先生，是因為閱讀上海學者朱學勤先生的著作。那時對朱學勤的著作真是熱讀，得知朱先生在人生困境的特殊時期曾受到過王元化先生的幫助，後來朱先生博士論文《道德理想國的覆滅》在復旦大學答辯委員會上受到非議，也是王元化先生力排眾議，使朱學勤的論文起死回生。而如今看，《道德理想國的覆滅》依然是當代學術著作的經典之作。於是在我的印象之中，王元化先生是識才的伯樂，也是有膽識的知識份子。後來讀朱學勤先生的回憶文章也才知道，因為他在刊物上發表了幾篇文章，王先生讀後，極為賞識，多方打聽，給予幫助和關懷。就我所知道，王元化先生早年因受「胡風案」所牽連，幾十年精神極度煎熬，平反後曾位居於上海市委宣傳部的部長，在八十年代初曾參與起草鳴動一時的關於異化問題的報告，在思想的解放和啟蒙上功不可沒，而他在古典文學和西方哲學研究上均有很深造詣，影響也很大，我在《九十年代日記》中就發現，在他的周圍團結著一大批追求真知和理想的中青年知識份子，以他這樣的人生遭遇和學術地位，對於如朱學勤這樣的晚輩的關懷，是必然的也是十分難得的，於今真可謂學界佳話了。讀過朱學勤之後，我就陸續買到了王先生的作品來讀，先後有《思辨隨筆》、《思辨發微》、《清園夜讀》、《九十年代反思錄》、《集外文鈔》、《九十年代日記》、《清園近思錄》、《清園文存》，等，他的學生錢鋼編選的《一切誠念終將相遇》也想方設法地買到了，由此對先生的為文和為人都有了更為深入地理解。我很慶幸自己在青春的時節，能夠閱讀到朱學勤、王元化等人的著作，而通過他們的著作，我又找到了一條不斷深入的精神通

道，諸如後來認真閱讀過的顧准、張中曉等思想者的著作，這
些青春時節的閱讀使自己這顆荒蕪的心靈早早地種上了發芽的
種子，在思想與靈魂的深處獲得了精神生長的可能。

　　先生對我思想的影響，最有代表性的當是二〇〇三年我
曾在河北的《雜文報》上曾寫過一篇文章〈重要的是公民意
識〉，這篇雜文是從閱讀北大季羨林先生的一篇文章而引起
的，批評季羨林先生在文章中的一種極不合適的臣民思想，由
此呼喚我們這個民族所缺乏的恰恰是真正的公民意識。作為一
個學識淺陋的晚輩，敢於寫文章向人人敬畏的學術大家叫板，
底氣其實恰恰是王元化等諸位學者的思想。在那篇文章之中，
我先後引用了李慎之先生和王元化先生關於公民意識的論述。
這引用，也正是因我剛剛閱讀完李慎之先生的著作《中國的道
路》和王元化先生的著作《清園夜讀》。心裏是極大地認同，
而所謂自己寫雜文，其實就是用這種贊同的思想去駁斥自己所
不認同的思想認識，於雜文寫作來說，自己完全是一個文抄公
而已。而如今重讀這文章，卻依然感到驕傲，那種青春的思考
因為獲得了精神上的認同與昇華而得到的愉悅，閃爍其間。

　　那時我還尚未知道在學術界還有「北有李慎之，南有王
元化」這樣的說法，也並不知道其實李慎之先生與王元化先生
在思想上的認識並非完全相同的，但我可以肯定的是，在他們
的思想中，一定都是呼喚我們這個民族應該每個人都具備真正
的公民意識的，這一點也一定是相同的。王先生歸去之後，我
才在學者丁東的回憶文章中知道，這一影響甚大的提法正是
他最早提出來的，而如今我們也只能是如學者摩羅所感慨的那
樣，現在我們已經是「北無李慎之，南無王元化」了，這些有
學識、有見識、有膽識的知識份子們已經逐個遠離我們而去。

學識，可以得來；見識，可以得來，但如李慎之和王元化先生這樣有膽識的知識份子，如今真是鮮見了。記得巴金去世的時候，有學者寫文章就說巴金那一代的知識份子的存在，用一句「他在，就還不是完全的黑暗」來形容是最恰當不過的，想來那真是一種孩子對於父親般的精神依賴，讀來至今讓人溫暖。我想我們之所以感到孤單，感到悲傷，不僅僅是因為我們失去了一位可以啟蒙和引導我們的思想者，更重要的是失去了繼續在人間奮鬥所需要的那種溫暖和依靠。

我的身邊放著兩大冊由丁東先生所編輯的《懷念李慎之》，放著一冊由錢鋼所編選的《一切誠念終將相遇──解讀王元化》，翻來卻是內心燙熱的疼痛。也就在四月的下旬，幾位知識份子還在北京默默地為李慎之先生舉行歸去五周年的追思會，而短短半個月之後，這些知識份子又將去體味另一位先生歸去的傷懷。我默默地念著兩冊書中那些曾作文紀念的知識份子，不少都是我所熟悉的名字，他們或已暮年或是正當壯年或還是與我年歲相仿的年輕人，而我相信他們在精神上的不斷成長，有待來日，也將同樣成為我們這個時代裏的精神支柱。由此，想到我在文章中所寫到的那句話，「他們的人生夢想，就像手中握有舊船票的乘客，幾十年過往，彼岸依舊在遠方。」的確，彼岸未達，人卻已去。一個多世紀以來，魯迅先生去世時，我們傷懷；巴金去世先生時，我們傷懷；李慎之先生去世時，我們傷懷；柏楊先生去世時，我們傷懷；王元化先生去世時，我們同樣如此傷懷；這彷彿是一個精神血脈在不斷喪失的過程，但反過來看，也還是一條精神血脈延續的過程。雖是讓人神傷的微弱，但畢竟還是有所期待的。

握有舊船票的文化老人

　　《舊時船票》是邵燕祥先生從上個世紀七十年代末至今出版的將近第七十本書，這樣的出版數量，應該算上是高產了，由此記得幾年前學者李洪岩先生與邵燕祥先生的一場筆仗，李先生在文章〈質疑邵燕祥〉中對於邵先生是頗為不屑的，其中有兩點，一是邵先生文章漫天飛，稿費驚人，二是邵先生至今沒有一本史學專著。李邵二位的筆仗我無意在此舊事重提，但在我的閱讀印象之中，邵燕祥先生早年是一位詩人，屬於頌歌型的作家；人到中年經歷了一場史無前例的人間磨難，到晚年來了個持續集中的創作爆發，並以雜文、書話和隨感寫作為主，應是當代文壇上一位很嚴肅有責任感的老作家。邵先生的這些雜文隨感之前我在報刊上看見，往往也會讀一讀，但讀後也大多就遺忘了，究其原因，我以為自己大約早過了被啟蒙和引導的年齡，大多數的過眼文字已經很難令我激動或再報之以驚歎了，而它們也就像煙雲一樣悄悄地彌漫散失在記憶裏了。

　　儘管如此，我還是很不贊同李先生對邵先生所進行的沒有史學專著這樣的批判，這就像很多批評家批評魯迅沒有長篇小說作品一樣沒有道理，而邵先生文章之多，我想大約有兩個原因，一是言論和寫作環境寬鬆之後，多年積澱和思考的結果需要表達的太多；二是雜感本身就是一種匕首式的小東西，出手快，這沒什麼奇怪的，魯迅晚年不到十年的時光，就寫了幾百萬字的雜文，而且是用毛筆一個字一個字地去寫，這數量也很難說不驚人；再說如今出版人和報刊編輯也不傻，文章沒有價

值，讀者不喜歡，打死也不會做賠本的買賣，何況邵先生所寫文字大多都是激濁揚清和啟人心魄的文字，數量再多，也應該是歡迎的，諸如這本新出版的雜文隨筆作品集《舊時船票》。

我讀邵燕祥先生的雜文作品，感覺他和時下那些通過報紙發現自己感興趣的雜文材料，然後引用之後敷衍成文的雜文作家有所不同，這一類雜文家我姑且稱之為「時事雜文家」，他們常著眼於當下，瞄準於問題，就事論事者較多，而邵先生的雜文大多是通過對讀書和往事的回憶思考來完成的，他的大多雜文沒有用當前的新聞材料做話題，而大都是通過閱讀文史書籍來引發感想，這些雜文類似於書話和讀書隨筆，但因為指向在問題，因此許多文章往往在於能以史為鑒和借古喻今，這樣的文字在藝術性上往往要高出許多，又沒有時效上的局限，讀來讓人玩味和悅目，諸如他曾寫下的一個系列的雜文隨筆作品《夜讀抄》。喜愛這樣的作品，原因是雜文作家往往不針對某一件當下的事件或者人物進行批判和論爭，但所揭示和引證的問題卻往往具有一定的普遍性和深刻性，寫作手法也相對自由，類似於內心獨語和沉思式的思想火花，這也就是為什麼現在的很多學者和專家在論及魯迅的雜文作品的時候，大多還是喜愛魯迅的《燈下漫筆》、《春末閒談》、《隨感錄》、《隔膜》等等這樣獨語自由的雜文作品。

李洪岩先生批評邵燕祥先生沒有史學專著，起因是在北京召開的一個「往事與沉思」叢書的座談會上，因為沒有史學專著，所以在李先生的眼中，邵先生就應該被排除在這個座談會之外的，但我以為這是大可不必的謬見，暫且不談邵先生的雜文作品，就是以邵燕祥先生本人來說，也是很有資格參加這樣的與當代歷史有關的會議的。我們常常有一個偏見，就是只去

看重那些寫成史料的文字材料，而會不自覺地遺忘那些見證甚至參與過歷史的人物或者具體實物，要知道這些「活化石」一樣的珍貴資源有待開發的簡直太少，我曾在很多懷念文字中讀到，一些歷史和文化老人就因為他們的離去而將自己所知道的寶貴資源一起永遠地帶走了。而讓我們感到彌足珍貴的是，邵燕祥先生是一個有強烈歷史自覺意識的中國文人，他先後撰寫和整理了反思個人歷史的《沉船》、《找靈魂》、《回憶與思考》等重要著作，同時還寫下了大量很有價值的回憶和反思文字。

　　之所以我個人很看重這些原生態的資料，是因為諸如邵燕祥先生這樣的人物，還具有著很強烈的時代代表性和典型意義，他們大都在解放前因為嚮往光明追求自由而參加革命，又因為熱愛文藝渴求新知，並受過一定的教育，在建國後曾被予以重任，但由於書生氣太重而在幾十年的歷史災難中受到過漫長的批判和非人的折磨，等到回歸自由和獲得新生後，他們沒有重新回到歌頌者的行列，而是對過去的歷史和人生進行了深刻的檢討、批判與反思，並且以其開放、自由和富有勇氣的精神力量進行歷史文化甚至社會價值的重建工作。他們的人生夢想，就像手中握有舊船票的乘客，幾十年過往，彼岸依舊在遠方。擁有這樣的人生歷程和精神風骨的老人，就我所知道的，還有李慎之先生、于光遠先生、李銳先生、何滿子先生、嚴秀先生、牧惠先生、王元化先生，等等，如今李慎之、牧惠兩位先生已經撒手西去，王元化先生據說如今在上海臥病床塌，讓人牽掛。

　　由此，我也特別注意到在《舊時的船票》中有邵先生的一篇文章〈憶老華〉，就寫到我所未曾耳聞但也是他的一位已經離去老友的華怡芳先生，這位曾主持關注國事民生的內部刊物

《泰山週刊》的老人，一心「憂國憂民憂改革」，精神境界讓人起敬，而邵先生的懷念文章中寫到的兩個他們交往的細節，讓我備感這些老人們的胸懷和精神氣質，很是難忘，一是李慎之先生生前住院時，華先生及時充當這些老朋友們的信使，慎之先生去世後，華先生抱著病體不顧個人安危日以繼夜地收集整理慎之先生的文稿，並聯繫出版，用以流布傳世；其二是邵先生在華先生的引介下，與少年子尤進行通信交流，子尤生病住院後，他們一起前往醫院看望了這位身患絕症的少年。少年子尤，我是知道的，一個具有強烈獨立批判精神和智慧思考頭腦的孩子，不幸身患不治惡疾，但他堅強無比，抵抗病魔、積極生活、笑對人生，年僅十六歲時就微笑著離開了人世。年事已高的邵燕祥先生曾和這個孩子有過通信交流的經歷，讀此，讓我這個晚輩頓時就感到這位老人有一種撲面而來的溫暖可敬與親切可愛來。章詒和女士在一篇文章中寫到：「邵燕祥和他的詩文，就是那無比遼闊的天空——高邈，溫潤，清澈。兩眼看得到，伸手摶不著。」我很喜歡這樣形象到位又美麗如詩的比喻。

孫犁的魅力

連日讀一九八二年百花文藝出版社的《孫犁文集》。此文集第五卷收有孫犁致冉淮舟信八封，後附錄有冉淮舟一九八一年九月所輯錄的〈孫犁著作年表〉，一九八二年春節前所輯錄的〈孫犁作品單行、結集、版本沿革年表〉，這些對於瞭解研究孫犁和他的作品都有很大的價值。再細讀孫犁致冉淮舟的書信，不難看出孫犁與冉淮舟交往很密切，諸如一九六二年孫犁出版《津門小集》，一切編務都是由冉淮舟完成的，在一九六二年二月十三日的信中，孫犁囑咐冉淮舟：「一切事物你費心去弄吧，和出版社採取商量的態度，不必條件太高，也得看到目前條件的困難，另外這麼一本小書，也不要過於張揚。」一九六四年一月二十二日，孫犁又寫信請冉淮舟幫助從上海文藝出版社購書；一九六一年十一月十四日孫犁還曾致信給冉淮舟，從信的內容看是孫犁給冉淮舟所寫文章提出的具體修改意見，達九條；除此，孫犁與冉淮舟的書信還有談論書法，議論讀書心得和生活現狀等具體內容。另外還可知的是，上個世紀六十年代初，冉淮舟是天津《新港》雜誌的文藝編輯。《新港》雜誌後來改為《天津文學》，現在名為《青春閱讀》，前幾日，讀報，知道又將恢復為《天津文學》。

之所以獨獨對《孫犁文集》中的這個細節很感興趣，是因為我在北京解放軍藝術學院讀研究生時，知道文學系曾有一位名為冉淮舟的退休教授。一九八四年文學系創辦，在著

名作家徐懷中的主持下，第一次向全軍錄取和培養文學創作人才，這也就是後來在中國文壇名號十分響亮的「軍旅作家黃埔一期」。一九八五年，由冉淮舟和劉毅然一起編選了一冊《三十五個文學的夢》，這冊書我在文學系的資料室借閱過，薄薄地一個小冊子，收錄了文學系第一批學生的創作談，這些人現在看來不少都是文學界聲名顯赫的人物，比如莫言、李存葆、錢綱、王海鴒等等。因為這冊書我記住了冉淮舟，但這個人在北京身在軍界的文學教授，難道與《孫犁文集》中不斷提到的那個與孫犁交往密切的天津文藝編輯同為一人？

　　再讀《孫犁文集》，不難發現孫犁在一九八〇年十二月十二日所作的〈讀冉淮舟近作散文〉一文中就有：「淮舟從地方調到部隊工作，不久，他就出差到東北和西北，並把旅行所見，寫為散文，陸續在各地報刊發表。淮舟工作勤奮，文筆敏捷，當我看到他這些文章時，心裏是很高興的。以為，他在編輯部工作多年，生活圈子很小，現在有工作的方便，能接觸廣大的天地，這對他從事創作來說，當然是一個很好的轉機。」原來，冉淮舟一九八〇年從地方參軍入伍，攜筆從戎，從天津的《天津文學》雜誌社調到了當時的鐵道兵部隊的文化部門工作。孫犁這篇文章肯定了冉淮舟的創作，但也在文中提了不少中肯和尖銳的意見，顯然是作為諍友之所談。現在終於是可以將這兩個身份重疊到一起了。一九八三年鐵道部隊撤銷，機關人員全部分流或者轉業，當時在創辦文學系的著名作家徐懷中正在招兵買馬，對孫犁和抗戰文學十分有研究的作家冉淮舟自然就很順利地成為文學系最早的教師。

　　而讓我更感興趣的到此還沒有結束。一九八四年四月孫犁在《天津日報》發表文章〈讀小說札記〉，第一段就寫到了

當時才剛剛開始創作的莫言：「去年的一期《蓮池》，登了莫言作的一篇小說，題為〈民間音樂〉。我讀過後，覺得寫得不錯。他寫一個小瞎子，好樂器，天黑到達一個小鎮，為一女店主收留。女店主想利用他的音樂天才，作為店堂一種生財之道。小瞎子不願意，很悲哀，一個人又向遠方走去了。事情雖不甚典型，但也反映當前農村集鎮的一些生活風貌，以及從事商業的人們的一些心理變化。小說的寫法，有些歐化，基本上還是現實主義的。主題有些藝術至上的味道，小說的氣氛，還是不同一般的，小瞎子的形象，有些飄飄欲仙的空靈之感。」在這段札記的後面，孫犁才逐個提到了當時文壇上已經很有些動靜的李杭育、張賢亮、鐵凝、蕭關鴻，甚至是復出不久的汪曾祺。由此可見，孫犁對莫言的這篇短篇小說是十分重視的。

　　發表莫言小說的《蓮池》是河北保定的一家市級文學刊物，孫犁作為從保定走出來的文學前輩，是可以定期收到這份小刊物的，而莫言當時正在保定郊區當兵，從而成為這家現在已經消失文學刊物的作者之一。莫言後來在文章〈我是《蓮池》撲騰出來的〉寫到自己與這家文學刊物的深厚感情，他強調自己正是「帶著孫犁先生的文章和〈民間音樂〉敲開了解放軍藝術學院的大門」。去解放軍藝術學院讀書是莫言人生的一個轉捩點，但當時莫言帶著孫犁先生的推薦文章到藝術學院時，招生已經結束了。斜跨著個黃挎包的莫言在文學系的走廊裏只見到了作為參謀的作家劉毅然，劉毅然收下了莫言的作品以及刊有孫犁文章的報紙，並告訴這個看著呆頭楞腦的年輕人，徐懷中先生很忙。後來，莫言順利成為這一中國軍旅作家的黃埔一期班學生，他曾多次在文章中表達過自己對劉毅然和徐懷中兩位慧眼識珠的感激，但在讀了孫犁與冉淮舟的

交往後，我立刻感覺到，當時作為文學系教師的冉淮舟，很可能對這個受到孫犁稱讚的莫言予以別樣的關注，甚至是可能大力的推舉。儘管現在還沒有這方面的任何資料可以證明，但我做出這樣推斷除了孫犁先生的評點文章外，還有我偶讀《天津日報》二○○二年十月二十四日的一篇懷念孫犁的文章，這篇名為〈大師的手〉的作者宋安娜在文中有這樣一段回憶：「我十九歲在《天津日報‧盡朝暉》發表處女作〈麥花香〉，談稿，見作者，都是達生編輯，在一樓右邊那間小小的會客室裏，待進入報社才認識孫犁。〈麥花香〉一發表，當時負責編輯《天津文藝》的劉懷章、冉淮舟同志就向我約稿，冉淮舟還一個人跑到我插隊的村子裏去找我。我那時正在麥場上幹活兒，大隊部的高音喇叭叫著我的名字，說天津來了人，嚇得我七魂出竅，以為家裏出了事，披一身麥糠便往大隊部跑。見了面才知道素不相識，好幾百里地專程趕來，就為了讓我寫一篇小說。我始終搞不懂劉、冉兩位何以對我這樣關注。二○○二年春天看到懷章老師，他已經退休，談起往事，他才告訴我當年是孫犁看了〈麥花香〉，高興地向他們介紹，說有個女孩子如何如何，他倆興奮得一夜沒睡，才做出了遠赴保定約稿的決定。懷章老師說這話時是在酒席上，我記得自己立刻便熱淚盈眶，並不顧席上其他人的驚詫，連連拭淚。」

因為孫犁先生私下裏的推舉，冉淮舟便熱心地從天津幾百里跑到保定農村去見這位默默無聞的青年作者。現在，又一個被孫犁先生寫文章推薦的人自報家門，而第一次進行招生的文學系又豈能錯過這個送上門的作家苗子。作為孫犁研究者和追隨者的冉淮舟，心情不難想像。由此，我可以大膽推測的是，作為文學系教師的冉淮舟，對這個從保定趕來的毛頭小夥

子，一定會認為在文學上大有潛力的。冉淮舟對莫言的重視，還有一個細節是可以推斷的，一九八五年由他和劉毅然共同編輯《三十五個文學的夢》時，在封面上特意注明的是「李存葆、莫言等著」，要知道，那個時候李存葆因為小說《高山下的花環》在全國已經大紅大紫，而獲得過全國各類獎項的同班中的文學高手也比比皆是，但莫言除了《蓮池》上的那幾篇小說之外，短篇小說《透明的紅蘿蔔》在這一年的四月份剛剛發表，成名作《紅高粱》則要等到一九八六年了。所以，假如我沒有猜錯的話，如果沒有孫犁的那篇巴掌大的評論文字，即使莫言在《蓮池》上的小說還要更精彩，但估計最多也要等到一九八六年了。而若到一九八六年，弄不好莫言早就捲舖蓋從部隊走人了。

假如我的這些推斷都準確的話，我相信莫言也會像那位宋安娜一樣「熱淚盈眶」的。等下次有機會回母校，我倒要找到冉淮舟先生，問問清楚是否真如我所猜測的這樣？但後來想想，其實也沒必要，因為這麼多偶然的背後，都源於一顆顆對文學虔敬的心靈。也因為有了大師孫犁的眼光與魅力，才讓文學系為莫言破了一次格。對於莫言，以後的天空，自然廣闊。好風憑藉力，這個青年文學愛好者很快在文壇上整出了一次次的地震，這些都是孫犁所沒有想到也從未去有意關注過的。這或許就是真正文學大師的魅力，他的眼光、品格、經歷、地位和成就，決定了他會潛在地影響著文壇日夕變化。時至今日，當我讀到這些細碎的文字時，剎那間被這些並非遙遠的人與事深深地溫暖和感動，卻有些恍然若夢。

小識林文月

年初，在書店購得林文月的《京都一年》，我個人對遊記文章大多不感興趣，購買此書，大致是因為這書封面設計十分優雅，又有許多精美圖片賞心悅目，看看價格也不算太貴，於是就拿下了。書買回來後，只躺在床上隨意翻閱了一下就混雜到書架上了。沒多久，我又讀臺灣學者汪榮祖先生的《書窗夢筆》，其中有一篇文章〈永遠的傅教授〉，寫的是著名學者傅偉勳教授，其中寫到傅先生那一代臺灣大學的學生對於林文月十分迷戀，特別提到不久前他又重會林文月，竟然是緊張地雙手直發抖。這個細節令我詫異，想來此時傅先生與林先生都已是老年人了，而林文月先生的魅力竟然還是如此具有殺傷力。這個林文月，對於我這個少見多怪又比較八卦的讀書人來說簡直就是一陣驚歎，難道她就是那位被我冷淡在一旁的《京都一年》的作者嗎？

於是我趕忙從書架上翻出此書，才在此書的插頁中細細地流覽了林文月先生的幾副照片，儘管此時到日本京都的林文月已經將近不惑了，但一副在京都東方學會舉辦的學術會議上，林文月側目傾聽，雙目有神，氣質高雅，在眾人中顯得極為脫俗不凡，難怪傅教授那一代臺大學子對於林文月竟然是如此地癡迷。據傳，國內研究詩經而出名的揚之水先生曾揚言：「我要是男的，一定去追她！」而林文月的魅力還不只在於她的氣質容貌，我查閱了她的相關資料，簡直驚歎，她是當今難得的集才女、美女、出身名門與名師等為一身的奇女子，

我熟悉的現當代文壇上，與林文月可比擬的，大約只有一個林徽因吧。

　　讀研究生時，我的一位頗有名士風範的老師常常向我感慨民國舊文人懷有三支筆：創作、學術研究和翻譯，樣樣精通，如魯迅、周作人、林語堂、張愛玲等等，可到如今，能有兩支筆的已屬稀有金屬了，何談三支筆同時開弓。而我驚訝地發現，林文月不但三支筆同時開弓，而且每樣均非常有特色，又都做的相當精彩。她的創作以散文作品著稱，先後有《京都一年》、《讀中文系的人》、《午後書房》、《交談》、《作品》、《飲膳札記》等，這些散文作品在臺灣影響很大，多次獲獎，部分篇章還被編入語文教材之中。我手頭的這本《京都一年》係林文月在大陸出版的第二部散文作品，之前還曾出版過一冊《林文月散文精選》，現書店早已不能覓其蹤跡了。我在網上找到這本散文精選集的目錄，一篇篇地搜索，然後下載閱讀，如此也才尋覓了其中的一少半，由此可見大陸對於林文月的淡漠和無視。而僅我所讀的這些文字，可以看出林文月的散文大多扎實優美，扎實是有做學問的功底，優美是有古典文學的底蘊。除了散文創作，林文月還先後創作了兩本傳記文學，一本為《連雅堂傳》，一本為《謝靈運傳》，這兩冊傳記文學與林文月自身又有著緊密的聯繫。先說這後一本，其實，林文月的主要身份是臺灣大學的教授，一九九六年她退休後又被授予榮譽教授，林文月在臺大執教近四十載，主要研究領域在魏晉南北朝文學，出版有《山水與古典》、《謝靈運及其詩》、《澄輝集》等著作，這樣便不難理解為何林文月會選擇謝靈運作為傳記的對象了，但其中因緣也並非僅僅如此簡單。

　　林文月在京都遊學十個月，寫下了後來的遊記文字《京都一年》，這次遊學是一九六九年她因被遴選為到日本京都研讀比較文學的人選。此之後，林文月先後著手翻譯了多部日本古典文學名著，如《枕草子》、《源式物語》、《和泉式部日記》等，大陸我所熟悉版本如《枕草子》的漢譯是知堂老人的譯本，而《源式物語》則是的豐子愷先生的譯本。有趣的是，這兩冊日本古典文學名著均是女性所著，但大陸流布最廣的譯本卻是出自兩位文學造詣極高的男性手筆。知堂老人的《枕草子》譯本我購有一冊，林文月的譯本尚未見到，只在網上讀到若干片段，驚歎其女性身份和古典文學修養之深厚，其細膩、典雅與知堂老人的散淡、閒適形成兩種完全不同的風格，不妨抄錄如下：

　　林：秋則黃昏。夕日照耀，近映山際，烏鴉返巢，三
　　　　隻，四隻，兩隻地飛過，平添傷感。又有時間雁影
　　　　小小，列隊飛過遠空，尤饒風情。而況，日久以
　　　　後，尚有風聲蟲鳴。

　　周：秋天是傍晚最好。夕陽輝煌地照著，到了很接近了
　　　　山邊的時候，烏鴉都要歸巢去了，三四隻一起，兩
　　　　三隻一起急匆匆地飛去，這也是很有意思的。而且
　　　　更有大雁排成行列飛去，隨後越看去變得越小了，
　　　　也真是有趣。到了日沒以後，風的聲響以及蟲類的
　　　　鳴聲，不消說也都是特別有意思的。

　　林文月與周作人均是對日本文化和古典文學有極高造詣的，因此對於不懂得日語的我很難判斷優劣，只是感覺林文月更有女性與古典味道，而周作人的譯文更讓我聯想到他本人的

氣味，於是閱讀的感覺就頗為不同了。林文月的日語造詣極好，這與他出身於上海的日租界有關，她的啟蒙教育為日本語文，十歲後抗戰結束才開始讀國語，因此以後她在國文和日文所創造的都可以堪稱為奇蹟。

臺灣國民黨主席連戰二〇〇五年來大陸訪問，坊間相繼出版了許多與連戰相關著作作為賣點，諸如《連戰檔案》、《雅堂筆記》、《臺灣通史》等，其中在一冊《連戰檔案》的書中有這樣一句記述：「連戰的表姐林文月第一次看到連戰是他已滿十歲時。」若讀此段，則對那些只熟悉林先生文字的讀者會極為驚訝，原來林文月還是與曾做過主席的連戰為表親，要放在古代，林文月怎麼也是個地位特殊的貴人吧。林文月的外祖父連橫是連戰的祖父，連橫乃是臺灣著名學者，曾出版頗具影響的《臺灣通史》，林文月的另一冊傳記文學《青山青史——連雅堂傳》就寫的是其外祖父連橫。由此可見，林文月是典型的名門出身，但我在她的人生履歷甚至是文字中沒有讀到一絲名門之後的驕縱，這一點她與外祖父連橫氣質相同，連橫作為一介書生，曾寫下「他日移家湖上住，青山青史各千年」這樣的詩句，而林文月也曾寫她在臺大讀書的時候，最大的心願就是能夠「安安靜靜過一種與書香為伍的單純生活」（〈臺大與我〉），後來她的這個心願果然得以實現。與表弟連戰所不同的是，林文月對政治沒有表現出任何的興趣，這讓人想起她筆下的詩人謝靈運，寄情人生於山水之間，我不知道林文月選擇謝靈運作研究究竟是心有戚戚焉，還是謝靈運讓她早早看透了人間風雲？而這些只有去待到她的著作在大陸出版後再去慢慢破解了，或者這永遠都可能是一個難以說清的謎語。林文月在臺大多年執教，這一點與她在臺大執掌中文系長達二十年

的老師臺靜農相似，臺靜農為現代著名文人，曾頗受魯迅的欣賞，林文月在臺大很受臺靜農的影響和器重，後來她曾寫過數篇文字回憶臺先生，均是情深意濃的懷人文字，一九九一年她還親自編選了《臺靜農紀念論文集》出版。

　　林文月出生於一九三三年，於今已是古人所言的古稀之齡，但我讀她的文字，讀她的書，讀她的人，感覺她並未曾年華逝去。她的一生與書齋為伴，生活幸福安逸，成就斐然。而我所知道現代文壇上的才女，像張愛玲、蕭紅、蘇青、丁玲等，大多命運坎坷，諸如林徽因這樣的才女加美女，又出身名門，一生遭際也頗為讓人尋味，林徽因相比林文月更為傳奇，從文學到建築，幾乎是兩個不可跨越的領域，她都做到了傑出，但她的一生之所以坎坷，我以為是與她所入世的心態相關的，林文月則不同，她超然灑脫的多，更注重出世，傳統文人的浪漫感濃厚，很容易在自己的人生中尋找到安身立命的位置。我大膽地猜測，如果林文月就是林徽因，她也許會選擇徐志摩，吟風弄月，白頭偕老；而林徽因如果是林文月，大約會好風憑藉力，在人生舞臺上激盪起更精彩的浪花。但畢竟這都是我的一己猜測，而她們所經受的人生環境與時代變遷又是多麼地不同。

我們的索爾仁尼琴

　　索爾仁尼琴去世的時候，友人感慨中國沒有出現索氏這樣的大師，真是虧對我們這個民族曾經遭受的苦難。這聽來真是一件沒有辦法的事情，但近來夜間重讀高爾泰的著作《尋找家園》，卻對這樣的說法有些難以完全認同。這冊《尋找家園》剛買來就讀過了，但這次重溫依然十分震撼，字字沾血，元氣淋漓，讀後真有仰天長嘯之感。高爾泰寫他的往事，如索爾仁尼琴一樣，他筆下的勞改營猶如後者中的「古拉格群島」，高爾泰說那地方像集中營，許多年後從蘭州到酒泉的火車經過，車上的人還能聞到撲鼻的惡臭，很多人不知道是什麼東西。不用太多的語言，猶如中國水墨畫上的留白，任由你去想像那裏曾發生過的殘酷與可怕。他寫勞改營的饑餓，寫那裏的荒涼，寫那裏的冷酷，寫那裏的苦難，而給我印象最為深刻的卻是在那樣艱難殘酷的環境中，對於人的精神世界的折磨，諸如他寫幾個右派一起到外地去勞動，有人竟然晚上假裝睡覺觀察情況，更有人假裝在睡夢中呼喊革命口號，然後再借機察問以表忠心。他寫自己親歷的人生苦難，動情處讓人既難過又恐懼，諸如寫到妻子李茨林的善解人意，活潑可愛，但卻襯托出她命運的悲涼，二十五歲死在了下放的鄉村荒漠，當他連夜趕到時，妻子剛剛閉上眼睛，而肚子裏還懷著八個月大的孩子，岳母讓他一遍又一遍的摸摸，再摸摸，直到那還溫熱的身體變得發涼。他還寫世道淪喪，人心可畏，敦煌研究所的所長常書鴻先生，從海外留學回來，幾十年來在這塊偏僻的荒漠上，為中

國文化守魂，但到頭來卻成為反革命分子，常常被批鬥的鮮血淋漓，只能跪著在地上爬行，他一手培養和看好的學生在眾目睽睽之下一邊狠心用巴掌打常先生的耳光，一邊哭著質問他何以別有用心的毒害年輕人；……。實在是不堪忍讀，但又不得不讀。

　　高爾泰寫苦難，但卻絕不因為苦難而喪失掉真實的自我，我能體會到他面對往事的那份克制與冷靜，在憤怒的背後，他仍然給人性的溫暖預留了精神的空間。他在夾邊溝農場勞教，一位叫安兆俊的管理幹部偶然看到他的日記，知道這其中隱藏的巨大危險，如紙包火，但他並沒有因此致他於死地，而是暗中給予保護；他從農場勞教結束走投無路，絕望中給敦煌研究所的所長常書鴻先生寫信，無所希望中卻看到一線的光芒，從而改變了人生的軌跡；文革結束後，他的身份還沒有改變，蘭州大學的韓學本先生到地頭親自和他探討交流，費勁周折將他調入到蘭大哲學系；後來，他輾轉到四川師範大學、南京大學等地任教，都是遇到了善良的人。無論怎樣的時代和環境中，這世界還沒有徹底地淪喪，因此即使再遭遇多少的坎坷和磨難，他都不會完全的絕望與悲觀；而最使他感到驚訝的是，一九八九年他被關押在四川的監獄中，受到一個監獄審訊人員的優待，一直到出獄他都認為這是一種不可思議的真實。為此，他只有在文章中這樣由衷的感慨：「去國十幾年，與不同語言、膚色、異俗殊風的各國人等交往，最深的一個體驗，就是人性的善惡。人這個物種的個體差異，和種族文明、文化傳統、宗教信仰、知識技能、社會制度和職業身份都沒有關係。對於那些承擔著制度的罪惡，戴著刑具的臉譜，在力所能及的範圍之內儘量減少無辜者的痛苦，而又不為外界所知，甚至不

為受益人所知的人們，我一直懷著深深的敬意和謝意。一直很想，不僅代表我和我的家人，也代表無數在絕境中因他們的看不見的、困難的和危險的努力而減輕了傷害的人們，衷心地說一聲，謝謝！」

　　我讀這些文字，不忍於他筆下的苦難，感慨於他筆下的溫暖，而我更驚訝於他筆下靈魂的坦蕩。一九六九年他去拜訪常書鴻先生，那時他還是勞教人員，常先生因為美國作家韓素音的會見，被優待安排在蘭州，但並不安全，岌岌可危，高爾泰拜訪後不明情況，因此撒手而去，多年後他為此悔恨不已；更令我感到內心疼痛的是他寫女兒高林的文章《沒有地址的信》，用對話的語言，是生者與死者的交流，是父親對於女兒的懺悔，一件件往事講來，句句都是讓人心痛，字字都讓人流淚，寫自己未能盡到一個父親的職責，寫因為自己的原因帶給女兒的命運，從幼小到長大，一步一步都浸透著苦難，沒有母親，四處漂泊，疾病纏身，因為他的政治原因而被取消了到南開大學讀書的機會，更因為對父親流亡命運的牽掛，最終精神分裂，喪命黃泉，年僅二十五歲。這是我讀到難得的懺悔錄，面對時代的不公，他沒有僅僅把責任推卸給歷史，而是同樣面對自己的心靈進行拷問。也因此，我讀他寫與第二位妻子不幸婚姻的敘述，卻並不是推卸責任，而是客觀敘述，描寫兩個不同世界的人生理念，但也不忘記讚歎這位女性在她的世界中的精神操守；而在夾邊溝農場，在面對一個即將斃命的黃羊，他實在不忍心看著這樣一個生命在自己面前垂死掙扎，因此懇求提早結束它的生命，但在難友的眼中，這黃羊只不過「是個菜」而已。他由此看到了強者對於弱者的絕對支配，人性中隱藏著的獸性，由獸性也產生出的

人性。在這冊書中，他也毫不避諱，更是寫到了自己人性中的種種脆弱、鹵莽、粗糙甚至是那些不足為奇的缺憾。在面對往事的沉思中，他為那些因為自己而備受苦難的生命點上了一柱心香。

我讀到的這冊二〇〇四年花城出版社出版《尋找家園》，只是先生寫作中的一部分，且出版時還有一定的刪節。如果將那些被刪汰的文字都放在一起，那一定是一部可以與赫爾岑的《往事與隨想》可以媲美的偉大著作，而就我所能盡力看到的文字，就已經感到他在書寫人的命運的卓越力量與才華。我驚歎於他在思想上的深厚與寬闊，也同樣驚歎這樣的思想誕生的根源所在，因為在這片思想貧瘠的土地上，為何那樣多傑出的頭腦都枯萎了，他們經受的苦難大多都隨風而去了。我讀這冊回憶錄，看他不斷地反思，從幼小的生命到自己年長，他小時侯讀書，不喜歡被管理，因此蹺課，寧願在鳥窩裏自由讀書，這樣才快樂；父親送他到蘇州學美術，因為不喜歡那種過於規矩的繪畫方式，因此堅決轉學到丹陽這樣的小地方，這樣才快樂；他讀書參加學校的讀書小組，因為不喜歡那種毫無創造性的讀書方式，而堅決放棄，這樣才快樂；他大學畢業到蘭州教書，因為被自己不喜歡的人管理而苦惱，寫信給傅雷，但回信說已經解決了，他越想越痛苦，於是便有了後來影響巨大的《論美》；他被打成右派，在荒漠上的農場勞動，後來借調到省城去繪畫，再後來在敦煌研究所裏工作，而外界早已經是處處風聲鶴唳，但他還是用很細小地紙張悄悄地書寫自己獨立的思考：「寫人的價值，寫人的異化和複歸，寫美的追求與人的解放，寫美是自由的象徵。自知是在玩火，但也顧不得了。除了玩火，我找不到同外間世界，同自己的時代、同人類歷史的

聯繫。我需要這種聯繫，就像當初需要寂靜與孤獨。寫起來就有一種復活的喜悅。」

　　因為有太多的不快樂，所以他就要追問。二十歲的那年，他在蘭州的中學裏教書，便發出了這樣的疑問：「為什麼自己的命運，要由一些既不愛我、也不比我聰明或者善良的人們來擺佈。為什麼他們有可能擺佈我們，而我們沒有可能拒絕。」自此之後，他寫下驚動一時的《論美》，從而完全改變了自己一生的命運，他人生所經歷的一切苦難、折磨，似乎都是為了回答這樣一個年輕時的提問而付出的代價。由此，他能夠充滿堅韌地去在極為艱難的環境下冒著危險去書寫自己的思想，去探索這一天問的根源所在。而他一生所經歷如此坎坷殘酷的命運折磨，卻因為這樣一個微小的疑問所改變，苦難只有轉化成精神的財富才具有價值，高爾泰正是真正將自己的人生財富轉化成為了他對於人類生存的探索。因此，這冊《尋找家園》讀來才真正讓人感到沉重，感到熾熱，因為它不僅僅是一個人的命運史，它更可能折射出我們所有人的精神空間。為此，我覺得他的寫作，已經不是簡單純粹文學意義上的寫作，不是「國家不幸詩家幸」的那種感慨，而是直接將寫作直接指向了問題本質。以此與俄羅斯的索爾仁尼琴相比，我倒覺得中國的高爾泰能高出一籌。晚年的索氏回到自己國家，接受凱旋般的榮譽，發表種種並不高明的發言，以至於許多人對他的思想產生了懷疑。或許他更多只是一種精神的標杆，他走得其實並不遙遠。

與錢理群相遇

在北大曾有一道動人的風景，那就是由中文系教授錢理群先生所開設魯迅專題研究，這一本來僅屬於專業範疇的課堂卻幾乎成為當代大學教育的一個傳奇。遺憾的是，我沒有聆聽過錢理群先生的講課，只從書本上間接地感受過那種課堂上的氛圍與薰染。幸運的是，錢先生的課堂演講大多都以文字的形式出版了，計有《話說周氏兄弟──錢理群演講錄之一》、《與魯迅相遇──錢理群演講錄之二》，還有就是收錄在《我的精神自傳》一書中的〈我的回顧與反思〉，可作為他的演講錄之三，這三冊在北大課堂上的現場實錄，對於我們這些未能親臨錢先生課堂聆聽的讀者來說，可謂是一件莫大的善事。但畢竟都是文字的東西，距離那些現場的氣氛與形象，也只有在文字的間隙和背後去觸摸和感知了，後來讀錢理群先生的學生鄭勇的一篇文章，才於記述中一睹了錢先生的風采：「老錢在北大開過不止一輪的魯迅、周作人、曹禺專題課。在北大，中文系老師講課的風格各異，但極少見像老錢那麼感情投入者。由於激動，眼鏡一會兒摘下，一會兒戴上，一會兒拿在手裏揮舞，一副眼鏡無意間變成了他的道具。他寫板書時，粉筆好像趕不上他的思路，在黑板上顯得琅琅蹌蹌，免不了會一段一段地折斷；他擦黑板時，似乎不願耽擱太多的時間，黑板擦和衣服一起用；講到興頭上，汗水在腦門上亮晶晶的，就像他急匆匆地趕路或者吃了辣椒後的滿頭大汗。來不及找手帕，就用手抹，白色的粉筆灰沾在臉上，變成花臉。即使在冬天，他也能

講得一頭大汗，脫了外套還熱，就再脫毛衣。下了課，一邊和意猶未盡的學生聊天，一邊一件一件地把毛衣和外套穿回去。如果是講他所熱愛的魯迅，有時你能看到他眼中濕潤、閃亮的淚光，就像他頭上閃亮的汗珠。每當這個時刻，上百人的教室裏，除了老錢的講課聲之外，寂靜得只能聽到呼吸聲。」

　　讀完錢先生的著作，再讀這樣生動的記述文字，我真有些羨慕那些有幸聆聽過他的課程的北大學生和那些校外的「精神流浪漢」們，在北大的課堂上與錢理群先生相遇，你們有福了！錢理群先生的北大課堂之所以能夠受到眾多學生的喜愛，這與他以自己真誠熱切的生命狀態投入是分不開的，這位經歷坎坷並以研究魯迅聞名的學者，早在自己人生還處於困境之中時，就在閱讀魯迅時暗暗許願能夠在北大的講臺講解魯迅，後來他終於如願。他是把自己的講課看作是一種生命的精神體驗，在《與魯迅相遇》中，他就談到自己的講課是「把教學看作是師生共同生命運動過程，是一種精神的交流與互動，是對師生內在的創造力的激發」。也難怪，對於每一次的課堂演講，他總是那樣的投入，而對每一次的講課，他又是那樣的珍惜，在講完〈我的回顧與反思〉之後，他這樣對自己的學生說到：「現在，我要離開北大的課堂、講臺了。這意味著，一段與北大的因緣的結束，一段與課堂的因緣的結束，一段自我生命的『死去』。」二〇〇二年八月，錢理群先生退休。北大再無錢理群，也再無這樣讓人為之激動和興奮的大學課堂了。

　　「但我的生命活力還在，一段新的生命也就在結束、死去的這一瞬間開始。」離開北大講臺的錢理群並沒有如其他老人一樣安享晚年，而是以更大的生命激情投入到新的領域之中。由此，他相比從前更加關注中學的教育問題，出版了《中

學語文教育門外談》等著作，與幾位同仁一起編選了給中學生使用的《新語文讀本》；他還關注西部和農村的現實問題，關注民間知識者的生存與發展，等等，而這些在以前反而是沒有太多的精力去顧及的。不在北大的講堂上演講，我們又還能在那裏與那個充滿熱情的錢理群相遇，還能再一睹他傳奇的精神風采，直到讀了他的《致青年朋友──錢理群演講、書信集》之後，我才發現，離開北大講臺的錢理群，還在繼續著那種與我們不斷相遇的精神交流，這冊書中所收錄的演講是他退休後幾年在各種場合所舉行的講座，其內容既有關於大學教育的，也有對剛剛發生的四川大地震進行思考的；既有關於年輕人讀書做學問的，也有關注農村和西部建設發展的認識；既有關於知識份子的話題，也有關於學術承傳的思考，當然，更是有他所一直衷愛的魯迅研究，而我更發現，他的這些演講所進行的場合，既有在大學裏舉行的講座，也有給一些文學社團、民間學社和公益組織所進行的演講，毫無疑問，這些講座都是公益的。在今天這個大學教授以講座謀取聲名甚至金錢為為比附的社會，錢先生的這些講座更是讓人感到其心靈的崇高與博大，諸如他在二○○四年十一月十四日在「西部陽光行動」沙龍所進行的講座《我們需要農村，農村需要我們》的講座，「西部陽光行動」是北京一部分大學生青年志願者的聯合組織，他們以實際行動關注西部的發展與建設，錢理群先生與這個公益組織有著密切的聯繫。我讀他的這篇對這個組織的講課，感覺是他自己對於中國知識份子「到農村去」運動進行了很深入的歷史回顧和現實思考，是做了認真細緻的準備的。由此，我真為這些有幸在那些或大或小的講座現場，與錢理群先生相遇的朋友們高興，你們有福了！

　　令我感到有些意外的是，在《致青年朋友》這本書中，收錄了錢理群先生的五十封書信，所以感到意外的是，這些書信不是如那些名家教授所展示的那樣，將書信作為自己與名流交際和進行自我炫耀的表達方式，而錢理群先生的這些書信幾乎全部是寫給那些年輕朋友們的，他們大多是求學的學生，有中學生、大學生、也有研究生，他們有探討閱讀心得的，有傾訴人生困境的，有進行學術商榷的，有談論社會認識的，也有尋求幫助的，等等，但我都發現，錢理群先生皆是對這些遠方的來信給予熱情和認真的回復，那種平等交流和探討的精神洋溢在他的字裏行間，毫無距離遙遠的導師氣和名士氣。在這些書信中，我認識了一個親切和藹的錢理群。在《我的精神自傳》中，他曾經寫到：「這些年，我每年都要和遍佈全國的上百位沒有見過面的大朋友與小朋友通信，主要有三部分人：研究生，大、中、小學學生；中小學教師；民間思想者。我用極大的精力一一回復，這是一種雙向的生命運動：在我給需要我的年輕人以幫助的同時，也從他們那裏得到更豐厚的回報，對於我，這正是與中國底層社會與年輕一代建立精神聯繫的一個重要的渠道。」在錢理群看來，這些書信從來不是一件負擔，而是自己與年輕人共同進行精神交流的渠道。在一封回信中，他對寫信的一位學生說，儘管自己的字寫得不是很好，但還是更願意親筆給這個寫信來的年輕人回信。我可以想像那位接到錢先生親筆回信的青年朋友，展卷閱讀時該是怎樣的幸福，讀到這裏，我真想說，朋友，與錢理群相遇，你們有福了！

　　但我相信，無論怎樣，那些曾經在課堂裏，在講座上，在書信中，能夠與錢理群先生相遇並進行精神交流的，還是太少了。而更多的朋友，和我一樣，都是從他的著作中與他相遇

的，記得第一次閱讀錢理群先生是因為自己對魯迅的喜愛，買到了一冊他所撰寫的《心靈的探索》。這是錢理群先生的第一部著作，也是他最喜愛的一本自己的關於魯迅研究的著作，因為這本著作融入了他對魯迅生命的精神感受與體驗，在那裏，魯迅與他是平等的，是兩個生命的個體在對話，在交流，在碰撞。後來，我又陸續的閱讀了錢理群先生所撰寫的《周作人傳》、《走進當代的魯迅》、《一九四八：天地玄黃》、《生命的沉湖》等等，只要是見到錢理群先生的著作，我都會認真的去閱讀，即使是重新再版的著作，我也多會去翻一翻進行重溫的。因為我喜歡他對於學術的真誠與熱切，喜歡他文字中的峻急與開脫，喜歡他對於社會問題的憂患與承擔，這些都是我們今天知識份子身上所缺少的。而我更覺得與錢理群先生相遇，他的那冊《我的精神自傳》則是極為關鍵的，這本書反思與回顧了他追求學術以來許多重要的思想洞見，提綱挈領，對於認識和瞭解一個精神與思想上的錢理群實在是大有益處，許多重要的思想命題在這裏又進行了重新咀嚼、自省和反思。因此，重新與錢理群相遇，則彷彿是在與一個不斷自我更新的錢理群相遇。為此，我還依稀記得十年前，第一次讀到錢理群先生文字時的那份精神的震動，當我寫下這篇文字時，我想告訴那些與我一樣曾經因為閱讀錢理群而在精神上與他相遇和交流過的朋友們，我們都因這相遇而有福了！

路遙的溫暖與傷感

一

　　二〇〇三年，上海的一家文化報紙為紀念創刊一千期而舉辦了一次「對我影響最大的一本書」的徵文，我選擇了作家路遙的《平凡的世界》寫了一篇隨感寄去，隨後文章刊發。意外的是，遠在家鄉的哥哥在網上讀到了這篇文章，特意打來電話，告訴我，這篇文章他認為寫的很好。關於寫作，他是很少誇我的，而那篇文章很短，今天看來似乎也有些矯情，但我以為它道出了一本書在我內心中的情感：「那一年，我十六歲，像少平一樣，對未來的生活充滿了美好的遐想，內心裏充斥著一股向上的力量，對外面的世界充滿著神奇和渴望，對那美妙的愛情充滿著不切實際的幻想。還記得那些閱讀的夜晚，鄉間的月色溫柔而美麗，蟲鳴的聲音此起彼伏，一邊是文字的閱讀，一邊是一顆少年內心的激動與歡快，惆悵與迷茫。同樣是貧窮，但不因為貧窮而恥辱；同樣是出身低微，卻擁有一顆高貴而自尊的心靈，這豐富的內心裏躁動著的是一顆永不安分的心，飛翔在無邊的幻想之中，彷彿世俗與外界的纏繞與羈拌都會被青春的熱情與理想的高蹈所輕輕化解。未來啊，在一位少年的心中永遠都是美好的！讀完書，我跑出屋子，狂奔到散發著香氣的麥田裏，橫躺在綠色的大地上，默默看著漫天的星斗，卻無故的傷感流淚。永遠都無法忘懷，一本書在一位少年心中那永不褪色的記憶與震撼，這種美麗的回憶讓我直到今日

依然心存鬥志，像少年少平一樣，像作家路遙一樣，對生活充滿著熱愛，以虔誠、執著的心去愛，去生活，去面對自己所夢想與追求的一切！」（《文匯讀書週報》二〇〇三年六月）也許很難有人能理解路遙的長篇小說《平凡的世界》在我心中的位置，當年我們兄弟三人輪番閱讀，記得那是大哥從他的一位大學同學那裏借來的，特意加了牛皮紙書皮，厚厚的一大冊，字小如蚊，密密麻麻，我至今都懷疑那是一本盜版書。那些年，我們兄弟三人各自為理想和謀生掙扎奮鬥，期間辛酸滄桑，常常是一言難盡，三個農村的孩子，都不願意在人世間碌碌無為。許多時候，我都會想到《平凡的世界》中的兄弟兩個──孫少安和孫少平，他們的人生之路與我們常常是那樣的相似。因此，這小說是現實主義的，也是真正寫給我們這些平凡人閱讀的。

如果現在過早的談論我的閱讀史，有兩部書在我的心中佔據至關重要的位置，一部是《平凡的世界》，一部是《魯迅全集》。儘管我在自己的私人閱讀史上有過很多經典的書籍，但他們都很難取代這兩部書，因為這兩部幾乎支撐了我對人生和這個世界的理解，前一部書讓我熱愛生活，熱愛這個世界，後一部書讓我警惕這個社會，懷疑我所生活的現實世界；前一部書讓我成為一個理想主義者，後一部書讓我回到現實的地面；前一部書讓我浪漫和懂得生活，後一部書讓我學會憤怒和思考；這兩部似乎很不協調，甚至風格互相矛盾的書恰恰成了心中的經典，不至於讓我在一個方向上找不到歸路。儘管《平凡的世界》無法與魯迅的著作形成比較，也許他們的差距足夠的巨大，但在一個固執的閱讀者心中，他們的地位是平等的。我無法比較他們在我的心靈中的重量，至今都無法忘記的是那種

對於《平凡的世界》的閱讀後，對生活本身所散發出來的美好與詩意的熱愛；而我也同樣不會忘記，在閱讀完《魯迅全集》之後，我對這個社會所報有的那種深深的失望與憤怒。如此，我才似乎感到了一種生活的真實。

　　也是因為這種內心無法消散的情結，我對一切關於路遙和魯迅的出版物都有很高的興趣，我在收藏了他們各自的全集著作之後，依然對那些形形色色的不同方式的版本與研究著作保持了強烈的購買慾望。對此，我在去年購買了由李文琴編選的《路遙研究資料》之後，今年在書店看到了由評論家李建軍和邢小利編選的《路遙評論集》，在發覺兩本書收錄文章大多相同的情況下，我還是依然進行了重複購買，這對於我這個窮書生在買書上一向都十分挑剔的情況下是很少見的，也是極為不理性的。僅僅是兩冊關於作家路遙的研究文集，我忽然發現了自己對於這位已經離我們遠去的作家的感情並未因為世界的流逝而稀釋。也是通過對於這兩本書的閱讀，我發覺自己對於理解路遙和他筆下的人物有了更為深刻的理解和認識。

二

　　對於路遙，我以為他是一個很有精神魅力的作家。這位生前寫下《人生》和《平凡的世界》這樣當代文學經典的作家，在自己的短短四十六年的人生中卻跋涉過了極為艱辛的路途，他出生在極為貧困的陝北，童年時因為家中貧窮而被過繼給自己的伯父；為了能夠改變人生，他曾經是一位紅衛兵造反派的領袖；因為對於城鄉巨大差異的憤怒，他曾經發誓要娶一位北京城的姑娘，後來他如願以償，但婚姻生活並不幸福；他曾經

寫過各類文學作品，只是為了能夠改變命運；他不要命的連續寫作，將文學創作比喻為翻越山嶺，從一個小山頭向另外一個更高的山頭邁進；最終，他倒下了。有的作家一生平淡，但筆下的世界風起雲湧；有的作家一生充滿傳奇，筆下的作品同樣波瀾起伏；顯然路遙是屬於後一種。路遙是一個極有人格魅力的作家，與他交往的作家都被他身上所散發的那種真誠、善良、詩意和崇高的品質所打動，我讀過很多不同作家的記憶文章，他們的描述有所不同，但都為我們指向一個富有精神魅力的當代作家，我想這是與他所生活的經歷有巨大關係的，這也是與他心系的那片黃土地有關的。在今天這個社會，如果路遙還活著，他一定是我們這個時代的稀有金屬。我在今年的《散文》雜誌上讀到一篇關於路遙的紀念文章，儘管回憶的片段很破碎，但讀來還是慨歎不已，僅僅因為是關於路遙的，我將那一期的那篇文章讀了數十遍，而關於路遙的文章，就我所讀過的，我以為高建群的〈扶路遙上山〉寫的最動人，也最深刻，我在網上讀到一個資料，講到路遙去世的追悼會上，高建群當場念誦，很多人失聲痛哭，關於路遙，他這樣寫到：「在這個地球偏僻的一隅，生活著一群有些奇特的人們。他們固執。他們天真善良。他們心比天高命比紙薄。他們自命不凡以致目空天下。他們大約有些神經質。他們世世代代做著英雄夢想，並且用自身去創造傳說。他們是斯巴達和唐吉訶德性格的奇妙結合。他們是生活在這塊高原的最後的騎士，儘管跨下的坐騎已經在兩千年前走失。他們把死亡叫做『上山』，把生存過程本身叫做『受苦』。」

　　對於路遙筆下的人物，我以為他們或多或少都有路遙生命的影子，或者寄寓著他對生活的某種希望和期待。儘管《人

生》我曾經也是很喜愛，但我更喜歡《平凡的世界》，僅僅因為小說中的主人公孫少平。在這部小說的創作中，我感到路遙更為成熟和穩健了，《人生》中的高加林如果說有於連的影子，那麼孫少平就有保爾·柯察金的影子，但他們卻絕對不是於連，更不是保爾·苛察金，因為他們奮鬥，僅僅是由於反抗命運的不公平，是渴望更豐富和文明的生活，他們內心的熱愛不是那種不顧一切的攀爬，同時他們掙扎，也不是因為某種看似崇高和虛無的信仰，而是僅僅因為生活的本身，他們是「渴望生活」，在極為庸碌的現實生活中找到活著的希望與幸福，因此我認為郭小聰在〈路遙的詩意〉對人物的總結最為恰當：「他筆下的孫少平可以憤世嫉俗，卻不會玩世不恭；可以絕望，卻不會沉淪；可以被污辱、被損害，卻不會被扭曲；可以出污泥而不染，卻不會虛假和蒼白。」遺憾的是，我在《路遙評論集》中發現這個選本刪掉了這一段話。我同意郭小聰教授所說的，在路遙筆下的人物中，存在著一種唐吉訶德的氣質。他們可以在極為艱難的環境中堅持自己的理想的生活方式，追求自己特殊的幸福，他可以在礦井深處為工人們朗讀《紅與黑》，也可以和那些沒有文化的工人們成為很好的朋友。我有時在北京的一些工地旁路過，或者在街道旁的書攤上看到幾個民工在很投入的翻閱那些舊書刊，我就想，誰可以保證，這其中說不準就有路遙筆下的孫少平呢？

　　對於路遙的文學創作，我以為這是一種關於道德和精神氣質的寫作。路遙就像一個背負著十字架的聖徒，他寫的是他自己，但他並不是為了自己寫作。他是為了自己才寫作的，是因為過去所遭受的那樣多的恥辱與苦難，是對生活的渴望與熱愛；但他又不僅僅是為了自己的寫作，如果是僅僅為了自己，

他可能不會那樣早就離開我們，他可能會去寫更多得來巨大回報的作品。但他沒有，他堅持的是一種文學的崇高，他的寫作是為了表達一種聲音，是告訴這個社會，那麼多與他命運曾經相同的人必須依靠自己才能夠獲取幸福，那麼多身受社會不公平遭受生活磨難的人，他們不會因為這種不公平而不擇手段。因此，路遙的寫作其實是一種精神上的反抗，這種反抗讓更多的人在對生活的熱愛中不斷求索，絕不滿足。普魯斯特說：一個有教養的藝術家，就好像背負了前世所結下的義務。路遙似乎就是為了這種使命來到人間的。我贊同評論家李建軍在他的文章〈真正的文學與優秀的作家〉中對路遙創作的評價：「路遙無疑屬於契訶夫所贊許的那種『優秀的作家』——這種作家知道自己往什麼地方走，也引導讀者往相同的地方去。他的作品包含著深刻的人生哲理，充滿了照亮人心的生存智慧，教人明白這樣一些道理：沉重的苦難也許並不壞，因為，坎坷和磨難會幫助你獲得精神的成熟和人格的發展；平凡的生活也並不像人們想像的那樣平淡乏味，因為通過勞動和愛，我們完全可以使自己的生活充滿意義感，完全可以感受到人生真正的幸福。我相信，我們的後代將從路遙的作品中，體驗到我們曾經體驗過的憂傷和痛苦、激情和希望。他們會懷著感激的心情說：這是一個優秀的作家！他的作品是在真正的文學！」

三

陝西是一個誕生作家的地方，但最有精神魅力的我以為就是路遙了，他在諸多的陝西作家中都是一種偶像式的人物。路遙這樣的作家，其實最適合那些來自社會低層，忍受過太多

人生的不幸與恥辱，卻依然心存對世界有理想的年輕人來膜拜的。我曾經將這本書推薦給許多比我年齡小很多的朋友，一個出身在優越家庭的朋友翻了翻，說，寫得多差啊，這種寫作多傻啊！有些東西是需要共鳴的，讀書也是一樣。諸如李建軍，這位對作家路遙充滿深厚感情的文學評論家，生在陝北的鄉村，從延安大學一步步走到北京，他是路遙的同鄉，是路遙的校友，是路遙在精神上的知己，因此這位敏銳犀利的評論家恰恰成為路遙的閱讀者的一個最典型的範例。在他的另一篇充滿激情的評論文章〈文學寫作的諸問題──為紀念路遙逝世十周年而作〉中，李建軍分析了路遙文學創作的成功原因，這種對於路遙文學創作的積極和高度肯定，無疑是評論家對於當下文學創作現狀的不滿和批判。

　　但我以為將路遙作為文學創作唯一的標高是並不符合文學規律的，百花齊放才是真正的文學形態，肯定路遙這樣的文學創作，但也應鼓勵不同形式的文學實踐才是理性的。況且，我以為在路遙的寫作中描述了人物對於苦難的挑戰，但是對於苦難本身卻缺乏反思，那就是究竟為什麼我們必須要承擔這些給予我們的苦難，這種缺乏的反思使得路遙的小說缺乏更深層次的意義。在路遙的中篇小說《人生》中，主人公高加林一出場就是一個高中畢業後回鄉的民辦教師，隨後這個小說中的倒楣蛋被大隊書記為安插兒子而將其逐出了校門，對此，高加林憤怒了。但高加林原本應該更早的憤怒，原本又比這更大的憤怒！批評家李劼在〈高加林論〉中對此就提出了質疑：「他在起步之前，是公社小學的民辦教師。雖然作者沒有細寫他的高中畢業分配，但我們可以設想：假如他父親是縣裏的什麼幹部，他也許早就幸運地走進縣廣播站，副食品門市部等等，從

而被納入別的一種人生軌道。然而他父親是一個地道的血統農民，於是，從哪裏來到哪裏去的分配原則相當合理地標出了他人生道路的起點。也許他不滿足，但是他不懷疑這種安排的天經地義性。只是當大隊書記為了安排兒子而將他逐出校門時，他才憤怒了。」高加林的確憤怒了，但他沒有懷疑，也沒有反抗，在他通過不正當機會獲取了同樣機會後，他則將這種憤怒很快遺忘了。

在路遙的小說中，他的人物大都對造成自己的苦難比較麻木，他們有一種執拗的勁頭，但對苦難則是一種享受式的承擔，而缺乏懷疑和反抗。當然，我們不是要求路遙的小說成為政論，只是缺乏對生活刨根問底的思考，對生活苦難的美化容易成為另外的一種精神的麻醉。如果像批評家李劼這樣的質疑，那麼在路遙的小說中我們有太多的疑問，為什麼生活要這樣安排，為什麼這些苦難必須非要承受不可？蘇格拉底說，未經審視的生活是不值得過的。對於我們生活中的苦難，我們不需要美化這種苦難承受的意義，而是需要積極的反思，因為我們原本是可以生活的更美好的。這也正是為什麼我始終將《魯迅全集》作為除去《平凡的世界》之外，另外一本成為對我影響深刻的書的重要原因。

有狂氣，有傲氣，更有磊砢不平之氣

　　我對許淵沖先生感興趣，並非是因為讀過許先生的翻譯
著作，即使是平日讀一些翻譯作品，但對於譯者也並不予以
過多的關心，而對許先生大感興趣，起初則是因為讀過《北
大往事》中的一篇名為〈師事〉的文章。由於此文作的甚
妙，其中不少細節印象極深，不妨這裏摘抄上一段共賞：
「他（許淵沖）原為洛陽外國語學院的教授，據說曾任副
院長，照現在的軍銜，應不小於大校。許先生調入北大的原
因，他自己從未講過，做學生的也不便多問。倒是某次課間，
有學生偶然提及，許先生給了個說法：『為什麼？因為那裏的
院長總是老子天下第一。』我聽了覺得可樂，小聲嘀咕道：
『您是副院長，也是天下第二麼。』不想許先生聽得分明，搖
頭道：『哪裏，哪裏，他老婆天下第二。』全班忍不住笑作一
團。」寫這篇文章的作者天波由此而評論道：「許先生自然不
甘做老二，更不願做老三，許先生要的是天下第一。」由這麼
一個小細節，淋漓盡致地勾勒出一個灑脫、幽默、銳利甚至有
些狂放的知識份子形象。近讀許淵沖的著作《逝水年華》和
《續憶逝水年華》，對於許先生的印象於這些觀感中又有了更
多深入的感觸。

　　許淵沖先生專攻翻譯，特別在漢詩西譯上有獨特的貢獻，
對於這一點，他也是極為自負的。天波就曾回憶到，他在一次
課堂上看到許先生帶去了一冊《毛澤東詩詞選》，扉頁上赫然
自題：「詩譯英法第一人」。實在是毫不謙虛，後來天波有一

次到許淵沖家裏去，發現先生的客廳裏掛著一副遮住了半壁河山的書法條幅，上面題為：「詩譯英法第一人」。我在他的《續憶逝水年華》中，發現一副許先生夫婦在客廳裏的照片，其背景正是這書法條幅，左聯為「詩譯英法第一人」，右聯則為「書銷中外三十本」。有印章題款，顯然是請人所作。所謂「詩譯英法第一人」，在許先生看來，一是他是國內最早將中國古典詩詞以韻律格式翻譯成外文的，也是唯一一個既能將中國古典詩歌翻譯成英文，又可以翻譯成法文的高人。特別是以韻律格式進行翻譯，他注重在翻譯古典詩詞中要講求「意美、音美和形美」，形成了自己獨特的翻譯風格，借用郭沫若先生的一句話，許淵沖先生所努力做的，就是使中國古典詩詞在翻譯後，猶如將一杯茅臺酒變成了法蘭地酒，而不是一杯飲料或白開水。在此書的附錄中，詳細地羅列了許先生的著譯表，其中英文譯著五十六種，法文譯著八種，中文譯著十種，中英文著作十種，看來這「書銷中外三十本」只是他上個世紀八十年代的數量，如今已經是原有數量的將近三倍了。我看網上有人寫許淵沖先生的名片，其中後一句則寫為「書銷中外六十本」，這一點許先生果然是與時俱進，毫不客氣。書銷中外，用這著譯表來佐證，的確是有據可查的，其中最讓許先生津津樂道的是他的一冊英文翻譯著作《不朽之歌三百首》，此書由英國著名的企鵝圖書出版公司一九九四年出版，企鵝叢書代表著世界最高文學水準。在這冊書中的數副照片中，就可以一本本的看到這些著作被整體地陳列在許先生的客廳之中，應屬於名歸實至了。因為許先生的著譯成就，一九九九年十所高校的教授聯名推舉許先生為諾貝爾文學獎的候選人。由此可見，許先生確有狂氣，但狂得有底氣。

　　讀《逝水年華》和《續憶逝水年華》，不得不佩服許淵沖先生的高水準與高起點，他的人生經歷幾乎也可以讓人讀來有些絢目和應接不暇。據其回憶，他的求學經歷小學乃是南昌市最好的，中學是江西省最好的，大學則是全中國最好的。對這三個求學的地方，許先生都有詳細交代，小學、中學這裏暫且按下不表，許先生的大學就是抗日戰爭時聞名遐邇的西南聯合大學。對於西南聯合大學，許先生曾有專文將其與美國的哈佛大學進行比較，認為與其相比毫不遜色，而在這三個階段，許先生皆堪稱佼佼者。他曾受到馮友蘭、錢鍾書、吳宓、朱自清等大學者的教習，曾頗受清華大學校長梅貽琦先生的欣賞和器重，與後來獲得諾貝爾獎的楊振寧等一大批極為出眾傑出的人才同窗共讀，互相切磋；他還曾經作為美國飛虎隊的翻譯為國服役一年，受到嘉獎；後又留學法國巴黎並以優異成績畢業，報效國家。可以說，許淵沖的孤傲之氣，是與他作為精英的人生經歷是分不開的，他後來專心翻譯，則用心於中國古典詩詞的韻律翻譯，獨創自己的體系，試圖「把中國的文化推向世界，這樣又會影響世界，使時代有所改變」。這一切的努力，都可以看出那一代在憂患中成長起來的知識份子的拳拳憂國與愛國之心。而最讓許先生難忘的則是他在西南聯合大學求學的大學時代，《逝水年華》原文就刊發在《清華校友通訊》和《聯大校友會刊》上，大多篇章都是回憶他在西南聯合大學求學的師友往事，許先生對這些師友往事的深情回憶，其目的則是他引用錢鍾書的一個見解，「為別人做傳記也是自我表現的一種；不妨加入自己的主見，借別人身上來發洩。」因此，這些關於西南聯大師友往事的回憶，處處都可以看到作者不凡的身影。如果說西南聯大是一個歷史傳奇，那麼許先生自然也是

這傳奇的一個重要組成部分。對此，許先生自然應當有傲氣，因其傲得有資本。

《逝水年華》和《續憶逝水年華》兩書，回憶其求學和翻譯的往事為多，而對其後半生特別是在文革中的磨難則提及較少。按照許先生的理解，大約這三十年因為時代的原因，他未能有一字出版，人生幾乎完全是在慘澹消磨中度過。倒是在回憶中，他曾提到兩個細節，一是許先生在文革中召開批鬥會議時，上面唾液橫飛，下面許先生則是心中暗暗研究琢磨毛澤東詩詞的翻譯，但被發現後，竟被指認為別有用心的反動分子；其二是許先生被下放到幹校進行勞改，因為翻譯毛澤東詩詞而被鞭打過近百下，數日無法安坐，妻子將孩子的救生圈充氣後方才讓他坐下。這三十年的歲月，對於一個知識份子來說，遭受的不但是精神的煎熬，更是肉體上的折磨，還是尊嚴上的羞辱。對於一個頗有抱負的知識份子，許先生在其應該大有作為的青年時代卻未能有一字問世，且直到三十八歲的大齡方才得以成婚。一位如此傑出的知識份子，遭受這樣的人生際遇，其胸中難能不有磊砢不平之氣，因此也就不難理解為何許先生能夠在停頓三十年後，放棄大好仕途而費心調入北大，以爭分奪秒的速度在其晚年爆發出極大的創造力。

而最讓我體味他心中的這磊砢不平之氣的，還是天波對許先生的記憶，一次，在北大外文系的辦公室，許先生對著分發報紙的工作人員大發雷霆，用天波的話來形容或許更為形象：「剛進院中，便聽見許先生的轟鳴之音，走近一看，許先生正臉紅脖子粗，手中的一疊報紙已抖得嘩嘩作響。」原來是許先生對於辦公室工作人員將其名字寫為「老許」極為不滿，才與那位工作人員發生了衝突，而對方也認為許先生是小題大做，

無事生非。由於雙方僵持不下，最後經系裏調解，達成協定，不許寫老許，也不稱許老。對於這一衝突，作者天波寫到：「我心裏覺得許先生也太過認真了。出門後，許先生像是猜到了我的心思，說到：『你不知道，『文革』前人們稱我為許先生，『文革』中，成了臭老九，改稱老許了。』」由此看來，許先生對於這一段歲月終是難以釋懷的，在他的這兩冊回憶著作中，對那段歲月所談甚少，即使偶有提及，許先生也多是草草帶過，但這寥寥的幾筆卻也無法掩蓋先生內心中淤積的疼痛與恥辱。先生晚年對翻譯的執著、自負與拼命，則讓我想起張岱寫明末戲曲演員彭天錫的一句話，或許多少有些共通之處吧，「蓋天錫一肚皮書史，一肚皮山川，一肚皮機械，一肚皮磊砢不平之氣，無地發洩，特於是發洩之耳。」

文人的風流與風骨

　　我有兩位老師，都曾當面和我談論山西文人韓石山，一位老師在當下可算上是全國著名的文學評論家了，拿過國家的最高評論獎，地位很顯赫；另一位老師出身上海著名學府，受過名師教誨，拿了博士的頭銜，出版過數本學術論著，眼光應該不錯。兩位老師我都是尊敬的，但談論起韓石山，卻十分不同，前一位老師說韓石山文章如赤膊上陣，刺刀見紅，勇氣可嘉；後一位老師說韓石山有辱斯文，簡直丟盡了文人的臉面。兩位老師都是將韓石山作為對我教誨的範例，原因是我曾寫過幾篇評論文章，受到老師們的偏愛，因此有意將我悉心栽培。可是我並不清楚，為何他們都要用韓先生作為例子來教導我。

　　韓石山的文章我偶爾讀過幾篇，感覺還好，但並未注意和搜集閱讀，書店裏見到他的書也大都翻翻罷了，這也許是因為老師們悉心教誨所產生的負面影響。改變我注意韓石山的文字大約還要拜賜網路，有一段時間，我特別喜歡流覽博客，通過博客的鏈結像走迷宮一樣找到了韓石山先生的博客。因為知道了韓石山的大名，於是就和自己的博客做了鏈結。韓石山是一個積極的博客寫作者，其實是每隔幾日將他的文章貼在上面，但他和那些發表留言的網友們交流卻讓我感到很意外，大多名人是無暇和普通網友們交流浪費時間的。由此，印象甚好。韓石山的這些博文我大約也沒有認真讀過，但有兩篇文章我是很認真的讀了的，從而改變了對韓石山的印象。一篇文章是二〇〇七年年初，我從韓石山的博客上知道，上海復旦大學的

郜元寶教授在《南方文壇》雜誌上發表了一篇批評韓石山新著《少不讀魯迅 老不讀胡適》的文章，那文章恰好我讀了，很佩服，寫的尖銳大膽，是一篇好文章；韓石山在他的博客上寫了一篇回應文章〈讓我們一起謙卑服善〉，講道理，談體會，冷靜客觀，絲絲入理，很有風度，也讓我佩服。本來是關於魯迅和胡適之爭的，但讓我卻看到了兩種不同的學者風采。韓先生的文章後來也被《南方文壇》雜誌刊載，但我當時讀此文時卻感到十分詫異，因為以我對韓先生的印象來看，這一次一定會有好戲看的，兩個高手相遇，不交手個十幾回合是難分勝負的。但我卻遺憾的發現，他一篇十分冷靜的回應文章出手了。難道老韓是害怕這個復旦大學的年輕博士生導師不成，或者難道是老韓故意以柔克剛、老謀深算不成？

那本引起爭議的《少不讀魯迅　老不讀胡適》我沒有讀過，但韓石山關於胡適和魯迅的文章我讀過一些，大約知道了幾分內容。這些年，韓石山的文章似乎不再像以前那樣刻薄，尖銳，如魯迅風一般，我想這可能和他走近胡適有關。四川文人冉雲飛先生有一篇文章叫〈多讀胡適可以改變人性〉，我看這幾年韓石山沉下心來做學術研究，與胡適耳鬢廝磨還是頗有收穫的，否則我看韓石山一定會為郜元寶先生寫一篇「韓石山教你寫文章」的。文章不再分勝負，重要的是講清道理，要放在以前，那韓石山真是「誰紅很誰急」，哪能等到著名學者郜元寶主動出擊了。上面提到的另一篇博文，是韓石山送給他在太原的朋友謝泳的。謝泳先生要去廈門大學當教授，韓石山寫了一篇文章〈送謝泳先生之廈門〉，文章情真意切，好不感人，如果曾經見識過韓石山的評論文章的風采，那麼這一篇文章真是讓我見識了韓石山散文寫作的才華。於是，因這兩篇文

章，我匆忙從圖書館裏借來了早就看到的那本韓石山的散文集《此事豈可對人言》，讀來真是十分快意。

文章這裏蕩開一筆，韓石山在太原與謝泳先生數十年的交往，彼此關懷影響，他的這篇文章可為證據。這些年謝泳先生在山西太原推舉胡適，還編輯過一本《魯迅還是胡適》的著作，而韓石山的文章以前大有魯迅風，這幾年卻不斷鼓吹胡適，不知道是不是受到了謝泳的影響。這是我的猜測，否則韓石山的那篇文章怎麼能寫的那麼傷感動人呢？君子之交，思想之交可為上乘，現在謝泳要去繁華的沿海城市了，韓石山不知道是否真會孤獨？

韓石山的散文集《此事豈可對人言》讀的之所以快意，因為他的文章幽默、大方，有見地，有風骨，更重要的是文章真誠，不虛偽，不矯飾。先說幽默，韓石山的文章曾讓我數次邊讀邊笑，特別是他寫童年的幾篇文章，惟妙惟肖，寫到位了兒童的心理；而他作文並不是簡單地描述，特別講究技巧，如〈母親是怎樣鎮壓知識份子的〉、〈我在山東遊學並快樂的成長〉兩篇題目很吸引人，等讀完了才發現是兩篇內容皆反其道而行之的散文，文體在有意模仿文革中的交代材料，實在是幽默風趣。再說大方，韓石山是一個熱愛生活，有性情的文人，但他絕不虛偽，有弱點有缺點都不回避不掩飾，諸如〈輕薄的報應〉、〈路上的女人你要看〉這樣寫作那些正人君子們看來並不光彩經歷的文字，讀後卻覺得文章大方，作者更是磊落有趣最後說見地，我最不喜歡文人討論現實的文字，大多沒有什麼新鮮的東西，以前在書店翻過這本書，看到文集中有一些關於現實的文字，覺得一個文人怎麼還有資格討論市政建設和農民問題？這次集中讀了諸如〈我看太原市政府的執政能力〉、

〈一個人的山西〉、〈最後一次演練——非典時期的遊戲與囈語〉等文章後，簡直就是佩服，真是有見識，有膽識。討論太原的市政建設，寫得有氣魄，從現實體驗談論問題，有實據，尖銳但不刻薄；再如談論非典，指出我們這個民族缺乏敬畏之心，警惕不要陷入「危機—慶典」的歷史怪圈，如此等等，都是發人深省的。

　　以前讀韓石山寫的文學評論文章，臧否人物，快意恩仇，實在痛快。我知道他曾經寫評論得罪了某文壇大腕，引得眾弟子齊上陣，熱鬧如圍剿一般。但我翻他的那本《誰紅跟誰急》，還是將那些文字收錄了其中。這件事情至今早已塵埃落定，但韓石山一人拔劍鎮靜自若的氣概真可謂有文人風骨。我早就聽說一些所謂的文壇名人是動不得的，這樣的文字韓石山卻寫了不少，我提到的這本書裏收錄的不少。韓石山寫評論有風骨，他的其他文章和著作同樣很有風骨。以手頭的這本手《此事豈可對人言》為例，我在讀完書突然發現一個很有趣的小細節：此書的封面設計中羅列了許多文章名，其中有〈海霞與現在播報之研究〉〈閒話事件與一個漂亮女子的苦衷〉〈還魯迅一個公道〉〈我更喜歡這個小老頭了〉等，可是翻開書卻發現，文集中並無收錄。我的猜測，此文集在出版中將原計劃的這幾篇文章刪除了，但書封設計卻沒有改變。不知道編輯是否有意為之？不過，這幾篇我大都後來在他的博客上讀過，以第一篇〈海霞與現在播報研究〉為例，通過對中央電視臺的一個新聞節目主持人風格的研究，以一種幽默風趣的筆調寫出了主持人海霞與其節目主風格的獨特與優美，而恰恰是這種作家極為傾慕的突破卻折射出國家機器美學的普遍性無趣與堅硬。這些文章的寫作，我看還是有一個文人的風骨和擔當在裏面

的。回頭重讀了這本書的前言，韓石山說他寫文章講究「經世致用」，然後我又用心讀了其他的一些文章，發現不少文章都是「醉翁之意不在酒」，諸如〈珍惜惡名〉這篇文章，表面上是作家寫自己人生經歷中的許多給人留下壞名聲的趣事，但反過來一想，實際上他是為了寫一個文人或者說是一個常人爭取本應有的尊嚴所付出的代價。這樣的文章，他寫的不少，也算是作文的技巧高妙了。

韓石山的文字有如上這樣多的特點，使得他的文章魅力不凡，至少在當下文壇是十分獨特的，但並非寫出有如上的幾個特點就能有如此魅力，我看不見得。他的散文有魅力，最重要是其間的真誠，性情與練達。文人做文章喜歡端著架子，充當聖人，書生氣十足，但韓石山則不，他的文章後面都站著一個活生生的有血有肉的人，你一讀這文章，肯定知道這一定是韓石山先生的，因為這文章的背後都站著一個韓石山。而許多假充正經面目相似的文章，都因為他們的作者都在文章後面把自己當成了聖人。錢穆先生在《中國文學論叢》中就曾指出，寫文章，後面必須站著一個人。而這個人則必須是活生生的作家本人，我想韓石山是抓住了這個寫文章的祕訣。因此，他寫的文章我們讀來感到很親切，有知己之感，如平常哥們間的聊天一樣自在。如〈男人眼中的女人——在太原市女記者聯誼會上的講演〉中他寫到自己對於女性的愛憐，〈我的翻身計畫〉在談論寫作之外談稿費，談自己的小經營，小算盤，對於這麼有名的一個作家，這文章非但不讓我感到小，而是看到了文章後面一個洞開的，精神豁達的人。這些文章，有多少人能寫出來，又有多少人能寫好？

　　韓石山寫過不少評論，將文壇撥弄的翻江倒海，因此得了一些聲名，許多人從未讀過那些文章，只是知道他曾經寫文章將那些文壇名人給惹了。我後來讀了那些文章，覺得大多很有道理，寫得非常激烈，直言不諱，酣暢淋漓，不愧是「文壇刀客」。他的那些研究著作，我也翻過，下了真功夫，有的考據文字可謂曲徑通幽，一路風光；而有的研究文字雖然並非全能服眾，但也是娓娓道來，自成一家。一個小說作家轉身寫評論和做研究，竟然比一些終生專職寫評論和搞研究的還有名氣，還有成就。我的兩位老師，大約也是因了韓石山背負的這聲名，拿他作案例罷了。

　　因此，前一位老師將韓石山比喻成文壇上激揚文字的酷評家，後一位將韓石山比喻成死纏爛打的文壇投機者，前者暗示我不妨也寫幾篇酷評，後者則讓我與這些投機出名不安心做學問的人距離遠點。老師們都是一番良苦好意，所謂的酷評我也許會大膽地寫幾篇，投機者自己卻是不會當的，只是他們大約都誤解了韓石山。實際上，韓石山既非酷評家，也非投機者。他乃是不平則鳴，拔刀開路；做學問，成一家之言；關心現實，有入世情懷；人性練達，文如其人。如此罷了。而我寫此文，一是為韓石山鳴不平，二是覺得韓先為人為文皆很瀟灑，十分敬慕。讀書就像找朋友，因此借用一句流行名言：你一定要讀韓石山！

劍走偏鋒的輕盈

在眾多的魯迅研究學者之中，孫郁顯得比較特別，他似乎沒有其他學者那樣明顯地傳承了魯迅式的沉鬱悲憤的精神氣質，在他的研究文字之中一貫保持了一種作為學者的溫雅與平和，在某種程度上這種氣質似乎更接近於周二先生或者曾經被魯迅所批評過的胡適先生。我始終有這樣的一個認識，就是作為一個研究者他與自己所研究的對象在精神氣質上是一致的，而對於學者孫郁他似乎在文字中從來沒有流露出劍拔弩張的氣象，也沒有像魯迅一樣將一支筆如匕首一樣投向現實社會。對於魯迅，我以為孫郁是有一種在氣質上的距離的，這種距離促使他沒有傳承太多魯迅式的精神氣象，但同時卻使他保持了一個學者所應有的理性與客觀，也沒有使自己的學術命脈過深地壓抑在魯迅的背影之中，當代的許多研究魯迅的學者對於魯迅用情過深，但卻一生無法走出魯迅生命的巨大光芒之中，由此學者孫郁的出現才顯得比較特別。

讀孫郁的著作，可以明顯的感覺到他的這種距離，對於魯迅的研究他沒有試圖探入深處去內部尋找魯迅精神的內在力量，而是劍走偏鋒將魯迅作為一種文化與思想的現象的參照來進行研究，他的著作《魯迅與周作人》和《魯迅與胡適》就是這樣的著作，將魯迅與周作人和胡適這樣具有代表性的學者進行比較而試圖勾勒出他們之間的差異，因為在孫郁的心中，五四時期是一個培養大師的時代，研究魯迅就必須將他們的對立面一一弄清楚。對於孫郁，魯迅的研究是他

的入口，但周作人與胡適這樣的學者因為氣質與個性的原因很快使得他感受到一個時代的知識份子群體的精神魅力，在孫郁的研究計畫中應該還有《魯迅與陳獨秀》這樣的學術專著，因為通過周作人、胡適和陳獨秀這三位分別代表不同文化氣質與思想的知識份子恰恰能體現出作為魯迅這樣近現代思想文化大師的複雜與獨特之處，孫郁恰恰是尋找到了某種研究的出口。他的其他兩部著作《周作人與他的苦雨齋》和《胡適影集》分別應該看作是孫郁前兩部著作的副產品，但即使這樣兩部看似輕盈的附帶品卻更體現出孫郁學術研究的風采，特別是《周作人與他的苦雨齋》這一著作最為我所偏愛，此書其實是將五四時期北京的一種文化現象來作為個案進行專題研究的，周作人的苦雨齋與林徽因的「太太的客廳」以及朱光潛的家中的聚會成為五四時期文人學者進行學術交流的重要場所，孫郁在研究中採用了一種秀雅的書話文體進行層層解析，慢慢展現出苦雨齋的時代風貌與本相，立體化的呈現出一種學術文化現象的歷史面貌，同時在論述中加入了自己研究與現實生命的獨特體驗，在其中的〈八道灣十一號〉中的一段文字給我留下了很深刻的印象：「在一個深冬裏，我和一位友人造訪了西城區的八道灣。那一天北京下著雪，四處是白白的。八道灣破破爛爛，已不復有當年的情景。它像一處廢棄的舊宅，在雪中默默地睡著。那一刻我有了描述它的衝動。可是卻有著莫名的哀涼。這哀涼一直伴著我，似乎成了一道長影。我知道，在回溯歷史的時候，人都不會怎麼輕鬆。我們今天，也常常生活在前人的背影下。有什麼辦法呢？」（《周作人和他的苦雨齋》，第七頁，人民文學出版社二〇〇三年版）

　　沿著這樣一個思路來理解孫郁的另外一本比較重要的著作《百年苦夢——二十世紀中國文人心態掃描》，我以為就很清晰的理解此書在孫郁的學術研究中的地位。這本書其實最適合倒讀的，儘管他將二十世紀中國最傑出的三十多位重要的和具有代表性的學者一一論述，但暗含其中的卻是有一條隱隱的線索，因此文集中所收錄的最後一篇文章〈魯迅傳統：不朽的主題〉就特別值得關注。因為在閱讀過程之中，孫郁在論述這樣二十世紀的學者和作家的過程中，他的文字之中常常會顯露出魯迅的身影，更關鍵的是他的這種對於二十世紀人文學者的個體研究中是將魯迅作為一個巨大的存在來進行參照的，這樣一一的參照對比和研究最終顯露出他們作為個體在中國二十世紀歷史中的地位，同時也可以明顯的感受到的另一個重要的課題就是研究魯迅必須將魯迅納入到整個中國二十世紀的巨大知識場域之中，認識魯迅就必須對魯迅的師承、同輩以及繼承他的精神命脈的後輩學者進行一個理性的清理，孫郁的這本《百年苦夢》我以為就是在進行這樣的一種艱難的嘗試，不妨看看孫郁在研究中所列舉的名單，其中最明顯的是作為魯迅研究者的學者占了其中的四分一。李何林、唐弢、王瑤、錢理群、王曉明等人作為魯迅的研究者是最明顯的魯迅精神與思想的傳承與闡釋者，在他們身上過多的保留了魯迅的影子，因此對於錢理群他則直接以「在魯迅的背影裏」這樣的題目，對於唐弢則是用「未完成的雕像」，這裏的雕像自然指的是魯迅；除此之外的一些學者和作家則多多少少吸納了魯迅的精神思想的，諸如他所研究的巴金、邵燕祥、王蒙、張承志、趙園等人；在錢鍾書、張中行、汪曾祺、賈平凹等人身上，也在以魯迅作為一種精神的參照而尋找出另外一種精神風範。由此往上推延，他

所論述的那些魯迅的同代人甚至他的前輩學人也遵循了這樣的一種研究思路，諸如茅盾、瞿秋白、胡適、周作人以及梁啟超、梁漱溟、王國維，最後到他的老師章太炎。這樣的一個倒讀的思路，我們既可以讀出中國百年來學術文化的風貌，探尋出作為中國知識份子在一百年來試圖尋求一種變革與超越的精神夢想，按照孫郁的理解就是「百年苦夢」，但我其實更是讀出了作為一個學者在對魯迅研究中試圖探索出一種新的學術路徑的嘗試，這種探索是將魯迅納入到二十世紀的知識份子群體之中來進行觀照與參考的，因此學術的歸途最終又回到了魯迅本身，這也就是我提出必須注意這本書所收納的最後一篇比較特別的文章的原因，在這篇文章〈魯迅傳統：不朽的主題〉中，孫郁明確地指出魯迅已經成為了一種獨特的文化傳統，他分別對二十世紀一些重要的學者與作家進行把脈，指出他們身上所流淌著的血液中所蘊涵著的魯迅的基因，如此我們也就可以明白孫郁其實是在將魯迅作為一種文化傳統的主題來返身觀照整個二十世紀的，同時也是在用二十世紀的整個知識份子的知識景觀來思考魯迅作為一種文化傳統的精神意義的，因此在這篇文章中他就指出：「只有在這種多元格局的文化景觀中，我們才可以真正感受到魯迅的價值所在」。

　　另一個值得注意的是孫郁作為一個學者，他更具有作為文學批評家的天賦，他常常能夠在文字之中嗅覺出一個作家甚至一個學者的精神氣象與學術脈絡，但他似乎無意成為一個文學批評家，而更願意在學術思想的深淵裏尋找出一些精神的光亮。在這本書中他對於幾位作家如茅盾、汪曾祺、巴金、王蒙、邵燕祥、賈平凹等人的精神命脈的探究的同時也不難發現他常常對於他們文學作品恰如其分的批評與欣賞，而對於王國

維、梁啟超、胡適、錢鍾書甚至到當代的錢理群、王曉明這樣純粹以學術著作名世的學者，他也更為關切他們文字之中的文學風味，或讚歎或欣賞或品評，在某種程度上又顯示了學者孫郁在學術上是將這些知識份子作為文人來對待的，因此文章的文采氣象對於他們是第一位的，其次才是他們的精神追求與思想命脈。可以想見，在學者孫郁的心中作為一個中國的知識份子必須具有的第一素養應該是他的藝術修養，他的文字功底是他進行學術或作家行列的第一道關口，在這本書的後記中他就這樣直言不諱的寫到之所以選擇這種無法涵括整個二十世紀知識份子整體的人物譜系，而這種選擇恰恰是因為他自身的藝術追求與個體研究的局限，「選擇那些藝術氣質很濃的文人作為自己注視的對象，完全來自於自己內心的需要。我其實是為了印證早年對於詩化哲學與藝術哲學的猜想，才選擇藝術家作為歷史的參照。其實，描述晚清以後的文化人，還可以找出許多人來：郭沫若、郁達夫、聞一多、老舍、沈從文、曹禺、吳宓……然而，我僅此打住了。」其實這只是其為我們所開拓出的一個研究的新的視野與空間。

時下學人似乎喜歡將學者按照以賽亞‧柏林的觀點將其劃分為狐狸型與刺蝟型，狐狸多變，刺蝟立地成團，建立規模，那麼對於學者孫郁，他表面上似乎是一個狐狸型的學者，時刻在變換自己研究的路徑，但其實他卻更像是一個刺蝟型的學者，他的研究歸宿最終又回到了對於魯迅這一文化傳統的觀照，而他又無意去建構一個規模與體系宏大的理論世界，因此他可能成為這兩種歸納之外的第三種學者。

烈日灼人

　　據詩人北島回憶，在一九七〇年代的末期，北京電影學院學生陳凱歌經常會到玉淵潭公園參加由《今天》雜誌舉辦的詩歌朗誦會，有一次，他甚至還當眾朗誦了食指的一首詩。那時，他讀詩，寫小說，還是《今天》雜誌在電影學院的負責人。而在一九八九年陳凱歌以日文首次出版的《我的紅衛兵時代》一書的結尾處，他引用了兩位詩人的詩句來給自己的記憶作結，一句選自北島的詩歌〈回答〉，另一句則來自於詩人食指的〈相信未來〉。

　　也許因為曾是朦朧詩歌的愛好者，所以我讀這冊後來被改名為《我的青春回憶錄》的著作時，很能理解作為電影導演的陳凱歌，其筆下的文字竟然是十足的老到，凝練、冷靜、凌厲，富有著詩歌的節奏與優美，這或許是他表達個人青春記憶最好的筆法。而朦朧詩留下的另外一個鮮明的特徵，則是他們統一早熟般地對時代及其政治表達了自己獨立與清醒的認識，這也是在這冊回憶錄中讀到最讓我感到驚訝的地方。因此，我甚至以此斷言，正因為這種對於時代認識的清醒與獨立，以及對命運體悟的疼痛和熱烈，這冊青春回憶錄與他所拍攝的電影傑作是完全可以平等並列的。

　　陳凱歌生於一九五二年，與共和國幾乎同步成長；他生在一個知識份子家庭，父母親都是受過良好教育的電影工作者。由於這無法改變的前提，一九六五年，會成為他記憶的一個分水嶺，那一年，陳凱歌考入了重點中學北京四中，也是在那一

年，他親眼目睹了一個家庭和一個時代如何在逐漸地陷入到一場史無前例的人類浩劫。而那一年，陳凱歌僅僅十三歲。十三歲，成為他人生的分水嶺，他青春熱烈的少年心靈被這個時代的烈日灼傷了。他親眼目睹了自己的老師被批鬥，而這位老師後來又反過來對他們這些孩子進行專政和審判；他也親眼目睹了紅衛兵衝到自己家中瘋狂抄家，重病的母親被強制長時間的面壁思過，但他卻沒有勇氣站出來制止；他親眼目睹了自己所尊敬的父親被眾人圍攻，在眾目睽睽之下，他從背後試圖推倒父親，這是他和父親都沒有料及的舉動，但卻永遠殘酷地橫置在他的心靈之中；他親眼目睹了一大群孩子在游泳池旁對一個孩子進行施暴，而他也給了那個孩子一個痛快的巴掌，這是他人生中第一次打人；當然，他更多次親眼目睹了銅皮腰帶狠狠地將那些被專政的對象打死，目睹了家破人亡，妻離子散，以及集體性的社會騷亂和武裝毆鬥——激情的憤怒把那些青春的身體燃燒成灼熱的鋼鐵。

對於這種青春的暗傷，陳凱歌說，那是因為恐懼所致。正因為恐懼，他沒有勇氣在人群中衝出去為受到懲罰的父親和母親給予幫助，他也沒有勇氣在同伴遭受到暴力的時刻，拒絕加入到這盲目而殘酷的遊戲中去，甚至因為恐懼，他憎恨父母親不是共產黨員，從而百般努力地積極加入到時代的洪流中去，甚至是把自己的青春流放到荒涼的雲南邊陲。因為只有加入集體，不被這個時代的洪流所拋棄，個人才能獲得暫時的安寧，也正是這種深刻的恐懼感頗使他的心靈遭受到一次又一次的精神創傷。我記憶深刻的是他在四圍的批判聲中試圖推倒父親時的描述：「四周都是熱辣辣快意的眼睛，我無法回避，只是聲嘶力竭地說著什麼，我突然覺得我在此刻很愛這個陌生人，我

是在試著推倒的時刻發現這個威嚴強大的父親原來是很弱的一個，似乎在這時他變成了真正的父親。如果我更大一點，或許會悟到這件事是可以當一場戲一樣來演的，那樣，我會好受得多，可我只有十四歲。」因為恐懼，一個人可以背叛自己的內心，甚至不惜心靈遭受極大的屈辱和疼痛，而這種恐懼感一直彌漫在那個時代的角角落落，因此，這種屈辱與疼痛便會在一個少年的心靈之中層層地累加起來，最後終於把自己徹底的灼傷。但顯然，陳凱歌所面對的不僅僅是一個人的命運，學者徐賁在文章《蘇聯的人民記憶》中關於蘇聯史達林時期人民的生活狀態，就有如此相似和深刻的剖析：「成千上萬的普通蘇聯人過著一種『雙重生活』。他們一方面覺得受到不公正的對待，對蘇聯制度有離異感，一方面又努力自我調節，在這個制度中找一個安身立命之地。許多個人儘管家庭成員中有的飽受迫害，但自己仍然努力進步，爭取入黨、入團。在對待家庭中的『人民敵人』時，普通的蘇聯人在信任他們所愛的人和相信他們所怕的政府之間經受了各種內心掙扎和道德煎熬。他們有的痛苦，有的麻木。」（《讀書》，二〇〇九年一期）

　　陳凱歌的青春回憶，在我讀來就是一個少年受到創傷的體驗，也是一個成年人對於過往歷史的追問與沉思，它是反思錄，也是懺悔錄，但同時我在這冊回憶錄中，更讀到了一個時代的人生命運史。不僅僅是陳凱歌本人。他寫到了老舍之死，傅雷之死，揪心裂肺，而對於自己身邊的親人與朋友命運的敘述，則是難掩滄桑，因此我讀到他對於那些青春少年朋友的記述，無論是出身於高幹家庭的F，還是充滿了激情與理想的張曉翔，他們最後慘烈的命運與陳凱歌面對恐懼所保留的自我調試，形成了巨大的差別；特別是在陳凱歌寫到他在雲南西雙版

納做知青的部分，通過對自己和一名叫薇的少女命運的交叉敘述，來表達彼時生命存在狀態的逼真與嚴酷。少女薇的故事令人心碎，她因為被發現在床底下有一張被撕破的毛主席畫像，且塗滿墨蹟，被檢舉後被判為「現行反革命」，又有人報告他本身就是精神病人，因此被監外執行，獨自隔離；後來她真的瘋掉了，每到夜晚就會有淒厲的慘叫，直到一九七二年被送回北京。而最後陳凱歌才知道，她在夜晚的慘叫聲是因為一次次地遭受到強姦的折磨，而這些強姦她的人反過來又義正嚴辭地對她進行批判。不僅僅是因為恐懼，在這裏，我顯然看到的還有人性的軟弱和黑暗。

讀畢陳凱歌的這冊青春回憶錄，我忽然想到俄羅斯導演米哈爾科夫的電影《烈日灼人》，這是一部描述蘇聯大清洗時期的一個故事，貴族青年密迪亞在失去家庭和被奪走了女友後，背叛了自己，成為祕密員警，從受害者反過來又成為新的劊子手。故事溫柔中隱藏著慘烈，我被影片結束時的那輪灼人的巨大紅日所震撼。那個畫面我很難忘記，但與有著貼膚之痛的陳凱歌比來，他的體會一定比我深刻。

溫柔的大義

讀《走在人生邊上》這本書時，我一直在想著楊絳先生和錢鍾書先生。這兩位在中國現當代文化史上堪稱雙璧的夫妻，一生經歷了多少歷史的風雨波折，但相扶相守，讓人豔羨。對於錢鍾書這樣的讀書種子，我以為在他的人生中能夠遇到楊絳先生這樣的人生伴侶，是他的福氣。楊絳先生出身書香門第，天資聰穎，她與錢鍾書在知識修養上有共同趣味，因此是難得的精神知音，據說錢鍾書先生的小說《圍城》，正是因為觀看了楊絳先生的話劇創作《弄假成真》，因此而被啟發和激勵出創作靈感才開始寫作的；文革後期，錢先生和楊先生住在社會科學院的辦公室，錢先生寫作《管錐編》，楊先生翻譯賽凡提斯的長篇小說《唐吉訶德》，在極為艱難的環境中，兩人苦中求樂，竟然都做出了足以傳世的貢獻；晚年的錢先生一家，閉門謝客，安心讀書，他們一家三口，每人一個地方，守著一塊淨土，都在自己的領域中耕耘出卓越的成就。對於他們夫妻的精神生活，楊先生在她的散文《我們仨》中寫到很多，那種獨特的人生境界與趣味很可能是世間少見的吧。這一點，錢鍾書顯然是要比魯迅、胡適等這些很開風氣的現代文人要幸運的多。

如此一位聰穎高貴的女性，面對現實生活的艱難與繁雜卻能夠做出妥協，能夠為錢鍾書這樣的「書呆子」做出犧牲奉獻而又不喪失自我，我以為不是一個簡單的理解所能夠表達的。在《走在人生邊上》這本書中，楊先生寫到上海淪陷期間，錢鍾書由於要寫小說《圍城》，楊先生「為了省儉，兼做灶下

婢」，〈阿菊闖禍〉一節寫到剛雇的傭人阿菊因為笨拙，在廚房引起火災，幸虧楊絳先生及時反應，最終巧妙將火災消除，對此楊絳先生極為機趣地寫到幾個人物的反應，「忽見圓圓驚惶慌張地從廚房出來急叫：『娘！娘！不好了！！！快快快，快，快，快！！！』接著鍾書也同樣驚惶慌張地喊：『娘！快快快快快！！！』」錢鍾書的有趣與無能為力盡在其中，但如此生活能力差的書生在今天恐怕是要遭到譏諷的，而楊絳先生在獨自處理完這場火災後，看到錢鍾書和孩子「快活的嘻嘻哈哈」，也才「深自慶倖」。這簡直讓人佩服，和這樣一個缺乏生活自理能力，又極為風趣的書呆子生活在一起，那得需要楊絳先生付出多麼大的人生代價，難怪那天楊先生「吃了一小碗粥，堵在心口，翻騰了半夜才入睡。」

這是抗日戰爭上海淪陷時期的錢鍾書和楊絳，而在隨後半個多世紀的人生歷程中，楊絳先生對於錢鍾書來說，可以說已經不是一個簡單上的生活伴侶或者精神上的知音了，她幾乎就是錢先生的「守護神」。正是因為有了楊絳先生這樣聰明果敢的女性保護，錢鍾書才能夠順利度過那麼多的歷史風雨，社會科學院學部委員董衡巽先生回憶說，楊絳先生是那種沒事不惹事，但遇到事情又決不怕事的女性。文革期間，有人給錢鍾書先生寫了一副大字報，「揭發」錢先生對「毛選」有不敬的話，這在當時可是一大罪狀，楊先生和錢鍾書立即商議反駁，針鋒相對，批判那張大字報是對錢先生的栽贓陷害，並由楊先生親自將那張小字報親自貼到了學部的大院裏，若沒有這一張小字報，錢先生後來可能就沒有那麼順利過關了吧。（〈關於《走在人生邊上》的隨想〉，《新京報》二〇〇八年一月八日）對此，楊絳先生在《幹校六記》中也曾有過簡要的記述。

而有關文革期間錢氏夫婦與鄰居「打架」的事件，已經成為當代文壇和學界的一段公案，楊先生曾對此進行著文敘述前後，我無意探討其間的是非，但我以為楊先生在那個時代為錢先生的生存環境進行力爭的確是不易的舉動。（〈從「摻沙子」到「流亡」〉，《南方週末》一九九九年十一月十九日）楊先生在長篇散文《幹校六記》中記述了與錢鍾書在幹校生活共度艱難的點滴，其中印象深刻的是一次雪夜，楊先生從幹校送錢先生回宿舍，而自己一個人在返回中幾乎迷路的往事，讀來實在感人。由此，我在讀這本書時，忽然就想到了同樣著名的沈從文先生，這位因娶了名門閨秀張兆和而感覺自己是「喝了一杯甜酒」的「鄉下人」，卻沒有錢鍾書幸運，同樣是一個純粹的中國文人，但張兆和就無法如楊絳那樣真正理解作為一個純粹書生的丈夫，張兆和在沈從文過世七年後在一篇文章中寫到，「從文同我相處，這一生，究竟是幸福還是不幸？得不到回答。我不理解他，不完全理解他。後來逐漸有些理解，但是，真正懂得他的為人，懂得他一生承受的重壓，是在整理編選他遺稿的現在……」，最典型的莫過於張兆和對新中國成立後的沈從文徹底放棄文學創作的不解，當一個文學天才隱沒無聞在故宮博物院的陰影中時，我們不得不慨歎歷史的荒誕，但能像錢鍾書這樣有楊絳的守護，真是太難得了。

　　讀這冊《走到人生邊上》，又想起幾年前楊先生出版的那冊《我們仨》。我們仨，是錢鍾書先生，楊絳先生，還有他們的女兒錢瑗，三個讀書人在相守將近半個世紀之後，其中兩個卻先走一步，白髮人送黑髮人，對於楊絳先生來說，這究竟是一種怎樣的人生煎熬。如果說《我們仨》是懷念寄情之作，而《走到人生邊上》則是一冊孤獨之書。這冊《走到人生邊上》

的自問自答是楊先生與錢鍾書先生和女兒錢瑗分離將近十年光陰的一個答案，這麼一個智慧而孤獨的老人，如何擺脫自己的思念來走完人生這最後一步路呢？因此，我忽然發現對於楊絳先生來說，《洗澡》和《幹校六記》是關於時代與社會的寫作，《我們仨》則是關於家庭與親情的記憶，到了現在的這冊《走到人生邊上》，卻是試圖真正脫離出來去徹悟人生的。因此，在這本書中，我看到一個老人在試圖回答也許永遠無法尋找到真確答案的人生天問，諸如「神和鬼的問題」、「人的靈魂、個性和本性」、「靈與肉鬥爭和統一」等等這樣無解的命題。在這些問題的背後，卻是一個老人人生經驗閱歷的總結與歸納，是對智慧的追問與思考，這種閱讀似乎就像是一個老者在和你交流生命的奧祕與心得。對於這些問題，作為一個閱讀者，我們可以將此當作一種對於人生的另類認識，而更讓我感到有趣和引起深思的是楊先生對於這些思考的注釋文字。而這些注釋文章恰恰表露了一個智慧老人的孤獨與試圖超越孤獨的努力。我深刻感受到了書中的孤獨，在文章〈勞神父〉結尾，楊先生這樣寫：「我九十歲那年，鍾書已去世，我躺在床上睡不著……」「我九十歲了，一個人躺著……」，讀文至此，忽然就為這個老人感到辛酸；再讀〈記比鄰雙鵲〉寫兩個喜鵲在屋外築窩，因遭到大雨而導致剛破殼的小喜鵲遇難的悲劇見聞，文章深情動人，結尾處這樣寫到：「過去的悲歡、希望、憂傷，恍如一夢，都成過去了。」

我覺得這句話別有深意，是楊先生寫給自己的。她與錢鍾書先生相守一生，經歷過那麼多的風雨，其中自有悲歡，而在這將近十年的一個人的生活中，卻需體會的是無盡的孤獨。她曾經是一位充滿機趣智者的精神知音，是一位卻不會調理生

活的學者的家庭伴侶，是一個純粹而拒絕政治的文人的人生守護者，是一個聰明懂事又有所作為的女兒的母親，而如今，這個老人在十年的光陰中，她只成了一個孤獨與智慧的老人。除去回憶那些往事，她在人生邊上的邊緣的時刻，所做的可能就是這種試圖去擺脫人生孤獨的玄思，是在靈魂上達到寧靜的獨語。因此，對於在哲學的高度或思想的完善上去追求，已經不是楊先生的根本目標，我以為這一冊《走在人生的邊上》，是楊先生給予她曾有過的飽滿人生角色的一個注解。

我曾寫文章將中國那些有名的文人伴侶分為三類，她們或者終生生活在自己親人的身影中，諸如許廣平；或者自強自立，才華出眾，甚至讓對方感到暗淡，典型的如丁玲；還有一種就是齊峰並進，互為知音，我覺得楊絳先生就是。但如今，在讀了楊先生的這些書之後，我慢慢感覺出這些分類似乎是過於簡單隨意了，因為人生除了精神上的相得益彰之外，那些飽滿的歲月還是需要太多情感與生活的細節來填充的。

魚飛向北海，可以寄遠書

　　二〇〇一年四月二十四日，止庵在給谷林先生的書簡中抄錄了《萬象》雜誌中有關自己的一段書緣：「一九九二年春天，我到北京去查資料，在『三味書屋』遇到了一位張迷，三十出頭，在一家外國商社的駐京辦事處工作。他對五十年代以後在臺灣和香港出版的張愛玲的著作和相關研究資料都很熟悉，我們談的很投機，從書店出來，意猶未盡，又一起去民族飯店的咖啡館。走在路上，他向我提了一個問題：『你能給張愛玲的這兩篇作品繫上年嗎？』他說的是〈鴻鸞嬉〉和〈存稿〉。」止庵在信中說，這位張迷就是他自己。無獨有偶，止庵在他的文章〈最後一副畫像〉中也曾談及此事，讀來可為互補，甚是有趣，「我想起幾年前在書店碰見一位據說是來自日本的張愛玲研究者，要買《李鴻章傳》，因為張的祖父是李的女婿，所以想從哪兒尋覓一點資料。」

　　止庵所提的這篇文章是邵迎建先生在《萬象》雜誌所發表的〈張愛玲和《新東方》〉，從止庵給谷林的信來看，他是頗為看中這段書緣的，此信之前，止庵在五天前給谷林的信中曾略有提及：「不知先生看過《萬象》最新一期否。其中有〈張愛玲和新東方〉一文，倘看了此文開頭一段，再閱拙作〈如面談〉之〈最後一副畫像〉之第五段，或者將會心一笑。」一周之內，連寫兩次書信給自己頗為尊敬的前輩談及此事，可見其重視程度。偶讀此段，頗感有趣，想來對於書生止庵來說，這比學者專寫一文還要舒服，因為這裏寫得是一段彼此珍惜的書

緣，加之又同為張迷，除此，這段還頗為傳神地寫了止庵先生
的情況：一是非專業研究者，乃是一民間讀書人罷了；二是贊
其讀書精深廣博，讓專家側目；三是講其有書生本色，引同道
為知己，馬路上談學問，風神瀟灑，可為佳話。

　　在止庵的書信集《遠書》中收錄了他給谷林先生的這兩
封書信，我讀後頗想知道谷林先生對此的反應，於是在書架中
翻出由其整理編選的谷林書信集《書簡三疊》，但令我遺憾的
是，此書並無收錄這一封回信，我想大約是在編選時因故放棄
了。原本打算將《遠書》與《書簡三疊》兩書中的信函對比著
閱讀，但現在看來大約是不太現實了。《遠書》收錄止庵給谷
林先生的書信二十八通，而《書簡三疊》卻收錄了谷林致止庵
的書信四十九通，其中又有許多不能互相對應，能彼此參照閱
讀的也為數尚少。但能依次對比著閱讀也是頗為讓人感興趣的
事情，兩相對比，谷林先生的書簡大多綿密，止庵先生的書簡
大多簡潔，剛讀時頗為納悶，後來讀其信才有所明白：「正因
為敬重，自己也就多所拘束，不敢造次，所以九年來與先生見
面、通信，每每不敢多言，結果就失去了許多與先生倘開心扉
交談的機會，這是我的性格使然，亦即過於拘禮的結果罷。」
（二○○四年六月十二日致谷林）由此看來，止庵先生編選這
本書信集重在所談內容，並非只是為文苑增添幾許趣聞。由
於喜愛賈島在《寄遠》中的詩句：「魚飛向北海，可以寄遠
書。」故取名「遠書」。

　　邵迎建先生誇讚止庵先生對張愛玲著作頗為熟悉，其實
止庵先生的讀書心路非此一處，在他寫給江蘇陳學勇教授的
信中這樣寫到：「我稍下過一點功夫的，只有先秦《莊子》、
《論語》兩家，前者寫過一部《樗下讀莊》，後者亦擬寫一本

書，算是有些心得。還寫過一部《老子演義》，雖則我對《老子》的看法，多半是負面的。此外稍有瞭解的就是周氏兄弟、廢名、張愛玲等幾人而已。」在他給黃福群的信中，也有如此談：「今人文章，若魯迅、周作人、廢名、張愛玲四位，我敢說『熟悉』二字，其餘則流覽而已。」止庵是近年來有名的書話大家，他的書評和書話文章時常見著報刊，以我觸目所及，涉及範圍頗為廣博，而他寫書評書話文字是最認真的一位，「所寫多是書評，此亦促使自己讀書之方，蓋因寫書評至少須得先將那書看一遍也。前些時寫一篇關於福樓拜的，不過四千字，卻把他的小說全集三冊通讀一過，不然怕是要置諸書櫃俟之來日了。近來有雜誌約寫納博科夫，則家藏十數種又可通看一遍了。」（二〇〇三年一月五日致考萍萍）

由此看來，止庵先生所言自己只是「熟悉」的幾位現代作家的作品，其實只是謙虛之語，而因此也可推測他對於這幾位作家的閱讀已達深透了，同時也可見他研究的方向與趣味。更令我感到佩服的是，他所寫的都是書話書評的小文章，但用的都是宰牛的大勁，可見其為文之認真謹慎，「我看世間之人，一知半解者多矣，一知半解而有所言說者又複多矣。」對此，他對自己的讀書作文是這樣談的：「我大學沒有學過文科的課，小學、中學逢文革，根本沒有好好念書，所以一點功底也沒有，只靠自己讀書，有所體會。由此便生出一番害怕之心，覺得世間自有明眼人，看得出我的破綻。對付的辦法有二：一曰藏拙，即少說乃至不說，尤其是一知半解或根本不懂者，不要自找麻煩；一曰補拙，即多下一點工夫，爭取比一知半解稍強一點兒，然後再說。」（二〇〇二年二月三日致王志宏）

　　止庵先生的著作我大都買來讀過，他的著作多為書評書話文字的集結，不過有幾本是特殊而又為我所偏愛的，一冊是《樗下讀莊》，一冊是《插花地冊子》，一冊就是這本《遠書》，其中後兩冊書可以互相比照著閱讀。《插花地冊子》談自己的閱讀史，從散文、小說、詩歌一路談來，對於我們這些晚輩來說，很受教益，而《遠書》相比他的那些書話集子，則更隨便一些，談論的話題也更為開放，因為書信、日記這些私密隨性的東西最能暴露作者的真實水準，這並非我喜窺隱私，只是這些暴露的祕訣不該不收啊。因此在讀這冊《遠書》的時候，就能常常收穫許多讀書為文和研究的訣竅來，這其中自然也蘊涵著作為一個讀書人的情趣與趨向。書話文字向來被人認為是小道，在報刊上發表也常常是補白的角色，但在止庵的著作行列中，這樣的文字幾乎可以佔據三分之二的地位，如此熱衷於寫讀後隨感，止庵是最有水準也最有代表的。這次讀他的書信才深切體會到個中淵源，也明白他為何接連不斷地寫那些看似零散的書話文字，大家讀這段文字自會明白：「周氏最好的文章，即是文抄公之作，可以說周氏之為周氏即在此，舍此則其價值不說盡失，也是大打折扣。周氏最高成就，乃是《夜讀抄》至《過去的工作》這十五種著作，⋯⋯，周氏著作也前後通讀過多遍，編《周作人晚期散文選》時，還曾動手抄過十幾萬字，得以揣摩此老行文特色。」（二〇〇二年二月三日致卞琪斌）

　　作為一位讀書人，止庵不但有在馬路上與陌生朋友談學問的雅氣，也有在書信中臧否人物的癡氣，而這些被他評論的人物大有時下的熱鬧人物，這些我讀後甚感新鮮，諸如：「中國學者在近五十年間總體上的表現（學術與政治），則我頗為

不滿，未必有多大成就可言也。譬如季羨林，即是被嚴重地過高評價了。我看他關於『東方文明』的一番話簡直是胡說八道，他的散文其實也寫得不怎麼樣。」（二○○一年一月一日致福群）再如：「我覺得寫文章之理想境界，莫過於『雜家態度，專家功夫』了，可惜自己不能達到。不過我看當今文章，非但功夫不夠，且態度亦多有欠缺。」（二○○三年五月三十日致楊棟）再如：「鄙意文章不怕寫得平，但怕意思平耳。意思不平，反以平淡之筆出之，此之謂相反相成。近讀孫伏園回憶魯迅文章，原來魯迅也是這般想法。勿渲染，勿誇飾，少少許勝多多許。甚至不必擔心『抹殺自己』。……現代幾本聰明的書：梁實秋的《雅舍小品》，錢鍾書的《寫在人生邊上》和王了一的《龍蟲並雕齋瑣語》，我都不大喜歡。」（二○○○年四月三十日致劉錚）不必再列，書信中這樣直截了當的批評文字很多，常常讀來很感吃驚，看似絢爛多姿的當代文章在止庵眼中也常不足道哉，提及「五十年間的中國學者」、「當今文章」和「聰明的書」都是「不怎麼樣」，這與平常他在書話文字中溫和文雅的態度區別甚大。對於末一個觀點，我個人實在有些不同的意見，因為文章的質量在高境界大約是屬於藝術的範疇的，對於那些聰明的、抒情的好文字也會讓人常常愛不釋手，而我個人始終相信，百花齊放對於文壇是好事情，讀讀那些不屬於自己興趣範圍內的文字也未嘗是件壞事。止庵說：「二十年來的中國文章，我只對兩個人非常佩服，一是楊絳，一是谷林。」他自己所推崇這兩位當代文人的文字，我也都極喜歡。

把人字寫端正

　　二〇〇九年春天的文化界可謂是風波不斷，起先是學者李輝寫文章揭露文懷沙的偽大師面目，然後又由章詒和女士連續寫文章，披露發生在文革中的「告密」與「臥底」事件。這幾篇文章一經面世，簡直是一石激起千重浪，將一些所謂的知識份子面目暴露無疑，這讓我想起學者吳思的一個比喻：有些好文章猶如一把攪屎棍子，將表面的那層覆蓋物攪動後，下面才是臭不可聞的骯髒之物。然而，也頗有一些善良的文人們來為這幾位被非議的知識份子辯護，其所持論點無非是那個時代的特殊環境所為，並責問又有誰能特別地獨善其身呢？我對此大不以為然，因為整個文化的生態正是由一個個具體的個體塑造而生成，無論環境多麼險惡，雖可以明哲保身，但絕不能違背良知，傷及他人，世道人心正是這樣一點點地被敗壞的。與這些讓人失望的辯護者所不同的是，我剛剛讀過的賈植芳回憶錄《我的人生檔案》，給這些辯駁正是另外一種慨然有力的回答。

　　章詒和女士在文章中寫聶紺弩的好友黃苗子在文革期間充當了一個告密者的角色，因此她在文章中感慨，聶紺弩為什麼入獄，正是黃苗子這樣的朋友一筆一筆地給寫進去的。其實，在文革中這樣的告密事件實在是太平常太普通了，父子之間，夫妻之間，好友之間，都可能是互相告密的對象，四川文人冉雲飛感慨這樣一個人類恥辱，多年來搜集了大量資料，一直在致力於《中國告密史》的寫作。賈植芳在他的《我的人生檔

案》中就多次寫到這樣的告密事件，他在監獄中的時候，有一個專門搜集寫作告密材料的政治犯，每天就是羅織這些混淆是非的資料，為即將進行的政治運動鋪路；而歷史上著名的胡風反革命集團案件，也正是與胡風朋友舒蕪的告密關係重大。但與此相反的是，作為所謂胡風反革命集團案件骨幹分子的賈植芳，卻沒有如舒蕪這樣提供所謂的資料來作為胡風罪證，也沒有如許多胡風的朋友那樣，在事件發生後立即採用在報紙上寫文章進行積極地批判，試圖來為自己減輕這莫須有的罪名。我讀這冊回憶錄，印象十分深刻的是，胡風反革命集團案件已經被定性之後，當時上海的高教局對他進行審問，其時局勢已相當緊急，大有風聲鶴唳之感，但賈植芳還是毫無違心的對這一事件進行認真抗辯，因為在他相信「弄清了事情真相以後，明天的太陽還會照樣升起」。但讓他沒有想到的是，天羅地網早已撒下，這是他漫長的苦難生涯的又一次開始。為了自己心中的理想和信仰，此後二十五年的太陽，再沒有對他升起過。

賈植芳的這冊《我的人生檔案》編排的十分獨特，第一部分為「且說說我自己」，第二部分為「獄裏獄外」，第三部分為「我的三朋五友」，只要粗翻此部著作，不難發現其中第二部分佔據了整本書的將近三分之二，而認真讀完此書就會發現，賈植芳的人生正如這冊書的編排一樣，他先後在獄中度過的人生佔據了他整個生命幾乎三分之二的長度，且都是他人生最美好的年華。「獄裏獄外」是極其有分量的文字，它記錄一個知識份子在將近半個世紀四次進入不同性質監獄的過程。一九三六年，他因為參加一二・九學生運動，被請進了國民黨的牢房；一九四五年前後，他因為在徐州策反，被日本的憲兵隊抓進了監獄，一直到抗日戰爭的勝利；而隨後的一九四七

年，他又因為給進步的學生刊物寫作稿件，被再次請進了國民黨的監獄；到了一九五五年，因為胡風反革命集團的案件，他無辜被牽連，由此又開始了漫長的牢獄之災，一直到七十年代後期，他才真正的恢復自由。到了晚年寫作這冊回憶錄的時候，對於自己最後一次進監獄，賈植芳不由得發出了這樣的感慨：「哦，監獄，我從此第四次地進入了這個吃飯不要錢的地方了。對我說來，這是輕車熟路。但這次與以往不同，它使我迷惑不解：怎麼我在人民政權眼裏，竟和在國民黨和日偽內外反動派的眼裏是一個『東西』呢？是悲劇、鬧劇，還是荒誕派戲劇？」

賈植芳出生於一九一六年，成長於國家內憂外患之時，受到時代潮流的影響，他積極加入到了抗日救亡的民族運動中去。他生在一個富裕的地主家庭，伯父是精明能幹的商人，如果按照一般的常人來看待，未來的人生道路不會太過於坎坷艱難。他第一次被請進監獄是因為參加抗日救亡的學生運動，後來伯父將他保釋出來，送到了日本學習，希望他能夠安分守己，但他並沒有照辦，而是繼續按照自己的思考來追求，如此又接連不斷地被請進監獄。我印象深刻的是一九三八年抗日戰爭爆發後，在日本留學的賈植芳和同學一起轉道香港準備回國抗日，伯父知道後非常生氣，囑咐他一定不要回國。為此，伯父對他做了詳密的考慮，希望他能夠留在海外或香港，而他並沒有接受伯父為他安排的錦繡前程。他的不少同學卻留在了香港，他們後半生大都生活安定幸福，這一切均讓晚年的賈植芳思緒紛飛：「想到自己幾經圇圇、傷痕累累的一生，我不能不感慨萬千！不過話說回來，雖然以後經歷的苦難是我難以想到的，但選擇回國抗戰，仍然是我的良知所決定的，即便歷史重

演一下，我伯父為我安排的幾條路程再次擺在我面前，我仍然
會選擇自己應該走的路，終生不悔。」

胡風是對賈植芳思想影響最大的一個人。但讓他沒有想
到的是，自己與胡風的交往會成為他晚年二十多年身陷囹圄的
罪證，但他幾乎是所有被牽連人中從來沒有違心地去揭露過、
傷害過或批判過另一個無辜者的人。他對於胡風的敬重，也並
沒有因為自己被牽連遭遇人生巨大的磨難而改變，即使在晚年
他還依然對胡風在文學和生活上的幫助與扶持保持感激，堅持
認為「他（胡風）是一個正直的人，一個可以相信相交的真正
朋友。」對於因為自己的牽連而給予許多無辜的人造成的影
響，在回憶錄中他多次深深地表達了自己的愧疚與不安。他四
次進監獄，都是因為思想問題，也就是所謂的政治犯而被捕。
儘管因為自己獨立的思考而身陷囹圄，但他卻一直堅信自己的
真誠與高貴。為此，賈植芳特意寫到他因胡風反革命集團案而
入獄後所經歷的一件事。一九五八年，監獄裏饑謹成災，由於
長期羈押，賈植芳和其他犯人一樣得了浮腫，生命垂危，到了
一九六〇年，他被送到醫院治療，在吃了一些所謂的「高蛋
白」食品之後，浮腫奇跡般的消退了。三天後，醫院的負責人
就讓他下床勞動，打掃衛生，負責照料病重犯人的大小便，並
給他們喂水喂藥。對此，他立刻提出抗議：「我還沒有好利
索，而且我快五十歲了，那些躺在床上修養的年輕犯人，身體
比我強，你為什麼不叫他們起來勞動呢？」這位負責人理直氣
壯地訓斥他：「你怎麼能和他們比？他們是普通的刑事犯，你
是一所來的政治犯、反革命，你沒有公民權，叫你幹什麼你就
幹什麼，要不我告訴管理員，說你對抗改造，那就要吃手銬
了，我勸你還是識相點！……」這一回答讓賈植芳記憶深刻，

因為自己的身份還不如那些年輕的流氓阿飛，這讓本以追求自由獨立的知識份子賈植芳耿耿於懷多年。在人人岌岌可危的年代，敢於不計後果勇敢抗辯的人很少，因為大多人的思想中早就失去了自己的空間，他們俯首聽命，甚至甘於做牛做馬。即使在最艱難的環境中，也不能把靈魂出賣給魔鬼，賈植芳一直這樣警告自己。

　　讀完這冊《我的人生檔案》，我感慨賈植芳人生的坎坷，命運的曲折以及生命力的頑強，但我更感慨作為一個人，如果試圖做一個真正獨立又有良知的人卻是多麼的困難。如果賈植芳少年時代違背自己的心願，沒有參加學生運動，或者按照伯父的人生規劃，繼承遺產經商，或者留在香港乃至海外生活，那麼他的人生一定會是另外一種情形；而他後來與胡風交往，如果違心地對胡風進行批判，或者在監獄中積極改造，順應時代潮流，也許就不必遭遇這樣長期慘烈的人生折磨。歷史不容假設，生命不能重來。無論風雲怎樣變化，賈植芳始終堅持去做一個真正清醒端正的人，這是他的人生信仰。因為這一信仰，讓他遭受到了這樣荒誕的人生磨難，但也是這樣的人生信仰，終於讓他堅持到最後，看到了「太陽還會照樣升起」。也因此，當我讀完賈植芳的人生回憶，便會對那種沒有原則性的寬容表示懷疑，因為在如此艱難的人生中，畢竟還有人能將自己的人字寫得大而端正。

一個上山，一個下山

　　《書城》雜誌二〇〇九年第三期刊登了一篇南橋的文章〈巫寧坤的「三個自我」〉，此文係對著名翻譯家巫寧坤教授在美國出版的回憶錄《一滴淚》的讀後隨感，其中寫到巫寧坤先生早年先後在西南聯合大學讀書，給美國「飛虎隊」當翻譯，抗日戰爭結束又後到美國芝加哥大學讀書，並取得博士學位。朝鮮戰爭爆發時，他剛剛拿到博士學位，恰好燕京大學給他寄來任教的邀請信，報國心切的巫寧坤滿懷熱情的回到了祖國。但讓他萬萬沒有想到的是，迎接自己的不是實現獻身祖國學術事業的光榮夢想，而是將近三十年的殘酷折磨與運動。若干年後，獲得諾貝爾獎金的同學李政道從海外衣錦還鄉，受到國家領導人的接見，敬酒，而作為同學的巫寧坤雖近在咫尺，心情卻萬般的複雜，在他後來的這冊回憶錄中有這樣讓人感慨的描述：「我們倆生活在兩個不同的世界。中間有一條不可逾越的鴻溝：他留在美國，能夠獲得成就和榮譽，過著安定富裕的生活。我回到祖國，歷盡劫難和凌辱，好不容易才苟活到『改正』的今天。我腦子裏突發奇想：如果在三藩市那個七月的下午，是我送他上船回中國，結果會怎樣？」

　　巫寧坤教授的回憶錄《一滴淚》我早有耳聞，此書於一九九三年初在美國紐約出版，該年六月在英國倫敦出版，隨後又翻譯成日、韓、瑞典等文字在多個國家出版，可惜中文版我只能在南橋這樣的文章中偶讀片段，但即使如此，我也可以猜想這樣一部傳記所蘊涵苦難與精神的容量。與巫寧坤先生所

撰寫的這冊回憶錄《一滴淚》恰恰相反的，則是我近來讀到由何炳棣先生撰寫的一冊回憶錄《讀史閱世六十年》，如果說巫寧坤先生是歷史的「倖存者」，那麼何炳棣則是一個歷史的「幸運者」。何炳棣也畢業於西南聯合大學，抗日戰爭勝利後到美國的哥倫比亞大學留學，取得了博士學位，但幸運的是，他選擇留在了海外。多年之後，何炳棣在撰寫他的這冊回憶錄時，便多次慨歎自己的幸運。何炳棣一九四〇年在西南聯合大學參加庚子賠款第五期的留學考試，但最終沒有爭取到所考專業唯一的名額，待到一九八〇年冬天，何炳棣作為海外權威漢學教授回到中國，在武漢參加社會科學院舉辦的學術研討會上，偶遇自己當年的競爭對手吳於廑先生，當他握著這位清秀儒雅的學者時，不由得脫口而出：「保安兄，我是你的手下敗將，可是你救了我的命！」

原來，當年何炳棣失利之後，重振旗鼓，直到一九四五年才考取第六期的庚子賠款留學，一九四九年他博士畢業，正值天地玄黃的大變局，便選擇了留在海外，而這一選擇便註定了他人生的路徑。在他的回憶錄《讀史閱世六十年》中，何炳棣多次慨歎自己當初的這一決定，他才最終成為海外十分有影響的漢學教授，撰寫了大量極有建樹和學術貢獻的著述，先後擔任哥倫比亞大學、芝加哥大學等多個著名大學的教授，榮任在學術界非常有影響的亞洲學會會長，與楊振寧一起籌組全美華人協會並擔任副會長，同時還先後被聘為臺灣中央研究院院士、美國藝文與科學院院士、中國社會科學院榮譽高級研究員，一九七九年他受到鄧小平的單獨接見，其學術與人生均達到了顛峰。因此，也難怪他會感慨，就像巫寧坤教授的感慨一樣讓人沉思，只是這感慨卻充滿著一種歷史的幸運感：「我多

年後不斷反思，深覺一九四〇年初次留美考試失敗真是『塞翁失馬，焉知非福』。我如果那年考取，二次大戰結束後我應早已完成博士學位，一定儘快回國了。以我學生時期的政治立場，加上我個性及應付人事方面的缺陷，即使能度過『百花』、『反右』，亦難逃『文革』期間的折磨與清算。」

南橋在〈巫寧坤的「三個自我」〉中寫到了一種人生的命運，即如果兩個人同一天同一時間同一速度出發，一個上山，一個下山，那麼二人必定會在某個地方相遇。但問題是，他們一個是上山，一個是下山。在南橋看來，巫寧坤是下山，他的同學李政道則是上山，同樣，與前兩者早年求學經歷相似的何炳棣，也是在上山。上山還是下山，似乎取決了當初的那一瞬間的決定。在人生的交叉路口，這一看似不經意的選擇就顯得尤為重要。因此，我讀何炳棣先生的這冊《讀史閱世六十年》，便能體會到他對於自己這一選擇的深感幸運與某種恐懼與害怕，這從他在回憶錄中數處特意寫到自己的幾位十分優秀的同學或朋友的遭遇便可以感受得到，諸如他在清華大學歷史系第九級的同學丁則良，才華橫溢，學識厚博，被著名史學家雷宗海先生所欣賞，曾推薦給日後的諾獎得主楊振寧補習古文，後來他到英國的倫敦大學深造；一九四九年秋冬之際，丁則良給已在大學教書的何炳棣寫信，非常激動地談到他決定放棄論文的寫作，立刻回國報效，因為就要建成的國家「有光有熱」。但很可惜的是，丁則良回到國內很不順利，著述僅有一本《李提摩太，1945-1919》這樣的小冊子。一九五七年反右運動剛開始，丁則良便自沉於北京大學的末名湖。如丁則良這樣的人生遭遇，何炳棣還寫到數位，讀來都是讓人唏噓不已，人生的命運似乎就在那樣一個轉捩點上決定了。

　　何炳棣先生的這冊《讀史閱世六十年》是一冊人生的回憶
錄，但其實更是一冊學術思想的自傳，全書三十五萬餘字，幾
乎都是在談論自己求學與研究的心路歷程，儘管也有娶妻生子
這樣的人生大事，或者是被鄧小平單獨接見這樣的人生榮耀，
但他在自己的傳記中都是輕輕點染，並沒有太多與學術無關的
渲染。因此，我讀這冊回憶錄，似乎就是在閱讀一冊學術研究
探索的脈絡，又是在讀一個學術大家之所以成就自己的心路歷
程，其間的奮鬥、辛酸和抱負，卻與巫寧坤教授在回憶錄《一
滴淚》中大量人生磨難的坎坷　述就是極為的不同，一個是將
自己的汗水和才華奉獻給用於整個人類的學術文化事業，而另
一個則是將才華和生命大量揮霍和消磨在極為荒誕和無聊的政治
運動之中。更令我感到慨歎的是，我讀何炳棣的這冊回憶錄，就
深深的感受到作為一個學術中人，他對於自己人生價值的判斷以
及自己祖國的奉獻，最終還是取決於他在學術上的成就。何炳
棣身在海外，但時刻心繫神州，他起先研究西方史學，後來深
感要為祖國做第一等的學問，轉身投向中國思想史的研究，多
年來費盡思量，所撰述的關於華夏文化是自我生發和延續發展
的論點，成為有力批駁西方史學界傳統認識的華夏文化起源於
其他地域的學說，這對中國文化的建設與發展貢獻不可估量。
而他身在海外，對於諸多政治事件發表自己的獨立意見，雖然
數次遭遇到不公平待遇，但卻並不為其所屈服；還有他深感祖
國新的發展變化，在海外籌畫愛國協會，並擔當重任，成就斐
然。這所有的一切不也都是他對於自己祖國的一腔赤子之情，
而這些也只有他在獨立自由的環境之中才能實現並取得成績。
　　何炳棣的青少年時代幾乎都是在兵荒馬亂中度過的，但
我讀這冊回憶錄，深感在這樣的時代環境之中，他卻能時刻堅

持自己內心中既定的學術使命和目標，沉靜堅韌，一步一步地朝向這個目標邁進，這與他早年所身處的時代和經受的教育有著重要的關聯。他生於天津，祖籍浙江金華，父親是一個有見識的紳士，很重視教育，對他也寄予很大希望，我印象深刻的是他的父親給自己的侄子寫信，希望他能夠在美國留學時同時取得哲學博士和文學博士學位，然後回國辦報紙，主筆宣揚民主與憲政，再組建政黨來報效國家。這樣的家庭教育難怪能不培養出人才，而何炳棣先後在天津南開中學、清華大學以及西南聯合大學讀書，即使國家在遭受戰火威脅，也依然可以看到張伯苓、梅貽琦、蔡元培等這樣傑出的教育家，以及吳宓、雷宗海、鄭天挺等優秀的教授，他們為神州教育事業嘔心瀝血，培養延續文化香火的人才，其精神境界如高山入雲，人格境界如清水見底。在國家危亡之際，培養出眾多後來有學識、有創見和有骨氣的世界級人才；而何炳棣在海外留學深造，也正是有這特殊環境中奠基的學術根基，以及磨練出來的精神財富，這些都成為了他們那一代人的思想底色。與巫寧坤先生相比，何炳棣先生幸運很多，他把更多的精力和心血真正獻給了有價值的學術事業，但願他偶然決斷的學術生命不再僅僅是一段傳奇，而如巫寧坤先生這樣的知識份子所遭遇到的種種生命的磨難與消耗也從此不再會發生。

度盡劫波文心在

　　偶讀香港作家董橋的文章〈春臺遺韻〉（《開卷》二〇〇八年七期），此文係他讀臺灣友人彭歌的長文〈春臺舊友〉的隨感，其中有這樣的相關介紹：「兩萬多字的〈春臺舊友〉刊在去年三月的《文訊》上，寫周棄子，寫吳魯芹，寫聶華苓，淡彩點染也點了林海音點了郭嗣汾點了他們那一代『春臺小集』的許多作家。彭歌說那是個很小的文友集團，詩人周棄子有一首詩寫他們的聚會用『春臺小集』四個字描繪春天臺北的第一次雅集，又好聽又切題。」《文訊》是臺灣的刊物，我自然無緣讀到這樣的佳作，但恰好讀到聶華苓的《三生影像》，其中也有關於「春臺小集」的幾許敘述，在她的文章〈郭衣洞和柏楊，一九八四〉中，寫到後來成名為柏楊的郭衣洞，也曾是「春臺小集」的一員，由此我才稍稍地瞭解了關於「春臺小集」的一些淵源，「臺灣五十年代的文化沙漠的確寂寞，為《自由中國》寫稿的文藝作者，有時聚在一起，喝咖啡，聊聊天。後來周棄子發起，乾脆每月聚會一次，輪流召集，稱為『春臺小集』。每月在便宜的小餐館，或在某個朋友家裏聚會。……。一九六〇年，《自由中國》被封，雷震被捕，『春臺小集』也就風流雲散了。」

　　原來，這「春臺小集」與臺灣名震一時的《自由中國》雜誌有著直接的因緣，其成員大都是該雜誌文藝欄目的作者。而《自由中國》雜誌的文藝編輯也正是聶華苓，在《三生影像》中，聶華苓回憶《自由中國》創辦人雷震的文章〈雷青天〉中

就寫到，一九四九年她剛到臺北，生活拮据，經朋友介紹到剛創辦的雜誌去當管理稿件的工作人員，後來因為她寫文藝作品被雷震先生讀到了，改為文藝編輯，又因為寫得很好，終於成為《自由中國》的編委成員。儘管這是一個很偶然的機遇，但卻因此而改變了聶華苓的一生。《自由中國》是一個政論性的刊物，文藝欄目只是一個類似於點綴性的東西，但聶華苓卻將這塊不大的園地耕耘地有聲有色，團結了一大批有抱負的中青年作家。在〈綠島小夜曲〉中，她寫創辦人雷震為了刊物的生存，將臺北市的房產賣掉，在郊區的鄉下另買房子，而那鄉下的居所卻成為作家朋友們歡聚的好地方，聶華苓記憶中的作家就有吳魯芹、琦君、林海音、何凡、朱西寧、周棄子、高陽、夏濟安、郭依洞、潘人木、孟瑤、司馬中原、段彩華等，我對照了一下「春臺小集」的成員，大多正是這些人物。聶華苓說他們在一起度過了「許多歡樂時光」，而這些作家，後來也大多都成為揚名海內外的文學大家。

　　「春臺小集」的發起是源於《自由中國》，而它的解散，也是終於《自由中國》。但這表像背後所隱藏的卻是一個時代和一群文人真實的歷史處境，對此，董橋有這樣的議論，「現實政治的風雨一來，文化鄉愁的燈火瞬間闌珊。聶華苓大姐的小說大氣磅礴，一寫到《自由中國》雷震案子的憶往文章，不平之灌滿悲涼之筆，連寫胡適都不是我這一代人舊識的適之先生了。那的確是疑弓疑蛇的歲月，蔣老先生乾咳一聲，全臺灣吃川貝琵琶露，……」董橋先生的見解實在不凡，我讀聶華苓的《三生影像》，其中關於她在臺灣與《自由中國》的回憶往事，的確讀來讓人久久不能平靜，她寫雷震、殷海光、夏道平這些為爭取臺灣民主與自由的文膽，筆底流淌得都是純淨與熱

烈的文字，哀怨、無奈、悲涼，彌漫整篇文字，諸如寫到雷震的赤子之心，幾乎讓人讀之落淚：「一九五六年，蔣介石七秩大壽的日子，《自由中國》出版了祝壽專號，批評違憲的國防組織以及特務機構，轟動一時，一版再版，竟出了七版。引起國民黨許多刊物的圍剿。雷震的黨籍，官爵，人事關係，一層層剝筍子一樣，全給剝掉了，只剩下光禿禿的筍心了，孤立在寒濕的海島上。真正的雷震挺出來了：誠，真，憨，厚，還加上個倔。」

　　《自由中國》事件成為聶華苓人生的一個轉折。在《三生影像》的序言中，她這樣寫到：「我是一棵樹 ／ 根在大陸 ／ 幹在臺灣 ／ 枝葉在愛荷華」。聶華苓一九二五年出生在湖北，那是真正的亂世，她一出世就是亂雲飛渡的軍閥混戰，隨後緊跟著又是抗日戰爭、國共內戰，幾番艱難的流浪與逃亡，一九四九年她到了臺灣。《三生影像》中，聶華苓寫下了很多關於童年和青少年時代的記憶，這個不斷經歷家與國衰敗的女子，「離亂中成長，憂患中閱世」，迎接著一個又一個人生的磨難。因為遇到雷震和《自由中國》，她也因此才最終找到了自己人生的座標，之前她只是被時代和政治牽引著前行，之後卻是毅然地反抗與掙扎。《自由中國》事件之後，聶華苓經受了煉獄般的精神煎熬，〈一九六〇年九月四日〉就記敘了這樣的人生處境，一個個編輯同仁被逮捕，被監禁，被監視，那種等待災難臨頭的氣氛和心境讀後至今仍有讓人心驚肉跳的感受。直到她遇到了自己後來的丈夫PAUL，一位胸懷寬廣的美國詩人。一九六四年，聶華苓接受這位美國詩人的邀請，參加愛荷華大學的「作家工作坊」計畫，沒想到，她留在了愛荷華，並與詩人一起創辦了影響廣泛的愛荷華大學「國際寫作計

畫」。在這冊《三生影像》中，直到讀了有關愛荷華的這些篇章，我才看到了些明媚的東西，因為她的人生終於開啟了新的航程，且朝向更為開闊的世界。

在愛荷華的國際寫作計畫中，聶華苓和她的丈夫PAUL共接待了一千多位作家的來訪，其中中文作家就有一百多位，我細細流覽這一百多位中文作家的名單，他們來自大陸、臺灣、香港和其他海外地區，但都是將寫作與自己人生的追求目標相統一的，而聶華苓所扮演的角色，在我讀來，越來越有一種解放者的英雄形象，就像當年美國詩人PAUL向在孤島中的她伸出援救的雙手一樣，把更多的作家從現實的或者精神的孤島上解救出來，諸如她通過不斷地努力，終於成功地將曾遭囹圄的臺灣作家陳映真、柏楊從臺灣邀請到愛荷華參加這一寫作計畫；而大陸作家中，在政治剛剛解凍後年代裏，能夠參加寫作計畫的就有蕭乾、丁玲、吳祖光、王蒙、艾青、汪曾祺、劉賓雁、邵燕祥、北島、徐遲，等等，還有一起前往的作家茹志娟和王安憶母女兩人。在禁閉了將近半個世紀的中國大陸，這種作家的交流在當時就有一種從精神的孤島中解放出來的感覺，聶華苓的不凡之處正在於此。她還在愛荷華成功地舉辦了「中國週末」活動，將來自大陸、香港、臺灣和海外的漢語作家和學者匯聚一堂，沒有交鋒，而是交流。最典型的就是作家王安憶，在這次美國之行結束後，思想受到了強烈的碰撞和衝擊，寫作風格隨之大變，在〈母女同在愛荷華〉中，聶華苓這樣寫到王安憶的變化，王安憶和同去的臺灣作家陳映真論辯，毫不客氣地反駁陳對她的批評：「我首先必須找到我自己，才能把自己貢獻出去！來美國對我衝擊很大，但我是要回去的。我覺得有許多東西要寫。作為一個中國作家，我很幸運！」

　　那還是在一九八三年，我在書中看到了那位剛剛寫出小說《本次列車終點》的女作家照片，她站在愛荷華聶華苓的鹿園小樹林中，青澀、樸素、純淨，而如今，她已經是當代中國最重要的作家之一。除了這一百多位中文作家，愛荷華還迎來了更多來自世界各地的作家，其中包括獲得二〇〇七年諾貝爾文學獎的土耳其作家帕慕克，那時他還寂寂無名，在作家公寓裏通宵寫他的小說《白色城堡》。在一張拍攝於一九八五年的照片上，四十多位來自世界各地的作家匯聚在一起，其中就有土耳其的作家帕慕克，也有來自中國大陸的作家馮驥才和張賢亮。他們在愛荷華的寫作、交流、研討、聚會、旅行，以及舉行各種形式的文學活動。最遺憾的當屬後來成為捷克總統的劇作家哈威爾，一九八八年他接受邀請後不久，捷克就遭到了蘇聯的入侵，哈威爾由此轉到了地下。我因此發現，愛荷華大學「國際寫作計畫」更多邀請的是那些來自非發達國家或者少眾民族的作家，為這些真正追求寫作的作家們提供更多交流和創造的機會，這讓我又想到了當年聶華苓所參與的「春臺小集」來。滄海桑田，白雲蒼狗，儘管世界發生了太多的改變，但對於時代與文學的探索，卻永遠不曾改變。無論是《自由中國》時代的「春臺小集」，還是在愛荷華的「國際寫作計畫」，聶華苓都發揮著不可替代的關鍵作用，這也是她人生中最為動人和美麗的風景。

第四輯 │ 冬陽暖書

被陰謀的童心

在回答為何參與二〇〇八年奧運會的開幕式時，陳丹青的答案很讓我意外：「其實我有點小孩心理，期待有一天混進去看看幾百人穿唐裝漢裝是什麼景象，過了十二個月，我終於看到了。」起初看這回答，頗有些吃驚，對於如此壯觀莊嚴的國際盛舉，他不過是為了滿足一下自己的童心罷了。但細心想來，卻也覺得十分恰切，既不虛榮，又合乎他的本性。之前，我讀陳氏的全部著作，就有一種十分純淨的感覺，直到讀此處，方才明白，原來已知天命的陳丹青，乃有一顆鮮活而頑皮的童心罷了。這在我們當下的寫作者中卻是十分少見的，因為生活在這個如柏楊所說的文化大染缸中，如若想要功成名就，那點未曾污染的童心估計是難以保存的了，但為何陳丹青能夠存有這不老的童心呢？

讀完他的著作《荒廢集》，其中書末所收有〈幸虧年輕〉一文，乃是他談論七十年代的長文，而七十年代恰好是中國文化革命的最後時光，也是陳氏珍貴的青少年時代，以如今的視角回憶往事，自然難免是「個人遭遇和政治事件，青春細節與國家悲劇，兩相重疊，難分難解」，因此讀這文章，我頗為詫異陳氏的青春經歷的非同尋常，「當我躺在床板上凝視法國巴比松派風景畫片，後山的大樟樹亦如畫中那樣，亭亭如蓋；油燈下讀到《戰爭與和平》片段——羅斯托夫的弟弟與軍中少年在雨夜中摸索行走，彼此看不見，顫聲叫到：你在哪裏？——我遊目出神，窗外也漆黑一片。」這是他在哪個紅色海洋時代

中的精神生活片段，而我以為他之所以沒有融入到這海洋中再呼喊什麼「青春無悔」，並非當時多麼的高明，而是實在的單純與不通世故也。因此，多年之後，陳氏在回顧他的七十年代的時候，還不得不慨歎：「好在是十六、七歲遭遇流放，不懂事，僅有命運的觸覺。七十年代算得天地不仁，終於拿青春沒奈何。幸虧年輕！這題目，是為我輩僥倖，也為那時代無數被吞沒的人。」

與談七十年代不同，陳丹青也曾和作家查建英談過八十年代，但七十年代陳丹青畢竟是親身體驗的，而八十年代，他不過是一個遙遠的旁觀者，因為在一九八二年，陳丹青就從中央美術學院辭職，到了美國。因此，這裏我得借有他的那番語調，真是幸虧辭職，幸虧出國！否則，我不敢想像，一直在體制中消磨到如今的畫家陳丹青會是何種的形象，試讓我來想像：或者是那追求政績打著官腔的文化官員，或者是那追名逐利的體制內文化學人，還或者是……，但總之，他難得有今日的這番童心，能夠瀟灑地說出一些真話和常識來。也因此，我讀過陳丹青的幾冊著作，直到這冊《荒廢集》，也才明白陳丹青的文字為何還有魅力，則是因為他的文字不世故，清白，純淨，有童心，不存私念，只是求真求善而已。這樣也就明白為何從美國歸來的陳丹青會憤怒，甚至常粗口相對，這就相當於兒童看到黑白不分的時候，往往也是會罵上兩嘴的。

自然，由陳丹青會想到安徒生童話《皇帝的新裝》裏的兒童來，那指著皇帝說出真相的兒童在眾目睽睽之下，卻也如皇帝一樣，成為大街上的一景，因為所有的人都看到了皇帝的醜相，但這些成人們卻並不是真的傻子。所以，可怕的不是童言無忌地說出真相，而是這揭穿真相的聲音與荒誕的戲劇一起成

為看客們的笑料與話劇了呢。之所以會有這樣的聯想，是因為讀這冊《荒廢集》就常常有這樣的荒誕感，以這冊書中所收錄的幾篇文章來看，我就覺得我們時代正在進行著一場怎樣謀殺童心的遊戲。不妨來看一二，如〈請媒體人善待公器〉一文，乃是陳丹青答辯京城某報紙記者所寫的一篇公開信，以我看來，這篇由記者所寫的〈您這架老炮還能挺所久〉乃一遊戲文字，惡劣而不值得一顧，但陳氏還是耐著性子回信，文中有對作為公器的媒體的認識，也有對自己行為的辯解，其中掩藏著深深的失望和憤怒，而我讀這回應文章，卻感覺這顯然是童心之所為。以數年前王朔在媒體上向香港的金庸先生開火，大家都以為這金大俠會反戈一擊，兩個都是高手，來上數個回合，哪不恰恰有好戲可看，這也正中了時下媒體和眾多看客們的願望，但金庸大俠不愧是老謀深算的高手，來了一篇四平八穩的回應文章，猶如以太極拳對應花拳繡腿，境界高出了幾分，也正讓我等看客反過來去鄙夷王朔那張大嘴來了。由此可見金大俠果然厲害，相比陳氏的回應就明顯高妙與老道了，但這恰恰才是陳氏藏有童心之所在了。

不過，我讀讓陳丹青先生絕不原諒的那封〈您這架老炮還能挺多久〉，且不說這文章寫得鄙薄和輕佻，明眼人一看，就是有心人故意挑逗的陷阱，只等著進入這早就設好的戲局罷了，到時候，大家同臺唱完一臺戲就圓滿了，最後則果然如此。讓我感到有些悲哀的是，我讀這冊《荒廢集》，深切地感到在這個浮躁商業的時代裏，作為老知青的理想主義者陳丹青卻是完全被綁架了，活生生地被推著一起演著一場又一場的好戲，究竟唱的什麼內容，又有多少看客們去關心，只要參與了，同臺出鏡了，便是圓滿了。因此，讀這本書就發現作為名

流的陳丹青，他被諸多的媒體逼迫著談論那麼多庸俗而幼稚的
問題，諸如什麼紳士，什麼名牌，什麼成功人士，什麼電視講
壇，什麼青歌賽，什麼拍賣，什麼畫展？如此等等的無聊問
題，然後還有什麼這樣的紀念，那樣的序跋，這般的邀請，那
般的應酬，儘管我還是看到陳丹青吃力的在努力著，但總覺得
可惜，又一個被我們這個時代陰謀的童心啊。因此，所有的這
般正義與良知的呼號與爭鳴，在大眾的眼中或許都是一種姿
態，呼喊得越高越亮，他們就越有回報，其實是沒有多少人在
乎他究竟在思考和討論什麼。因此諸多的情景就顯得如此可
疑，在他的著作《退步集》獲得某個國家圖書獎的時刻，在其
答辯詞中就有這樣頗有反思性的話語：「直到此刻，我仍然不
清楚《退步集》獲獎的理由。我不認識諸位，沒有請諸位吃過
飯，但僅僅憑這本書，諸位就決定購買、閱讀、投票，給他獲
獎。我因此發現：目前我生活的空間並不像我所惡毒影射的那
樣，充滿關係與權力，而國家的若干事物也不像我所惡毒影射
的那樣，是在虛偽的進步中可悲的倒退。」我並不是懷疑他的
這冊書獲獎，而是對於這種集體性的參與時代娛樂與狂歡的懷
疑，畢竟這個時代還有更多值得和需要獲獎的著作，也因此在
他回答記者關於他的對魯迅的研究文字時，我以為這回答就清
醒了很多：「我這是耍猴。人總愛看耍猴嘛。只要耍得多了，就
那麼點拳腳。我不是不願意耍來著，得回去睡個午覺再說。學問
太少了，太業餘了。所以我談的態度是那種蹲在邊上的姿態，並
不假定我是對的，只算是有此一說，應該大家都來說呀。」

　　《荒廢集》中又收錄有陳丹青談論魯迅的文字數篇，加
之之前所寫關於魯迅的文字若干，陳丹青真可算是半個魯迅研
究專家了，儘管他在文章中一再的謙虛，但我讀這些關於魯迅

的文字，感覺他對魯迅的理解實在是巧妙，各有千秋，諸如此書中所收錄的這篇〈選擇上海與上海的選擇〉，就是談論魯迅與上海的關係，他從天時地利人和的角度切入，十分新穎；再如〈文學的拯救〉，係他對小說〈狂人日記〉問世九十周年紀念的演講文字，此文頗有反思與拷問的架勢，力度與深度值得讀後一贊。但統統讀完這些關於魯迅的文字，佩服之餘，卻總覺得陳丹青與魯迅是有距離感的。魯迅晚年常常陷入到筆仗之中，左右為敵，因此只能側身戰鬥，所謂「橫站的人生」，也因此魯迅常常感覺自己是陷入到了「無物之陣」，在虛無與絕望中戰鬥，卻偏偏要看到希望，由此他的聲音就多了驚醒與穿透的力量。而身處我們今天這個時代陳丹青，在將魯迅作為自己「以筆為旗」的時代，卻面臨著同樣的「無物之陣」，但可悲的是這令其憤怒的時代卻常常是與其一起演出盛大戲劇的舞臺，所有的人在聯合起來謀殺一個具有童心的反抗者。魯迅生前一直在批判他所生存時代的國民性，諸如那些麻木的看客心理，但他卻遠遠地超脫出來，與他們形成距離。而我之所以認為陳丹青與魯迅有著巨大的距離感，因為連同他和他文章中的魯迅在內，皆已成為了我們這個時代看客們談資與遊戲的話題了。

南方文人的生命味道

　　在中國現代歷史上，似乎有一個有趣的現象，無論是革命還是文化的風雲激盪，南方文人均是早醒的。一個不容忽視的地緣現象，江南文人在一個世紀以來以他們的瘦弱飄零的身影活躍在中國的土地上，且最終成為一種獨特的歷史話題。以前讀葉曙明的一本歷史著作《草莽中國》似乎就有這樣類似的關於南方文人革命的論述，而在散文家黑陶的文章中也給我留下了這樣深刻的一段文字：「閱讀和寫作的過程中，慢慢形成了屬於我私人的『南方文學』傳統，我越來越強烈地感受到它對我的影響和無形牽引。充沛雪白的河流、大海、靈異苗壯的植物、吹可段發的青銅劍器、燙血、星辰和大地的神話、強大而高蹈的靈魂、無窮無盡的想像力、火焰和泥土的手工藝、夜晚旺盛生長的漢字詩篇……，我浸潤其間。屈原、莊子、李白、蘇東坡、徐渭、李贄、黃仲則、龔自珍、魯迅、毛澤東、沈從文、廢名……，我想著能夠成為繼承的一環……」（《南方》）在黑陶的筆下，南方文學與南方的文人傳承了一種獨特的精神命脈，在我剛剛閱讀的這本由青年作家趙柏田的著作《歷史碎影——日常視野中的現代知識份子》一書中，我似乎又感覺到這個來自江南的作家筆下的江南文人的生命味道。在趙柏田的筆下，我讀到了蔣夢麟、應修人、沈從文、邵洵美、柔石、殷夫、穆時英、蘇青、陳布雷、翁文灝、巴人等十一個江南文人的生活片段，其中除了沈從文以外許多文人幾乎是大

眾讀者所陌生的，作家試圖從日常生活的影子中來解讀出江南文人的某種風骨或來自地域中的某種特徵。

　　客觀講來，這十一位文人除去殷夫與柔石以外，其他的幾位在中國當代歷史上都曾經有過被雪葬遺忘或者被歪曲與批判的歷史命運。我在讀這些文字時候，深刻地感受到作家在竭力回到歷史的現場之中來揭示人物的命運，這種揭示無疑給筆下的文字帶來了一種溫暖和體貼的情調，也使得這些文人的生命變得鮮活與飽滿。我閱讀完整本書感到這種江南文人的一種獨特的歷史味道，那就是一種飄零江湖之中，外表柔弱但卻內心堅硬的風貌。沈從文幾乎是一個被當代文人書寫和議論過無數次的江南文人，但我以為趙柏田的這一篇〈流水十年：沈從文一九二二——一九三一〉是整本書中最打動人心的文字，它寫盡了一個飄蕩在北京的湖南青年的抱負與夢想，道出了一個南方青年內心豐富的情感世界，也就是那種外在的磨難與身體的柔弱，內心之中卻掩藏著一顆堅硬和執著的心靈，就是他在極端貧困的情況下堅持寫作，執著的追求出身名門的學生張兆和，最後這個鄉下人，終於喝到了「一杯甜酒」。

　　再如蘇青，這位曾經與張愛玲齊名的民國女子，在經歷了傳統婚姻失敗之後毅然獨立出來，堅強地撫養子女、寫作和從事出版業，成為民國時期重要的文化名人，而這柔弱的女性外表之下包藏的也是一顆堅強和決不屈服的心靈，魯迅先生曾經發表演講質疑「娜拉出走會怎樣」，其實蘇青則是一個很好的答案。其他的諸如民國具有文膽之稱的陳布雷、少年就走上革命道路並與家族毅然決裂的殷夫，湖畔詩人應修人以及受到魯迅先生稱讚的青年人柔石等等，這些南方文人在趙柏田的筆下

都是一副不堪生命摧殘的形象，他們或多或少都被疾病與社會現實的糾葛與矛盾纏繞著，而與之相反的是他們的內心世界之中都有一顆堅強的內心，這顆心從來不因為外界的鼓噪而有所變化，也從來不因為命運的變遷而做出逆己的選擇，他們都是那麼的執拗與堅強，包括一輩子從事出版業的邵洵美，幾番淪落卻從未放棄，還有曾經熱心幫助與扶持過眾多朋友的湖畔詩人與銀行職員應修人。

南方文人的生命味道是多解的，而並非我上述的如此簡單。在這本書中，作家試圖將我們拉回到那個歷史環境之中，跟隨人物的生命經歷來一起體會這其中的滋味，趙柏田的寫作基本上回避了歷史社會的宏大敘事，而是以一種來自於日常經驗的敘事方式來展開和敘述，這樣展現在我們面前的一個個曾經充滿傳奇色彩的文人也如我們這些凡夫俗子一樣帶有了煙火氣息，他們會為生活中的生計問題而奔波，在這本書中直接寫到了沈從文、應修人、邵洵美、殷夫、蘇青、柔石等人的日常經濟生活，他們與革命信仰等宏大命題一樣對於這些人來說至關重要。從這樣的一個角度我們也不難發現，這些文人的生命之中所纏繞著的複雜關係並非如我們想像中的那樣單一，如此以來就立體地呈現給我們一個江南文人的身影。

但也恰恰如此，他們的生命的私人化狀態往往會影響著自己的歷史命運，諸如沈從文，這個依靠賣文為生的江南文人怎麼也不會想到，他自己的後半生的命運僅僅會是因為這些文字；還有陳布雷，這個選擇以文字報世救國的文人，卻最終因為自己的文字無力回天而選擇自殺的悲劇；再有蘇青，這個奇女子原本只是想堅持成為一個獨立的人，卻不想歷史已經為她布下了陷阱，等等。這些文人的內心世界的堅強的，另一面則

是他們的單純甚至是理想主義的氣質，他們在大時代面前逐漸變得脆弱和不堪一擊，最終留給歷史的或多或少都是一場早早拉下帷幕的悲劇。在這本書中，作家寫到了文人的死亡，他們都沒有為自己的人生寫下一個圓滿的句號，以悲劇收場是他們的歷史宿命，不管他們曾經以什麼樣的姿態、什麼樣的信仰、什麼樣的立場，似乎結局不會有怎樣的相異，新感覺派的穆時英被一顆革命的子彈擊中頭顱，革命者少年殷夫與青年柔石和應修人，還有被最終遣返遺棄最後病逝在南方鄉村中巴人，他們的結局最終統一的為無奈與不甘的死亡，難道歷史給這些南方文人的生命中早已打下了這樣深刻的命運烙印嗎？

易丹尼、錢鍾書或桑塔格

　　《讀品2007》係對電子書評刊物《讀品》二○○七年的文章精選，開篇選擇了田方萌的〈易丹尼的讀書生活〉，這篇文章談論了一個美國專職書評人易丹尼的讀書生活。這位美國愛書人以讀書為樂趣，至今已經撰寫書評文章一千多篇，平均每週四篇，內容包括文學、歷史、政治、經濟、宗教、社會等等諸多門類，並且建立了自己的書評網站，在英語世界影響很廣泛。為了持續自己的讀書生活，易丹尼放棄了很多機會，而選擇在一所大學裏當一個普通的電腦維修員。可以想見，閱讀對於易丹尼來說，十足是一件充滿愉悅的人生快事，他對於世界的好奇完全通過對於書籍的佔有和閱讀來完成。我以為《讀品2007》的編選者將這篇文章置於首位，一定是用心的選擇。在集中閱讀了《讀品2007》的全部文章後，我卻發現幾乎所有的《讀品》成員都是一個中國式的易丹尼，儘管這些年輕的朋友並一定像易丹尼那樣完全以寫作書評作為自己的人生追求，他們或多或少都有自己專長的研究領域和興趣愛好，但和易丹尼很相似的是，他們對於閱讀和知識佔有均有一種極度癡迷的情感，在不斷的閱讀和對知識以及新的領域的佔領中獲得精神的愉悅。因此，在某種程度上來說，易丹尼似乎成為《讀品》成員的一個形象代言人。

　　《讀品》的口號是「閱讀－記錄－分享」（READ-WRITE-SHARE），之前在編輯《讀品2006》的時候，我記得是「與書有關的一切」，通過這兩個口號，可以看出《讀品》的立

場和態度，他們的目標就是讀書。從更為深入的角度來看，《讀品》的目的是分享，即分享知識帶來的精神愉悅和快樂。因此，隨便翻閱《讀品2007》裏的文章，大多內容是讓人新鮮的，辭令是富有才華的，敘述是充滿技巧的，評論方式也是非常現代的，這些文章給我這個閱讀者的整體感受是時尚、才華、智慧和書卷氣濃厚。而整個《讀品2007》之中，觸目讀來，似乎充斥著太多的符號和面孔，諸如伽達默爾、柏林、霍布斯、卡內蒂、波德里亞、哈耶克、羅蘭·巴特、塔奇曼、施特勞斯，等等，這些名字就像流行的時尚元素一樣漂浮在文字之上，最終留給我的記憶中的就是這些東西。而整個《讀品》似乎就像易丹尼的書評網站一樣，留給人們更多的就是那些圖書的名稱和作者，還有他給每本書所評論的級別。

　　這樣看來，《讀品》似乎是一個對於閱讀患有病症者的俱樂部。如果說美國人易丹尼是形象代言人，那麼中國的錢鍾書則是他們學習的目標。關於閱讀，我覺得錢鍾書是一個絕對的閱讀病症患者，這位現代中國以來的閱讀高手，博覽群書，趣味駁雜，其所寫的讀書筆記，中西貫通，古今融合，讀來幾乎驚為天人，而閱讀他的讀書文字，常常給我一個感受是視野的開闊與智慧上的通達，但在現實社會的精神關懷上並沒有獲得太多的啟發。錢鍾書的讀書筆記聰明、機巧、智慧，充滿了濃厚的書卷氣息。如果可以通讀錢鍾書，對於閱讀者來說，絕對是知識儲備上的挑戰，也是一種精神上的高級愉悅。而我之所以如此絮叨，是因為閱讀《讀品2007》後卻感覺這些文字似乎靠近錢鍾書的風格，文章中充滿了對知識和智慧的絢技，對語言和文章形式的雕琢和用心。

　　同樣是閱讀，我尊敬錢鍾書這樣的閱讀者和寫作者，但從精神的深處，我更欣賞的另一個美國的高手，當然不是易丹尼，而是美國的批評家蘇珊・桑塔格。我之所以喜歡這位同樣嗜書如迷的評論家，是因為閱讀她的批評著作，我感覺這不僅僅是一個熱衷於追求某種精神趣味的評論家，她令我敬重的是，作為一個極度的書癡患者，她的評論文字不僅僅是來自於書齋中的感受，不是通過一書本到另一個書本的求證，也不只是運用一種巧妙的評論手段進行複雜的嫁接和運用，而是有她對於社會現實的體驗與關注，有她自己對於整個世界的立場和觀點；其二是她的評論文章也不是簡單追求知識的新鮮與愉悅，讓閱讀者以自己佔有知識和神奇的運用語言來獲得驚喜與讚歎，而是通過文字來表達自己對於世界的態度，她是以一個現代知識份子的姿態出現的。我記得閱讀她的文章《對旅行的反思》就是以另類的方式對於極權主義國度大膽批判的獨立聲音，這是在我們這個國度少能讀到的精彩文章。遺憾的是，我們今天不缺乏以錢鍾書為目標的讀書人，儘管也很難再出現第二個錢鍾書，而我們是太缺乏諸如蘇珊・桑塔格這樣的讀書人，缺乏作為一個知識份子對於現實生活的體驗和關注，缺乏一個知識份子所應該有的姿態和立場。

　　《讀品》是民間的，公益性質的，非盈利的，這是非常令人敬佩的，傳播閱讀和享受閱讀，本身就是一件美好的事情，但閱讀並非是一件終極的事情，否則閱讀者只能成為書籍的奴僕，我們要通過閱讀來表達作為一個知識份子所應該有的聲音，這才是問題的關鍵。《讀品2007》是精緻的，很多文章我都非常喜歡，諸如張媛媛的〈三個茶壺和一個杯子〉、高一峰的〈寫字三惑〉、王嘉軍的〈見面不如聞名〉等等，但這些

文章讀過了也就讀過了，就如享受一份美妙的小甜品，它只是暫時滿足了我口腔裏的味覺，而沒有讓我整個的身心獲得震撼與愉悅，或許，那得是麻辣火鍋的效果。相比之下，這些文章中，我更喜歡羅衛東的〈我的心靈史〉、劉偉的〈閻連科的鄉土批判〉等少數文章，因為這些文章之中我能看到作者在現實中的身影，能夠看到對於現實社會的理解和認識，能夠看到精神愉悅後的姿態與立場，這是十分難能可貴的。

劍拔弩張背後的溫柔

在二〇〇八年春末的北京魯迅博物館，我終於看到了臺灣學者蔡登山在上個世紀九十年代初拍攝的記錄片《魯迅》，這部記錄片係臺灣春暉電影公司製作的《作家身影》系列之一。到記錄片的最後，我被其中的一句解說詞所擊中，大意是塑成雕像的魯迅被人們供立在上海的虹口公園裏，而他生前是最不喜歡去公園的。其實，魯迅也是最不喜歡被人塑造成雕像作為瞻仰的對象的，他在自己的文章中曾有「埋掉，拉倒」這樣的遺言，一生以「立人」為追求的魯迅要是知道這些身後之事，大約會感到這對於他的追求真是莫大的荒唐和諷刺。在觀看完畢的懇談會上，我提到這句臺詞，卻遭到與會的一位學者的誤解。但由此，我更深切地感到，魯迅是常讀常新的，也是需要我們用來反思的一個巨大參照。這些思考，均源於一位臺灣學者眼中的魯迅對我的啟發，因為他的這許多的視角與見解，與我們這些從小就被魯迅話語所包圍的學人相比，終是有些另類之感。

那日會畢，我與蔡先生在茶館裏聊天，才從他那裏瞭解到，在臺灣除非是專業的文史學者，對於魯迅一般人是聞所未聞的，而在臺灣解嚴之前，曾為學生的蔡登山就曾偷偷設法閱讀魯迅的著作，從而喜愛上了這個中國的現代文人。因此，無論是他所拍攝的記錄片，還是後來寫出的許多有關魯迅的文字，都可以看作他對於臺灣讀者紹介魯迅的一種方式。新近內地出版的《魯迅愛過的人》，就曾先在臺灣出版過，閱讀的對

象也是臺灣的讀者。我閱讀這冊著作，感覺這些文章既生動有趣，又頗有學問家的功底，而我更注意到這冊書的兩個小細節，一是此書的正文書眉和尾花圖案均採用了魯迅與鄭振鐸所編選的《北平箋譜》，二是這本書所採用的圖片均經過了所議論對象或其後代的授權，兩個細節在這冊書中也均有文字說明。這些都讓我實在的感動，它既表明了蔡先生做事情的認真細心，也同時表達了他對魯迅真正的尊敬與喜愛。

　　這冊《魯迅愛過的人》正是一個臺灣學者對於自己心目中的魯迅的一種獨特的解讀，其中許多論題都是至今學界爭論不休的，但蔡登山恰恰正是針對這些論題，給出了自己獨到的認識，諸如魯迅的婚姻，魯迅的兄弟失和，魯迅的死亡、魯迅與蕭紅的關係，魯迅與日本商人內山完造的交往，等等。很難得的是，為破解這些迷團，蔡登山做了不少的實物考證工作，諸如魯迅死後，周建人曾懷疑魯迅被日本醫生誤診，但後來由於諸多因素而被擱置了，在此書中，蔡登山通過對醫治魯迅的須藤醫生的病歷報告的閱讀，比對魯迅的日記，發現了須藤延誤病情及篡改病歷的事實。他的這一推斷也與作為魯迅之子周海嬰在《我與魯迅七十年》中的疑問相同。由此，也可理解蔡登山對魯迅之子周海嬰的《魯迅與我七十年》以及魯迅的朋友曹聚仁所撰寫的《魯迅評傳》，在此書中都給予了很高的評價，究其原因，大約是因為這兩冊書都能夠以作為親友的視角，在切身有所感受和認識的基礎上寫作，即使許多事件要借助材料，也有這些感性的認識作為研究的起點，能極自然地接近到事物的可能真相。而蔡登山在寫下這些文章之前，因為拍攝記錄片，曾輾轉走訪魯迅生前的行蹤，對與魯迅相關的故居、資料、親友、器物都有過直接和近距離的接觸，這些都讓他在寫

作這些文章時，常常能夠順利地超越史料的迷障而進入到魯迅的內心世界。

探討「魯迅愛過的人」，必定涉及到魯迅內心深處的情感世界，讀完蔡登山的這些文章，讓我在那個劍拔弩張的魯迅背後再看到一個內心溫柔的魯迅，與那個世人所知道的「鬥士」形象所聯繫起來，才似乎真正成為一個完整的魯迅形象。而所謂「魯迅愛過的人」，這「愛過」在蔡登山看來卻是廣義的，它包括「愛情、親情、友情及師生之情，甚至奉母命成婚的『無愛』之情。」在此書中，蔡登山將魯迅與蕭紅的關係看作是父女之情，而與臺靜農則又是「平生風義兼師友」的難得真情，還有與海嬰的父子親情、與許廣平「十年攜手共艱危」的深厚感情、與日本商人內山完造的友情、與高長虹作為師友和「情敵」糾葛的複雜心情、與二弟周作人複雜的兄弟親情，等等，均是視角別致和見解獨到的，這些文章讀完，一個感情細膩豐富的魯迅形象頓時躍然紙上，從而可以慢慢地品讀出一個內心世界博大、寬闊、飽滿乃至有趣和溫暖的魯迅，這與我們通常所知道的那個激烈、陰冷、尖刻甚至是帶有黑暗和狹隘色彩的魯迅是大為不同的。最讓我讀來有味的當屬〈魯迅也喜歡北大校花嗎？〉，此文寫到魯迅在北大的同事馬裕藻的女兒馬玨，這個曾為「北大校花」的女性與魯迅有過一些點滴的交往，魯迅的日記中對馬玨的記錄就有多處，魯迅曾多次贈書給她，後來馬玨成婚後，魯迅就與其結束了交往，究其原因，魯迅大約是擔心被傳出對其不利的新聞，而蔡登山所細細勾勒出的這些歷史陳跡，很能看到魯迅在情感上溫柔親切與寬闊博大的一面，但也有其敏感多疑和謹慎小心的一面。

　　細細想來，蔡登山筆下的魯迅又並非另類，他僅僅是用一個沒有被太多宏大意識所渲染的常識來理解魯迅而已，因此他筆下的魯迅也是一個可以親近的對象，諸如談到魯迅與朱安還有許廣平，就頗為讓人感慨，作者對魯迅的剖析，對朱安的憐憫，以及對許廣平的理解，態度明確，毫不含糊，卻符合常情，讀來讓人久久為之動容。可以明顯地看出，蔡登山眼中的魯迅形象，常常是回到了魯迅所在的時代，也回到了魯迅作為個體的生命發展的具體階段來進行體察和思考，這樣的視角自然就更多理解的了魯迅本身，這也正是一種對魯迅的熱愛與尊重，我很喜歡這樣的寫作筆法和心態。

讀陳舊文人，數風流人物

　　滬上才子陸灝策劃出版了一套小開本的讀書隨筆文叢，其中一冊葉兆言的《陳舊人物》封面設計最為用心，原因是這位裝幀設計家大約認真閱讀了這本書，在封面上使用了俞平伯先生的手札《牡丹亭雜詠》，俞平伯先生的小楷毛筆字實在優雅，放在書衣上簡直是古香古色，讓人愛不釋手。《陳舊人物》這冊書中就收有〈俞平伯〉一文，其中有對俞平伯書法的一段議論：「祖父非常喜歡俞先生的字，來信總是讀了又讀，有時候還給小輩講解他的書法好在什麼地方。」這裏的祖父就是作家葉兆言的祖父葉聖陶先生，一代才子巨匠，想來文人常常相輕，能得到葉聖陶先生背後的真誠稱讚，也可見俞平伯的字果真是不一般，俞先生是一代名士，紅學專家，用他的字作書封真是很美好的事情。

　　《陳舊人物》用作書名，在葉兆言來說是有兩重含義，一是陳舊的人物，二是陳說舊人物；這裏的陳字一個是形容詞，一個則是動詞，但二者中的舊字卻都是一個含義，也就是上個世紀晚清到民國的那段舊光陰。由作家葉兆言來談這些中國現代文化史上的舊人物，實在是一個絕妙的人選，原因是寫這些陳舊人物一是要有好文筆，這個不用說，葉兆言是知名的江南才子，著述甚多，他的小說作品自成一家；第二是要有學識，這個葉兆言也不薄弱，他曾在南京大學專修現代文學史，上個世紀八十年代初就曾專心於民國文學歷史的研究，在南京大學的前身，也就是當年在民國首府的中央大學的遺風流韻中研究

這段歷史，可謂是得天獨厚，難怪他一寫起文章來就頗有舊文人的氣派；三是寫陳舊人物的掌故文字最好莫過於世家子弟，這樣寫文章相比較那些僅僅只是在舊紙堆裏搜羅資料的文人要幸福很多，因為那些耳聞目睹的掌故幾乎就是順手可得，哪裏需要從別人的文字中東抄西摘，且更多了一些他人難以擁有的親近與妥帖。

　　要說葉兆言先生是世家子弟，這在當今有所成就的文人當中實在是少見的事情，這裏可就大有話說，正如我在前文所寫得那樣，葉兆言的祖父就是在現代文學史上很有影響的葉聖陶先生，真所謂的一世門風、當代佳話，就我知道的，像陳寅恪、梁啟超、魯迅、俞平伯、錢鍾書這樣的大文人，均是家學影響深遠的，但到了孫輩這裏就大打了折扣。葉兆言對於葉氏家族來說顯然就是讀書薪火有傳人，最典型的議論莫過於學者蔣寅在《金陵生小言》卷一〈儒林外傳〉中所記的一段話：「俗語云：『大樹底下好乘涼。』然人傍大樹亦或有受其累者。作家葉至誠自言，少時人介紹必稱『聖陶老小公子』，成婚後人介紹必曰『錫劇皇后姚澄夫君』，及其子長成，人介紹必曰『作家葉兆言之父』。」這段記錄葉兆言父親葉至誠的話語看似牢騷滿腹，實則是酸溜溜的驕傲與自豪，而由此也不難看出作家葉兆言的家學背景，有如此資源不寫寫這些陳舊人物才著實是一種遺憾呢。

　　葉兆言筆下的陳舊人物二十七人，但我最喜歡的莫過於寫俞平伯、顧頡剛、王伯祥、呂淑相等幾位人物，因為這些今天看來似乎有些遙遠與陳舊的學術文化大師們，當年就正是葉聖陶的知己好友，因此寫起他們來簡直就是惟妙惟肖，入骨傳神。還是關於俞平伯先生，寫俞先生有名士派頭，才子氣極

濃，而這名士的才子氣有時則不免就是孩子氣，不妨看葉兆言下面的這一段記憶：「記得文化大革命後期，有一次請他吃飯，來幾位老先生，都是會吟詩的，吃著喝著便詩興大發，抑揚頓挫朗誦起來。做小輩的輪不到上正桌，俞先生吃著吃著，突然童心大發，離桌來到我們這幫孫子輩面前，紅光滿面吟了一首古詩。我只記得怪腔怪調，一句也沒懂。」再如寫與葉聖陶先生一生交好的著名文學家王伯祥先生，也極為傳神，「祖父常用一個人在書店裏的表現，來說明他的性格。鄭振鐸進了書店，立刻丟魂失魄，把帶去的朋友忘得一乾二淨。王伯祥進書店就要發牢騷，紅著臉說『根本就沒有書』。鄭到處都是書，王只知道找他需要的書。祖父說自己最樂意與王抬槓，逼他發急，說『怎麼沒有書，這書架上是什麼』。」讀這些文章中的逸聞趣事，常常都是作家寥寥幾筆，但這些所描畫的對象就神形畢現了，這恐怕是那些僅靠故紙堆來寫文章的人所不及的。

　　由此，儘管葉兆言寫吳宓、陳寅恪、劉半農、錢玄同、章太炎等數位舊人物也是十分精彩，但也不過顯示了一個作家很好的文采與學識，甚至是聰明，諸如這本書中沒有專門寫到關於魯迅的文字，但在關於錢玄同的文字裏，葉兆言就寫魯迅後來與錢玄同的分道揚鑣，抄錄了魯迅給許廣平信中的一段話：「途此往孔德學校，去看舊書，遇金立因，胖滑有加，嘮叨如故，時光可惜，默不與談；少傾，則朱山根叩門而入，見我即踟躕不前，目光如鼠，終即退去，狀極可笑也。」這裏的金立因就是錢玄同，而朱山根則指的是與魯迅早有過節的顧頡剛。當年錢玄同與魯迅在日本章太炎同門學《爾雅義疏》，錢玄同喜歡在席上爬，魯迅曾給錢起了個綽號叫「爬來爬去」，後來他曾給周作人寫信，就有：「見上海告白，《新青年》二號已

出，但我尚未取得，已函托爬翁矣。」這裏的爬翁就指得是錢玄同。錢玄同曾請魯迅為《新青年》寫稿，在新文化運動中又一起聯手作戰，因而魯迅的這些言論常讓人感到刻薄多疑和易怒，但說實在話，我讀魯迅的這些話，感覺他老人家實在可愛的很，甚至是好玩，你讀他諷刺別人的那些文字簡直就是非常形象幽默的相聲段子。再如在關於朱自清的文字中，寫朱自清平和認真，三十年代魯迅回北京看望母親，各大學聞訊，紛紛派人去邀請講學，朱自清以清華大學文學系主任的身份親自出馬，好不容易見到了魯迅，卻被拒絕。朱不死心，三天後又去一趟，仍然被拒絕。魯迅與朱自清從無矛盾，只是他對清華沒有太多好感，但因此也可看出魯迅脾氣中的倔強與頑固。

　　葉兆言的這些關於陳舊人物的文字大都能夠別出心裁，讀來很有味道，甚至不少老生常談的人物在葉兆言的筆下都能彈出新調來，讀來非常新鮮，這顯示出作家在運用材料和文字上聰明甚至是機巧來。但實際上，整個二十世紀上半頁，由於特殊的歷史環境所造就的一大批陳舊人物都是各有特點，各有風格，有寫不盡的滄桑與風流，因此，葉兆言的這二十七個人物也只是他所能寫就的極小的一部分。也因此，我還是看中他寫得那些曾經耳聞目睹過的陳舊人物，寫來得心應手，又見地深刻，形象傳神，所以真希望能見到他寫出更多這樣的好文章來，比如他是可以寫寫自己的祖父葉聖陶先生，那一定是一個我們都很喜歡的話題，也一定是一個區別於其他人又別有味道的新鮮的陳舊人物。

讀到風景，看到滄桑

賈植芳先生去世時，作家李輝極為悲痛，在他的悼念文章中，我讀到這樣一個讓人動容的細節，一九八二年，李輝從復旦大學畢業到京城的《北京晚報》擔任記者，他懷揣著賈植芳先生的幾封引介之信，敲開了很多現代文人的大門。在拜訪了胡風、梅志、黎丁這些賈植芳的故友後，李輝收到了賈先生從上海寫來的一封信，情意極濃，「北京是我年輕時代的舊遊之地，我很懷念那個樸實的北方大城。現在雖然有許多變化，但它的基本性格卻仍與上海有別；再加上那裏如今是人文薈萃之地，又是全國的神經中樞，你會慢慢習慣和愛上這個城市的。你已去過的那幾個與我有關的地方，也總可以給你一些幫助和溫暖。」李輝當時在報社擔任文化新聞的記者，正是這些信件，讓他結識了後來很多的京城文人。他們彷彿是一連串的迷宮鑰匙，打開一個，又通往了另外一個，最終成為我現在手邊的這兩冊《滄桑看雲》中讓人豔羨的人物名單，他們幾乎都是李輝所接觸過或者採訪過的文化名人，從胡風、夏衍、沈從文、蕭乾，到黃裳、范用、王世襄、馮亦代，等等，這些因為有過直接接觸的記述文字，相比僅僅依靠史料來完成的寫作要更具備歷史的現場感，彷彿在觸摸歷史動盪的脈搏，讀來讓人能感受到時光流逝的滄桑。而即使寫郭沫若、吳晗、瞿秋白、老舍、鄧拓、趙樹理等等這些已逝去無緣的歷史人物，我注意到李輝也特別注意營造出一種歷史的氛圍，諸如與他們相關的親人、故居、友人、書信、日記、器物，等等，彷彿是接通歷史的導

體，均可讓人在細微之中尋味到歷史的鮮活一面。當下，關於歷史文化主題的作品很多，之所以李輝的文字能夠別樹一格，這與他能夠在感性上連接到這些歷史文化人物，具備和使用了這些第一手的資料有很大的關係，也是吸引我們閱讀的興趣所在。

　　李輝在復旦大學的圖書資料室認識賈植芳時，他還不知道這位有過三次牢獄生涯的文化老人的人生傳奇，後來漸漸地結識走進乃至深入到更多文化老人的內心世界之中，也才發覺自己正在看到這些文化的風景正在悄然落幕，賈植芳的去世只是這些風景消逝中的一次，但可以讓人體味的卻是再一次回首滄桑舊事，也足可以來從這一處處的風景去見證一個世紀中國文化的變化起伏。而最為典型者，當是胡風。李輝第一次見到胡風的時候，胡風還沒有完全脫離政治囹圄，報章上對胡風的報導和研究還是很有禁忌的，但作為新聞記者的李輝已經意識到胡風研究在現代文化與政治意義上的價值，從一九八四年開始，在賈植芳這個曾經因胡風冤案而身陷牢獄的老師的幫助下，李輝一邊收集關於胡風反革命集團的資料一邊進行研究，到一九八八年，終於寫成了轟動一時的著作《文壇悲歌——胡風集團冤案始末》，這是李輝著作的代表，也是他個人學術研究和進行創作的發軔之作。這本著作以對胡風冤案進行了第一次系統而嚴肅的梳理，成為現代文學研究的一冊很著名的作品。李輝在文章《風雨中的雕像》中寫到：「從第一次見到胡風後，我便開始了對他的觀察、理解、認識。不能說我有能力準確地把握他，我只能說，隨著自己學識和人生體驗的逐日增加，我願意一天天更為深入地走進他的內心，走進他所處的時代和世界。」胡風彷彿是一個切口，從這裏看到了太多不同的文化風景。

　　讀李輝的諸多關於現代文人的寫作，看到他的這些文化寫作不僅僅有他對這些文化名人的感性認識，還有他結合了大量從舊史料中得來的新鮮資料所進行的論證，這兩者結合，才給他的寫作帶來了既輕靈活潑又厚重大氣的寫作風格。《滄桑看雲》一書中，就分明可以看到他對史料的融化和利用，許多文人被他放置到了二十世紀的大背景下來進行打量，諸如寫到梁思成，他注意到沈從文與梁思成在晚年的交往，注意到梁思成晚年的精神困惑，注意到梁思成前後半生的對比。這樣擁有大氣魄的文化審視的文字，在李輝的這本《滄桑看雲》中，幾乎篇篇皆是，不必多敘，值得一述的當是李輝對杜高檔案的發現和整理，最後寫成文章《一紙蒼涼》，此文通過二十世紀一個文人的政治檔案的解讀，來展示他們作為個體在歷史動盪之中的遭遇與煎熬。對這些政治運動中的檢討、揭發、交代、自我批評等等原始材料的揭示，稍加整理，就是讀來滄桑的文化見證，也是很有分量的文化研究資料，更是填補歷史空白的重要細節。在《滄桑看雲》的題記中，李輝曾寫到：「我樂意把筆浸透到歷史的滄桑之中，眼睛卻時時注視著今天，也眺望著明天。」這可以看做他寫作與研究的初衷所在，因為有了這種嚴肅負責的學術研究態度和功底，才使李輝的寫作可以讀來耐人尋味，而不是淺薄地打撈一些人所未知的逸聞趣事來博得讀者好奇的眼光。

　　但由此想要給李輝的這種文化寫作進行一個明確的規定，似乎是一個頗為困難的事情，去年我讀他出版的著作《封面中國》，既感覺是文學範疇的散文寫作，又是新穎別致的現代史研究；如今讀這兩大冊的《滄桑看雲》就有同樣類似的感覺，既像是對現代文學的研究文字，又像是精彩的文學傳記寫作，

而魯迅文學獎在評獎時，卻將他的寫作定位在散文寫作的範疇。〈秋白茫茫〉獲得首屆魯迅文學獎，這部獲獎文集也就是這部《滄桑看雲》的其中一部分文章；同樣，華語傳媒大獎將二〇〇六年度的散文家獎頒發給李輝，也是因為他在《封面中國》中的文學寫作，我以為李輝對於文體的追求是一以貫之的，因此，我很贊成評論家謝有順對李輝文學寫作和追求的一番評價，可以看作是對李輝近三十年寫作的一次總結與回顧：「李輝的寫作堅韌沉實、端莊耐心。他的文字，不求絢麗的文采或尖銳的發現，而是以責任和誠意，為歷史留存記憶， 為記憶補上血肉和肌理。他在史料上辨明真實，在人物中尋求對話。他的一系列著作，作為文化史研究的生動個案，為理解二十世紀的中國增加了豐富的注釋。他在歷史的縫隙裏忠直的解析人心和政治的風雲。這些舊聞舊事、陳跡殘影的當代回聲，融入了講述者的感情，也敞開了歷史的可能性和複雜性。李輝的寫作告訴我們，真正的歷史就在每一個人身上，熱愛現實者理應背著歷史生活。」

一顆塵世熱心，一雙學術冷眼

　　二○○五年炎夏，我在京城書店欣然購下夏志清先生的著作《中國現代小說史》，這本已在海外出版四十餘年的文學論著在幾番周折後才姍姍遲來，而對這本書的閱讀則成為我這一年閱讀生活最大的收穫。夏志清先生的這本名著原由英文寫作，後經劉紹銘、李歐梵、夏濟安等數位名家聯合翻譯成中文，此次出版又經華東師範大學著名學者陳子善先生介紹和裁剪，終於花落滬上有名的學術出版社。這一早已經享譽海內外學術界的論著並對大陸現代文學研究產生極大影響的著作，其坎坷的出版經歷想來也是可以寫成一部學術出版小史的，不過引起我再次談論此書興趣的是剛剛閱讀夏志清先生在大陸出版的一本文集《歲除的哀傷》，此書依然由學者陳子善先生選編，而更令我感興趣的是，其著作《中國現代小說史》的翻譯之一夏濟安先生乃是夏志清先生的哥哥，兄弟兩人都是研究現代中國文學的大家，遺憾的是夏濟安先生的論著在大陸僅出版有收入遼寧教育出版社「新世紀萬有文庫」的薄薄小冊子《夏濟安日記》和《夏濟安選集》，其傳聞已久的專著《黑暗的閘門》，我在近年來一家學術出版社的學術著作出版系列的預告中曾見到過書名，但一直未見到此書的出版。更為有意味的是，我閱讀夏志清的這本散文集，獲知夏濟安先生不但學術研究極為出色，兄弟兩人切磋問學，感情也極為融洽，而夏濟安先生還曾主編影響頗大的《文學雜誌》，並培養眾多後來影響甚大的學者和作家，其中就包括後來為夏志清的論著親自操刀

翻譯的劉紹銘等人，著名作家白先勇也是夏濟安的入室弟子，近年來頗為活躍的文學學者王德威則為劉紹銘的弟子，後又受到夏志清的欣賞，舉薦到其任職的美國漢學重鎮哥倫比亞大學任教，也算是薪火相傳了。而由此有些八卦的學術趣聞可見，海外漢學研究存在著千絲萬縷的聯繫，同時不能不讓人慨歎海外漢學研究的世界有時也真小。

　　《歲除的哀傷》這本文集就有夏志清先生寫到許多關於海外漢學研究者的文章，這些大多為悼念文字的文章就包括對夏濟安、劉若愚、陳世驤、吳魯芹等著名學者的懷念和研究文字，因為大多是追懷記憶的文字，因此文章讀來備感憂傷。而這些與作者本人既是同行又是親友的學者的學人風貌因此也就有了一般研究者或者同行所難企及的情感，作者本人與他們因為都是從國內負笈海外求學，最終在異國他鄉寂寞堅持中國文化與學術命脈，其間又遭遇國家社稷的變遷與淪落，因此不免在他鄉頗有孤獨和惺惺相惜之處，而海外漢學最終能夠發揚並且具有重要的地位，他們的功績自然是不可磨滅的。我讀夏志清先生所寫的悼念文章，很能體會到夏濟安、劉若愚、陳世驤等人對於中國文化近乎頑固和熱烈的維護與堅守，他們的才華、人品與對於學問的虔誠，以及對於華夏文化在異域研究中的孤苦營造，這些均是極為高潔的，但夏志清先生在寫作對於他們的追懷文字的時候，飽含濃情的文字之中又常帶有幾份克制與冷靜的客觀，諸如對於他們學問的評價論說以及個性得失的分析，都是盡力達到理性的。他在分析其兄夏濟安一生未曾婚娶時就指出其性格中的柔弱，劉若愚和陳世驤等人自負與放達的一面，但結合夏志清對於他們多年求學做學問以及其對於自己人生求學經歷的記敘，我不得不指出的一點個人體驗是，

這些學人常年身處海外，交際圈子極為狹窄，加之日益鑽研學術，日日在學術文化中自我陶醉，難免染上一身中國傳統文人的文人氣與書呆子氣。這些極為具有個性的性格促使他們在學術研究上的獨特與成功，但也促使了他們在人生旅途中所忍受了一般常人所無法體會的人生寂寞與孤獨，由此在夏志清的筆下也就顯得特別的悲傷與無奈了。選擇學術，在異國他鄉將中國文化作為學術研究的對象，在一定程度上也就決定了他們人生的沿路風景了。

《中國現代小說史》給當代中國學術最大的驚醒與貢獻是夏志清先生在海外最早重新發掘與認識到張愛玲、錢鍾書與沈從文等現代作家的文學價值與地位，特別是對於張愛玲這樣曾經在上世紀三、四十年代上海的通俗報刊上發表小說的作家給予很高的學術禮遇，顯示了研究者非同凡響的學術眼光與魄力。這些研究成果在上個世紀八十年代給予大陸學人研究現代文學以很大的啟發，促使學術研究面貌為之一新。而有趣的是，在此散文集中夏志清還寫到其兄夏濟安給在臺灣的後學介紹魯迅、茅盾、巴金等五四左翼作家，使這些處於文化控制之中的臺灣文學青年吸收到另外一種精神的營養。由此可見，他們兄弟二人在論著中的這樣各有持重的論說都似乎有一種有意衝破意識形態與文化專制的精神，顯示了研究學術精神自由與思想獨立的學術風範。

更為有趣的是，夏志清因為研究錢鍾書，在《中國現代小說史》中專列一章論述，給予錢先生很高的評價，但因為夏曾聽傳聞錢鍾書在大陸去世，於一九七六年寫悼念文章〈追念錢鍾書先生〉，而此時錢大約正潛心整理和寫作他的巨著《管錐編》，後錢於一九七八年訪學美國，才先後讀到此文和《中國

現代小說史》。雖又是一段當代學術趣話，但期間也暗示出當代中國學術研究在海內外的幾番處境。我的老師陸文虎先生多年研究「錢學」並與錢鍾書私交甚好，今年年初我到老師家中拜訪，期間談到錢鍾書與夏志清兩位先生，陸師談到一九八三年夏受錢鍾書邀約回訪大陸，期間大陸報刊對夏連續進行攻擊，而此訪問差點未能成行，後經社會科學院與錢鍾書先生從中斡旋，才使得訪問行程化險為夷，夏志清在文章〈錢氏未完稿《百合心》遺落何方？〉雖有記述，但他未必知道這樣的具體細節。我的導師陸文虎先生對夏志清的論著特別是其對錢鍾書、張愛玲等作家在國際上的傳播與研究所起作用頗為讚歎，在陳子善先生所編著的這部散文集中就專門處理了「張愛玲世界」和「錢鍾書天地」兩輯，其中分別收錄了夏志清除去其小說史專著之外關於兩位作家的悼念、交遊、序跋與研究等數篇文章，其中關於張愛玲的幾篇文章最讓人讀之慨歎，特別是對於瞭解張愛玲晚年的文學與人生以及其在美國寫作生活的處境大有益處。張愛玲在美國生活頗為清冷，加之其個性孤傲，如果沒有夏志清的小說史對其作品的推舉以及舉薦工作的成功，想必張的生活也許會更加不如意的。夏志清是張愛玲晚年交際和通信不多的朋友之一，但讀夏先生的這些關於張愛玲生活的片段文字，不得不慨歎張愛玲的精神世界，即使在最艱難的人生處境之中，他的個性與氣質都不會有任何的折扣，依然是那樣的特立獨行，對於連夏志清這樣的超級「張迷」和對其大有助益的朋友的信件也是不大熱心的，回復的信件竟然是兩三年之前的。讀之不能不唏噓慨歎，個性、處境，皆是格格不入啊。

　　夏志清先生的文筆清通，敘述流暢，舒緩又有韻味；他的中西學術造詣均是極為深厚的，而其自己對此也是頗為自

負的，他在文章中就曾多次提及學術生涯中所遇學術大家的讚賞，其中有西洋學界的恩師，也有漢學界的同行，更有錢鍾書這樣學貫中西的大家，但讀多了，也不難看出夏志清先生文字中灑脫、幽默的風格背後的單純與刻薄的書生氣。他曾經在追憶錢鍾書的文章中認為錢鍾書為人恃才傲物，生性刻薄，並對其判斷如下：「錢鍾書假如繼續創作，會不會改變他的人生態度，就很難說，可能他心胸比較狹小，變不過來。」對此評價，夏志清顯然對錢的為人評價比較率性直接。再聯繫他曾經寫曹禺的文章〈曹禺訪哥大紀實——兼評《北京人》〉，這是一篇關於曹禺很好的印象文字，也是一篇極佳的文學評論，論人與論文交錯其間，夾敘夾議，很有識見，其中談到曹禺在哥大與曾經和其有過聯繫的作家於梨華等人見面，卻較為冷漠，後被證明是曹禺因記憶而引起的誤會，但夏志清在文章中有這樣的言論：「那時我即要同曹禺道別了，初見面時那點反感早已化為烏有，只覺得一個記憶力衰弱的老年人出差的可憐，他不善言辭，記性不好，得罪了我和我的好友；其他的舊雨新知，他得罪的一定更不知多少。」此番話語中雖有憐憫之情，但我總覺得隔的很，聯繫到一九八〇年曹禺到美國訪問，其時曹禺剛剛從灰色黑暗的歷史記憶中解脫出來，人生又已過大半，心靈所遭重創並未得到太多修復，又與外界喪失交流時間甚長了，因此難免有此尷尬，而夏志清身在海外，是無法體會這番經歷對於人心的摧殘的，因此作文不免有隔膜之處。讀夏志清對大陸學人的批評記敘，大都有如此感受，想來這些究竟是海外研究漢學的幸事，還是不幸呢？

氣味辨魂靈

　　止庵的《周作人傳》資料詳實綿密，讀之大為驚歎，他在其著序言中有這番夫子自道：「傳記屬於非虛構作品，所寫須是事實，須有出處；援引他人記載，要經過一番核實，這一底線不可移易。」關於所說的須有出處，在此書中就極為出色，幾乎句句皆有來歷，諸如他寫到周氏兄弟失和之後，「他們以後很可能在公開場合見過幾面，彼此的文章亦偶有呼應之處。」對於兩人斷絕關係後很可能見過幾面的敘述，止庵在注釋中從兩人日記的記述進行了一番詳細考辯，一一指出周氏兄弟在斷交之後交往應酬的相同時間與地點，並根據當時的具體環境進行了謹慎地推斷；而對於斷絕關係後，周氏兄弟在文章中偶有呼應之處，止庵則通過兩人在詩文中數處對於同一話題在相同時間內所作出的一致反應予以判斷，因這思想上的暗合之處，決不都是偶然的巧合。

　　由此可見，止庵寫作這冊《周作人傳》所費的扎實功夫。在此書的序言中，他就有這樣的敘述：「我最早接觸周作人的作品是在一九八六年，起初只是一點興趣使然，後來著手校訂整理，於是讀了又讀。先後出版《周作人自編文集》、《苦雨齋譯叢》、《周氏兄弟合譯文集》等，一總有七八百萬字，連帶著把相關資料也看了不少。」讀了這段話，就不難明白為何關於周氏的資料，止庵均能得心應手，而他寫作傳記時對於援引他人記載必須經過核實這一原則，我印象最深刻的則是與我有關的一篇文章。

　　去歲我因偶讀《鄧雲鄉文集》，發現鄧雲鄉先生提到顧隨曾為周作人在南京審判的法庭提供呈文辯護，但查閱《顧隨全集》、《顧隨年譜》和他的女兒顧之京撰寫的《女兒眼中的父親：大師顧隨》等數種資料，都沒有收錄和提及此文，覺得其中頗有些因緣，於是一揮而就，寫成了一篇雜文〈顧隨與周氏兄弟〉，投給北京的一家刊物，大約這家刊物的編輯一時無法判斷，便隱去姓名請止庵審讀，其回信我偶然讀到，不妨抄錄相關文字如下：「〈顧隨為周作人出具之證明〉即如作者文章所引，顧隨還曾列名〈沈兼士等為周案出具證明致首都高等法院呈〉，同載《審訊汪偽漢奸筆錄》一書中，作者似亦未見也。至於程十髮〈周作人受審始末〉所云顧隨『出庭辯護』，實無此事，作者進而演義為『當庭辯護』，更屬無稽。」（〈擇簡集〉，《開卷》二〇〇八年七期）儘管係批評文字，但我著實佩服止庵眼光的毒辣，因那冊《審訊汪偽漢奸筆錄》確實未見全書，當時因讀書不便，我則請好友代抄而成，更令我尷尬的是對於程十髮文章未經核實，便抄來作證，並由此引申為顧隨前往南京法庭為周作人當庭辯護，十分慚愧。在這冊《周作人傳》中，止庵也曾寫到顧隨給周作人呈文辯護的細節，所抄錄的文字也是與我所引那段一致，但他卻如實道來，並無更多枝葉蔓延。後來面見止庵，談及此文，他提到自己在《沽酌集》一書中有其對於寫作的一個原則，當學而時習之：「一件事情發生了，先看事實究竟如何；事實或者不能明瞭，可依常識加以估量；常識或者不盡夠用，可據邏輯加以推斷。」

　　其實，只需粗翻這冊傳記，就不難發現全書如若能夠借用原始資料的一定抄錄原始資料的原文，絕無廢話，不進行「合

理想像」與「合理虛構」，這一方面是他在序文中所強調的「容有空白，卻無造作」，另一方面也恰恰是他在書中極為欣賞的也是周作人生前所竭力實踐的「文抄公」筆法。對此，讀止庵的這冊傳記，就不難發現他恰恰也是浸染了周氏美文，筆觸所及處，儘量簡單，「文抄公」筆法採用得極為出色，這樣一來，避免了橫加想像，重要的是止庵在不自覺以周氏筆法來寫作周氏，以他多年學習揣摩周氏美文的筆法寫就，可謂是相得益彰，氣味相投。由於止庵在趣味上與周氏靠近，使得其在作傳時的筆法、情趣、行文、結構等都很有些周氏的味道，特別是在對周氏的人生起落的敘事時，就能很體貼的寫就，資料與運筆也都多了幾份的理解與寬容，這是此冊傳記寫作的一個顯著的特點。曾有書評人將止庵的這冊傳記與錢理群先生的《周作人傳》作比較，僅就兩書開篇文字的對比，就判斷出孰優孰劣來，我讀後就很不以為然，因為錢先生與止庵的性情大為不同，錢先生是以魯迅的精神趣味來衡量周作人的，而止庵則是以周作人的趣味精神來衡量周氏本人的，自然差異很大，筆法也更難相提並論了。書評論者同樣作為周氏文章的愛慕者，難怪會如此看不上錢理群先生的傳記著作，但即使進行比較，也請以詳細的論證來進行判斷，而不該如此輕率就作結吧？

關於這冊《周作人傳》，止庵在序言中強調這冊傳記只是自己的一些讀後感，與自己平日寫成的小文章相彷彿。這個實在不假，我讀完全書，就不難發現，此書雖然由周作人一生線索縱貫全書，但書中各個部分也都自有重點，若拆散讀來，大都是首尾呼應的好文章，諸如寫周作人的思想變化，讀遍全書，不難發現止庵在這冊書中重點探討了促使周作人一生變化

軌跡的主要因緣，那就是周作人在〈兩個鬼〉中所寫到的「紳士鬼」和「流氓鬼」的此消彼長，這也無疑成為寫作這冊傳記的主要核心所在。止庵以為這是周作人對自己最為深刻的一次剖析，他引用周氏的原文：「我對於兩者都有點捨不得，我愛紳士的態度與流氓的精神。」關於「紳士鬼」和「流氓鬼」，周作人後來又概括成「隱士」與「叛徒」。在這冊傳記中，止庵對於周氏思想的分析時，就緊緊抓住了這個核心，諸如對於周作人落水的敘述，他從此一思想出發，頗能理解周作人這一階段的精神狀態，特別是周作人接替湯爾和出任偽華北政務委員會教育總督一職，就頗為詳細地論述當時周氏出任前後的局勢，不但有「形勢比人強」的寬厚理解，就是所引論的資料也很見體貼。

重要的是，周作人的這一作為，在止庵看來正是他的「流氓鬼」占了上風，對此，周作人自己也曾這樣總結到：「我從民國八年在《每週評論》上寫〈祖先崇拜〉和〈思想革命〉兩篇文章以來，意見一直沒有甚麼改變，所主張的是革除三綱主義的理論以及附屬的舊禮教舊風化等等，這種態度當然不能為舊社會的士大夫所容，所以只可承是流氓的……天性不能改變，而興趣則有轉移，有時想寫點閒適小品，聊以消遣，這便是紳士鬼出頭來的時候了。」在這本傳記中，周氏這樣類似的個人辯白，止庵曾多次引用和予以強調，由此也不難見其作傳的志趣所在。

老來俏

華東師範大學中國現代文學與資料研究中心在二〇〇六年舉辦了「黃裳散文與中國文化」研討會，以紀念黃裳創作生涯六十周年，二〇〇八年又由上海的陳子善先生編選了一冊紀念文選《愛黃裳》，以慶賀黃裳九十誕辰，這兩個文壇活動均是文化名流雅集，可謂是一時盛舉；而坊間近年來以不同的面目出版的黃裳著作形色繽紛，面目繁雜，據不完全統計，近三十年來，黃裳的著作出版多達六十餘種，幾乎每年均有一到兩冊問世，可謂是著作等身。黃裳的這些不同版本著作，據說也是當下諸多「黃迷」用心搜購和收藏的搶手作品，可謂是藏之名山，傳之其人。更令人稱奇的是，黃裳越近暮年，創作狀態愈佳，以近九十高齡而筆耕不輟，且常有佳作問世，不可謂不是當今文壇的一個少見的奇跡。北京三聯書店出版的黃裳著作《來燕榭文存》，即係其近年來新作文章的合集。

來燕榭是黃裳的書齋名，據其在〈我的書齋〉中所講，此名源於他在江南嘉興蕩舟之際，偶見一水榭，喜愛不已，便用來作為自己的書齋名，這番際遇僅是聽來便有一種才子的浪漫情調；而他的這個筆名，其來歷就更有風情了，黃裳原名容鼎昌，據說當年很欣賞素有「甜姐兒」之稱的走紅明星黃宗英，便取名「黃的衣裳」之義，選擇了這樣一個筆名，錢鍾書先生就曾為其寫過一副對聯「遍求善本癡婆子，難得佳人甜姐兒」，雖係朋友間的笑談，但不難見黃裳是頗有些名士的浪漫情調的；黃裳的風流，黃永玉在〈黃裳淺識〉中也曾談到幾

十年前他與黃裳結識，頗為佩服黃裳生活之從容瀟灑，本領超群，並讚歎到：「黃裳到底有多少本事？記得五十多年前他開過美軍吉普車，我已經羨慕得呼為尊神了，沒想到他還是坦克教練！」黃裳早年就讀於上海交大的機電專業，後曾作為美國盟軍的隨軍翻譯，參與了抗日戰爭，勝利後他回上海，成為《文匯報》的記者，開始與諸多老輩文人有所交往，這些也都算是其名士風流了。

　　黃裳生於一九一九年，中學時在天津的南開大學讀書，受到當時新文學的影響，思想接近左翼，到上海的交通大學讀書後，正值抗日戰爭開始，上海淪陷後又流亡到四川，其間曾作為抗日美軍同盟的英文翻譯，「最初是在炮兵學校裏陪同美國軍人上課，隨後就隨軍上了湘桂前線，桂林失陷後回到昆明，又飛到印度，在蘭伽訓練中心住了八個月，訓練的是坦克和卡車駕駛，最後從列多帶了部隊回到昆明。」（〈尋找自我〉）這便是黃裳抗日時極為光彩的一段歲月，也就是黃永玉先生所讚歎佩服的緣起。大約也是因為這一段的經歷，對於黃裳後來的思想有著極大的影響，他一生之中對於賣國求榮者都是不能寬容的，言語之中多有尖刻嘲落之處，特別是對於周作人，他起先在《古今》雜誌上寫文章，對周氏多有傾佩，但後來周氏落水，黃裳的筆調就大為改變，他的那篇有名的〈老虎橋邊看「知堂」〉筆調就多輕蔑。這一思想從此一直維持到他的晚年，而對於我們這些生活在和平年代的凡人，這也就成為一段極為精彩的文人傳奇，由此可見，黃裳的自我描繪不能不說是極有功力的。然而，稍微熟悉現代文學史料的，便知他曾在上海孤島時期給汪偽漢奸操辦的《古今》雜誌寫過稿件，這一與其思想立場極為矛盾的行為在黃裳認為，卻是另外的一番情

景：「在那種環境下要去辦一種刊物，其背景不問可知。忽然抖了起來的黎庵（《古今》主編），意氣風發，一反過去的落魄頹唐。他當然不肯說出其中奧秘，但我明白，這樣的朋友是惹不起的，但又躲不開。這時，我曾寫過電影劇本，託柯靈賣給他工作所在的金星電影公司；寫過小說，也託他向平襟亞兜售，柯靈是我熟識於文化圈唯一可信託的朋友，但都不成。實在走投無路了，這時周黎庵正逼稿甚緊，當時年少氣盛，不免有點狂，氣悶之餘，就想如從敵人手中取得逃亡的經費，該是多年驚險而好玩的事。於是下了賣稿的決心。」（〈我的集外文〉）讀黃裳對錢謙益、周作人等古今落水文人的苛責，再讀他的這辯白，總覺得有些輕描淡寫、閃爍其辭，這明顯是一種寬容於己、嚴苛於人的態度。

　　黃裳的文字多以隨筆、遊記、評論、序跋、書話等文章為主，其文章常常能夠借古喻今，從歷史的故紙堆中闡發新見，黃裳自述從大學時代起他就對於舊書和版本發生了興趣，從此之後用心搜求，積累了深厚的經驗，而愈到晚境，他對於版本和文史的研究就更見火候，特別是對於明清歷史及版本知識的研究在當代難有匹敵的，他曾對於周作人的筆記資料就有過不甚認同的論述，對於史學大家陳寅恪的《柳如是別傳》中有關資料的採集也有過非議，由此可見黃裳對於這一領域的研究多能遊刃有餘，發他人所不能發之妙論，這一方面顯示出在這個文化斷裂的年代裏，憑藉一人之力對於中國傳統文化所能夠達到精深功力，另一方面也顯示了黃裳有其趣味和性情的一面，這些對於今天那些入門尚淺的中國傳統文化同好們來說，自然是傾佩有加了。對此，作家朱偉在文章〈黃裳先生〉中對此就有過議論，我以為很是精彩到位：「先生文字，我最喜歡兩

類，一類是疲憊奔波於小鋪、冷攤間，在塵封殘卷中嗅得一點冷僻暗香便目光似炬，由此意趣自滿地記下的精細把玩。這類『眾裏尋他千百度』的搜求記錄，令我感動的是那種書人無緣相見、囊中無力支撐的嗟惻。這些文字好處，也許就在欲罷不能的興會淋漓中真摯表達著書人關係中的縈縈牽掛、綿綿難舍直到殫精竭慮。另一類其實是這一類所必然觸發——只要枕度經史，迷上『紙白如玉、墨凝似漆』，自然曲徑通幽，在書海流連中對春暈豔香癡癡地探淵。書中女人，本身就是比試文人雅士作文深淺無法回避的課題，不僅要比史料，還要比感花濺淚的悱惻。」

錢鍾書曾稱讚黃裳的文字「筆挾風霜，可畏亦復可愛。」錢先生對於他人文章常多褒獎，但對於黃裳的這一評說，客觀來說也是比較屬實的判斷。通讀黃裳的整個文集，一個最明顯印象就是文風老到凌厲，無論在他早年的少作中，還是在他近年來的晚境新作中，均未有大的變化，所論有義正嚴辭處，常不容辯駁，諸如他早年的代表作〈餞梅蘭芳〉與近年來最有代表的〈第三條道路〉，兩篇文章均曾引起筆仗，但似乎又很難與黃裳進行爭辯，因為前者是他勸說梅蘭芳不該為抗戰勝利後的蔣介石政權慶功，後者則是批評那些在家國危亡之際缺乏民族大義的芸芸眾生。對於這以一貫之的凌厲氣勢，黃裳是頗為滿意的，在〈答董橋〉中就有「至今仍不失凌厲之氣，尤令會心」，而在《來燕榭文存》的後記中又有：「嘗見讀者評論，說我的近時文字，較之六十年前舊作，其凌厲之氣已十去其九。不禁惘然。」這大約就是錢鍾書所言的「可畏」。黃裳說自己喜愛魯迅，這雜文筆法也多源於先生，這是個讓人尊敬的解釋，但我讀魯迅的雜文，多也凌厲，但卻毫無這般正義在手

的義正嚴辭，魯迅雜文雖筆調尖利，但內心卻是彷徨的，因為他並沒有看到希望的出路，對於任何的政黨或階級，也沒有如黃裳那樣樂觀的充滿期待。如此看來，這似乎便是一個矛盾，因為黃裳自己所要求他人做到的大義凜然，在家國危亡之時卻實在是少有人能夠真正做到，大多數人依然只是做個一介凡夫，錢鍾書曾論黃裳文章「可愛」，其用意或許也正在於此，因為我們沒有資格要求每一個人都能成為所謂正義的英雄。

清潔的讀書精神

　　大象出版社二〇〇八年重新出版了孫犁的《耕堂讀書記》，但與一九八九年百花文藝出版社出版的《耕堂讀書記》有所不同，此次重版多了一冊《耕堂讀書記續編》。我讀編選者的後記，才知道所謂續編就是在原來版本的基礎上，另外搜集和編選了孫犁晚年讀古書的相關文字。按道理來說，我已經有了孫犁的諸多版本的文集，這一套書是不該購買的，且此版文集定價的昂貴也是少見的。但這兩冊精裝的小開本文集拿在手邊實在是風雅，頗有些愛不釋手，可見編選者和出版者都是下了一番功夫的，諸如整個書的封套都採用白色的紙張，並配有一副對孫犁書房所作的水墨畫，內封則為灰色的硬皮精裝，書內的扉頁有黃苗子的題簽，另錄有羅雪村為孫犁所作的藏書票和書房素描各一副，還有孫犁以及他的書房、文稿、書信、墨蹟和藏書等照片數十副，值得一提的是這些照片均印刷精美，黑白分明，而整本書的內容也都版式疏朗，紙墨皆精。

　　可惜的是，孫犁先生是見不到這樣的一套文集了，否則我以為他是會很高興的，因為這正符合他對於書的審美標準。孫犁對於書的裝幀有著特別的偏好，在《理書續記》中他就數次寫到自己對於舊書裝飾和版式的品評，諸如對於一冊《金石學錄》，他就寫其「紙張印裝之精美，今日所不能見，見亦不能得」；而在《理書三記》中，又多次寫到自己對於書的態度，諸如一冊《言舊錄》，他就有這樣的評價：「大開本，所用連史紙，質地之佳，幾如宣紙。余有《嘉業堂叢書》數種，皆為

毛邊紙，獨此書特為精良，紙白如雪，墨色如漆，展卷如對藝術品，非只書也。」再如由一冊舊書《阮庵筆記》，就有這樣的感想：「這些往日的線裝書，則是一片淨土，一片綠地。磁青書面，扉頁素淨，題署多名家書法，綠錦包角，白絲穿線，放在眼前，即心曠神怡。」面對今日發達的出版技術，但對所出版的許多書籍，孫犁的評價卻十分苛刻：「目前的書刊，從封面到封底，都是紅紅綠綠的廣告，語言污穢，形象醜惡，尚未開卷，已使人不忍卒讀，隱隱作嘔。」

之所以說孫犁若是能看到這一套《耕堂讀書記》會高興的，顯然編選者和出版者正是懂得他對於書的獨特態度。孫犁一生「嗜書如命」，對於所讀及所藏之書均有一種特殊的情感。讀他的這兩冊新編成的文集，我就發現孫犁多次強調自己對於讀書很有「潔癖」，他在〈買《太平廣記》記〉中就寫到自己買書的習慣：「我有潔癖，見其上有許多蒼蠅糞，遂為會文堂主人買去，失之交臂，後頗悔之。」孫犁晚年有修書的習慣，所謂修書就是將那些受了破損的書重新用牛皮紙包裝起來，他的大部分藏書在文革中被查抄，返回後不少書都被污損了，因此，修書成了他晚年打發光陰的一個重要的功課。我在這冊書的一張照片上見到被他修整後的那些書，清潔、樸素、文雅，書上還寫有他題寫的文字，也就是後來結集的《書衣文錄》。在〈題《何典》〉中，他開篇就寫到自己的修書經過：「一九九二年四月二十八日，山東自牧寄贈，賀餘八十歲生日也。書頗不潔，當日整治之，然後包裝焉。」既是朋友的禮物，估計不會很難看，但孫犁還是認為「頗不潔」。

《耕堂讀書記》是孫犁晚年的讀書筆記，此作之後他幾乎就息筆了，這冊讀書記所選書目大都是古書和舊書，很少提及

當下的新書，而在文革結束之後，孫犁曾熱情很高地寫過一段時間的「新作短評」，但很快就終止了。他後來讀書和寫作，所選的書目大都是古書，許多書還是常人很少見到的；而他所選擇的這些書目，除了從一些目錄學著作中研究得來，有很多是按照魯迅先生在日記中的書帳或者文章中提及到的書目來按圖索驥的。魯迅先生是近代以來極少精神高潔、學識淵博又毫無迂腐之氣的大師，循其讀書路徑摸索其文章、思想和精神的奧秘，對於孫犁，在他晚歲不多的光陰裏，這不失一個讀書和消磨光陰的好辦法。因此，我讀這冊《耕堂讀書記》就不難發現他在文章中常常會提及魯迅先生，諸如在〈我的史部書〉中，他寫到一冊《唐摭言》，便在書後的括弧裏很鄭重地注上「魯迅先生介紹過這本書」；而他選書也很受魯迅的影響，在《緣督廬日記鈔》中，他這樣寫到自己之所以大量購買日記方面的著作的原因：「我一生無耐心耐力，沒有養成記日記的良好習慣，甚以為憾事。自從讀了魯迅日記以後，對日記發生了興趣，先後買了不少這方面的書。」再如他在〈買《世說新語》記〉中寫到：「我們知道，魯迅先生不好給青年人開列書目，但他給許壽裳的兒子許世瑛開的那張書目，對我們這一代青年，卻發生了意想不到的影響。我記得在進城以後，大家都爭先恐後地搜集那幾本書。《世說新語》就是其中的一種。」在〈甲戌理書記〉中我讀到一段由一冊《華新羅寫景山水冊》所引起的感想，描述頗為動情，可見魯迅對孫犁購書的影響：「這些畫冊，都是六十年代，從北京中國書店郵購而得。文明書局所印字帖畫冊甚精。魯迅先生居滬，所逛書店，文明為常去之處。兼售舊書，故有時先生一人進去，留夫人及海嬰於店外，恐小孩受舊書塵垢污染也。」

　　對於自己所讀之書，孫犁在這些讀書札記中常常毫不掩飾他的態度，有些甚至十分的激越，諸如他在〈買《王國維遺書》記〉中談自己讀了羅振玉撰寫的〈祭王忠愨公文〉，十分失望，「深感此公之無聊，扭捏作態，自忘其醜，虛偽已極，恬不知恥矣。」其原因是孫犁發現羅振玉在文章中談到他曾與王國維「約同死」，而待王死後，羅卻擔心別人議論他也想得到王國維死後的好處，便又不死了。這讓孫犁很不屑。而他對《金瓶梅》、《品花寶鑒》一類書也無很高的評價，後者甚至被認為是「下流之書」，「此等書雖名載小說史，然余從未想讀過，更從未想買過。既不能以之教育自己，又不能以之教育後人，插之書架，亦不能增加書房光輝。」他在內心中是極為喜愛那些光明磊落之人所作之書的。除之，他對於書呆子文人的著作評價也不很高，此書中他便有多處論及，諸如在一冊關於《魯岩所學集》的讀後札記中，他借用阮元的評價進而指出其書有「書呆子窮極無聊的一面」。在我的印象中，孫犁所評論的諸多文人，他傾慕梁啟超、魯迅這樣「重視行動和有任事精神」的文人，而不喜歡那些只懂得吟風弄月的文人。也因此，便不難理解為何在這冊書中，他對漢代的司馬相如有著很高的評價：「他不像一些文人，無能為，不通事務，只是一個書呆子模樣。他有生活能力。他能交遊，能任朝廷使節，會彈琴，能戀愛，能幹個體戶，經營飲食業，幹當灶下工。這些，都是很不容易的，證明他確是一個多才多藝的人。一個典型的、合乎中國歷史、中國國情的，非常出色的，百代不衰的大作家！」

　　孫犁晚年的讀書文章愈寫愈老辣，我讀這冊《耕堂讀書記》，就極喜歡這些短小、樸素的讀書札記，這些文章初看談

古書的版本、裝幀、內容以及自己購書、修書和讀書的經過，本是很休閒和優雅的事情，但我讀這些文字，卻能時刻感受到一顆赤誠、熱烈乃至潔淨的心靈。他常由這些讀書的筆記引發自己的一些慨歎，多是寥寥數字，但卻十分清晰地表達了對於文壇和社會的鮮明態度，如他讀一冊明代的《野記》就有這樣的感慨：「余向不喜明人文章，包括錢氏等大人物之作。余以為明人文章多才子氣，才子氣即淺薄氣，亦即流氓氣，與時代社會有關。近日中國文壇，又有此氣氤發生，流氓淺薄之作甚多，社會風氣墮落，必有此結果。」再如他讀一冊《入唐求法巡禮行記校注》後寫到：「余欲讀孤行苦歷之書。今不只無書可讀，甚至無報刊可讀。報紙擴版成風，而內容變為小報。世風日下，文化隨之，讀了一程字帖，亦厭煩矣。乃憶及此書。」孫犁的晚年，他將自己封閉在書房狹小的天地之中，但內心世界卻極熱烈地保持著對社會和文壇的關注。在《耕堂讀書記》以及孫犁其他的讀書文章中，均有諸多這樣議論時事的感慨。由此，想到他在人生的最後歲月，每日只是枯坐在書房或病房中，不知道是不是與自己的這種熱烈之後的大失望有關。在我看來，孫犁最後時光的枯冷，或許是因為這個經由他努力追求的世界，卻距離他早年夢想的那個美好而潔淨的理想越來越遙遠了。

三聯的精神魅力

　　二○○八年十月二十一日，我到北京美術館旁的三聯韜奮圖書中心去，打算在離開北京之前再購買幾本書。因為第二天約定去拜訪著名雜文作家邵燕祥先生，所以，便準確地記住了那個已漸蕭瑟的秋日。本打算在三聯書店買一本邵燕祥先生的著作《奧斯維新之後》，但到了之後，才發現書店正在大規模地裝修，無奈只在大堂裏買到了一冊三聯書店新出版的《聽楊絳談往事》。那日的購書顯然沒有盡興，但我記得在書店的服務臺上放著一個由書店自己印製的檯曆，上面有三聯書店的諸多名編輯與許多耳熟能詳的前輩作家及學人的照片，隨手翻來，立刻便被一種濃烈的氛圍所感染了，甚至都有了些想存為己有的私念。出來書店，也才忽然發現書店前，幾個工人正在打磨一塊頗大的石頭，上面新刻著「生活‧讀書‧新知三聯書店」十個醒目的藍色大字。或許是我太孤陋寡聞，直到讀了這冊《我與三聯》的紀念文集，才知道原來我那日所見到的這些情景，也都是為了慶祝一個出版社即將到來的六十周年紀念日——二○○八年十月二十六日。

　　這冊《我與三聯》正如我上面所講到的，它是為紀念三聯書店成立六十周年而編選的一冊文集，與它一同出版的還有《生活‧讀書‧新知三聯書店大事記‧稿本》、《生活‧讀書‧新知三聯書店圖書總目》和《生活‧讀書‧新知三聯書店書衣500幀》等，加上之前曾出版的《生活書店史稿》、《戰鬥在白區——讀書出版社1934－1948》、《新知書店的戰鬥歷程》、

《生活・讀書・新知三聯書店史料集》、《生活・讀書・新知三聯書店留真影集》等，便是對瞭解整個三聯書店過往歷史的最好紀念。《我與三聯》的作者都是三聯書店的編輯和作者，一個個讀來，皆是學術文化界的風雲人物；我雖還不能登堂入室，與這家名社結緣，但自我十年前開始買書讀書起，就已是這家出版社忠實的支持者。而作為一個熱愛讀書人的，這或許也是最好的支持方式。由於平日讀完書後，也常喜寫點評論和讀書感想之類的東西，而直到我寫下這些文字，才忽然發現，被我品評的著作中，三聯書店的圖書竟占了很大的一個部分。像《我與三聯》中的那些作者所說的一樣，它們曾是那樣溫暖地俘獲了我的心。

讀完這冊《我與三聯》，我就想，為什麼三聯的著作會受到如此普遍地歡迎？儘管每個人都有自己不同的理解方式，但在我以為，三聯書店的著作不同於其他出版社的著作，首要的是因為它一貫保持的品質，清秀高貴，不染塵埃，其次則是由於它的著作所具有的獨特魅力，這魅力在我看來，就是有創見、有情趣、有立場和有情懷，它們註定了三聯的著作所具有的獨特品位，諸如「文化生活叢書」在我看來就是很有情趣的著作，「讀書文叢」則是很有知識份子情懷的著作，「哈佛燕京學術叢書」是很有創見的著作，「現代西方學術文庫」則表達了知識份子的鮮明立場，……。這些書幾乎成為知識份子備受歡迎讀物，而我個人印象深刻的還有如王世襄先生的系列著作，林達先生的系列著作，錢鍾書先生的文集，陳寅恪先生的文集，如此等等，都是妙不可言的好書啊。我讀這冊書，一個重要的感受，那就是三聯出版的圖書常常不是只被一些小眾的知識份子群落所歡迎，儘管許多著作具有很強的專業性，但那

些與其無關研究領域的讀者，都會很喜愛。在我看來，三聯的著作就是具有一種公共知識份子的底色，就像三聯的《讀書》雜誌一樣，那裏的文章不管是關於什麼樣的論題，你都能有滋有味的一一讀下來，因為他所能夠呈現給我們的其實就是一種來自文化的健康、優雅、清新與厚實。因此，我也常常覺得三聯書店所出版的著作與《讀書》雜誌在其精神底色上，都是一個顏色，也就是以具有情趣的風度給思想啟蒙，讓心靈解放，使精神重生。這也就是三聯書店的創辦人鄒韜奮先生所努力的，遺風流韻至今不衰。

與其說三聯書店得到了廣大讀書人的認可，我以為不如說是它得到了中國最優秀知識份子的信賴。讀這冊《我與三聯》，我感受最深的就是一個從事學術文化的讀書人，能夠在《讀書》雜誌上發表文字，或者在三聯書店出版自己的專著，那將是一件非常榮耀的事情。三聯的魅力，在於它已經擁有的精神傳統，同時還在於三聯的編輯們所具有的精神魅力，我覺得三聯就像一個磁場，吸引著各方面的文化精英，而這磁場的中心就自然不敢小視，這是我讀這冊書的另外一個強烈的感受。那些熱氣騰騰著作的出爐，無不飽含有每一個編輯的辛苦操勞，他們身上所具備的敬業、寬厚、包容、熱情、大氣、積極等諸多品行，常常讓人感念不已。而從鄒韜奮先生開始，一直到上個世紀的八十年代，再到出版社成立的第六十個年頭，三聯人的這種追求始終未變，這冊書中許多作者所念及的那些令人感懷的細節，被朱學勤先生戲稱為「舊社會的事」，諸如范用先生的寬厚，沈昌文先生的機智，董秀文先生的大氣，潘振平先生的認真，許醫農先生的熱誠，趙麗雅先生的溫婉，吳彬先生的豁達，一直到年輕如鄭勇先生的風雅，他們於人作嫁

衣，但卻心懷文化風華，於今讀來，彷彿都是一個個讓人感懷的傳奇。

文化的風格，是多年來慢慢積澱而成的，無論是進入三聯的編輯，還是作為三聯的作者與讀者，都是用心呵護這片淨土的，呵護它的存在，也就是呵護我們每個人內心中的那塊詩意與理想的精神田園。近些年，關於三聯書店和《讀書》雜誌，因為出版的操作、方向和立場等問題，引起過許多的風波，無論是關於「三聯保衛戰」事件，還是「《讀書》換帥」事件，或者數年前的「長江讀書獎」的評選，幾乎都成為知識份子所關注的公共話題，這一方面顯示出一家出版社在讀書人心中的地位，另一方面又顯示出由一家出版社所反映出當下文化界所具有的普遍性問題，也由此可見這家出版社在中國文化思想界所不可替代的獨特性。為此，在紀念它的六十周年的日子裏，作為一個普通的讀者，我惟有乞願，願她有更美好的新六十年，使文化薪火永傳不懈。

豈有文章覺天下

　　為什麼同樣是兩位飽讀詩書的學者，然而他們面對同樣一個問題卻給出兩個截然相反的答案？更令人詫異的是這兩位學者都同樣的誠懇認真，且對於自己所面對的問題心懷敬畏之情。這個問題的答案我個人也無法給出完滿的結論，但我從自己的閱讀與思考中發現了一個有趣的現象，即擁有不同人生經歷的人在面對問題時所持的態度差異很大，我將這種現象稱作為生命體驗。一個偉大的作家常常在自己作品中留下自己生命的影子，將自我的人生資源轉化為文學世界永恆的價值，學者也是如此。我無法想像一位始終平靜生活在書齋之中，享受著優厚社會待遇、地位高不可攀而人生經歷一帆風順且簡單平凡的學者，誰希冀並信任他們能夠創造出真正有價值於我們今天這個社會的學術成果，又怎能企求他們能夠自覺的寫出溫暖人心的文字？

　　這個思考的導火線是源自於我與一位朋友的激烈爭論，後來我才發現這位與我持相反觀念的朋友根本無法理解一個與其平坦的人生道路相反的經歷者的內心感受，如此導致我們對於社會問題的思考與觀念針鋒相對，那種無法理解與體驗的痛楚頓時漲滿心間；而直接引發我思考的是在六年前閱讀朱學勤先生的文集《書齋裏的革命》，我也無法忘記初次閱讀帶給我精神上的震撼，恰如夜空中劃破寂靜的閃電，它照亮了一個年輕人迷茫的心靈。也由這本書我開始認識了一位讓我敬佩的當代學者，並開始閱讀他的所有著作，作為一本選集的《書齋裏的

革命》為我打開的是一個封閉的思維世界。中國上個世紀九十年代的思想史無疑要為朱學勤寫下一筆,在曾經熱鬧一時的學術爭論中他都是鋒芒畢露頭角崢嶸的代表人物,儘管九十年代是一個讓理想主義者失望的時代,但朱學勤的出現為這個時代增添了一種讓人欣喜的期待。

重新閱讀這樣一份散發思想與文采的文集,我不得不稱讚它的生命力並沒有因為許多我們曾經探討話題的塵埃落定而失去它曾經擁有的力量與價值。但重新閱讀這樣的一些文章,我更加重視一些我曾經在閱讀時忽視的文章,更重要的是對自己所疑惑的問題找到了新的答案和論據。九十年代思想界的幾次重要討論,作為重要的一員參與者朱學勤都有文章出手,而且不少文章還是接連問世甚至是與爭論對象針鋒相對,這其中無疑隱藏著一顆激動甚至是憤怒的心靈,那麼又是什麼樣緣故使得這位學者如此充滿激情與韌性?文集共分四個部分,每一個部分都是針對九十年代思想界的一個熱點話題,第一部分「小概率事件」是關於思想史的認識與寫作問題,第二部分「書齋裏的革命」是關於人文精神大討論和學術規範論爭的,第三部分「教士和帝國一致的制度」是關於激進主義與保守主義或理想主義與經驗主義之爭的,第四部分「瘸腿的雅格」是關於自由主義與新左派論爭以及民族主義與民粹主義討論的。這些論爭直接構造了學術界九十年代的面貌和生態,每個問題至盡都已經留下了眾多的文獻資料,一些話題的餘波還未徹底平息。我在閱讀中非常喜歡第四部分中的一篇書評文章〈讓人為難的羅素〉,儘管這並非一篇直接闡述個人思想的文章,但朱學勤在文章中對於個人思想的表達已經借助羅素這樣一位來自英國的偉人闡述的酣暢淋漓,其中我讀到這樣一段讓人難忘而又深

受啟發的論斷，「中國人的習慣：不是去造反，就是受招安，要麼揭竿而起，要麼縮頭做犬儒，獨缺當中那種即不製造革命又不接受招安，耐心對峙，長期漸進的精神。作為費邊社成員，羅素贊成的實踐方式是：每天前進一寸，不躁不餒，即不冒進，亦不受招安；面對不良政治，縱使十年不『將』軍，卻無一日不『拱』卒」。這一段曾經讓我激動不已的話語我認為他恰恰正是朱學勤思想的核心和學術人生的綱領。在自由主義與新左派的論爭中，作為自由主義領軍人物的朱學勤不正是贊同自由主義者所具有的那種可貴的精神，在對於狹隘的民族主義的批判中也正是堅持對於人的基本尊重這一原則；在保守主義與激進主義、理想主義與經驗主義的辨析中，他通過對於法國大革命思想的論述特別是通過思想家盧梭等人思想的追根溯淵，探求法國大革命激進主義給世界帶來的思想後遺症，在他後來系統的著作《道德理想國的覆滅》中則將這一激進思潮與中國的十年文化大革命進行比較，試圖為中國這場浩劫尋找到思想的源頭，這也正是他為何在九十年代成為最早打撈顧准作為思想史上被遺忘者的學者之一，他曾經寫下數篇論述顧准的學術研究的文章以大力推薦，顧准帶給朱學勤的不僅僅是他今天的學術取向，更重要的是作為一個知識份子所應該堅守的使命意識。在關於學術規範的討論中他倡導有學術的思想和有思想的學術，但在他的骨子裏對於那些純粹學術八股的東西則是厭惡的。而在人文精神大討論中他對於文化決定論進行批評，對於犬儒主義者進行討伐，他將那些試圖將「崇高」消解的後現代犬儒主義者與真正具有承擔的知識份子進行分離，這裏就存在著一個需要分辨的資訊，既即要反對激情與道德理想式的革命，又要批判躲避崇高的犬儒知識者而應具有知識份子所應

該具有的擔當意識。對於知識份子這是一個兩難的要求，朱學勤在文章〈想起了魯迅、胡適和錢穆〉一文中給出了我們一個理想的答案，那就是魯迅懷疑與批判的道德勇氣，胡適理性與務實的人生氣度，錢穆嚴謹與厚實的學術風範，這是一個試圖接近極限的綜合性標高。

文集中另一篇值得再次閱讀的也是曾在知識份子中流傳已久的文章〈思想史上的失蹤者〉，這是一篇關於思想史問題的有趣論述，它以個人經歷來為思想史的寫作添加一個動人的補充，也恰恰反應了作者在對於曾經消失的那些對於中國問題進行過認真思考的民間知識者的打撈，關於那些曾經與作者一起生活讀書過的民間思想者曾經具有的品質正是作者對於犬儒知識者的一種嘲弄，並試圖呼喚和尋找曾經失去的一種作為知識份子的擔當意識。我之所以將這一篇文章專門談論不僅僅因為它的影響巨大，重要的是他從一個側面告訴閱讀者一些關於作者的資訊，其實在整個第一部分的文章都是關於一些個人生活瑣碎的片段，但這些片段的記憶讓我們理解了一個學者怎樣從一個民間思想者最終成為一個知識份子，而最終沒有成為一個「思想史上的失蹤者」，其原因就在於作者對於自己曾經經歷的荒誕歲月的思考與反叛，這個曾經響應時代號召到河南一個偏僻農村「扎根」多年的上海知青，之後所經歷的回城、老三屆大學生、畢業入伍、政治風波、博士論文遭遇非議、出國訪問研修，歷經坎坷竟然在人到中年終於修煉成為一個可以對於中國社會進行積極發言的知識份子，而並沒有完全磨滅青年時代曾經擁有的一腔熱血，這些關於個人經歷的文章每一篇讀來都是讓人感慨萬千，人生經歷猶如傳奇故事般驚險刺激，但這背後都融化了一位學者內心世界的心路歷程。〈小概率事

件〉、〈火車上的記憶〉、〈「娘希匹」與「省軍級」──文革讀書記〉等都是這樣的好文章。也正是這樣坎坷顛簸的人生經歷，讓一個知識青年清醒地認識了他所生活的國度，從而冷靜負責任的做一個知識份子，我理解這種境界是頭腦要保持冷靜，但心靈始終是燃燒著的。另一個我想強調的也是我曾經困惑的問題是，為什麼那些曾經在文革中耽誤了青春的人在獲得自由後會立刻爆發出強勁的力量並取得超常的發揮？我以為這與他們對於中國社會的認識分不開，多年的社會生活的磨練讓他們具有更多的練達與成熟，重新回到書齋則目標明確而不需要盲打亂轉了。但由於他們先天學養的不足也可能影響他們最終成為世界一流大師，問題是他們曾經形成的民間思想部落在讀書時所形成的那種文史哲通吃，直接與第一流世界偉人對話的特點所帶來的優勢也不容忽視。這也就是為什麼讀歷史學學者朱學勤的文章如讀文學家的美文，又不乏哲學學者的通透與清晰，還有作為洞察社會現實的社會學家所具備的敏銳，更重要的是那一顆曾經感受過時代苦難的人生並因此而擁有的大愛之心，這是那些未曾體驗過社會與時代的變動帶給個體人生慘痛體驗的學者們所無法真正具備的。這也就是朱學勤最終選擇了今天這樣的一條與他針鋒相對的那些書生們的學術道路相異的原因，也是我在文章開頭所提出疑問的一份答案。

一面觀察中國發展的鏡子

　　一九六九年七月，十七歲的李大同在內蒙古草原插隊已經半年多了。一天上午，他正在草原上百無聊賴的放羊，忽然一個夥伴從遠方策馬飛奔而來，當他正被這個夥伴那張由於激動而扭曲的臉驚訝時，他忽然聽到這傢伙大聲的叫喊，「快回去，美國佬兒正在登月！」這個在草原上放羊的知青被這個新聞激動地渾身顫抖，他不顧一切的跳上馬背往回趕。在他們的蒙古包裏那個從北京帶來的半導體收音機正將「敵臺」——美國之音——放到了最大聲音，他聽到了那一句從美國播音員口中傳來有些顫抖的聲音，「我跨出的是一小步，而人類跨出的是一大步。」渾身亢奮的知青們對酒當歌，共同慶祝這個屬於全人類的驕傲。然而也是在這一刻，全中國人並不知道這樣偉大的人類壯舉正在激動人心的進行，因為當時的中國是世界上四個沒有報導這一事件的國家之一。

　　這一刻也在我的心中定格，使得我心中的李大同先生永遠像十七歲那麼青年，為屬於人類共同新鮮的事物而感到激動，為將真相傳播給更多的人而滿足，為能將這個社會向著更美好的方向前進而感到幸福。後來，李大同幸運地成為《中國青年報》的一名記者，再後來，他用十年的時間主編一個名叫「冰點」的欄目。

　　當我看到由《中國青年報》「冰點」欄目主編李大同所寫的《冰點故事》，我立刻對這本書產生了一種溫暖與親切的激動，我感謝這本書，它再一次讓我通過集中的閱讀更多地瞭解到了中國，它是我們觀察中國社會的一面鏡子。

　　在這本書的後記裏李大同先生有這樣一段感人肺腑的語言，「我只想告訴讀者：在一個大報編輯的眼中，看到的是一個怎樣的當代中國。我還想讓本書的讀者看到：在這個國家裏，儘管有種種令人憤慨的現實，但善良、勇敢、堅韌、抗爭、同情心、愛、創新……這些全人類共同尊崇的優良品質，仍在默默地、頑強地存在和生長。如果不是為了捍衛它們，我不知道我的工作還有什麼意義，還有什麼價值。」在讀完全書之後，再讀這段話我感到時間已經完全證明了這個編輯內心的想法，他是在為我們的中國記錄和保存著真實的生活，儘管還不夠完善，但他已經盡力。更重要的是，他讓閱讀這張報紙的讀者們知道我們的祖國每天還在發生這麼多的事情，他們可能離我們很遙遠，但實際上它們和我們密切相連，息息相關。

　　新聞界有一個著名的定語，「新聞就是歷史的草稿。」但是必須有一個前提，那就是我們的記者和新聞從業者在普遍操持著職業的規則，否則它給歷史提供的可能只是謊言和虛假。當我們還記得幾年前山西記者集體掩蓋煤礦死亡的造假事件，當我們被大量有償新聞所麻痺的時候，在這個國度裏可能給我帶來震撼與真實的媒體我相信在每一個讀者的心中都會有一個公正的評價，我願意將《中國青年報》的「冰點」欄目也包括在其中。

　　一九九三年的《中國青年報》發表第一篇「冰點」文章〈北京最後的糞桶〉，表面上看它可能是打動讀者，賺取讀者眼淚的文章，但實際上它是一代人的折射，那些曾在自己青春時代激情洋溢的上山下鄉的知青們，他們今日的命運如何，我想這篇新聞報導可能是一個極端的縮影。著名學者朱學勤先生在他的一篇影響廣泛的文章〈思想史上的失蹤者〉為一九六八年一代知識青年貼出了「尋人啟事」，但應者寥寥。可是誰在

繼續追問了這其中的原因。我在閱讀二○○五年二十一期的
《南方人物週刊》上記者對著名學者徐友漁的訪談中回答了
這個問題，「大部分人都跟不上了。原因很多，一是中國的生
活太殘酷了。為了生存的掙扎他們已經耗盡了他們的精力。
第二個，就是智力的淘汰是很殘酷的。有的人，你道德感再
強，再刻苦，再鄙視物質生活，到了一定高度，也是力不從心
的。……」我看到徐友漁先生的這段話，感慨了良久，但讀
〈北京最後的糞桶〉我只能認為這是現實殘酷的細節。我們無
法拒絕歷史，更無法拒絕現實。這則新聞報導看似很平常很普
通，但它在報導後就在讀者中引起了巨大的共鳴那時可以想像
的。有趣的是，〈北京最後的糞桶〉與〈思想史上的失蹤者〉
幾乎同時刊發，策劃前一篇文章的李大同也是一位知青，他插
隊內蒙古，而後一篇文章的寫作者朱學勤先生則是插隊河南的
知青，但不同的是李大同先生給的是殘酷的答案，而朱學勤先
生卻招貼出的是一個無人認領的尋人啟事，因為有太少人還能
像朱學勤先生一樣成為思想史上的著名學者了！

　　諸如這樣的報導其實在《中國青年報》的「冰點」欄目
中有很多，我一邊閱讀一邊彷彿又回到了那些曾經經歷過的往
事，歷歷在目。讀〈離開雷鋒的日子〉這篇報導的同時我還能
想到自己從小就以雷鋒作為學習的榜樣，從小學入學到大學
畢業每年總有那麼幾天會到街頭學習這位曾經影響幾代人的偶
像，而給我印象更深的是一九九七年我在中學的露天操場上和
我的同學一起欣賞完了這部同名電影，當時的我們激動不已，
為那個在銀幕上將雷鋒撞死的喬安山的精彩演技，不巧的是八
年之後我又到扮演喬安山的劉佩琦的母校去深造，在入校的校
史教育中我又重溫了影片的精彩片段。讀〈我為孩子討說法〉

讓我想到了自己在經歷教育中所遇到的相同的殘酷與荒唐的教育經歷，彷彿一切剛剛過去。我忽然發現，這些「冰點」文章太多與中國人的實際生活相關，他們所涉及的層面和問題關係到十年來中國人生活的實際層面，基礎教育問題、希望工程問題、腐敗問題、遣送收容問題、性教育問題、農民工問題、文學問題、中日關係問題、傳統與現代問題、社會公益問題、安樂死問題、環保問題等等，但我很佩服這些編輯和記者的高明，他們能夠從一個側面反映出時代最敏感的問題，從一個很小的事件折射出社會的大問題，諸如〈我所認識的鬼子兵〉則從採訪那些即將去世的鬼子兵來折射出中日問題中的許多現實，〈搬家〉從兩代人不同的觀念出發來讓我們理解傳統與現代之間的衝突與矛盾，〈一個幻滅的烏托邦〉從三個理想青年的教育夢想的失敗讓我看到社會中太多的勢力與無奈以及教育工程的危機，〈五叔五嬸〉從遠在邊疆的五叔和五嬸的故事來折射出社會中貧富差距與中西部差距問題，〈超限戰〉從一本書的故事讓我們感受到世界軍事戰略以及國際形勢等嚴峻問題，……。所有的文章從策劃到出爐都與一個時期裏人們最敏感和最關注的問題緊密相連，因而它只所以一問世就引起強烈的共鳴是因為它以國家中央媒體的身份給我們一個答案，它觸動了人們最需要解決和補充的心理危機。因而我以為「冰點」是一面觀察中國發展的鏡子。

「冰點」的文章有一個從「軟新聞」到「硬新聞」的過程，所謂「軟新聞」就是從平凡的小事來反映人性問題，來關注社會問題，而「硬新聞」則是直接去關注和參與社會問題，給這些社會問題予以輿論的監督。讀這本書，我發現在「冰點」的影響日益壯大的時候，輿論監督也就越來越多，越來越直接，這顯示了一家國家大報所應該做出的姿態與立場。但一

個明顯的問題是「硬新聞」儘管敏感也可能社會效果最直接，但它只能反映諸如司法等某些領域的問題，更多看似乎並非所謂硬的「軟新聞」可能所隱藏的問題更嚴重更重要，因而如何在「軟」與「硬」之間做一個平衡應該是需要我們新聞記者所做的一個工作，因為我們不僅僅是需要能夠立刻解決問題提供批判的輿論監督，我們同時也需要對我們日常生活中的種種違背常識和基本生存法則的現象提供一個反思的機會，他們都有益我們的社會。這也是我對未來「冰點」的祝福！

從事傳媒領域的人往往能夠準確的把握住時代的脈搏，因為職業的特點讓他們不得不需要緊跟時代的潮流。我在閱讀這本由李大同先生所著的《冰點故事》中，我看到這個中年編輯和他的記者們永遠將自己處在忙碌、緊張、激烈的學習、思考和工作中，而他就像一個正在煥發著青春的小夥子，讓我想起那句老掉牙的歌詞「革命人永遠是年輕」，偷換成一句「媒體人永遠是年輕」。在這本書中，我看到為了更能與時代的潮流相合拍，這些記者和編輯們不斷的創新，不斷地以新的形式和思考給讀者帶來驚喜。而許多從事媒體的記者和編輯既要永遠保持住青年人的熱情和激情，同時他們還得永遠具有敏銳的心，在中國這個社會保持住抗拒與平衡的規則，就像在鋼絲上行走一樣，既要安全到達彼岸，又要時刻明白自身存在的危險。

做新聞記者也曾經是我的青春夢想，那頂「無冕之王」的桂冠曾經讓我充滿了渴望，但由於人生的種種際遇，在作過我所厭惡的一項以歌功頌德和報喜不報憂的新聞工作之後我對中國的新聞工作有了新的認識，因此我才更能理解像李大同這樣始終心存理想的千千萬萬個媒體工作者，他們讓我內心永遠充滿敬佩之情，也能夠理解李大同先生這一人生永不放棄的理想追求的新聞情結。

難以放逐的青春孤獨

　　不用說，只要是經歷過八十年代的讀書人，沒有人會不知道一度被塗抹上了知識界英雄領袖般的傳奇色彩的李澤厚，一個被稱為「我們時代最靈敏的思考者」的哲學家。易中天說他是要做柏拉圖筆下的「哲學王」，還有人說他想做書齋裏的革命者。面對一位傳奇式的學者，你也許會感歎，感歎他的堅韌，他的充沛，還有他的放達；但你若讀他的文字，看到的就不僅僅是那份睿智與清醒，更多的是充溢於文字間的孤獨與憂傷。

　　這種文字裏的孤獨，是智者的一種心境，它與淺薄、無知和粗俗無緣；它絕不等同於寂寞，它是一種境界，一種心靈長期的積澱；是來自於內心裏的衝突與苦悶，來自於思想上的爭鬥與融合，來自於少年時代精神上的壓抑與傷痛。只有孤獨，才能讓人遠離世俗與庸俗，才能讓人於大千變化、眾聲喧嘩之中保持著獨自的清醒、鎮靜與高雅。然而，要知道，擁有孤獨者，會有過大苦，也有過大愛；有過心靈的傷痕，有過不曾自由和快樂的壓抑年華。李澤厚說自己的少年時代是孤獨的、清醒的、傷感的。父親早逝，家道中落，生活困頓，母子相依為命，備嘗人世間的冷暖；喜歡在閱讀中尋找靜謐的世界。他博覽群書，被魯迅、冰心筆下的文字征服，「我很喜歡魯迅的書，它叫我清醒地冷靜地認識世界。我也喜歡冰心的書，它在感情上給我創傷的幼小心靈以溫暖，慰藉」。因而他常常用魯迅的少年時代自比，「有誰從小康人家而墜入困頓的麼，我以

為在這途路中，大概可以看見世人的真面目。」也常常念及母親與自己相依為命時給予他精神與生活上的溫暖，卻因沒有機會能讓她安享晚年而感到愧疚，「樹欲靜而風不止，子欲養而親不在」，只能獨自黯然落淚。一個孤獨少年，就是這樣在閱讀之中尋找寄託的港灣，用於放逐那顆不羈的青春心靈。十四五歲，他偷偷地愛上了一位倔強、冰冷而美麗的表姊，卻長期不敢也不能表達，只能去填一些「無言獨自依樓危，千里沉雲何處放離憂」這樣的傷詞。

他還是放棄了學得優秀但卻是枯燥、單純和嚴格的自然科學，最終選擇了能夠明釋困惑的人文學科。就在解放的那一年，他報考了北大的哲學系，因為他早在十二歲上初中一年級的那一年就發生過一次精神危機——想到人終有一死而曾經廢書曠課數日，一個人徘徊在學校附近的山丘上，看著明亮的自然風景，惶惑不已。在北大求學時，由於貧困，有時連牙膏都買不起，只能用鹽來作替代；每月有三元錢的生活補助，還要寄給正在讀中學、父母雙亡的堂妹。他常常說自己與歡樂無緣，的確，大學裏他得了肺結核，許多集體活動不能參加，就去讀書、去寫文章。一個人在北大的一間頂樓的閣樓裏讀書，常常在滿壁皆書的圖書館裏收集資料，做著翻閱、抄錄和整理這些枯燥的事情，在史料中度著青春。他開始研究康有為、譚嗣同，撰寫研究論文。做學術研究，從來都是「如魚飲水、冷暖自知」的事情，李澤厚把他的選擇歸根於人生的選擇，對生活價值和人生意義的選擇，而這種選擇，早在他的少年時代就已經埋下了發芽的種子。他喜歡愛因斯坦的《自述》中的一句話，「當我還是一個相當早熟的少年的時候，我就已經深切地意識到，大多數人終生無休止地追逐的那些希望和努力是毫無

價值的。而且，我不久就發現了這種追逐的殘酷……」這樣的一段青春歲月在李澤厚的一生都無法釋懷，成為他刻骨銘心的一段歷程，在他許多談及身世和求學的文章中，都予以提及，包括他的那本招惹是非的談話集《浮生論學》（華夏出版社二〇〇二年版）。也許正是因為如此，他在以後的人生歲月裏，即使是大風大浪，都能夠處世不驚，笑看風雲。不管是身處囹圄，還是無限風光，也不管是被曲解、被謾罵，還是被追捧、被熱讀，都只是孤自的「走我自己的路」。

手頭的這本《走我自己的路（雜著集）》，是李澤厚各種序跋、散文、隨筆、演講和訪談的一次大的聚彙，這次的重新整理出版收入了他很多最新發表的文章，也是其最新、最完備的一次集結。這些文章大多率性自然，往往是人與文融為一體，能讓你在閱讀之中去貼近一顆真實而豐富的心靈。讀他這些洗練、潔淨、優美卻散發著理性光彩的文字，深感於文字間散發出來的孤獨的心境。這種心境，完全是屬於哲人思索後的虛無與沉重，無論是當年千萬人熱讀和議論之時，還是如今連大學的學子們都對誰是李澤厚感到陌生。但畢竟讓他感到驕傲、甚至有些自負的是，這些著作還在不斷地被印刷，被閱讀，他的思想還在被爭論，被「有用於中國」。或者，正是因為青春的暗傷，才成就了他日後的風采大器。還是老托爾斯泰說得好：一個不完美的青少年時代，會使人受益終身。

重新理解以筆為旗

對於張承志這個優秀的當代作家，我有時感到一種私下的遺憾，在十年時間裏，我們沒有看到他一本長篇小說新作。在這十年的時間裏，張承志不斷地在寫作，只是由小說改變成了頻繁的散文寫作。在他最新出版的散文作品集《聾子的耳朵》的書後封頁上，張承志列舉了他自一九八九年以來出版的十部重要的散文文集。無疑，這十部在張承志個人看來很重要的文集應該都是他的散文作品的第一次結集，而那些以不同形式重複出版的各種散文作品集我個人就很難統計了，僅我自己所購買的張承志散文選集就有三種並不在這個列表之內。這一切都表明，在這十多年時間裏，作家張承志已經遊刃有餘了散文這種文體的寫作，而且取得了很大的社會反響，因此對於他幾乎放棄小說的寫作，我猜測也許散文更能直接的表達他對社會的認識和看法，更能迅速回應他對這個時代的感受。

因此我感覺到作家張承志的這種寫作方式的改變也在逐步地改變他的個人，他已經不在滿足於僅僅靠一支文學化的筆觸來表達他的情感和聲音，儘管文學可能是他最銳利的武器。但這種放棄意味著他對於這個時代的認識的改變，也許是在十年之前，從國外遊學歸來的張承志就已經表達了他對這個時代的不滿和焦慮，他曾經是那樣在喧鬧之中孤獨的祭起「以筆為旗」，呼喚一種「清潔的精神」。而這十多年的時間之中，就我所斷斷續續閱讀到這位作家的作品時，我感

到他依然在堅持自己的立場和旗幟，儘管已經有那樣多的文
人開始在以不同的方式向這個時代妥協，但張承志的呼喊依
然讓人感到孤絕。在他的這本《聾子的耳朵》中，我為讀到
〈秋華與冬雪〉、〈四十年的盧溝橋〉這樣絕美的散文作品
而拍案，他所激賞的革命者瞿秋白、楊靖宇、遇羅克在他的
筆下是那樣的剛烈與清醒，他所欣賞和稱讚的恰恰是這種與
整個時代幾乎格格不入的清醒與決絕，是瞿秋白對於自我的
反省，是遇羅克於時代的質疑，是楊靖宇的絕對的不屈服。
作家在這裏無疑呼喚的是這種難得的精神氣質，因此我特別
注意到他在散文〈秋華與冬雪〉開篇與結尾中所保留的個人
情緒的書寫。

　　在對張承志的這部書的閱讀中，我可能也會像許多如今
所謂聰明的知識份子告誡的那樣認為，這個作家太執拗了，
他太剛硬甚至偏執了，如果他能夠圓融通達一些，也許他就
會多有些平靜，多一些對於這個時代的理解。儘管我並非為
張承志所有的觀點所吸引，但在常常自我妥協的時候，我會
感到他所提倡的那種精神是那樣的珍貴，是那樣的難得與不
易，在這個時代我們是多麼容易輕易地喪失掉。因此，當你
不自覺地發現自己已經犬儒的生存了，才感到這種精神的呼
喚距離自己還是那樣的遙遠，是那樣可能的急迫。因此，我為
張承志的這種堅持而感到敬佩，最起碼他是真誠的，我想許多
問題離開了真誠的堅持那麼一切顯得會是那樣的虛假與可笑。
在這本散文集中，我又讀到他對於蒙古人，還有那些信仰伊斯
蘭教的普通牧民的書寫，我感到內心的一種顫動，因為我發現
這種書寫雖然在極力保持一種簡樸，但內在的血液卻與他所書
寫的對象是一致的，讀多了那些走馬觀花和對於奇幻世界的民

族書寫，我感到作家是將筆觸陷入到那些平凡生靈的精神世界之中的，甚至不是一種關照與愛憐，那樣也是太做作了，他本身就與這些生命站在同樣的地位之上。我看到書中那些照片，作家穿著極為樸素的著裝與牧民們在一起，那之中的融洽與自然是不需要辨別的，我甚至覺得如果要是不認識這個作家，你很難從那些合影照片中找到那一個是我們的作家張承志。

張承志的確特立獨行，自從開始文學寫作以來，他在嘗試一種其他作家難以實踐的一種精神路徑和行動。對於他所尋找的精神資源，我無法判斷出這種孤絕的最終意義幾何，但我可以知道他其中一定有其必然的合理。一個時代如果喪失了尋找多種可行性的行為，那麼這個時代就是令人感到可恥的；如果一個時代的人們去譏諷一種不可能的理想行為，那麼這個時代的人們一定是悲哀的群體。而我在張承志的文章中讀到一種巨大的質疑，正是對於這種寫作與尋找行為和姿態所遭遇到反應的質疑，是他對於我們這個時代裏作為生存者的狀態的一種質疑，他質疑這種狀態所可能產生的一切可能性根源。

作為一個作家，他所要提醒我們的是去關注那些可能存在的時代隱患，有時候作家比學者具有更靈敏和銳利的感觸。文學家總是在最細微的時代內部中發現它的病症，而張承志在判斷之後又樹立起了自己的精神旗幟，他在試圖尋找自己的解決方案，因此比較其他同時代的作家，他是一個具有廣闊問題意識的中國作家。我看到他在散文〈他人的尊嚴〉中對於美國批評家蘇珊・桑塔格的閱讀與反思，讀完之後很是吃驚。他在這位美國良心的文字之中依然讀到了一種文字與學術的霸氣，讀

到了一種與她的批判所不符合的氣質，這種氣質不自覺的影響著她批判的力度，因為這種不自覺所導致對於他所關愛對象的傷害，因此作家在文章中說：「一切人，包括『他人』自己，都必須懂得他人的尊嚴、原則、分寸——因為這一切都與和平及正義絲絲關聯，不容許一點的矯情與傲慢。這是一種大的道德，也是一種大的修養。」從這其中，我看到了張承志所追尋的精神資源的巨大力量，它所透漏出來的是另外的一種文明與生存狀態的方式。

冷夜裏一盞溫書的燈

　　有一段日子，閱讀《南方週末》上范福潮先生的專欄「書海泛舟記」成為我購買這份報紙的主要原因。從二〇〇四年一月二十二日開始，范福潮在這份知識份子報紙上開設專欄，成為包括我在內的很多人的閱讀期待。除去范先生知識廣博，文字典雅，其視野之開闊，傳統文化浸潤之深也讓我等望塵莫及，讓我更加驚奇的是這些讀書文字雖是寫讀書往事，但更是寫亂象叢生年代讀書人的精神狀態，寫中國文化之所以能不離不棄的內在原因，所謂文章雖小，但氣象縱橫。范福潮先生我若干年前在一家讀書論壇上偶識，原以為是科研院所的教授研究員，或者至少是文化單位的從業者，許多網友也對這位讀書人的身份頗為好奇。但實際上僅我現在所知，范先生供職的單位為河北滄州的石油公司，既非科研院所，也非文化單位，更不是適合讀書人生活的文化中心，再回頭閱讀其文字，不得不連連歎奇，可謂是一個真正的民間讀書種子！近日在書店購得范先生這些專欄文字的集結作品《書海泛舟記》，再次重溫，也許是連續閱讀的緣故，讓我對上述的疑問頓時釋然冰消了。

　　按說，范先生生於一九五七年，恰逢文化遭受劫難，社會亂象叢生之時，文化革命中斷了傳統的命脈，這一代人的文化成長恰恰遭受到教育生命的空白期，但范福潮先生恰恰相反。即使在那樣的一個年代裏，他依然在文化革命的旋渦之中享受了一個讀書人的自在與快樂，因為所幸的是他遇到了一位好父親，良好的家庭薰陶和教育補養了社會和學校教育的空白。在

范先生的文字中，他寫到父親在其童年和青少年時期的家庭教育，想來也是頗為傳奇的，外面的世界是紅旗招展，革命口號與鑼鼓喧天，打倒牛鬼蛇神掃除一切封建殘餘的紅衛兵小將滿街疾走，而「躲進小樓」裏的家庭世界中，卻是一個父親悄悄地給兒子進行的私人教育，那些成為禁忌的書籍如《紅樓夢》、《論語》、《莊子》、《詩經》等等，卻成為父親與時俱反地對他進行啟蒙教育的必讀書。在那些冷夜裏，一位父親和一個兒子相互守候在書燈之下，又何妨不是守望著一份真正的文化命脈。我一邊讀書就一邊暗想，之所以中國傳統文化的精神命脈在數千年中遭遇了各種各樣的劫難，卻往往能夠在最後起死回生，保持住它所應有的光華，我讀范福潮筆下的這些文字，彷彿就徹底地明白了其間的緣故。

因此，范先生的父親在我看來是書寫了一種讀書人精神的傳奇，我在字裏行間依稀可以辨認出這位陝西關中地區教書先生的身影，這位很可能在文化歷史上非常普通的一位平民文化人，卻在特殊年代裏為中國文化守望著一份執著。而范先生則寫出了那個年代讀書人的幾番境遇與人生百態，許多短文讀後，竟是讓人連連慨歎，諸如〈吳山夜話〉、〈踏雪尋梅〉、〈習武記〉、〈買菜〉等文中所記敘他所遭遇的幾位讀書人，均是在那個年代裏因為讀書所遭受的人生坎坷，讓人唏噓。〈踏雪尋梅〉中那位不得已散盡藏書的梅邨先生，卻是范福潮隱姓埋名的王老師，這梅先生正如那寒冬庭院裏獨自開放的梅花，自開自謝；而〈劉伯伯〉中那位愛書如命的劉伯伯卻只能悄悄將自己的書一本本的撕碎，浸濕，然後泡成紙漿，最後與煤灰攪和，攤成煤餅，由此在風平浪靜之日只逛書店而絕不再購一書了。范先生沒有寫他的父親究竟是怎樣煎熬過那段

歲月，儘管有進入牛棚的歲月，但我依然讀到的只是這位父親的淡定、安然和清雅，還有在〈曾伯伯〉、〈梁老師〉、〈還書〉、〈老顧〉等篇章中也均顯露出那些真正讀書人身上的特有品格與性情。

無疑，范先生的父親還是一位有心的教育者，他對文化與世事的洞察堅定了對於子女文化的教育，實際上更準確的說是因為真正文化的魅力與光彩是永遠恒久不變的，范先生的父親是清晰這樣的一個道理的。在〈父子大學〉中寫到父子兩人的大學課堂，其父的那句「念大學就是為了治學問」讓人難忘。而范福潮的父親更注重對他讀書做文所進行的引導，因此，讀范福潮先生的這些關於讀書生活往事的文字，也可以從其中學到很多關於如何讀書的祕訣和要領，諸如在〈集腋成裘〉、〈初學記〉、〈「牛棚」說書〉、〈巧讀《詩經》〉、〈夜雨紅樓〉、〈參讀之法〉、〈遠遊〉、〈辨字〉、〈焚稿〉、〈解《西廂》〉等文章中，可以讀到一個父親對於晚輩教育的用心良苦，這其中有讀書做人的心態道理，又有讀書作文的方法技巧，這種具有傳統式的讀書作文方法即使在今天看來也是頗為專業和精到的，它從側面顯示了中國傳統教育所具有的自身獨到魅力。而更為難得的是，范福潮先生又繼承了父親的這種精神，在這本書的後小半部分，收錄了他在《上海中學生報》上所開設的面向中學生閱讀的專欄，這些介紹中外經典的文字又以他作為父親教育自己的孩子作為內容，娓娓談來。可以說，范先生的父親教育他的文字與他後來教育其子的文字最終形成了一種精神的延續，而中國文化之所以薪火相傳的一個重要原因也恰恰在此。

　　范先生在〈十三始作百字文〉中講述了他讀初中時期，父親懲罰他收錄百字文，作一年百字文的經歷，這些年輕時練就的童子功使得後來他的文字不再有其父所言的「噱頭不少，並無真趣，水水湯湯，淡然無味」，由此方明白為何讀范先生在報紙上寫的這些千字文皆篇篇精要，用詞典雅，文風優美，讓人過目難忘。《書海泛舟記》全書七十篇，從〈一生能讀幾多書〉開篇，到〈經典常談〉煞尾，似乎在結構中有意形成一種呼應，表明了讀書人的幾多憂思與讀書之道吧。

紙上看草見精神

　　何頻的《看草》以筆記的形式成書，詳細記錄了他在河南兩年來觀察草木的日記，其間在觀察草木之餘有他的遊記、出行、懷古、讀書、問學、考辯，等等。他圍繞草木這個主題，以筆記的形式來進行談論自己對草木的認識與體察，正因為以筆記的這種形式，使得這冊關於草木的文字形式活潑大方、自然生動，而筆記文字的另一個特點則是作者會將自己的點滴心得一一談來，卻往往是醉翁之意不在酒，閒話文字也常是另有一番情趣與天地的，因此我讀這冊《看草》，卻似乎看到一個觀察草木精神的作家對世相風雲與往來歷史的個人判斷，他們隱匿在「看草」這樣的文字背後，但細細品位，卻是讓人咀嚼再三的。二○○二年五月二十五日，他這樣寫到：「黎明聽雨打樹葉引人入勝。」由此，作家想到蘇東坡有題跋〈讀文宗詩句〉：「『人皆苦炎熱，我愛夏日長。熏風自南來，殿閣生微涼。』世末有續之者。予亦有詩云：臥聞疏響梧桐雨，獨詠微涼殿閣風。」作家進一步引申到：「這時候想起蘇東坡，環境頗契合。另外還有一層意思，我覺得歷來人們誤解梧桐，總說一葉知秋是梧桐先老。其實不對，梧桐在雜樹中並非最先生黃葉。坡仙察天地造化細緻入微，他這裏寫夏雨打梧桐，並非翻案文章有所針對，但為我的思想和觀察提供了文獻支援。」短短數百字，由草木入手，其實是考辯歷史的掌故文字。

　　再如二○○二年五月二十六日，何頻在日記中寫自家花園裏的牽牛花開，由此寫到自己讀葉聖陶和俞平伯兩位的通信，

發現其中有不少的關於牽牛花開並互相道喜的細節。由此而引發了作者對於「人的命運和風骨」的一番拷問，而作者也最終以這樣獨語作結：「面對草木枯榮簡潔明瞭的真相，受草木變化的啟迪，我不僅思想得以安靜而趨向深刻，而且逐漸發現事物的內在邏輯，並敢於說出心裏話。」由這兩則筆記，不難讀出一個中國文人的精神尺度，起初，我讀這冊《看草》，還在疑惑，難道何頻先生只是隱居鬧市而又不關窗外風雲的雅士閒人，而這兩則關於梧桐和牽牛花的筆記則筆記顯露出作者本真的精神視野了。以花草讀出世態人情，並在這人間尋找自己心靈與肉身的安身立命的道理來，這或許是作者在這紅塵滾滾的俗流中的一次個人精神的超越。因此，我讀這冊《看草》，感覺它是一個內心豐富的個人對世界萬象的耐心體察，更是對自我精神私史的不斷反省。

　　我手邊有一冊一九八三年十二月由北京出版社編輯的《歷代筆記選注》，其中選錄了中國筆記文章二百五十多篇，而根據編選者所言，這些文字僅僅只是中國古代文人筆記寫作的冰山一角，中國古代筆記文體的發達由此可見一斑，其中我們最熟悉莫過於劉義慶的《世說新語》和蘇東坡的《東坡志林》。這兩冊可列入中國文學經典的筆記體文章的另一個特點就是作者記錄了當時社會的獨特風貌，劉義慶筆下的魏晉人物和東坡筆下的宋代風物，都在向我們立體地傳達著一個時代的精神風貌，成為今天我們研究歷史的一個參照，而我也更關注作為這些筆記文字背後的寫作者本身，他們對其生活時代現實所保持的精神姿態。由此，再來看這冊《看草》，就不僅僅是簡單的草木枯榮，而是作家在極力地傳達著自己對於這個時代的思考，以及在這個時代與花草同為生命的人的生

存狀態的質詢。我印象深刻的是作家在由觀察、研究和種植草木之餘，對於草木與人的現實處境的諸多的私人獨語，諸如：「鄭州雖然在砍樹，連合歡樹也不能倖免，但一面又在種樹，種包括合歡在內的新的綠化樹。西開發區就有一條長長的『合歡街』。種樹又砍樹，折射的也是生生不息的人類命運。」（二〇〇二年六月十日日記）、「今日楊君劉村邊很熱鬧，我老遠就看到數台推土機在東奔西突，像裝甲車在運行操練，原本就不算高的地壟先被堆成慢坡狀，還來不及掉葉的野構和杞的叢枝被沖斷撕碎，被泛青的麥苗軋爛了又一道道被新土埋沒。……這樣，在兩個工地的夾峙之下，馬李莊和桑園村後的果園就變成一片片孤島了。」（二〇〇二年十一月四日日記）看似閒文片語，但卻實在的寫出了當代人在現實生活中毫無詩意的精神處境，其越來越逼仄、粗糙、擁擠的生存環境，何來「人詩意的栖居在大地上」這樣的幻想。在這冊《看草》中，有太多對現實的個人感懷，但我以為只是曲筆太多，春秋大義也都融含在草木的日夕變化之中，我不知道自己為這種寫作該是讚歎還是遺憾的惋惜，在此只能引其兩則作以介紹，一則，二〇〇三年五月十二日作者記：「理書時發現加繆的《鼠疫》。人性無古今，而且中外一律。人在大難當頭時，心理、行為如出一轍。」另一則，二〇〇三年十一月十一日作者記：「老侯識斷有來歷，令我不能不信服。他講過另一則親歷之事還讓我改變了對浩然的看法：一九八九年初夏，他到河北三河縣看老友，不料浩然一身白衣縞服，枯坐下淚不飲食。」

何頻先生坦言自己的這冊《看草》頗受葉靈鳳的《香港方物志》、賈祖璋的《花與文學》以及施蟄存的《雲間語小

錄》等書影響，但他並沒有刻意地模仿幾位元前人的文字，他的這冊《看草》，我以為其獨特一在其筆記的心態，其二則是以日記的形式。前面我談筆記的心態，閒中其實不閒，而日記的形式則其體現了作者執著耐心的記錄精神，我印象中當代人中這樣寫觀察日記的人實在不多，竺可楨先生曾多年在公園裏記錄他對於氣候的日夕變化，留下了寶貴的氣象資料，可惜我未曾讀過；當代作家中，我很尊敬的散文作家葦岸在他去世前曾寫過散文〈二十四節氣〉，這是他堅持在北京郊區的昌平堅持觀察自然風物和進行寫作的記錄，很可惜他沒有最終完成。而《看草》這冊書則堅持了整整兩年的時間，以細微和耐心的精神來記錄北方中原地區的草木變化，若按照科學家竺可楨為參照，這無疑是為中原地區留下了極為珍貴的科學資料，有很大的價值；而用散文作家葦岸來進行參照，我感受到了作為一個文學作家的內在意義，他將自己對自然草木點滴變化與人聯繫起來，我起初驚歎這些含蓄與綿密的文字對於草木的細微記錄，從春天草木的發芽到冬天的枯敗，日夕變化，波瀾不驚，一一讀來，兩相對比，卻感慨萬千。人如草木，匆匆一世，諸如二○○二年一月三日，如此記：「上午收拾過新搬的辦公室，憑窗東望，正和兩棵大白楊打個對過兒。我和白楊樹多緣，近年來屢為其善變稱奇。五層樓上與十余米開外的楊樹遙遙相對，誰看誰都清楚無比。這時它的樹枝上滿是鱗芽，下身柔枝虯曲紛披，芽苞集中，樹梢呈飛梭狀；上身枝幹的芽蕾精緻如唐裝的葡萄紐。」二○○三年十二月二十一日，又如此記：「大地收腹，氣沉丹田，吐吶平穩舒緩。森林公園地靜霜白，橫亙在眼前的沙丘上，西白楊東青楊，枯瘦如柴，頭上的喜鵲

窩突出彰顯；中間大片刺槐樹，似叉手相對的一地莽漢，幹如黑鐵，枝曲欲折。林下杞葉稀而凍黃，欒樹籽莢開裂落地，籽粒圓滾，莢片散碎如撒紙錢。」很難得作家能將草木等自然景物變化寫得如此傳神勁道，是頗有大家氣象的手筆。

秋水文章不染塵

　　讀段煉的散文集《觸摸藝術》，我總會想到陳丹青的《紐約瑣記》。陳丹青說他遊學美國，是因為可以親眼目睹那些遙遠而神聖的畫作，而段煉則坦言，他的不斷行走，是因為可以實現自己行萬里路，讀萬卷書和看萬副畫的人生理想。在這冊《觸摸藝術》的散文集中，我便跟隨著段煉的腳步，從「感受歐洲」到漫遊「北美大地」，而無論是在義大利的羅馬還是在法國的巴黎，無論是在英國的倫敦還是荷蘭的阿姆斯特丹，北美的紐約、馬州或者是加拿大的蒙特利爾，段煉總是追隨著藝術的光芒，一步一步地接近來自藝術深處的美麗。為此，我在他的文章〈為什麼不遠行〉中就讀到了這樣一段令人動心的獨語：「為了這高山流水，我和卡雅乘火車從柏林到巴黎，去尋找科羅和塞尚。夜裏，當火車穿越德國西部的大森林，快要進入法國時，窗外的星光消失了，我們的包廂沉浸在夜色深處，惟有卡雅的雙眼明亮閃爍。此刻，我用我的心去看身旁的風景，去探索這風景的迷人之處。於是卡雅握著我的手，握了很久，然後用她的眼睛輕聲問：你為什麼遠行、為什麼來柏林，是為了這風景嗎？」

　　段煉說正是因為欣賞這高山流水的感覺，才可以讓遠行者沿河而上。而他的散文之中卻的確有一種行雲流水之感，讀來如漫步在大自然的懷抱，欣賞那幽深美麗而未經雕琢的風景。對於這種散文之美，他在文集的序言中就曾這樣說到：「依我愚見，寫散文妙在為與不為之間。為者，袖手於前，對立

意、結構、修辭、語言都思考再三。不為者，疾書於後，力求自然灑脫，不留斧鑿之痕。」這讓我想起陳丹青的那冊《紐約瑣記》，不僅僅是因為他與段煉都曾是浪跡天涯的畫家，遠行周遊於美術館與畫廊之間，而更為關鍵的卻是他們偶然漫筆為文，竟然都有一種行雲流水的浩大氣象與自然灑脫，恰好我在段煉的這冊文集中也讀到這樣一段頗有意味的話來，「有一次去紐約，住在陳丹青家，他拿出一大遝列印稿給我看，那是他很快就要出版的文集《紐約瑣記》。我讀了一宿，沒料到畫家的文章寫得如此之好，瞭解陳丹青的人，定會品出其中妙處。陳丹青寫文章，徐徐道來，像流水一樣自然，該說的話都說了，卻又像什麼也沒說，老到得滴水不漏，又實在又空靈，幾乎無可挑剔。他的文章，顯然是字斟句酌過的，嚴密而毫無斧鑿之痕。第二天早上起來，我忍不住說，你的文章是那樣水到渠成，看不出遣辭造句的痕跡，就跟沒有修改過一樣自然。他楞了一下，笑笑說，還是修改過的。看來，文章寫到爐火純青的時候，一定是歸真反璞，匠心不露。」（〈與書有約〉）

由此看來，段煉不但欣賞行雲流水的散文之美，而在他認為，這種行雲流水之美並非一揮而就的，乃是經過精心雕琢後的不留痕跡。在我看來，這是文章修為的極高境界，宋代禪宗大師青原行思提出參禪有三重境界：「參禪之初，看山是山，看水是水；禪有悟時，看山不是山，看水不是水；禪中徹悟，看山仍然山，看水仍然是水。」以此用於文章之業，或許可以得出其中的幾份奧妙，初寫文章，大約都是質樸純真，但是淺露粗糙自然難免，這就是所謂的第一境界；隨後，自然是模仿前輩，吸納精華，精雕細琢，但大都難免又有造作之感，這也

就是文章的第二境界；待到「驀然回首，那人卻在燈火闌珊處」的時刻，文章自然是即經雕琢，又難露痕跡，頗有行雲流水之美妙，這乃是文章的第三層境界。我讀段煉的這冊《觸摸藝術》就很喜歡他的散文中流淌出的優美、自然與舒暢，但細加品讀，也不難發現這些文字大多皆是他用心經營的佳構，諸如他的兩篇文章〈夏日的北方風景〉和〈北方孤獨的冬天〉，前者是談蒙特利爾的畫家霍爾蓋特（EDWIN HOLGATE），後者是談多侖多的畫家米爾納（DAVID MILNE），均從自己的旅行娓娓談來，再及畫家的人生、境遇以及自己觀感，而前者是專繪熱烈的裸體畫作的，後者則是少人問津的現代畫，因此前者是夏日的風景，後者則成為了「孤獨的冬天」。

段煉的散文之美，還在於他美的獨立與自由，沒有雕琢的痕跡，也沒有思維的束縛，獨立地談自己對於藝術和文學等問題的思考，大都清醒又很有見解，顯然這些都是獨立思考的結晶。還是以段煉的朋友陳丹青為例吧。陳丹青從清華大學辭職，痛陳中國高校的種種弊端，獲得了民間的熱烈掌聲，但我注意到對於此事，段煉就頗有自己的見解，在文章〈以藝術的名義〉中，他這樣談自己的觀點：「我無意在此考證或全面評說陳丹青反對外語一事，我只想說，陳丹青所反對的，是以外語來要求畫家，而清華美院所堅持的，是以外語來要求學者。跟陳丹青讀博士，究竟是要成為畫家還是要成為學者，我們並不清楚。若為前者，陳丹青大概是對的，若是後者，清華美院也許沒錯，這就像黑澤明的《羅生門》，雞同鴨講，各說各話。事實是，中國高等教育以產業精神辦學，急功近利、瘋狂擴張，在繪畫專業設立博士點，為世界首創。所謂博士點，是培養學者的地方。在歐美，藝術院校的博士點都設在藝術史或

相關的學術領域，沒有設在藝術製作領域的，沒有繪畫或雕塑博士。若有畫家或雕塑家得了博士學位，那不是因為藝術創作，而是因為其學術研究。」對於陳丹青反對外語考試並辭職一事，我也曾讀過美術史學者繆哲先生的妙文〈論陳丹青教授辭職事〉，其中也有相似的論述：「既是學問，則必要的學術功底，求真的熱忱與敏銳，就不可不要求於考生；語言（包括外語）作為學問的工具之一，也不可不重。至於說考生有繪畫的才分，那又怎麼樣呢？『善畫者不鑒，善鑒者不畫』，『眼中有神，腕下有鬼』，是傳了古的話，事情雖不盡一律，但大體還如此。所以這才分，我頗不以為是重於外語的。考不過關，就讓他畫畫去，這沖冠一怒，又所為何來？」（《中華讀書報》，二〇〇五年四月二十五日）

段煉與繆哲所論，大體意見相仿，皆是獨立而清醒的思考，但前者更將問題推進到中國教育體制的問題上，顯然更為深刻了一些。儘管兩人均為美術專業的研究人員，但段煉之所以批判教育體制的諸多問題，不外乎還是自己多年遊學的結果，所謂行萬里路之功也。段煉遊學歐美多年，又在海外多所大學任教，對於海外高等教育的培養機制比較熟悉，因此常常會略作比較，進而作出判斷。儘管只是談論一個很小的問題，但我以為段煉的文章之所以讓我喜歡，另外一個重要的原因是他能常在不經意之間表達自己對於藝術以及藝術之外的種種問題的看法，這種見解獨立而清醒，常有真知灼見，但卻並不絢目，掩藏在他流水的文字之中。而我近來喜愛閱讀一些流落在海外的遊子們的文章，大多或許是因為他們的文字常常能夠回到漢語傳統的經典魅力中來，但所表達的核心則是他們多年浸染的現代人文思想，那些多是人類普世的價值觀念，但卻並不

是輕鬆得來的，而是多年漂泊，上下求索，最終化作自己柔軟心靈的磐石了。

　　我是在《散文》月刊上偶然讀到段煉的散文〈閱讀之樂〉後，立刻就被他的文章及其意境所吸引，因而一讀再讀，直到這冊他新集結出版的散文集〈觸摸藝術〉。我喜歡有書卷氣的文字，但不喜歡掉書袋子的文章，段煉的這冊散文集中就收有數篇這樣的文章，除去那篇讓我一讀傾心的〈閱讀之樂〉，其他的還有〈與書有約〉、〈品書行〉、〈續品書行〉、〈古典之美〉、〈上海文化地圖〉等文章，讀來都有書香彌漫和如坐春風之感。這些文章談他在世界各地訪書、購書和讀書的愉悅與溫熱，因為有周遊世界這個前提，他的這些與書有緣的文章讀來就多一層鄉愁和人生沉思，不妨以他在散文〈為何不遠行〉中的一段話作為這篇文章的結尾：「看畫、識人與讀書，其實是一回事。不管到哪個國家哪個城市，我都喜歡逛書店。有次在東京銀座的一家書店，買到一本東京市景攝影畫冊，叫《東京無人時》。東京是這世上最擁擠的城市之一，滿街熙熙攘攘。當夜幕降臨，街燈將銀座照得如同白晝，紐約的百老彙哪裏可以相比。可是，這本市景畫冊裏的照片，無一有人，連銀座的大街也空空如也。或許這位攝影師閱盡了人間世態，轉而追求大智若愚的禪境。我想，聰明的極致定是大智若愚，要不，米羅的畫為何充滿了童趣？」

跋 |

一

　　立春那日，我在家中閒來翻書，在胡蘭成的《中國文學史話》中讀到一段頗為動心的話，於是便抄在了手邊的紙片上，那段話這樣寫到：「真正的文人，我想他對著書桌紙筆時必有著如對天地神明的敬虔端正的。因為好的文章如風，吹得世間水流花開，此風是惟有從神境而來。但這神與宗教是兩回事。」胡蘭成曾附逆為汪偽政府的筆桿子，由此被認為是有失大節的文人，但他談論起文學卻常有真知灼見，如若只是純粹寫點文學作品來，想必今日的文學史還是要記上一筆的。

　　我讀胡蘭成的文字，常有哀歎之感，他論文學有其獨特的妙處，常能以極巧妙的辦法，見識到文學的玄奧，又具有著非同凡響的文學鑒賞能力。可惜他不能完全地用文學來立身，正因無法忍受文學的寂寞和清貧，甘願去做一個寂寞無聞的小文人。在胡蘭成看來，如此境遇，無疑是痛苦的。胡氏起身寒門，早以文學為業，在亂世中難以立身，便也有了從政之意，開始為汪偽政權鼓吹開道。現在看來，胡蘭成落水，在他或許有半分投機，也有半分自我期許的清高，在當時不能說不是冒險，也有個人自卑與脆弱的放大，只可惜他依靠的還只是文學的那些老底子。段懷清在文章〈胡蘭成與《戰難和亦不易》〉中對於胡蘭成的這種心境有著獨到的剖析：「這種自我孤傲清高與自我卑微壓抑的矛盾心理，一直伴隨著胡蘭成，直到他晚年以著作等身份以及中國文化的現代闡釋者和未來預言者的身份在臺灣登臺演說的時候，依然難以淨根。他需要獲得認可，

需要聽到喝彩跟捧場，他需要一種現實的人生飛揚，來徹底扭轉擺脫因為出身、因為學歷所帶來的屈辱與壓抑。」

　　準確的說，胡蘭成並非一個十足的文學家，也並非一個單純的中國傳統文人。讀過他的《今生今世》、《山河歲月》和《中國文學史話》等文藝著作，為那曼妙的文筆讚歎，但他在汪偽的報刊上所撰寫的大量對待時事政治的判斷和評論，我卻是無法苟同的。胡蘭成的附逆，有其自身卑怯的原因，而政治大義並非其最關心的問題，讀過他當時寫就的若干政治評論，也無大的建樹，人云亦云之處頗多，慷慨激昂時卻常掩藏著一顆虛弱的靈魂。待到敗落之後，他只能四處竄逃，猶如喪家之犬，最後客死異鄉。文人議政，最關鍵的是有獨立的姿態，胡氏憑藉手中的筆，在很短的時間裏，成為汪偽政權的宣傳部副部長，真有些不飛則矣，一飛沖天的感覺。但得之易，失之也易哉。

　　讀胡蘭成，常會想到周作人，但我讀過周氏之後，卻覺得後者遠非我所想像的不堪，即使在其最令國人失望之時，他筆下的文字依然是清醒的，而胡氏的文字氣象雖也浩大，但難以掩藏他狹小的心靈。在《今生今世》中，我印象深刻的是胡蘭成的四處留情，千金散盡，而家國又豈在何處？不能獨立清醒地面對世界，走上異路也就難免了，胡蘭成以為「對著書桌紙筆時必有著如對天地神明的敬虔端正的」，可惜他並未做到。由胡氏的這番文字，使得我開始懂得時刻地警醒自己，無論何時，都要對自己筆下的每一個文字負責，因為他們都是具有生命的東西。

二

　　五年前的時候，我第一次讀到胡河清的批評文字，立刻便被那些奇妙而清秀的評論文字所折服。在我以為，這些優美

的文字之所以還能夠吸引我，正是因為評論家是以與作家同等生命的精神體驗來對待的，那每一行的文字都凝結著一個評論家內心的魂魄。一個沒有生活的人，不可能寫出優秀的文學作品；同樣，一個缺乏生命體驗的評論家，他筆下的文字是同樣空洞與乾枯的，因為生命的相同感受，甚至是超越創作時的生命體驗，評論者才能寫出我們生存真相的文字來。胡河清的文字讓我懂得評論是一種新的創造，也是平等的生命對話，更是同樣充滿著生命愛意與溫暖情緒的思考。與胡蘭成相比，胡河清是一個絕對的隱士，寂寞、清秀、遺世獨立，生活在文學這一領域而絕不向外擴張。

如果說胡蘭成與胡河清這兩位尚能有所一比的話，那麼我覺得他們所寫下的評論文字都是同樣充滿著創造力的，是新鮮的，美好的，活潑的，不拘一格的。就像沒有人喜歡自己的孩子呆若笨雞一樣，沒有人願意讀乾枯乏味的文章。然而，恰恰是近幾十年來，我們把評論文字弄得晦澀呆板，不堪卒讀，那些如複製線上流淌出來的文字猶如堅硬的石塊一樣佔據著我們的心靈。因此，我拒絕閱讀這樣毫無美感和創新的評論文字，而喜歡閱讀那些優美又令人溫暖的文字，就像我第一次閱讀胡河清的文字，初讀第一段，就簡直驚呼，這那裏是所謂的評論語調，這分明是在寫《紅樓夢》嘛！不信，請讀他著作《靈地的緬想》中的第一段：「我先前幾乎從來沒有讀過洪峰的小說。這倒並非什麼別的緣故，首先是因為『洪峰』這個名字不可一世的氣勢嚇住了我。且想洪峰也者，大抵滔滔洪水上之奇峰也。後又聞批評家稱洪峰為『東北英雄男子漢』，似乎更證實了我以上的猜測。待看到他發在《收穫》一九八七年第五期上面的那篇小說的標題〈極地之側〉，則險些使我自鳴得

意地笑出聲來：這洪峰到底是害了什麼病？好像隨便有關他的什麼東西，都喜歡弄得有點『高、大、全』摸樣。你看他不寫小說則已，一寫便寫到那高不可攀的『極地』邊上去了。好傢伙哪！這一嚇一笑，乃變為好奇，便一口氣讀畢了〈極地之側〉。誰知一讀之下，頓時痛悔望文生義之淺薄，無意臆向之可惡——洪峰其人其文全在我原先的意料之外！於是又遍讀洪峰的小說，至今還居然作起『洪峰論』來，也實在是對自己主觀武斷的一種諷刺。」（〈洪峰論〉）

我自覺寫不出這樣的好文字，但我喜愛閱讀這樣清秀而充滿生命的文字，在當代中國的文學評論之中，我也很少見到如此寫作評論文字的，這不能說不是一種創新。胡河清的評論讓我的寫作為之一變，但卻始終難以望其項背。不過，我最終從這位評論家中發現了作為一個純粹的文學評論家的內在祕密。由胡河清，我覺得作為一個評論家，他需要與創作者相同的甚至更高的要求，因為沒有來自生命的磨礪，如何去體悟另外一個靈魂的獨語，又如何能夠體察到那些不為人知的幽微之處？胡河清有過一個不幸的童年，精神的創傷讓他在文學的世界中尋找心靈的平靜，而現實世俗的庸碌也讓他煩擾，最終文學也無法為他提供解決的出路。但即使如此，以文學立身的胡河清卻從來沒有想到封閉的文學的局限性，甚至是面對世俗與政治殘酷的脆弱與不堪一擊。

由胡河清，我也常常想到德國的哲學家和文學評論家本雅明。在我看來，他們有著相同的精神氣質，又有著類似的命運和歸宿，而對於文學的研究，也都有著一種讓人難以琢磨的夢幻品質，他們能夠在不同的領域之中為文學開闢新的空間與通道。胡河清在我看來就像上海水邊古堡裏的老者，而本雅明的

文學形象則使人常想到巴黎拱廊街上的精神漫遊者。蘇珊‧桑塔格稱呼本雅明為「在土星的標誌下」，所謂土星氣質，大約是憂鬱與敏感、崇高與嚴肅、優美與勇敢、誠懇與激情等等諸多精神氣質的混合。對於胡河清與本雅明，我喜愛他們獨創與新鮮的文學氣質，但常常遺憾於他們面對世俗的世界，卻無法超越其外，文學成為他們最後的歸宿，其結果則只能是死亡這一條可悲的道路。一九九四年，胡河清在上海的一個陳舊的公寓樓上跳下，自殺身亡；再往前推移的一九四〇年，逃亡到西班牙邊境的猶太人本雅明，在納粹的大屠殺迫害中選擇了絕望的自殺。

三

我愛上美國的批評家蘇珊‧桑塔格，卻是因為她的死亡。蘇珊的死，讓我開始去認真對待這位陌生的文學評論家，並開始讀她的文字，我一直懼怕閱讀那些翻譯體的理論文字，但卻真正愛上這位美麗的評論家，這是由於我在她的文字中讀到了一種迷人的魅力，而這正是緣於她能夠獨立於政治和世俗社會之外，用她那「狹著風暴的閃電」的筆觸來表達對於世界的認識。那些文字常常能夠一針見血的刺破醜陋的真相，讓我看到筆尖的力量；蘇珊在文學的世界中為我們這個世界尋找真實、良知、正義和公平，以掙扎的肉身和反抗的靈魂來獲得心靈自由與安寧的棲息。儘管文學和文學評論本身不必要承擔這樣的職責，但若作為一個知識份子，生存在這個與你同在的時代和社會，當面對如此眾多的問題時，蘇珊懂得只要是這個社會上的問題，作為一個有良知的知識份子，就應該有怎樣表達自己

獨立的聲音。蘇珊‧桑塔格讓我看到了一個文學評論家應有寬闊與遼遠。

蘇珊的評論文字充滿激情，銳利、清澈、詩意，常常能夠出其不意，探尋出世界背面的隱祕與幽暗。記得三年前的那個夏日，我在北京的宿舍裏一冊一冊的讀完她的批評文集，彷彿尋找到了自己精神的偶像，看到了文學評論所應具有的思想向度。那之前的一年，蘇珊離開我們而去，成為這個遙遠國度一部分知識份子懷念的話題。那時，我才知道這個具有明星氣質的文學評論家，被稱作美國大眾良心的知識份子，一生始終堅持著自己的文學使命，她在紐約的一座高樓公寓的頂層擁有自己的一個工作室，四壁都是她珍愛的數萬套藏書。在那裏，她沒有電視，也沒有汽車，甚至沒有一切與消費和享受有關的奢侈品；晚年，她在疾呼與爭鳴中又被疾病所纏繞，但最終還是在生命最艱難的時刻留下了〈疾病的隱喻〉和〈作為他人的痛苦〉這樣的批評文字。我很難想像一個如此偉大的評論家和知識份子卻是如此的清貧，又如此嚴苛待己，像一個清道夫，又像一個聖徒，這或許是真正獨立的評論家在現在或者未來的命運所在。如今，那套暗紅色的批評文集被我放在書架上可以一眼看到的地方，成為激勵我進行寫作的動力。

據說，蘇珊的文字在美國和歐洲廣受歡迎，但不僅僅在於知識份子群體當中。我想這種成功一方面可能在於她文字的魔力，一方面則可能是她所要表達的這種思想風暴，且與我們的生活與身心關係緊密。而她所留給我們的卻是無法替代的精神財富，是懂得只有面對神靈的虔敬才能來寫作和閱讀的，是可以擁有「吹得水流花開」的精神力量。在一九九三年，蘇珊冒著生命危險前往戰火中的薩拉熱窩並執導貝克特的話劇《等待

果陀》，這一具有實踐性的行為可以代表了她作為知識份子的獨特身份，以及在眾多類似行為中所有激情與崇高英雄主義氣質的一種典型象徵。在她同年寫成的〈在薩拉熱窩等待果陀〉這篇文章的結尾，我讀到了這樣充滿憂傷的英雄主義氣質的文字，它令我難忘，「在八月十九日下午二時那場演出臨結尾，在信使宣佈戈多先生今天不會來但明天肯定會來之後，弗拉迪米爾們和埃斯特拉貢們陷入悲慘的沉默期間，我的眼睛開始被淚水刺痛。韋力博爾也哭了。觀眾席鴉雀無聲。唯一的聲音來自劇院外面：一輛聯合國裝甲運兵車轟隆隆碾過那條街，還有狙擊手們槍火的劈啪聲」。

我自覺至今還沒有寫出像蘇珊那樣優秀的文字，但卻暗自希望能像她那樣寫作和生活，我知道這樣的理想對於一個生活在我們這個國度的人來說，幾乎是一種奢侈，因此，我願意用劉曉波在〈讀《布拉格精神》〉中的一段話作為這篇文章的結尾，以此自勉：「然而，無論如何，我不能放棄寫作，哪怕只為了給自己看。克裏瑪說：在極權暴力的威逼或世俗利益的誘惑之下，『寫作是一個人可能仍然成為個人的最後場所。許多有創造性的人實際上僅僅因為這個原因成為作家。』這就是卡夫卡式的寫作。我要把這段話抄給妻子，讓她與我的共勉。假如有一天我們無法以寫作維持起碼的生計，我就去找份體力活幹，以一種最原始也最簡樸的方式養活自己，像一對農民夫妻。」

二〇〇九年二月十日夜於鹿泉

國家圖書館出版品預行編目

精神素描：現當代文人閱讀筆記 / 朱航滿著. --
　一版. -- 臺北市：秀威資訊科技, 2009. 06
　　面；　公分. -- (語言文學類；PG0255)
　BOD版
　ISBN 978-986-221-224-0(平裝)

1. 中國當代文學　2.文學評論

820.908　　　　　　　　　　　98006976

 語言文學類　PG0255

精神素描——現當代文人閱讀筆記

作　　　者 / 朱航滿
主　　　編 / 蔡登山
發　行　人 / 宋政坤
執 行 編 輯 / 藍志成
圖 文 排 版 / 姚宜婷
封 面 設 計 / 蕭玉蘋
數 位 轉 譯 / 徐真玉　沈裕閔
圖 書 銷 售 / 林怡君
法 律 顧 問 / 毛國樑　律師
出 版 印 製 / 秀威資訊科技股份有限公司
　　　　　　台北市內湖區瑞光路583巷25號1樓
　　　　　　電話：02-2657-9211　傳真：02-2657-9106
　　　　　　E-mail：service@showwe.com.tw
經　銷　商 / 紅螞蟻圖書有限公司
　　　　　　台北市內湖區舊宗路二段121巷28、32號4樓
　　　　　　電話：02-2795-3656　傳真：02-2795-4100
　　　　　　http://www.e-redant.com

2009 年 6 月　BOD 一版
定價：420 元

讀　者　回　函　卡

感謝您購買本書，為提升服務品質，煩請填寫以下問卷，收到您的寶貴意見後，我們會仔細收藏記錄並回贈紀念品，謝謝！

1. 您購買的書名：_____

2. 您從何得知本書的消息？

　□網路書店　□部落格　□資料庫搜尋　□書訊　□電子報　□書店

　□平面媒體　□ 朋友推薦　□網站推薦　□其他_____

3. 您對本書的評價：(請填代號　1.非常滿意 2.滿意 3.尚可 4.再改進)

　封面設計____　版面編排____　內容____　文/譯筆____　價格____

4. 讀完書後您覺得：

　□很有收獲　□有收獲　□收獲不多　□沒收獲

5. 您會推薦本書給朋友嗎？

　□會　□不會，為什麼？_____

6. 其他寶貴的意見：_____

_____

_____

_____

讀者基本資料

姓名：_____　年齡：_____　性別：□女 □男

聯絡電話：_____　E-mail：_____

地址：_____

學歷：□高中(含)以下　　□高中　　□專科學校　　□大學

　　　□研究所(含)以上 □其他_____

職業：□製造業 □金融業 □資訊業 □軍警 □傳播業 □自由業

　　　□服務業 □公務員 □教職　□學生 □其他_____

(請沿線對摺寄回,謝謝!)

秀威與 BOD

BOD（Books On Demand）是數位出版的大趨勢，秀威資訊率先運用 POD 數位印刷設備來生產書籍，並提供作者全程數位出版服務，致使書籍產銷零庫存，知識傳承不絕版，目前已開闢以下書系：

一、BOD 學術著作—專業論述的閱讀延伸
二、BOD 個人著作—分享生命的心路歷程
三、BOD 旅遊著作—個人深度旅遊文學創作
四、BOD 大陸學者—大陸專業學者學術出版
五、POD 獨家經銷—數位產製的代發行書籍

BOD 秀威網路書店：www.showwe.com.tw
政府出版品網路書店：www.govbooks.com.tw

永不絕版的故事·自己寫·永不休止的音符·自己唱